JANET WALLACH

Serail

Buch

Aimée ist den Tränen nahe, doch tapfer beißt sie auf ihre Lippen: Eben noch befand sie sich an Deck des Schiffs, das sie von Frankreich in ihre Heimat Martinique bringen sollte; nun steht sie vor einem massigen Eunuchen namens Tulpe in einem der unzähligen Gemächer des sagenhaften Palastes Topkapi. Die Piraten, die sie gewaltsam aus den Händen ihrer Familie raubten, machten sie dem Sultan zum Geschenk. Ein köstliches Geschenk, wie Tulpe ihr ins Ohr flüstert, denn mit ihren dreizehn Jahren, den goldenen Haaren, den strahlend blauen Augen und ihrem anmutigen Körper wird sie den Sultan sicherlich entzücken. Bevor sie ihm zum ersten Mal unter die Augen treten darf, muss sich Aimée allerdings erst mit den Gesetzen und Gepflogenheiten des Harems vertraut machen. Aber die fremde Sprache klingt in ihren Ohren wie Gelächter, die Gerüche beißen sie in der Nase, die dargereichten Speisen sind ihr zuwider, im türkischen Bad schwinden ihr die Sinne, und sie versteht nicht, warum sie mehrmals am Tag zu Allah beten soll. Doch mit der Zeit gewöhnt sie sich an das neue Leben und an die strengen Regeln des Harems. Gemeinsam mit Tulpe, der zu ihrem einzigen Freund und Vertrauten wird, lässt sie sich ein auf das Spiel der Intrigen und Machenschaften – bis sie schließlich zur mächtigsten Frau des Osmanischen Reiches aufsteigt …

Autorin

Janet Wallach arbeitet als Journalistin unter anderem für die *Washington Post*. Sie hat bereits mehrere Biografien sowie gemeinsam mit ihrem Mann mehrere Bücher über den Mittleren Osten geschrieben. »Serail« ist ihr erster Roman, der auf wahren Tatsachen beruht und dem Schicksal der Cousine von Kaiserin Josephine nachempfunden ist.

Janet Wallach lebt in New York und in Connecticut.

Von Janet Wallach ist außerdem als Goldmann Taschenbuch lieferbar:

Die Königin der Wüste. Das außergewöhnliche Leben der Gertrude Bell. (15254)

Janet Wallach

Serail

Roman

Deutsch
von Cäcilie Plieninger

GOLDMANN

Die amerikanische Originalausgabe
erschien 2003 unter dem Titel »Seraglio«
bei Nan A. Talese/Doubleday, New York

Umwelthinweis:
Alle bedruckten Materialien dieses Taschenbuches
sind chlorfrei und umweltschonend.

1. Auflage
Deutsche Erstveröffentlichung März 2004

Umschlaggestaltung: Design Team München
Umschlagfoto: Théodore Chassériau
Redaktion: Ilse Wagner
Satz: Buch-Werkstatt GmbH, Bad Aibling
Druck: GGP Media, Pößneck
Titelnummer: 45638
KvD · Herstellung: Sebastian Strohmaier
Made in Germany
ISBN 3-442-45638-X
www.goldmann-verlag.de

Für John,
auf ewig

Vorbemerkung der Autorin

Dieses Buch basiert auf dem Leben der Aimée du Buc de Rivery, eines im 18. Jahrhundert lebenden Mädchens aus Martinique. Aimée, eine Cousine der Kaiserin Joséphine, wurde von Piraten geraubt und nach Istanbul in den Harem des Sultans gebracht. Im Topkapi-Palast wurde sie die Gemahlin eines Sultans und Mutter eines anderen türkischen Herrschers. Ihr Aufstieg von der niederen Sklavin zur Valide Sultan sowie ihr Einfluss auf ihren Sohn, Sultan Mahmud II., einen bedeutenden Reformer des Osmanischen Reiches, der der Türkei westliches Gepräge verlieh, faszinierten Generationen von Schriftstellern und Gelehrten.

Die Geschichte ist seit jeher umstritten. Waren Aimée und die Haremsfrau Nakschedil wirklich ein und dieselbe Person? Wenn ja, wann kam Aimée nach Istanbul? Welche Beziehung hatte sie zu Selim? Und war sie tatsächlich Mahmuds Mutter? Jahrelang hatte ich Nachforschungen angestellt und den Topkapi-Palast sowie die beeindruckende Türbe besichtigt, in der die Valide Sultan begraben liegt. Türkische Wissenschaftler unterstützten mich bei meiner Arbeit, indem sie die Archive des Topkapi-Palastes durchforsteten. Dennoch musste ich mir schließlich eingestehen, dass es weder über Aimée/Nakschedil noch sonst irgendeine andere Frau aus dem Harem des osmanischen Sultans genaue Informationen gibt. Im kaiserlichen Harem waren weder Aufzeichnungen noch Tagebücher erlaubt, und jeglicher Kontakt zur Außenwelt war untersagt. Die Vergangenheit der Frauen wurde bewusst ausgelöscht, und ihre Zukunft wurde vom Palast bestimmt.

Der Jesuitenpriester Vater Chrysostome berichtete, wie er Nakschedil auf ihrem Totenbett die Sterbesakramente erteilte. Dass die Sultansmutter von Geburt an Christin war, war nichts Ungewöhnliches. Das historisch Bemerkenswerte war ihr Wunsch, als Christin zu sterben, sowie die Tatsache, dass ihr Sohn ihr diese Bitte gewährte. Schwerer zu beweisen war, dass sie die vermisste Tochter der Plantagenbesitzer du Buc de Rivery aus Martinique war. Viele Experten für türkische Geschichte halten diese These jedoch für richtig. Und als Sultan Abd ül-Asis 1867 nach Frankreich reiste, wurde er enthusiastisch von Napoleon III. empfangen, der der Presse gegenüber erklärte, ihre beiden Großmütter seien miteinander verwandt. Der Sultan brachte auch eine Miniatur von Nakschedil mit, die Ähnlichkeit mit einem früheren Porträt Aimées besaß. Und während seines Aufenthalts in Frankreich ließ Abd ül-Asis verlauten, er sei auf der Suche nach Angehörigen von Aimées Familie.

Ich begann dieses Buch als Biografie und beendete es als historischen Roman. Das Werk wird die Debatte über die Herkunft der Valide Sultan Nakschedil nicht abschließen. Ich hoffe jedoch, dass es einen Einblick bietet in ihr geheimnisvolles Leben im Serail vor zwei Jahrhunderten. Vielleicht vermittelt das Buch auch einen Eindruck der heutigen muslimischen Welt, ob es nun um eine Hand voll Herrscher geht, die in Intrigen der Macht und der Thronfolge verwickelt sind, oder um die Millionen von Frauen, die noch immer hinter dem Schleier des Harems ein verborgenes Dasein führen.

Aus dem Journal de France, 10. Juli 1867

Sultan Abd ül-Asis traf diese Woche zu einem Staatsbesuch in Paris ein. Als erstem osmanischem Kaiser, der Frankreich besuchte, wurde ihm von der Regierung ein herzlicher Empfang bereitet. Man stellte ihm eine riesige Suite im Elysée-Palast zur Verfügung sowie Personal zur Unterstützung seines eigenen zahlreichen Gefolges an Dienern. Zu den Wünschen des Sultans zählten hart gekochte Eier zum Frühstück, Napoleon-Pasteten zum Mittagessen, Schokolade am Abend und Privatvorführungen von den Mädchen der Folies-Bergère in seiner Suite. Auf die Frage, warum er Sultan Abd ül-Asis nach Paris eingeladen habe, antwortete Kaiser Louis Napoleon, er sei sehr gespannt auf die Zusammenkunft mit Sultan Abd ül-Asis, weil »wir über unsere Großmütter verwandt sind«.

Prolog

Vater Chrysostome kniete in seiner Zelle vor dem Kruzifix, als er plötzlich von einem Klopfen an der Tür aus seinen Gedanken gerissen wurde. »Einen Moment«, rief der Jesuit und verdrängte das Bild jener Frau, die er im Park gesehen hatte: die sinnlichen Augen, die zarten Handgelenke, der durch die Luft wehende Moschusduft. Sie gehörte zum Harem des Sultans. Aber hatte sie ihm nicht einen verführerischen Blick zugeworfen? Und – musste er sich eingestehen – hatte er ihn nicht erwidert?

Er nahm sich fest vor, den Vorfall bei seiner Morgenbeichte zu erwähnen, sprach ein kurzes Gebet und fragte sich währenddessen, wer ihm wohl zu dieser frühen Stunde einen Besuch abstattete. Er richtete sich auf, strich sein braunes Priestergewand glatt und öffnete die Tür. Vor ihm stand Vater Georg, mit einem erstaunten Ausdruck im Gesicht. Hinter dem frommen Mann standen zwei Janitscharen, und ihre gewaltigen Turbane ließen den kleinen dicken Priester irgendwie lächerlich aussehen.

»Sie wünschen, Euch zu sprechen«, sagte Vater Georg nervös und verdrehte die Augen in Richtung der kaiserlichen Soldaten. »Sie überbringen eine Botschaft vom Palast. Es ist dringend.« Das Herz des Priesters pochte wild. Hatte der Eunuch, der die Haremsfrau begleitete, heute Morgen etwa den Ausdruck in seinen Augen bemerkt? Kein Mann, nicht einmal ein Priester, durfte die Sklavinnen eines Sultans ansehen. Waren sie gekommen, um ihn ins Gefängnis zu werfen, oder gar Schlimmeres?

Einer der Elitesoldaten drückte Vater Chrysostome einen Briefumschlag in die Hand. Er öffnete ihn hastig und überflog die kurze Nachricht: »Es ist unbedingt erforderlich, dass Ihr den Janitscharen Gefolgschaft leistet und unverzüglich mitkommt.« Er suchte nach einer Unterschrift, doch die Notiz enthielt keinen Hinweis auf den Urheber.

»Einen Moment bitte«, sagte er und blickte nervös zu den Männern auf. »Ich bin Euer ergebenster Diener. Ich muss nur noch meinen Mantel suchen.«

Der Jesuit warf sich seinen Wollmantel über die Schultern, blies die Kerze in seinem Zimmer aus und folgte den Janitscharen. Es hatte geregnet, und der sommerliche Wolkenbruch hatte einen dichten Nebel erzeugt. Doch sie eilten durch die menschenleeren Straßen den Hügel hinunter, von Pera zur Anlegestelle von Galata, wo ein Kaik auf den Wellen schaukelte. Der Priester zählte die zehn Paare von Ruderern. Er wusste, dass das Boot einem hohen Palastbeamten gehörte.

Nachdem sich Vater Chrysostome auf den Kissen im Boot niedergelassen hatte, versuchte er, in Erfahrung zu bringen, wer nach ihm verlangt hatte. Doch jedes Mal, wenn er zu sprechen anhob, funkelten ihn die Soldaten des Sultans an und hießen ihn schweigen. »Ihr werdet es früh genug erfahren«, sagte einer der Janitscharen und zwirbelte die nach unten hängenden Enden seines Schnurrbarts. Die Ruderer steuerten zügig durch die Dunkelheit, und bald schon erkannte der Priester das europäische Ufer des Bosporus und den Palast von Beschiktasch. Kaum hatte das Boot die Anlegestelle erreicht, sprangen die Janitscharen an Land und zerrten den Priester mit sich.

Im Inneren des Palastes wollte Vater Chrysostome einen

Augenblick innehalten und sich in den Anblick der prächtigen Gemächer vertiefen, von denen eines prunkvoller als das andere war. Doch die Soldaten schleusten ihn unbarmherzig durch die vergoldeten Zimmer. Schließlich gelangten sie an eine schwere bemalte Tür, an der ein schwarzer Eunuch Wache hielt. »Wir brachten ihn, so schnell wir konnten«, flüsterte der ältere Janitschar. Der dicke Eunuch hob einen Finger und bedeutete ihnen, zu warten. Dann verschwand er nach drinnen. Kurz darauf erschien er wieder an der Tür und winkte den Jesuitenpriester herein. War dies also der Ort, an dem er ins Gebet genommen würde?

Zaghaft betrat Vater Chrysostome den Raum. Ein durchdringender Duft von Sandelholz und Weihrauch erfüllte die Luft und vertrieb den Gestank von Krankheit. Der Priester sah sich um und bemerkte die seidenen Wandteppiche. Über die gemusterten Teppiche lief er zum Bett hinüber, wo ein Dienst habender, griechischer Arzt ihm ein Zeichen gab, näher zu kommen. Unter einem Netz lag regungslos eine Frau. Der Priester warf einen flüchtigen Blick auf ihr Gesicht und sah sofort, dass sie leichenblass war. Er schätzte sie auf etwas über vierzig, doch trotz ihres fortgeschrittenen Alters und ihrer unheilbaren Krankheit bemerkte er ihre feinen Gesichtszüge und ihre Wangen, die jetzt wie verschrumpelte Pfirsiche aussahen. In ihrer Jugend musste sie eine große Schönheit gewesen sein. Sie war wohl kaum der Grund für seinen Besuch.

Als er durch das weiße Netzgewebe starrte, vernahm er ein ersticktes Husten, und erst jetzt sah er die schattenhafte Gestalt eines bärtigen jungen Mannes. Es dauerte nur einen Augenblick, bis der Priester begriff, wer nach ihm verlangt hatte. Er versuchte, seine Furcht zu verbergen, und zog die Kordel seines Gürtels immer fester um die Finger. Es war nicht das erste Mal, dass er einer mächtigen Persönlichkeit begegnete, doch noch keiner hatte ihm so viel Ehrfurcht eingeflößt wie dieser Mann.

»Ihr seid auf meine Anordnung hier«, sprach der Sultan. Und der Priester verneigte sich, gleichermaßen vor Furcht und Respekt. Dann, als wäre der Geistliche aus freien Stücken gekommen, legte der Herrscher die Hand aufs Herz und fügte hinzu: »Danke, dass Ihr gekommen seid. Ich habe meiner Mutter versprochen, dass sie so sterben dürfe, wie sie es wünsche. Bitte«, flüsterte er und machte eine nickende Kopfbewegung zum Bett hin, »erteilt Ihr die Sterbesakramente.« Mit diesen Worten verließ der Sultan das Zimmer und gab den anderen ein Zeichen, ihm zu folgen.

Vater Chrysostome seufzte erleichtert, zog seinen Mantel aus und legte ihn behutsam auf einen Stuhl. In diesem Augenblick bemerkte er den schwarzen Eunuchen in der Ecke. Der Priester beäugte ängstlich sein feminines Antlitz, den dicken Hals und den runden Wanst. Doch er rückte schweigend einen Stuhl ans Bett und setzte sich neben die Sultansmutter. Er wusste, dass diese Frau, die erst jetzt so zerbrechlich wirkte, die letzten acht Jahre die einflussreichste Frau des Imperiums gewesen war: die treue Beraterin ihres Sohnes, Sultan Mahmud II., und das öffentliche Gesicht des abgeschirmten Herrschers. Die Osmanen nannten sie Valide Sultan Nakschedil, und ihren Sohn nannten sie ihren Padischah, Gottes Schatten auf Erden, den Kalifen und Führer aller Muslime. Und jetzt wollte sie ausgerechnet *ihn*, einen jesuitischen Priester, an ihrer Seite.

»Valide Sultan Nakschedil«, flüsterte er besänftigend. »Ich bin für Euch da, so lange, wie es Euch beliebt. Bitte lasst uns mit einem Gebet beginnen.«

»O Vater, mir lastet so viel auf der Seele«, antwortete sie mit schwacher Stimme. »Ihr müsst wissen, dass ich keine gute Katholikin gewesen bin. Sobald ich im Harem eintraf, musste ich Muslimin werden. Ich tat, was ich konnte ... heimliche Gebete ... Christus ...« Sie brach ab.

Der Priester nahm ihre zerbrechliche Hand und hielt sie, während sie wieder zu Kräften kam. Als er sah, dass sie wieder bereit war zu sprechen, nickte er ihr aufmunternd zu.

»Der Harem kann ein schrecklicher Ort sein ...«, vertraute sie ihm an. »Diese Intrigen ... es gab eine rothaarige Frau, ich ...« Sie verstummte. Der Eunuch trat langsam auf sie zu, um einzugreifen. Mit der hohen Stimme eines Kastraten warnte er sie: »Meine Liebste, Ihr seid schwach, und es gibt Dinge, über die Ihr nicht sprechen dürft. Nicht einmal mit einem Priester.«

Nach einer Weile holte der Priester eine kleine Phiole aus seinem Gewand hervor und salbte die Frau mit Öl. Er kniete vor ihr hin und sprach:

»Durch diese heilige Salbung helfe dir der Herr in seinem reichen Erbarmen; er stehe dir bei mit der Kraft des Heiligen Geistes: Der Herr, der dich von Sünden befreit, rette dich, in seiner Gnade richte er dich auf.«

Sobald er ihr die Sterbesakramente erteilt hatte, ihr die lässlichen Sünden erlassen und die ungebeichteten Todsünden vergeben hatte, sah er, dass die Frau völlig regungslos dalag. Er fasste an ihr Handgelenk, doch es war kein Puls zu spüren. Und so legte er ihre Arme über der Brust zusammen und drückte ihre Augen zu. Er durchquerte den Raum, um sich seinen Mantel zu holen. Doch der Eunuch drückte diesen an seine Brust, als wäre er eine Rettungsleine für die Valide. Sanft berührte der Priester den Arm des Mannes, zog sich den Mantel über und folgte der seltsamen Gestalt, die leicht hinkend das Zimmer verließ. Vater Chrysostome sah sich suchend nach den Janitscharen um, doch die waren verschwunden. »Ich bringe Euch in Euer Kloster zurück«, sagte der schwarze Obereunuch, als er sah, was ihn beunruhigte. »Der Kaik wartet schon.«

Die beiden Männer fuhren schweigend übers Wasser, und als sie die Anlegestelle in Pera erreichten und vor den Toren des Jesuitenklosters standen, bat Vater Chrysostome seinen Begleiter herein. »Bitte«, sagte er, »dies ist eine schwierige Nacht gewesen. Trinkt mit mir einen guten Wein. Er wird uns beiden gut tun.« Der Eunuch, der von bescheidener Größe war und dessen eines Bein etwas kürzer war als das andere, nahm dennoch eine stolze Haltung ein. Er entgegnete, er trinke selten Alkohol – nicht weil seine Religion es ihm verbiete, sagte er, sondern weil er ihm in den Kopf steige. Dennoch stimmte er zu, ja, es sei in der Tat eine schwierige Nacht gewesen, und nahm das Angebot des Jesuiten dankend an.

Während die beiden Männer an ihrem Wein nippten, wurde die zunächst verhaltene und schleppend verlaufende Konversation allmählich freundlicher. Vater Chrysostome erzählte Anekdoten über das Leben in Pera mit den Franken, und der Gast lauschte lächelnd den amüsanten Geschichten über die Europäer. Aber er war von Natur aus verschlossen und erzählte wenig von seinem eigenen Leben im Palast. Der Priester brannte darauf, zu erfahren, was die Sultansmutter sagen wollte, als sie vom Eunuchen daran gehindert wurde. Und er wusste um seine Fähigkeit, Geständnisse zu entlocken. Doch er wusste auch, dass die Angelegenheit viel Feingefühl erforderte. Deshalb stellte er zunächst die üblichen Fragen: Wie er heiße, wie lange er schon im Palast lebe, welche Ämter er innegehabt habe. So tastete er sich langsam vorwärts. Schließlich fragte er, wie er denn die mächtige Position des schwarzen Obereunuchen erlangt habe.

»Es war die Valide Sultan Nakschedil«, antwortete der Eunuch, der den Spitznamen Tulpe hatte.

Der Priester machte weiter und erzählte Geschichten über seine eigene Familie, seine Brüder und Schwestern und insbesondere über seine Mutter. Von dort leitete er wieder zur Sultansmutter über. »Habt Ihr sie gut gekannt?«

»Das ist eine schwierige Frage, Vater. Keiner von uns ist, was er scheint. Wir alle sind mehr, als wir andere wissen lassen wollen, und weniger, als wir selbst glauben wollen.«

»Was wollt Ihr damit sagen?«

»Im Lauf der Jahre sind wir uns nahe gekommen.«

»Ihr müsst etwas ganz Besonderes sein, da Ihr mit einer solchen Frau so vertraut wart«, sagte er, in der Hoffnung, das Kompliment würde den Kerl zu weiteren Aussagen anspornen.

Der Eunuch trank noch einen Schluck Wein und stellte das leere Glas auf dem Tisch ab. »Sie hat mir einmal das Leben gerettet, und ich rettete ihres.«

Vater Chrysostome beugte sich vor, und als er beide Gläser füllte, fuhr Tulpe fort: »Sie war eine gute Frau, und sie kämpfte für das, woran sie glaubte.« Tränen standen in seinen Augen. »Ich werde sie sehr vermissen, wenn sie tot ist.« Er hielt einen Moment inne und korrigierte sich mit erstickter Stimme. »*Jetzt,* wo sie tot ist.«

Der Jesuitenpriester hörte den Schmerz in der Stimme des Eunuchen. »Bitte, mein Freund«, sagte er sanft. »Ich sehe, dass Ihr von Trauer erfüllt seid. Manchmal ist es besser, zu sprechen. Erzählt mir von der Valide Sultan. Ich weiß, dass die Palastsklavinnen zum Islam übertreten müssen. Wie kommt es, dass der Sultan ihr erlaubte, als Katholikin zu sterben? Wer war sie, und woher kam sie?«

Es war lange her, dass der Eunuch mit irgendjemandem über die Valide Sultan Nakschedil gesprochen hatte, und obwohl sie sich sehr nahe gestanden waren und er im Lauf der Jahre vieles erfahren hatte, hatte er ihr Vertrauen nie missbraucht. »Ich würde viele Nächte brauchen, um die Geschichte zu erzählen«, sagte er.

»Ihr könnt so oft zurückkommen, wie es Euch beliebt«, erwiderte der Priester. »Ich freue mich auf viele gemeinsame Abende.«

Der Eunuch nahm noch einen Schluck des starken Gebräus, lockerte seinen Gürtel und begann mit tränenerstickter Sopranstimme, eine eigenartige Geschichte zu erzählen.

TEIL EINS

1

Ich traf Nakschedil erstmals am Tag ihrer Ankunft im Topkapi-Palast, im Sommer 1788, vor fast dreißig Jahren. Einige von uns hatten die Anweisung erhalten, sich zum Landesteg des Serails zu begeben: Ein Korsarenschiff des Bey von Algier hatte angelegt, und es hieß, sie hätten ein Geschenk für Sultan Abd ül-Hamid an Bord. Wir erfuhren, dass die Piraten des Algeriers drei Wochen zuvor ein Schiff gekapert und dem Bey die Beute übergeben hatten. Neben Gold, Silber und Frachtgut umfasste der Raub ein Dutzend christlicher Männer sowie ein Mädchen, so schön wie eine kurz vor dem Erblühen stehende Knospe. Der Bey raffte das Gold und Silber an sich, verkaufte die Waren und versklavte die Männer. Aber als der Algerier die knospende Blume erblickte, widerstand er der Versuchung, sie für sich zu behalten. Stattdessen befahl er, sie nach Istanbul zu senden. Der kluge Bey kannte das Verlangen des Sultans nach jungen Mädchen. Er würde sie ihm zum Geschenk machen. Der lüsterne alte Türke konnte mit ihr machen, was er wollte.

Wir nahmen sie gerne auf. Sie hatte etwas Ätherisches an sich, wie eine flaumige Feder, die am Himmel tanzt, oder eine zarte Lilie – auch wenn ich vermutete, dass sie sehr zäh war. Meine Kollegen musterten sie von Kopf bis Fuß, und die typischen Kommentare machten die Runde: »Sie ist zu dünn, um von Nutzen zu sein«, meinte einer. Ein anderer fragte: »Warum schenkte Gott *mir* keine blonden Haare und blauen Augen?« Ein Dritter murmelte: »Vielleicht lernt sie ja, mir Vergnügen zu bereiten.«

Du blickst erstaunt drein, mein Freund. Natürlich fehlen uns Eunuchen die intimen Geschlechtsteile eines Mannes. Aber wir sind nicht alle so, wie du vielleicht denkst: Einige von uns haben die Begierden eines normalen Mannes, andere ziehen es vor, von Männern befriedigt zu werden. Über meine eigenen sexuellen Bedürfnisse möchte ich nicht sprechen; mir ging es damals um das Überleben im Palast.

Jedenfalls nahm ich mir vor, erst einmal abzuwarten, wie das Mädchen so war, bevor ich darüber entschied, wie ich sie behandeln würde. Man muss im Palast stets auf der Hut sein: Es gibt dort nur Komplizen oder Feinde. Komplizen sind rar, Feinde dagegen zahlreich.

Ich sah, dass Nakschedil Qualen erlitten hatte und dass die Piraten sie schlecht behandelt hatten. Sie war wie benommen und so verwirrt, dass sie kein Wort hervorbrachte. Doch sie nahm eine stolze Haltung ein und rührte sich nicht von der Stelle. Wir mussten sie förmlich zum schwarzen Obereunuchen zerren.

Der *kislar aghasi* wartete in der Eingangshalle des Harems, jener heiligen Welt der Frauen, zu dem keine Männer außer dem Sultan und seinen schwarzen Eunuchen Zutritt haben. Der schwarze Obereunuch glänzte vor Rosenöl und machte eine verdrießliche Miene. Seine massige Gestalt war in grüne Seide und dicken Zobel gehüllt, und mit seinem kegelförmigen Turban überragte er uns alle. Er ist nicht leicht zufrieden zu stellen, und wir Eunuchen lebten in ständiger Angst vor seiner Unzufriedenheit, die sich in seiner miserablen Laune äußerte. Obwohl im Serail Schweigen ein strenges Gebot ist, sah ich an dem Leuchten in seinen schwarzen Augen und dem verzerrten Lächeln auf seinen Lippen, dass er von dem Geschenk des Bey angetan war. Die

Erweiterung seines Harems um ein blondes Mädchen würde ihm die Gunst des Sultans einbringen. Doch wie bei jeder neuen Odaliske untersuchte er das Mädchen zunächst.

Er schwang seine Lederpeitsche, und wir befolgten seinen Befehl und zogen dem Mädchen das zerrissene Kleid und den zerlumpten Unterrock aus, der mit dem zerfetzten Etikett eines französischen Herstellers versehen war. Sie stand hoch erhobenen Hauptes, jedoch mit verstörter Miene da, schockiert vom Anblick des mächtigen Eunuchen und von ihrer eigenen Nacktheit.

Der *kislar aghasi* nahm sie genau in Augenschein. Sein Blick wanderte langsam von ihrem zerzausten Haar nach unten, über ihre hohe Stirn, die blauen Augen, das etwas spitze Stupsnäschen und die sinnlichen Lippen. Er zeigte auf mich und wies mich an, ihren Mund aufzumachen und weit aufzuhalten, damit er ihre Zähne inspizieren konnte. Zuerst hatte ich Angst, dass sie beißen würde. Doch dann begriff ich, dass sie zu verängstigt war, um eine Bewegung oder ein Geräusch zu machen. Er fuhr mit dem Finger in ihrem Mund herum, zählte ihre Zähne und überprüfte ihr Zahnfleisch. Er taxierte sie, so wie er es bei einem Kamel oder einem Pferd tun würde. Nachdem er sich vom Zustand ihres Mundes überzeugt hatte, wandte er sich wieder ihrem Körper zu.

Er wies meinen Kollegen an, ihr Haar hochzuheben, und sein Blick wanderte über ihren Nacken. Plötzlich hielt er einen Moment inne, da er glaubte, ein Muttermal entdeckt zu haben. Aber es war nur eine winzige Spinne, und sein Blick wanderte weiter und heftete sich auf ihre milchig-weißen Brüste. Er drückte ihre Brustwarzen, um sich zu vergewissern, dass sie keine Flüssigkeit enthielten. Nakschedil zuckte zurück, doch er ignorierte sie und fuhr mit seinen juwelengeschmückten Fingern mehrmals über ihren weichen Busen. Dann warf er einen kurzen Blick auf ihren Bauchnabel und setzte anschließend seine Reise nach unten fort. Er verweilte auf ihrem Dreieck, stellte fest, dass sie keine Schamhaare hatte, und lächelte: Sie hatte die Pubertät noch nicht erreicht.

Er schien sehr zufrieden, als er sich ihren wohlgeformten Beinen und Knöcheln zuwandte und ihre Zehen inspizierte, um zu sehen, ob sie gerade gewachsen waren. Erneut knallte er mit der Peitsche, machte mit dem Finger einen Kreis in der Luft, um uns zu bedeuten, dass wir das Mädchen umdrehen sollten. Dann begann die ganze Prozedur noch einmal von vorne. Wieder betrachtete er ihren langen Hals, hielt an einer Stelle ihres Rückens inne, die wie ein Leberfleck aussah, und wies einen von uns an, ihn näher zu untersuchen. Doch es war nur Schmutz. Also nahm er ihren restlichen Rücken in Augenschein und ließ den Blick an ihrem Körper weiter nach unten gleiten, bis er an ihrem Gesäß innehielt. Er umfasste ihren runden Po mit einer Hand, fuhr mit den Fingern der anderen Hand über ihre glatte rosige Haut und kniff sie leicht. Dann beäugte er ihre Hüften, ihre Beine und die wohlgeformten Waden. Als er schließlich an ihren Füßen angelangt war, nickte er, und ich wusste, was als Nächstes kommen würde.

Wir drehten Nakschedil herum, sodass sie ihm gegenüberstand. Er umfasste ihr Knie, ließ die Hand langsam an der Innenseite ihres Schenkels hinaufgleiten, bis er ihre Spalte erreichte, und steckte zwei Finger hinein. Sie schrie erschrocken auf, und ich dachte schon, er würde sie schlagen. Aber er tat es nicht. Stattdessen bewegte er seine Finger in ihr, zog sie wieder heraus und leckte sie ab. Ich sah, dass sie zitterte. Sie senkte den Kopf und schlang die Arme um ihren Körper, um ihre Beschämung zu verbergen. Wir wussten, dass sie wertlos sein würde, wenn sie keine Jungfrau mehr war, und warteten, ob der *kislar aghasi* uns ein Zeichen geben würde, sie zu behalten. Langsam neigte er den Kopf und nickte zufrieden.

»Tulpe, kümmert Euch um sie«, befahl der schwarze Obereunuch. Erfreut darüber, dass er Vertrauen zu mir hatte – so unangenehm das auch war, wenn etwas schief ging –, hüllte ich sie in ihr Kleid und legte einen Finger an die Lippen, um ihr zu bedeuten, dass sie nicht sprechen durfte. Dann brachte ich sie ins Bad, wo ich bei ihr in der dampfigen Hitze blieb, bis sie sauber war. Es war Wochen her, dass sie zum letzten Mal gebadet hatte, und sie fügte sich bereitwillig, als die Sklavinnen sie auf eine Marmorplatte setzten, sie mit Wasser aus einem silbernen Krug begossen und ihr Haare und Kopfhaut schrubbten. Ich sah die anderen Mädchen vor Neid erblassen. Die blonden Haare, die himmelblauen Augen und die patrizische Haltung des Neuankömmlings gefielen ihnen nicht. Sie war kein Bauernmädchen aus Russland oder dem Kaukasus wie die meisten von ihnen, und sie störten sich an ihrer Andersartigkeit.

Als sich Nakschedil an die aufsteigenden Schwefeldämpfe gewöhnt hatte, sah sie sich mit betrübtem Blick um: Ein halbes Dutzend junger Frauen lag träge herum. Lange schwarze Mähnen fielen ihnen den Rücken hinab, und rabenschwarze Augen blitzten in ihren glänzenden weißen Gesichtern. Hinter ihnen standen weitere Frauen, einige weiß, einige schwarz, mit nackten Brüsten und unterhalb der Taille spärlich bekleidet. Sie hegten und pflegten die Mädchen wie liebevolle Katzen, die sich um ihre Kätzchen kümmern. In einer Ecke hielten sich zwei sinnliche Gestalten eng umschlungen. Nakschedil sprach kein Wort, doch später gestand sie:

»Ich war beschämt und verängstigt, alles schien so fremd. Ich wusste weder, wo ich mich befand, noch wie viel Uhr es war. Nachdem die Piraten unser Schiff gekapert hatten, verlor ich jegliches Zeitgefühl. Uhren und Kalender sind bedeutungslose Begriffe, wenn sie keinen Zweck erfüllen. Und was den Ort anging, so kam ich mir vor wie auf Lesbos oder im Fegefeuer der Eitelkeit, als ich in den dichten Dampfschwaden des Bades die sich liebkosenden Frauen beobachtete.«

Nachdem das Bad beendet war, griff Nakschedil nach ihrem alten Unterrock und ihrem Kleid. Doch sie durfte es nicht länger tragen. Stattdessen umwickelte man sie mit einem Leinenhandtuch und zog ihr Schildpatt-Stelzenschuhe an. Die Holzpantinen verhinderten, dass die Trägerinnen auf dem nassen Marmor ausrutschten, und schützten die Fußsohlen vor der vom Boden aufsteigenden Hitze. Doch obwohl sich Nakschedil anmutig bewegte, hatte sie Schwierigkeiten, mit den hohen Absätzen zu laufen. Und so musste man sie in den Ruheraum des Bades führen, wo sie dankbar war für ein Sorbet. Gierig trank sie den eisgekühlten Orangensaft und vergaß dabei fast, Atem zu holen.

Im Ankleideraum nebenan erhielt sie neue Kleider: Sie schlüpfte zögernd in den dünnen *shalwar* (Pluderhose), der an ihren Knöcheln gerafft war. Dann zogen sie ihr eine gazeartige Bluse über, durch die sich ihre Brüste abzeichneten. Doch sie schien froh über jede Art von Körperbedeckung. Darüber zogen sie ihr einen *entari*, ein langes, mit engen Ärmeln versehenes Seidengewand, das am Busen so geschnitten war, dass ihre Brüste darin Platz fanden. Das Gewand war nur an der Taille geknöpft. Dazu ein schlichter, schmuckloser Leinengürtel, den sie seitlich an der Hüfte mit einer Schärpe zusammenhielt. Sie seufzte erleichtert, als sie begriff, dass sie die Stelzenschuhe außerhalb des Bades nicht tragen musste. Wie alle anderen erhielt sie bestickte Pantoffeln. Anschließend führte ich sie durch den Korridor zur Ersten Kammerfrau.

Normalerweise herrscht die Sultansmutter über den Harem, doch Sultan Abd ül-Hamid hatte seiner Mutter schon vor langer Zeit Lebewohl gesagt, und so war es die *kahya kadin*, die nun das Sagen hatte. Die Erste Kammerfrau, eine alte Jungfer, die vom Sultan ernannt und von ihm mit »Mutter« angeredet wurde, besaß das Privileg, ein silbernes Zepter zu tragen und das Reichssiegel zu benutzen. Außer ihr war dies nur dem Sultan und dem Großwesir gestattet.

Ihr oblag die Ausbildung Hunderter Sklavinnen. Es war ihre Aufgabe, dafür zu sorgen, dass das Leben im Harem reibungslos funktionierte. Allein dem Padischah standen vierzig Personen zu Diensten. Sie mussten gewährleisten, dass stets alles verfügbar und in perfekter Ordnung war: seine Kleider und sein Schmuck, seine Waschungen und seine Bäder, sein Sirup und sein Kaffee, sein Tisch und seine Wäsche, seine Musikanten und Geschichtenerzähler. Ebenso gab es Personal für den schwarzen Obereunuchen und für alle seine Ehefrauen, Favoritinnen – die Konkubinen – sowie für die Meisterinnen selbst.

Die Meisterinnen unterstanden der Ersten Kammerfrau und waren jeweils für eine bestimmte Abteilung im Harem zuständig. Alle waren längst aus dem Alter heraus, in dem man bewundernde Blicke auf sich zog: die Koranmeisterin, die Kaffeemeisterin, die Schatzmeisterin, die Sorbetmeisterin, die Vorratsmeisterin, die Bademeisterin, die Schreibmeisterin, die Wäschemeisterin, die Garderobenmeisterin, die Schmuckmeisterin, die Stickereimeisterin, die Frisurenmeisterin, die Zeremonienmeisterin, die Musikmeisterin und die Krankenmeisterin. Diese Meisterinnen bildeten wiederum die jüngeren Frauen in ihrem jeweiligen Bereich aus. Glücklich schätzen konnten sich die hübschen Mädchen, die auserkoren wurden, dem Sultan zu dienen. Im Gegensatz zu ihren Vorsteherinnen, die noch nie mit einem Mann geschlafen hatten, hatten sie gute Chancen, vom Sultan zu einem intimen Rendezvous gerufen zu werden. Wenn nicht, hatten sie vielleicht das Glück, als Ehefrauen für wichtige Persönlichkeiten außerhalb des Palastes ausgewählt zu werden, etwa für einen Provinzgouverneur, einen Pascha oder einen Offizier. Oder wenn die Pflicht rief, konnten sie eines Tages selbst zu Meisterinnen des Palastes aufsteigen, die mit materiellen Gütern, wenn auch nicht mit Liebe, reich gesegnet wurden.

Ich bedeutete dem Mädchen, still zu stehen und zu warten, während ich mich dem silbernen Stuhl näherte. Ich verneigte mich tief und küsste den Ärmel der *kahya kadin.* Als ich den Kopf hob und den Anflug eines Lächelns auf ihrem Gesicht sah, wusste ich, dass sie von der blonden Jungfrau angetan war. Nakschedil war jung, aber es war offensichtlich, dass sie gesellschaftliche Umgangsformen beherrschte und doppelt so viel wert war wie ein Bauernmädchen.

Da die *kahya kadin* wusste, dass ich sprachliches Talent besaß, gab sie mir mit einem Blick zu verstehen, ich solle dolmetschen. Wegen des Etiketts auf dem Kleid vermutete ich, dass das Mädchen Französisch sprach.

»Wie heißt du, wie alt bist du, und woher kommst du?«, fragte ich.

»Ich heiße Aimée du Buc de Rivery«, antwortete sie so leise, dass ich sie kaum verstand. »Ich bin dreizehn Jahre alt und bin Französin aus Martinique.«

»Und wie kommt es, dass du hier bist?«

»Mein Vater ist Besitzer einer großen Zuckerplantage. Er schickte mich auf die Schule nach Nantes. Nach drei Jahren sollte ich wieder nach Hause kommen. Aber ich habe mein Ziel nie erreicht. Mein Schiff wurde von Piraten gekapert, ich wurde nach Algier und anschließend hierher gebracht.« Ihre Stimme war jetzt etwas kräftiger, und ich konnte den melodischen Rhythmus des Kreolischen heraushören. »Mein Vater ist ein reicher Mann. Er wird Euch so viel Geld bezahlen, wie Ihr wollt, wenn Ihr mich nach Hause lasst.« Die Große Meisterin ignorierte das Angebot.

»Besitzt du irgendwelche Talente? Kannst du tanzen oder nähen? Alle Mädchen hier müssen nähen«, fügte ich hinzu.

Ein unmerkliches Lächeln huschte über ihr Gesicht, und sie zog ein kleines besticktes Tüchlein aus ihrem *entari* hervor. »Das hier habe ich versteckt, als die Piraten an Bord meines Schiffes kamen.« Sie hob den Kopf, und ich bemerkte einen trotzigen Ausdruck in ihren Augen. »Es ist mein Lieblingstaschentuch, und ich hebe es als Glücksbringer auf. Ich habe es in der Schule selbst genäht.«

Sie hielt es der Großen Meisterin hin, doch diese weigerte sich, es zu berühren.

Als ich näher trat, sah ich an den Stichen, dass das Mädchen tatsächlich Talent besaß. »Wie steht es mit der Musik? Spielst du ein Instrument?«

»Aber natürlich«, antwortete sie. Sie zeigte mit ihren schlanken Händen, wie sie eine Geige und einen Bogen hielt, und tat so, als würde sie spielen. »Bach, Mozart«, sagte sie.

Nachdem die Große Meisterin noch ein paar weitere Worte gesprochen hatte, entließ sie das Mädchen. Sie scheuchte es davon wie eine lästige Fliege. Erneut wurde sie meiner Obhut anvertraut, und ich führte sie durch einen Korridor, eine schmale Treppe hinunter und in das feuchte Kellergeschoss, wo die Neuankömmlinge schliefen. Ich öffnete die Tür des fensterlosen Raumes, und als das Mädchen die Diwane sah, die an den Wänden aufgereiht standen, sah ich ihr an, dass sie sich am liebsten hinsetzen würde. Doch ich bog den Kopf in den Nacken, hob die Augenbrauen und gab ihr mit einem Schnalzen der Zunge zu verstehen, dass es ihr nicht erlaubt war.

Sie griff nach meinem Arm. Ihre Stimme war so lieblich wie die einer Nachtigall. »Ich kann Euch gar nicht sagen, wie glücklich ich war, als ich Euch in meiner Sprache reden hörte«, sagte sie. »Es ist lange her, dass ich mit irgendjemandem gesprochen habe, und schon beim Gedanken daran hüpft mein Herz vor Freude.«

»Du darfst nicht länger französisch sprechen«, befahl ich. »Du musst den Namen Aimée vergessen und ebenso, wer deine Familie ist und woher du kommst. Du bist jetzt im Harem. Du wirst Arabisch und Türkisch lernen, du wirst den Islam studieren und Muslimin werden.«

Die Erste Kammerfrau hatte mir ein Pergamentstück gegeben, und ich heftete es an die Brust des Mädchens. »Das ist von jetzt an dein Name«, sagte ich. »Nakschedil.«

Sie sah mich an, als hätte ich den Verstand verloren.

»Nakschedil«, wiederholte ich. »Sprich es mir nach.«

Sie stand da wie zur Salzsäure erstarrt, und obwohl ich den Namen mehrere Male wiederholte, weigerte sie sich, auch nur einen Laut von sich zu geben.

Die Dämmerung brach herein. Bald würden die Eisentore des Harems verschlossen werden. Die Mädchen würden drinnen eingeschlossen sein wie Perlen in Austernschalen. Ein schwarzer Eunuch, der nach Einbruch der Dunkelheit erwischt wurde, hatte nicht mehr lange zu leben. Ich ging und dachte daran, dass die hundert in dem langen schmalen Raum schlafenden Mädchen wie Sterne waren, die sich in der kalten, dunklen Nacht aneinander schmiegten. Nur die glühenden Kohlen eines Kohlebeckens spendeten Wärme. Die Mädchen schliefen unter dem wachsamen Blick einer Schlafmeisterin – auf zehn Mädchen kam jeweils eine Meisterin. Welche Träume mussten diese Frauen mit den traurigen Augen einst gehabt haben, wie viele enttäuschte Erwartungen! Jahre später erzählte mir eine der Frauen, ihr sei jedes Mal das Herz schwer geworden, wenn sie die unschuldigen Mädchen sah, die den Harem betraten: Ihre verträumten Augen spiegelten ihre eigenen Träume wider, und ihre reifen Lippen bargen Hoffnungen auf Küsse, in deren Genuss sie nie kommen würde. »Ich habe ihnen nie von meiner Verzweiflung erzählt«, hatte sie gesagt, »von den sehnsuchtsvollen Jahren, in denen ich darauf wartete, dass mir der Sultan ein Zeichen geben würde, von den leeren Jahren ohne Liebe«.

»Gab es denn nie jemanden?«, fragte ich.

Ich konnte förmlich sehen, wie sie in ihrer Erinnerung kramte. Plötzlich zuckte sie zusammen. »Ich erinnere mich, als Besmi zum ersten Mal zu mir kam, wie ich mich ihr bereitwillig hingab und ihr erlaubte, meinen Körper zu erkunden, im Tausch gegen ein wenig Liebe. Später gab es noch den Eunuchen Sesam, der mir seine dicken Lippen anbot und mich mit seinen seltsamen Werkzeugen befriedigte.«

Die Schlafmeisterin beobachtete die Mädchen, die allesamt Schönheiten waren. Sie wusste, dass viele von ihnen als Baby in den Schlaf gewiegt worden waren, indem man ihnen Kinderlieder über eine goldene Zukunft im Palast vorsang. Immer wieder hörte ich die Geschichten dieser Frauen. Es waren keine Türkinnen dabei, denn für einen Muslim ist es eine Sünde, Muslime als Sklaven zu nehmen. Stattdessen stammten sie aus Ländern der Ungläubigen: aus dem Kaukasus, von den griechischen Inseln, von der Balkan-Halbinsel. Und sie waren auf Wunsch ihrer Eltern gekommen, oft schon im zarten Alter von acht oder neun Jahren, manche gar aus freien Stücken. Während sie das Gebirge überquerten und anschließend mit dem Schiff nach Istanbul fuhren, dachten sie daran, dass es besser war, die

Sklavin eines reichen Mannes zu sein als die rechtmäßige Ehefrau eines armen Schluckers.

Vielleicht hatten sie ja Recht: Vielleicht bedeutet Freiheit überhaupt nichts, wenn sie von Hunger und Kälte überschattet ist. Eine Sklavin im Harem hat bessere Chancen auf eine warme Schlafstätte und ausreichend Nahrung als eine arme Bäuerin, die den Launen der Natur ausgeliefert ist. Diese abgeschottete Welt der Sklavinnen, zu der bis auf den Sultan und seine schwarzen Eunuchen keine männlichen Wesen Zutritt haben, bietet eine gewisse Sicherheit. Und im Gegensatz zur Bäuerin, die ihrem elenden Schicksal nicht entrinnen kann, kann die Odaliske ihre Lage verbessern. Der Sklavenmarkt mag denjenigen, die seine Versteigerungen verfolgen, grausam und unmoralisch erscheinen. Die Mädchen jedoch, so spärlich sie auch bekleidet sind und so gründlich sie auch inspiziert werden, wissen, dass ihre Zukunft aus Gold und Silber gewirkt sein könnte, wenn sie nur durch ihre Schönheit und ihre Talente die Aufmerksamkeit des Sultans erregen.

Mit Nakschedil war es natürlich etwas anders. Ihre Zukunft war reich an Möglichkeiten gewesen. Doch nun war sie hier, verloren in dem furchtbaren Durcheinander fremder Laute und seltsamer Verhaltensweisen. In jener ersten Nacht folgte sie dem Beispiel der anderen: Sie holte Polster und Kissen aus den Schrankwänden, ließ sich auf den schmalen Diwan fallen und zog die Decke wie ein Leichentuch über sich.

Danach sah ich eine Woche lang nichts mehr von ihr. Ich stand im Dienst der *kahya kadin*, und es gab so viele Mädchen und so viel Arbeit, dass ich Nakschedil fast vergaß – bis ich eine Nachricht erhielt, augenblicklich in den Saal der neuen Odalisken zu kommen. Als ich dort ankam, war die Schlafmeisterin außer sich vor Wut.

»Die Neue«, keifte sie. »Sie rührt sich nicht von der Stelle und weigert sich sogar, das Bett zu verlassen. Eines der Mädchen hat ihr etwas zu essen gebracht, sonst wäre sie verhungert. Sie haben versucht, mit ihr zu sprechen, aber keine versteht auch nur ein einziges Wort. Ihr seid der Einzige, der ihre Sprache beherrscht. Redet mit ihr.«

In den Räumen herrschte Stille, ebenso wie im übrigen Palast. Wenn die Mädchen überhaupt den Mund aufmachten, mussten sie türkisch sprechen. Und wenn sie nicht gehorchten, wurden sie bestraft. Trotz der Gefahr, eingesperrt zu werden, besaßen viele die Kühnheit, sich flüsternd in ihrer Muttersprache zu unterhalten. Und hier und da hörte man die Schreie eines Mädchens, das aufs Ohr geschlagen wurde. Nakschedil ging das Risiko ein und versuchte, mit jemandem zu sprechen. Doch sie rief nur verständnislose Blicke und stummes Achselzucken hervor. Unter den Mädchen herrschte ein babylonisches Sprachengewirr, eine Mischung aus Russisch, Armenisch, Georgisch, Tschechisch, Tscherkessisch, Rumänisch, Bulgarisch, Slowenisch, Serbokroatisch und Griechisch.

Insgeheim freute ich mich über die Gelegenheit, mein Französisch anzuwenden. Doch als ich mich an Nakschedil wandte, konnte ich meine Wut nicht verbergen. »Du musst tun, was man dir sagt. Dies hier ist kein Ort für verwöhnte Kinder«, rügte ich sie. »Hier wird hart gearbeitet. Ja, du bist eine Odaliske, die niedrigste Sklavin. Auch wenn du in Frankreich erzogen worden bist, im Harem bist du nichts weiter als eine Raupe in einer Welt der Schmetterlinge. Pass auf«, warnte ich sie, »für ein solches Verhalten kannst du bestraft werden.«

Zuerst starrte sie mich verständnislos an, dann erschien eine Träne auf ihrer Wange. Innerhalb einer Minute liefen noch mehr Tränen über ihr Gesicht.

Verschone mich mit deinem theatralischen Gehabe, dachte ich bei mir.

»Ich will nicht bestraft werden«, schluchzte das Mädchen. »Ich will nur nach Hause.«

»Du kannst nicht nach Hause gehen«, sagte ich. Ich blickte sie starr und mit gerunzelter Stirn an. Doch etwas in ihrer Stimme erinnerte mich daran, wie ich selbst mich bei meiner Ankunft im Palast gefühlt hatte, als kastrierter Junge, verängstigt und von Heimweh geplagt, wie betäubt durch den Verlust eines meiner Körperteile und schockiert über meine merkwürdige Umgebung.

»Ich weiß, dass meine Eltern mich finden werden«, beharrte sie. »Sie wussten, dass etwas nicht stimmte, als mein Schiff nicht ankam. Ich muss ihnen Bescheid geben, dass ich hier bin.«

»Das wirst du nicht tun«, bellte ich. »Dies ist das Serail, der königliche Palast des Sultans, seine private Welt. Und ganz gleich, ob wir männlich oder weiblich sind, weiße oder schwarze Eunuchen, Page oder Soldat, Wesir oder Geistlicher, Gemahlin oder Konkubine, Schwester oder Mutter, wir existieren, um dem osmanischen Herrscher zu dienen. Die Türen zu unserer Vergangenheit sind verschlossen.«

»Das kann nicht sein«, widersprach sie. »Ich kenne die neue Oper von Mozart, *Die Entführung aus dem Serail*. Irgendjemand wird mich retten, genau wie in der Oper.«

»Der Einzige, der dich retten wird, bist du selbst«, sagte ich. »Du kannst dich weigern, mitzuarbeiten, dann wirst du bestraft werden und eine niedere Sklavin bleiben. Oder du kannst arbeiten, den Islam studieren, Muslimin werden und lernen, wie man einen Mann befriedigt. Dann hast du Chancen, Favoritin oder sogar Ehefrau des Sultans zu werden.« Ich strich ihr eine Haarsträhne aus dem Gesicht und wandte mich ab.

Am nächsten Morgen kam ich noch einmal vorbei, um nach ihr zu sehen. Sie frühstückte gemeinsam mit den anderen. Die Mädchen hockten auf dem Boden um ein großes Kupfertablett herum und verzehrten schweigend ihr Essen. Nakschedil nahm einen Schluck von dem starken russischen Tee, der zugleich bitter und süß schmeckte, und hätte ihn fast wieder ausgespuckt. Und als sie in das weiche Brot biss, verzog sie beim Geschmack der Sesamkörner im Teig das Gesicht. Sie wollte das Brot mit Feta und getrockneten Früchten belegen. Doch da sie nur den Daumen und die ersten beiden Finger der rechten Hand benutzte, rutschte das Essen herunter. Frustriert stand sie auf und lief trotzig und mit hoch erhobenem Haupt davon.

Ich nahm sie beiseite. »Was ist los mit dir?«, fragte ich sie. »Du musst etwas essen.«

»Ich kann nicht«, erwiderte sie. »Diese Speisen sind für die anderen. Ich möchte nur eine Tasse heiße Schokolade und ein paar Scheiben knuspriges Brot.«

»Das wirst du hier nicht finden.«

Sie seufzte. »Ich erinnere mich noch immer an mein letztes Frühstück im Kloster. Alle meine Freundinnen umarmten mich und sagten mir, wie sehr sie mich vermissen würden und wie gerne sie auch nach Hause gehen würden. Jetzt ist niemand da zum Umarmen, auch nicht zum Reden, und nicht einmal eine Schokolade zum Trinken.«

Vermutlich war es die Einsamkeit, die sie so bedrückte. Ein paar Tage später bekam sie erneut einen Wutanfall. Sie schrie die Mädchen und die Meisterin auf Französisch an, stürzte dann davon und legte sich in ihr Bett. Wieder wurde ich beauftragt, ein ernstes Wörtchen mit ihr zu reden. Ich betrat den feuchten Raum, suchte die kargen Sofas an der Wand ab und entdeckte das Mädchen unter der Bettdecke.

»Bist du verrückt geworden? Was machst du nur?«, schalt ich sie.

»Ich will nach Hause«, schluchzte sie.

»Es spielt keine Rolle, was du willst. Du musst tun, was man dir sagt.«

»Ich darf so gut wie nie den Mund aufmachen«, beklagte sie sich. »Hier herrscht eine richtig unheimliche Stille, die an meinen Nerven zerrt, so wie Kälte in die Knochen dringt. Wenn ich gebeten werde, etwas zu sagen, muss ich in dieser hässlichen Sprache antworten. Ich kann nicht. Warum sprechen sie kein Französisch? Wissen sie denn nicht, dass es die einzige wichtige Sprache ist? Französisch ist die Diplomatensprache. Und man verlangt von mir, diese hässlichen Kleider zu tragen. Warum kleiden die sich so? Mein Gott, wie die aussehen!«

Ich blickte hinunter auf meine Tunika und meine gerafften Hosen und erinnerte mich daran, wie albern ich mir vorgekommen war, als ich statt der schlichten Kleidung, die ich in meinem Elternhaus getragen hatte, diese vielen Kleider übereinander anziehen musste. Aber nach einer Weile freute ich mich auf ein paar Meter Seide für einen prachtvollen neuen Kaftan oder eine Flatterhose.

Um ehrlich zu sein, ich fand immer, dass diese Kleidung den jungen Sklavinnen schmeichelte. Ich musste allerdings zugeben, dass die Mädchen verglichen mit Nakschedil unscheinbar wirkten. Es war nicht nur ihre geschmeidige Figur, sondern das, was sie mit den Kleidungsstücken machte, die man ihr gegeben hatte. Die Art und Weise, wie sie ihre Schärpe band oder ihren *entari* drapierte, ließ sie schicker als die anderen aussehen. Ich enthielt mich eines Kommentars und ließ sie gewähren, in der Hoffnung, sie würde gefügiger werden, wenn sie erst einmal aufgehört hatte, sich zu beschweren.

»Wo ist der Wein? Was sind das für Menschen, die keinen Wein trinken?«, fragte sie. »Man stelle sich das mal vor, hier trinken sie Wasser! Igitt! Und ich soll mit den Händen essen. Das ist barbarisch. Ich bin doch keine Wilde. Und die Betten! Das sind überhaupt keine Betten. Sie haben keine Matratzen, denn es sind nur mit Wolle gefüllte Tücher. Ich komme aus Frankreich, der bedeutendsten Zivilisation der Welt. Ich gehöre nicht hierher, und die haben kein Recht, mich hier zu behalten. Ich werde auf der Stelle gehen.«

Ich konnte ein Kichern nicht unterdrücken. »Ich habe es dir bereits gesagt, das ist unmöglich. Dies ist der Palast des Sultans.«

»Palast!«, rief sie verächtlich. »Das ist doch kein Palast. Nach dem zu urteilen, was ich gesehen habe, sind es bloß vier Höfe und eine Reihe von Pavillons.«

»Nenne es, wie du willst. Du bleibst für den Rest deines Lebens hier.« Ich hielt einen Moment inne und fügte dann hinzu: »So wie ich.«

Sie funkelte mich wütend an. »Ich bin nicht wie Ihr. Wie könnt Ihr es wagen, mich mit einem hässlichen, hinkenden Eunuchen zu vergleichen?« Ich spürte, wie sie auf mein bartloses Gesicht starrte, dann wanderte ihr Blick hinunter zu meinem kürzeren Bein. »Ich bin kein Monster«, sagte sie zornig. »Ich bin ein Mädchen, ein sehr hübsches Mädchen sogar. Das haben die Leute mir immer gesagt.«

Mein Magen krampfte sich bei ihren Worten zusammen, und ich versetzte ihr einen heftigen Schlag auf die Wange. Ihr Gesicht rötete sich, und ich sah, wie sich ihre Augen mit Tränen füllten. Sie blickte mich voller Verachtung an.

Ich hob die Hand, um sie am Weiterreden zu hindern.

»Nakschedil«, sagte ich.

»Ich heiße nicht Nakschedil. Ich heiße Aimée du Buc de

Rivery. Ich bin Französin. Ich komme aus Martinique. Und ich gehe bald nach Hause.«

Ich wandte mich entnervt ab.

In diesem Moment sah ich die Schlafmeisterin und begriff, dass sie alles mitangesehen hatte. Beim Davongehen hörte ich Nakschedils Schreie und wusste, dass sie einem anderen Eunuchen übergeben worden war, der sie zehnmal mit einem Lederpantoffel aufs Ohr schlug. Ich ging noch einmal zurück und spähte in den Raum: Sie lag zusammengekrümmt wie eine Kugel auf dem Fußboden, und Blut strömte seitlich an ihrem Kopf herab.

Jetzt wird sie ihr Verhalten ändern, dachte ich und zuckte zusammen, als ich mich an die Bastonade erinnerte. Es war kurz nach meiner Ankunft: Sie zogen meine Füße durch Löcher in Holzbrettern, banden sie fest und schlugen mit einem Holzstock immer wieder auf meine nackten Fußsohlen, bis ich auf dem Boden zusammenbrach. Tagelang konnte ich nur kriechen. Ich umwickelte meine Füße wochenlang mit Gaze, bis sie endlich nicht mehr bluteten. Alle jungen Eunuchen werden auf diese Weise bestraft, und zwar nicht nur ein Mal, sondern viele Male. Mit dieser Methode macht man die Neulinge gefügig. Wir lernten alle schnell, zu gehorchen. Nicht aber Nakschedil. Zuerst dachte ich, sie hätte sich verändert, aber wie sich herausstellen sollte, war es gerade ihre Widerspenstigkeit, die ihr in den folgenden Jahren zugute kam.

Am nächsten Morgen tat sie es den anderen Mädchen gleich: Sie stieg aus dem Bett, legte ihr Bettzeug in eine Bocha und stellte diese zurück auf das Regal. Dann holte sie einen Gebetsteppich von dem Stapel in der Zimmerecke, nahm das darin steckende weiße Musselintuch heraus und legte es sich auf den Kopf. Sie folgte dem Imam, einem schwarzen Eunuchen, der das Gebet vorsagte. Auf dem Teppich kniete sie nieder, presste die Hände vor ihren Augen zusammen und versuchte, die seltsamen Worte zu wiederholen, obwohl sie keine Ahnung hatte, was sie bedeuteten. Die Worte drückten jedenfalls keine Bitte aus, sie freizulassen, dessen war sie sich sicher. Nachdem sie die Worte laut gesprochen hatte, verweilte sie noch einen Moment in ihrer Haltung, als würde sie ein stummes Gebet sprechen.

Anschließend zog sie sich die dünnen Kleider an, die man ihr gegeben hatte, und nahm gemeinsam mit den anderen die erste Mahlzeit des Tages ein. Zu Beginn des Arabisch-Unterrichts zeigte sich, dass nur zwei der anderen Mädchen ein Buch lesen oder einen Füllfederhalter halten konnten. Doch der Sultan bestand darauf, dass alle Bewohner des Topkapi-Palastes lesen und schreiben konnten und sich die elementaren Lehrsätze des Islam einprägten.

Eine richtige Muslimin, so sagte man Nakschedil, konnte den gesamten Koran auswendig. Sie fand dies unvorstellbar, wenn sie sich schon mit der arabischen Sprache so abmühte. Ich muss zugeben, das Arabische liest sich sehr eigentümlich – völlig anders als das Französische –, aber es hat ein viel schöneres Schriftbild. Die Schrift verläuft in Schnörkeln von rechts nach links, und die Buchstaben sind wie ein seine Gestalt veränderndes Chamäleon, je nachdem, welche Position sie in einem Wort einnehmen.

Das osmanische Türkisch zu sprechen, mit seiner Mischung aus Persisch, Arabisch und Türkisch, war für Nakschedil fast ein Ding der Unmöglichkeit. Einige von uns haben ein Talent für Sprachen. Ich selbst kann einen Russen, einen Griechen oder einen Perser so perfekt imitieren, dass man mich für einen Muttersprachler hält. Aber ich weiß wohl, dass es für andere keine leichte Aufgabe ist: die merkwürdigen Laute, die Betonung ungewöhnlicher Silben, die Verben, die wie die letzten Beine eines Hundertfüßlers hinterhertrippeln, die Wörter, die keinerlei Bezug zu irgendwelchen anderen hatten, die die Mädchen kannten. Wenn sie eine solche Sprache sprechen müsse, sagte Nakschedil zu mir, spreche sie lieber überhaupt nicht. Immer wenn sie mich sah, murmelte sie etwas auf Französisch. Ich tat so, als würde ich es nicht hören, aber es war immer eine spöttische Bemerkung über die Türken: »Sie sprechen eine abscheuliche Sprache«, sagte sie etwa. Oder: »Diese Menschen sind die reinsten Barbaren«.

Nakschedil weigerte sich hartnäckig, die Sprache zu lernen, und wurde deshalb mit keiner der anderen Sklavinnen richtig warm. Sie blieb für sich und verstand das kindische Gequatsche der anderen nicht. Bei den Mahlzeiten wurde der Zwischenraum auf dem Fußboden zwischen ihr und den anderen Mädchen immer größer. Wenn die anderen kicherten, war sie überzeugt davon, dass sie sich über sie lustig machten.

Die meiste Zeit kapselte sie sich ab und schmollte. Eigensinnig beharrte sie darauf, sie werde in Bälde gerettet. Sie reagierte nicht, wenn man sie mit dem Namen »Nakschedil« anredete, und weigerte sich, zuzuhören, wenn man sie auf Türkisch ansprach. Mir war klar, dass sie möglicherweise aus dem Palast geworfen und auf dem Sklavenmarkt verkauft würde, wenn sie sich nicht bald in die Gemeinschaft einfügte. Es ging mir nicht in erster Linie um sie. Vielmehr befürchtete ich, dass der schwarze Obereunuch mich für ihr Versagen verantwortlich machen würde.

Plötzlich fiel mir ein, dass eines der Mädchen im Raum nebenan rumänischer Herkunft war. Ihre Sprachen hatten denselben Ursprung, und Nakschedil hatte Latein gelernt. Wenn ich ein bisschen dolmetsche, so dachte ich, könnten die beiden sich verständigen.

»Nakschedil«, sagte ich und präsentierte ihr ein Mädchen mit großen braunen Augen und einem freundlichen Lächeln im runden Gesicht. Ihre braunen Haare waren zu Zöpfen geflochten, die um ihren Kopf gelegt waren. »Ich möchte dich mit einem Mädchen bekannt machen, das schon eine Weile hier ist. Das ist Perestu.«

Das Mädchen stellte sich vor. »Ich bin die, die dir Essen brachte, als du hier ankamst und das Bett nicht verlassen wolltest.«

»Das war sehr nett von dir«, erwiderte Nakschedil. »Aber ich wüsste nicht, dass ich jemanden gebeten hätte, mich zu retten.«

»Oh, na ja«, sagte Perestu und machte eine wegwerfende Handbewegung. »So bin ich nun mal. Ich kümmere mich gerne um Kranke, und es scheint, dass ich immer verletzte Tiere rette.« Sie lächelte, und auf ihren Wangen erschienen zwei runde Grübchen.

»Perestu«, sagte Nakschedil, »du hast einen lustigen Namen. Was bedeutet er?«

»Er ist persisch und heißt ›Kleine Schwalbe‹. Und was bedeutet dein Name?«

Nakschedil zuckte die Achseln. »Sie sagten mir, es hieße so etwas wie ›Auf dem Herzen bestickt‹.«

»Er ist sehr hübsch«, meinte Perestu. Und dann entschuldigte sie sich. »Ich muss gehen, aber ich bin sicher, wir werden uns bald wiedersehen.«

In den Bädern, wo alle Mädchen tagtäglich Zeit verbrachten, sah ich, wie Perestu Nakschedil beibrachte, sich die Fingerspitzen mit Henna zu färben und ihre Augen mit schwarzem Kajalstift zu umranden. Doch Nakschedil weigerte sich, ihre Augenbrauen so nachzuziehen, dass sie aussahen wie zusammengewachsen, und als ich sie nach dem Grund fragte, antwortete sie:

»Ich weiß, die anderen halten mich für dumm, weil ich

die Mode nicht mitmache. Aber ich finde, ich sehe damit grausam aus.«

Im Hamam konnten die Mädchen offener miteinander reden, und oft plauderten sie über Sultan Abd ül-Hamid. Sie tänzelten im Ruheraum herum und stellten sich mit leuchtenden Augen vor, was sie täten, wenn der Sultan nach ihnen verlangen würde. Als Perestu Nakschedil jedoch erzählte, dass der Herrscher ein alter Lustmolch war, schauderte sie beim bloßen Gedanken daran.

Eines Tages, als ich den Mädchen eine zweite Kleidergarnitur und einige Tücher – ihre Ausstattung für dieses Jahr – in den Schlafsaal brachte, sprach Nakschedil von den vielen schönen Stoffen, die sie in Nantes gekauft hatte und ihrer Familie bei ihrer Rückkehr nach Martinique schenken wollte. Sie hatte noch weitere Geschenke bei sich gehabt: spezielle Salben und Parfüms für ihre Mutter, hübsche silberne Schatullen für ihre Schwestern, einen feinen Rasierpinsel für ihren Vater. Doch alles war zusammen mit dem goldenen Medaillon ihrer Mutter, das sie um den Hals getragen hatte, von den Piraten gestohlen worden.

»Wenn du tust, was man dir sagt«, riet ihr Perestu, »wirst du hier viel schönere Sachen haben: Die Favoritinnen des Sultans besitzen Schmuck und prächtige Kleider in Hülle und Fülle, und sie trinken ihren Kaffee aus goldenen, mit Perlen verzierten Tassen. So schlimm ist das gar nicht, sich einem Mann hinzugeben, der einen mit solchen Gaben ausstattet.«

»Das ist nichts für mich«, entgegnete Nakschedil. »Ich träume lieber von François, dem Jungen, mit dem mein Vater mich verheiraten will. Das Einzige, was mich interessiert, ist, wie unser Leben sein wird. Ich stelle mir vor, wie ich mit Bändern geschmückte Seidengewänder und Reifröcke trage und stolz mit ihm Arm in Arm die Straße entlangschlendere. Ich sehe uns beide zu Hause: Ich recke mich zu ihm hinauf und gebe ihm einen Kuss; er neigt sich zu mir herunter, lächelt mit seinen blauen Augen und legt mir eine Perlenkette um den Hals.«

»Dieses Bild solltest du lieber vergessen«, bemerkte ich, »sonst wird man dir etwas ganz anderes um den Hals legen. Der Scharfrichter verwendet eine seidene Schnur.«

»Du solltest dir über deine Arbeit Gedanken machen«, riet Perestu. »Welche Aufgabe wurde dir zugewiesen?«

»Natürlich keine«, erwiderte Nakschedil und rümpfte die Nase. »Warum sollte ich arbeiten?«

»Weil du es musst«, sagte das Mädchen. »Jeder im Harem hat irgendeine Aufgabe.«

»Ich bin nicht jeder. Ich habe noch nie gearbeitet. Und ich habe es auch nicht vor.«

Die Rumänin schüttelte den Kopf.

»Und was arbeitest du?«, fragte Nakschedil, die plötzlich neugierig geworden war.

»Ich bin Musikerin«, antwortete sie. »Ich spiele die Ney.«

»Und ich spiele Geige«, sagte Nakschedil.

»Vielleicht könntest du ein türkisches Musikinstrument lernen«, schlug Perestu vor. »Irgendetwas musst du nämlich tun. Du wirst es hier zu nichts bringen, wenn du nicht gehorchst.«

»Zu was kann man es hier schon bringen? Es gibt ja eh nur Sklavinnen.«

»Oh, das stimmt nicht«, widersprach Perestu. »Es gibt Sklavinnen ganz unten auf der Leiter, und es gibt Sklavinnen ganz oben. Wir sind ganz unten und bekommen nicht besonders viel – lediglich ein paar Kleidergarnituren und ein paar Piaster als finanzielle Zuwendung. Und wir haben kaum persönliche Freiheiten. Wir dürfen im Palast nicht tun, was wir wollen, und wir dürfen den Palastbereich nicht verlassen. Wir sind nur hier, um dem Rest zu dienen.

In ein oder zwei Jahren werden wir Novizinnen, dann haben wir die Chance, uns zu verbessern. Diejenigen Novizinnen, die zu Konkubinen und vielleicht sogar zu Ehefrauen des Sultans aufsteigen, und auch diejenigen, die schließlich Meisterinnen bestimmter Bereiche werden, besitzen allesamt riesige Kleiderschränke, Truhen voller Schmuck, eigene Sklavinnen und größere persönliche Freiheiten. Sie dürfen den Palast verlassen, Picknicks und Bootsfahrten machen und den Herrscher zu seiner Sommerresidenz begleiten. Manchmal dürfen sie sogar heiraten und den Palast für immer verlassen. Eine kluge Haremsfrau kann beträchtlichen Wohlstand anhäufen und große Macht ausüben. Genau das ist mein Ziel, und wenn du nicht dumm bist, sollte es auch deines sein.«

»Ich glaube nicht, dass ich so lange hier bleiben werde«, erwiderte Nakschedil. »Denn meine Familie wird mich ganz bald retten.«

»Wirklich, Nakschedil«, sagte Perestu sanft tadelnd. »Du musst deine Familie vergessen. Aber«, fügte sie versonnen hinzu, »ist es nicht seltsam, dass mein Traum für dich ein Albtraum ist? Ich bin dankbar, hier im Topkapi-Palast sein zu dürfen. Das wünschte sich meine Mutter für mich, und mir wurde gesagt, ich solle es mir auch wünschen. Meine arme Mutter, Gott segne sie. Ich danke dem Herrn, dass sie so gehandelt hat. Wenn sie mich nicht verkauft hätte, wäre mein Leben wie ihres. Selbst in dieser monotonen Umgebung geht es mir besser, als es mir in Rumänien ergangen wäre.«

»Warum das?«, fragte Nakschedil erstaunt.

»Meine Eltern sind Bauern«, flüsterte sie. »Sie rackern sich zehn Stunden am Tag auf den Weizenfeldern ab. Das ist Knochenarbeit, und meine arme Mutter ist völlig erschöpft. Aber damit nicht genug: Sie kratzt die wenige Nahrung zusammen, die sie kriegen kann, Brot, Kartoffeln, hin und wieder ein Stück Fleisch. Sie kümmert sich um meinen Vater und meine Geschwister und pflegt sie, wenn sie krank sind. Sie schrubbt die Hütte und hält sie in Ordnung. Und noch dazu trägt sie jedes Jahr ein Kind im Bauch. Als ich ging, waren wir sechs, alle unter zehn Jahren, und wer weiß, wie viele es mittlerweile geworden sind.«

Nakschedil schwieg einen Moment. »Ich freue mich für dich, wenn dies der Ort ist, an dem du gerne sein willst«, sagte sie dann. »Aber ich nicht. Ich will bei meiner Familie sein, bei Mama, Papa, meinen zwei Schwestern und François. Und ich werde einen Weg finden, bald von hier wegzukommen. Ich werde hier nicht lange eingesperrt sein.«

Ich wollte den Mädchen von meiner eigenen Familie erzählen, aber gerade als ich zu sprechen begann, sah ich die Große Meisterin durch die Tür kommen. Ihr Anblick ließ uns verstummen.

2

Nakschedil schlurfte in ihren gelben Pantoffeln über den Holzboden und machte eine missmutige Miene, als ich sie eine Treppe hinauf und durch das Labyrinth von Korridoren zu der schweren, mit Einlegearbeiten geschmückten Tür führte. Ich drückte sie auf, und wir sahen eine Gruppe von Mädchen, die im Schneidersitz in einem Kreis auf dem Boden saßen. In der Mitte des Kreises stand ein geschnitzter Holzrahmen mit einem darüber gespannten safrangelben Tuch. Eine ältere Frau führte die Aufsicht.

Nakschedils Taschentuch hatte die Große Meisterin beeindruckt, und man hatte ihr befohlen, im Stickraum zu arbeiten. Die mürrisch dreinblickende, für die Näharbeit zuständige Frau trat näher. Sie war um die dreißig und hatte eingefallene Wangen. Man sah ihr an, dass sie einst fein ausgeprägte Gesichtszüge gehabt hatte. Nun aber waren ihre Wangen wegen der fauligen Zähne ganz hohl. Die Verbitterung hatte ihren Augen Kälte verliehen, und ihre nach unten gezogenen Mundwinkel kündeten von dauerndem Verdruss. Als Nakschedil sie erblickte, setzte sie sich schnell zu den anderen auf den Boden.

Ein Dutzend Sklavinnen arbeiteten an dem schweren Satintuch. Ich beobachtete, wie ihre Finger über den Stoff glitten: hier ein doppelter Vorderstich in Purpurrot für die Blütenblätter der Tulpe, dort Violett für die Hyazinthen, Silber oder Gold für die Konturen, ein grüner Satinstich für die Stiele. Die Mädchen waren so geschickt, dass man Rück- und Vorderseite des Stoffes nicht voneinander unterscheiden konnte. Das Tuch sah atemberaubend aus mit seinen Ombrés und Kontrasten, seinen Finessen und Details. Eine Robe, von der jede Haremsbewohnerin träumte. Doch es war kein Gewand für gewöhnliche Sklavinnen, sondern ein Kaftan für Ayscha, die erste Kadin, die Hauptfrau des Sultans. Sie war die Mutter eines Thronerben und hatte somit eine entscheidende Position inne. Eines Tages würde sie Valide Sultan werden und über den gesamten Harem herrschen. Alle waren bemüht, sie zufrieden zu stellen.

Nakschedil bekam Nadel und Faden, und ihre Finger zitterten. Ihre kleinen Stiche, die ihr im Kloster des salesianischen Ordens *Les Dames de la Visitation,* die »Frauen von der Heimsuchung Mariens«, Lob eingebracht hatten, waren im Vergleich mit denen der Haremsmädchen groß und ungelenk. Wenn sie sich hier einen Fehler erlaubte, etwa einen zu großen Stich machte oder die Nadel an der falschen Stelle hindurchstach, könnte dies verheerende Konsequenzen haben. Es war schon schwierig genug, durch die seidene Kette zu sticken. Aber würde sie mit den silbernen Streifen des Schussfadens zurechtkommen? Was war, wenn ihr Faden riss? Ich hatte sie gewarnt, dass ihr eine schwere Strafe drohte, wenn sie ihre Arbeit nicht korrekt ausführte.

Sie beobachtete die anderen Mädchen, wohl wissend, dass es sehr viel schwieriger war, die mit Metall umwickelten Fäden oder allein schon die feine Seide auf den schweren Satin zu sticken, als ein schlichtes Taschentuch zu besticken. Man gab ihr zum Üben ein einfaches Tuch, und sie warf es frustriert zu Boden.

Ich hob es auf. »Hier«, sagte ich und nickte dabei diskret zur Meisterin hin. »Das ist dir heruntergefallen.«

Sie verstand meine Warnung und fuhr mit ihrer Arbeit

fort. Doch an diesem Nachmittag schien sie noch mehr in Gedanken versunken als sonst. Und statt mit den anderen zusammen zu essen, saß sie auf ihrem Diwan und wickelte sich nervös ein Stück Stoff um ihre schlanken Finger. Am nächsten Morgen erzählte sie mir, sie habe sich die ganze Nacht im Bett hin und her geworfen, und die Stiche hätten ihr keine Ruhe gelassen. Als sie endlich eingeschlafen sei, sagte sie, habe sie von einer alten Frau geträumt, die ihr mit einer Nadel das Herz durchstach.

Nachdem sie jedoch einige Tage geübt hatte, beherrschte sie die Technik so gut, dass sie mit den anderen mithalten konnte. Und bald empfand sie die Arbeit als Herausforderung und fühlte sich erleichtert. Sie wusste, dass es sehr viel üblere Aufgaben gab: Kohlebecken blank polieren, schwere Essenstablette tragen, Wäsche waschen oder die langstieligen Pfeifen und Wasserpfeifen reinigen. Als sie Perestu aber erzählte, dass ihr ihre Arbeit Spaß machte, gab ihr das Mädchen eine seltsame Antwort.

»Das ist nicht gut«, flüsterte sie und hob warnend den Zeigefinger. »Nicht gut.«

»Warum nicht?«, fragte Nakschedil verwundert. »Ich nähe gerne. Im Kloster gehörte ich zu den Besten. Auch hier kann ich eine der Besten werden.«

»Einen Vogel, der sich in einem Baum versteckt, kann man nicht bewundern«, lautete Perestus Antwort.

Ich nahm erfreut zur Kenntnis, dass Nakschedil Perestus Bemerkung ignorierte und ihren täglichen Pflichten nachkam. Sie stand frühmorgens auf, begleitet von den klagenden Stimmen der Palastmuezzins und der Musikanten, nahm ihre Waschungen vor, bedeckte ihren Kopf, richtete den Blick nach Mekka und folgte dem Imam, der die Gebete vorsprach. Für jedes Gebet verneigte sie sich tief, richtete sich wieder auf, fiel auf die Knie und legte sich anschließend flach auf den Boden. Während sie so ausgestreckt dalag, berührte sie mit der Nase und dann mit der Stirn den Boden. Sie faltete die Hände vor ihrem Gesicht, schloss die Augen, um das Böse fern zu halten, und betete, manchmal stumm, manchmal laut.

»*Allahu akbar* – Gott ist der Größte«, sagte sie auf Arabisch. Sie richtete sich vom Boden auf, stammelte Passagen aus dem Koran, die sie mit meiner Hilfe lernte, und wiederholte die fünf Gebete.

Anschließend frühstückte sie – mittlerweile hatte sie sich an den Tee, den Joghurt und das Sesambrot gewöhnt. Gleich nach dem Frühstück ging es weiter mit dem Arabisch-Unterricht. Verzweifelt versuchte sie, ihre *h*'s zu aspirieren. »Stell dir vor, du würdest eine Kerze ausblasen«, riet ich ihr, als ich im Studierzimmer hinter ihr stand.

Sie begann, den Koran zu lesen. Doch bei der Zeile »Die Männer stehen über den Frauen, weil Gott sie vor ihnen ausgezeichnet hat« schnitt sie eine Grimasse und sagte patzig: »Gott hat die türkischen Männer nicht erschaffen, um über mir zu stehen.« Sie hasste es, die Geschichte des Islam lernen zu müssen. Aber trotz ihrer Ungläubigkeit und ihres Starrsinns war sie eine gute Schülerin. Sie hatte gelernt, die sechs Lehren zu rezitieren: der Glaube an Gott, an Seine Engel, an Sein Buch, an Seine Propheten, an den Jüngsten Tag und an die Vorherbestimmung des menschlichen Schicksals. Und sie kannte die fünf Pfeiler des Islam: Es gibt einen einzigen Gott, und Mohammed ist Sein Prophet; fünfmal täglich Beten; Spenden von Almosen; Fasten im heiligen Monat Ramadan und nach Möglichkeit eine Wallfahrt nach Mekka und Medina.

»Weißt du«, sagte ich aufmunternd, »du bist jetzt seit sechs Monaten im Palast und machst gute Fortschritte. Es wird nicht mehr lange dauern, bis du den Zeigefinger hochhalten und die Worte aussprechen wirst, die dich zu einer Muslimin machen: ›Es gibt keinen Gott außer Allah, und Mohammed ist sein Prophet.‹«

»Wenn es das ist, was ich tun muss, um hier zu überleben«, sagte sie, »dann soll es geschehen«.

Als das Mittagessen aus der Küche hereingebracht wurde, setzte sich Nakschedil zu den anderen und verzehrte schweigend ihr Essen: Hühnchen und Pilau, Joghurt, Auberginen, Kichererbsen, Feta und Rote Rüben. Einmal wurde eine Platte mit Zucchini und Gurken aufgetragen, woraufhin Perestu kicherte.

»Warum lachst du?«, flüsterte Nakschedil.

»Weißt du, warum diese hier in Scheiben geschnitten sind?«

»Nein«, antwortete das Mädchen.

»Sie befürchten, dass wir sie als Ersatz für einen Mann benutzen, wenn sie sie ganz lassen.«

Nakschedil starrte sie verdutzt an.

Später im Nähraum konnten die Mädchen dem Drang nicht widerstehen, das Schweigen zu brechen und ein wenig miteinander zu plaudern. Nakschedil schnappte Wortfetzen und Bruchstücke auf: Ayscha war die Mutter des zweitältesten Prinzen; Mustafa, der älteste Prinz und somit Thronerbe, hieß Selim, und der jüngste Prinz hieß Mahmud. Ferner entnahm Nakschedil dem Geschnatter der Mädchen, dass der Kaftan in drei Monaten fertig sein musste und dass jeder, der Ayscha verärgerte, bestraft und aus dem Zimmer gewiesen würde.

Während der Arbeit kehrten Nakschedils unruhige Gedanken immer wieder zu Perestu zurück, und sie fragte mich mehrmals, was die Worte ihrer Freundin bedeuteten. Ich erklärte ihr, dass der alte Sultan, wenn er ein Mädchen attraktiv fand, es in einen höheren Rang erheben und zur

Konkubine machen konnte. Dies war mit Ayscha geschehen.

»Vielleicht hätte der Sultan, wenn er mich zu Gesicht bekäme, ein Interesse daran, mich aufsteigen zu lassen«, murmelte sie. Sie wandte sich an das Mädchen neben ihr.

»Wie lange arbeitest du schon im Stickraum?«, flüsterte sie.

»Bald zwei Jahre«, antwortete das Mädchen.

»Das ist eine lange Zeit.«

»Ja. Aber einige andere sind schon jahrelang hier. Die Türken betrachten es als großes Privileg, sich mit Stickerei zu beschäftigen. Es ist eines der wichtigsten Dinge, die eine Frau tun kann.«

»Hast du schon einmal versucht, aufzuhören und etwas anderes zu machen?«

»Das ist so gut wie unmöglich. Man hat keine Wahl. Man muss sich den Wünschen des Sultans fügen.«

»Aber ich bckam diese Aufgabe nicht vom Sultan zugeteilt. Es war die Entscheidung der Großen Meisterin.«

»Sie ist seine Vertreterin im Harem. Man muss tun, was sie einem sagt.«

»Und wenn nicht?«

»Wenn nicht«, warf ich ein, »kann es sein, dass man aus dem Palast geworfen und auf dem Sklavenmarkt verkauft wird«.

»Und hast du den Sultan schon einmal zu Gesicht bekommen?«, fragte Nakschedil.

Die Augen des Mädchens weiteten sich. »Ein Mal, an Ramadan, habe ich ihn bei der großen Feier gesehen.«

Nakschedil schwieg, und ich vermutete, dass ihre Gedanken wieder zu Perestu gewandert waren. Wie konnte sie gesehen werden, wenn sie im Stickraum abgeschirmt war? So wie der im Baum versteckte Vogel würde auch ein nähendes

Mädchen niemals entdeckt werden: Ihre Stiche würden mit den Blättern verschmelzen.

Seit über einer Woche gab sich Nakschedil größte Mühe mit ihrer Stickerei und entwarf dabei ihren Plan. Erst später erfuhr ich, dass sie beabsichtigte, ihrer Arbeit zu entrinnen. Wenn es nach einer absichtlichen Handlung aussah, würde sie hart bestraft werden, das war ihr klar. Tatsächlich nähte sie so gut, dass ihre Stiche sogar einige bewundernde Blicke auf sich zogen. Doch eines Nachmittags stach sie die Nadel an der falschen Stelle durch den Stoff. Und erst nachdem sie mindestens ein Dutzend weiterer Stiche ausgeführt hatte, wurde der Fehler bemerkt. Sie sah die Meistern verzweifelt an, die sie sanft tadelte.

»Es tut mir so Leid. Bitte verzeiht mir. Ich werde in Zukunft besser Acht geben«, entschuldigte sich Nakschedil.

Am nächsten Tag stach sie sich mit der Nadel in den Finger, und ein Tropfen Blut fiel auf den Stoff. Die Meisterin funkelte sie zornig an und schalt sie heftig.

»Dummes Mädchen«, sagte sie und wischte das Blut ab. »Pass doch auf, was du tust. Wir wollen dein Blut nicht auf dem Kaftan haben. Du hast Glück gehabt, dass es auf die rote Blume getropft ist. Beim nächsten Mal droht dir eine Strafe«, warnte sie.

Alle im Raum hielten den Atem an, als einer anderen Näherin die Nadel entglitt und sie deshalb ebenfalls einen Fehler machte. Die Mädchen rutschten auf ihren Plätzen hin und her und rückten weiter von Nakschedil weg. Jemand flüsterte, sie hätte den bösen Blick.

Am folgenden Nachmittag jedoch konnte sie das aufgeregte Getuschel im Raum nicht länger ignorieren. »Was ist los?«, fragte sie. »Warum sind plötzlich alle so nervös?«

»Ayscha kommt«, murmelte ein Mädchen. »Sie will sehen, wie die Arbeit an ihrem Kaftan vorangeht.«

Nakschedil blickte in dem Moment von dem Satinstoff auf, als eine rassige Frau den Raum betrat. Sie sah mich an, als wollte sie sagen: Aha, so sieht also die Ehefrau eines Sultans aus! Die Kadin, mit roten Haaren, blitzenden grünen Augen und einem schiefen roten Mund, stolzierte durch den Raum. Sie blieb vor jeder Sklavin stehen, um deren Arbeit zu begutachten, und raschelte jedes Mal mit ihrem Rocksaum, wenn die Mädchen den Rock küssten. Und wenn sie mit dem, was sie sah, nicht zufrieden war, schüttelte sie missbilligend den Kopf, sodass der walnussgroße Smaragd, den sie um den Hals trug, hin und her pendelte.

Nakschedil tat so, als würde sie sich auf ihre Näharbeit konzentrieren. Als sie spürte, dass Ayscha genau vor ihr stand, küsste sie ihren Rock. Mit gesenktem Kopf stickte sie die Spitze des Blattes. Sie stach die Nadel durch den Seidenstoff und dann von unten wieder nach oben. Und als sie die Nadel ganz aus dem Stoff herauszog, riss der Faden. Pfeilschnell wanderte ihr Blick erst zur Meisterin, dann zu Ayscha, dann wieder zur Meisterin. Und an ihren Mienen sah sie, was jetzt kommen würde. Sie spürte den harten Schlag von Ayschas Hand auf ihrer Wange. Der schwarze Eunuch, der in der Ecke Wache hielt, zog sie hoch und zerrte sie aus dem Raum. Die Meisterin verfluchte sie verächtlich.

Nachdem sie ein paar Schritte den Korridor entlanggegangen waren, wurde sie in einen kleinen Raum geschoben. Ich folgte ihr und sah eine alte Meisterin mit einem harten Schuh in der Hand warten. Nakschedil schloss die Augen, ballte die Fäuste und sog hörbar die Luft ein, um sich auf die Schläge vorzubereiten. Die ersten Hiebe waren noch erträglich. Doch innerhalb von wenigen Minuten konnte sie nicht einmal mehr ihre eigenen Schreie hören. Durch die Schläge mit dem Lederpantoffel wurden ihre Ohrläppchen knallrot, und Blut strömte ihr aus den Ohren. Wie benommen kauerte sie sich in die Ecke.

Später an diesem Tag sah ich noch einmal nach ihr. Sie lag auf ihrem Diwan, und Perestu war bei ihr. »Ich hörte, man hat dich geschlagen«, flüsterte das Mädchen. »Was ist passiert?«

Nakschedil sah, dass die Meisterin hinter Perestu stand. Eine Strafe am Tag reichte. »Es ist nicht so schlimm«, flüsterte sie. »Ich erzähle es dir morgen.« Schwach und erschöpft rollte sie sich zusammen und versuchte einzuschlafen.

Am nächsten Morgen, als ich nach dem Frühstück zu ihr ging, lag sie immer noch auf ihrer Matratze. Ihr Gesicht war von den Schlägen geschwollen. »Ich bin gekommen, um dich zu holen«, sagte ich.

»Ich gehe nirgendwohin.« Das Sprechen bereitete ihr Mühe, doch ihre Haltung hatte sich nicht geändert.

»Ich habe meine Anweisungen, und du wirst mir folgen.«

»Das werde ich nicht«, erwiderte sie. Und als sie den Kopf wandte, sah ich, dass ihre Ohren mit getrocknetem Blut bedeckt waren.

»Du musst mit mir kommen«, befahl ich. »Du vergisst anscheinend deine Position. Du bist nichts weiter als eine Odaliske, die niedrigste Sklavin.«

»Ich bin die Tochter eines wichtigen Mannes«, sagte sie langsam. Sie litt sichtlich Schmerzen und konnte kaum den Kiefer bewegen.

Ich auch, hätte ich am liebsten gesagt. Ich konnte nachempfinden, wie es war, aus einer Welt der Geborgenheit und Zärtlichkeit herausgerissen und in ein stürmisches Meer geworfen zu werden. »Du wirst ein großer Führer sein«, hatte mein Vater an meinem fünften Geburtstag zu mir gesagt. Seine Worte erfüllten mich mit Stolz, und ich freute mich darauf, in seine Fußstapfen zu treten.

Nicht lange danach wurde ich fortgebracht, in Ketten gelegt, kastriert und zu einem Leben in der Knechtschaft verdammt. Ich war nicht länger ein Mann unter Männern, sondern ein Sklave, der zu dienen hatte und der Willkür anderer Sklaven ausgeliefert war. Zuerst war ich von Zorn erfüllt und fühlte mich von meinem Vater verraten. Dann packte mich Verzweiflung; ich war deprimiert wegen meines Verlusts der Freiheit und meiner Unfähigkeit zu fliehen. Erst nach einigen Jahren begann ich jene, die mich gefangen hielten, zu verstehen und erkannte, dass die Umstände sie zu diesem Verhalten zwangen. Und allmählich verwandelte sich mein Zorn in Mitgefühl, meine Kälte in Freundlichkeit. Meine erbitterten Feinde wurden meine Freunde, und schließlich wurde ich einer von ihnen.

Ich sah Nakschedil an, und in ihren Augen spiegelte sich mein eigenes früheres Elend wider. Dies war kein Mädchen wie Perestu, die von ihrer Position profitieren wollte, sondern ein vom Schmerz überwältigtes Kind.

»Ich kann nicht dorthin zurückgehen«, sagte sie.

»Das musst du auch nicht«, versprach ich ihr.

»Wohin führt Ihr mich dann?«

»In die Wäscherei. Das ist deine Strafe. Du sollst dort arbeiten.«

Sie folgte mir und hielt sich den schmerzenden Kopf, während ich sie zur Wäscherei führte. Doch bevor wir dort ankamen, blieb sie stehen und legte mir die Hand auf den Arm.

»Nein«, sagte ich streng, in der Annahme, sie wolle in den Stickraum zurückkehren. »Nein. Du kannst nicht zurück zum Nähen. Die Meisterin will dich dort nicht haben. Deine schlechte Arbeit hat sie Ayscha gegenüber in Verlegenheit gebracht, und sie wollte dich aus dem Palast werfen lassen. Ich wies sie jedoch darauf hin, dass du als besonderes Geschenk des Bey von Algier hierher geschickt wurdest und eine zweite Chance erhalten solltest.« Ich verschwieg ihr, dass ich, wenn sie ging, eine Summe zahlen müsste, und dass auch ich, wenn sie blieb, eine zweite Chance erhalten würde. »Du solltest dankbar sein. Die Wäscherei ist viel besser als der Sklavenmarkt.«

Das Mädchen lauschte meinen Worten und legte die Handflächen zusammen, als würde sie beten. »Musik«, flüsterte sie. Dann hob sie ihren linken Arm und bog ihn so weit nach oben, dass ihre Hand fast die Schulter berührte. Langsam bewegte sie ihre rechte Hand über dem linken Oberarm vor und zurück. Dann legte sie die Handflächen wieder wie zum Beten zusammen und sah mich bittend an. Ich begriff. Das ist deine letzte Chance, dachte ich. Du solltest sie nutzen.

Ich bog in einen anderen Korridor und drückte eine bemalte Tür auf. Zwanzig Sklavinnen hielten sich in dem getäfelten Raum auf. Einige hielten Flöten, andere Lauten, und wieder andere hatten ein zitherähnliches Kanun auf dem Schoß. Ein Mädchen spielte Harfe, andere hatten Trommeln, und ein paar hielten Tamburine. Perestu saß mit einer Ney auf dem Boden. Die Luft war erfüllt vom nasalen Klang türkischer Volkslieder.

Zwanzig Augenpaare folgten uns, als wir den Raum durchquerten und ich mit der Meisterin sprach. Ich kannte Fatima seit meiner Ankunft im Topkapi-Palast und hatte ihr in der Vergangenheit einige kleine Dienste erwiesen. Sie hörte mir unwillig zu, als ich sie bat, Nakschedil unter ihre Fittiche zu nehmen, und drückte dem Mädchen widerstrebend ein Tamburin in die Hand.

Doch anstatt es dankbar anzunehmen, sah sich Nakschedil um, entdeckte etwas auf einem Regal im Schrank und zeigte ungeniert darauf.

»Was will sie nur mit dem alten Ding?«, sagte Fatima murrend zu mir. »Wir bekamen es vor Jahren geschenkt, und seitdem hat es noch keiner angerührt.«

Doch dann befahl sie einer Sklavin, Nakschedil das Instrument zu geben. Ich sah zu, wie sie es in die Hand nahm. Sie betastete den langen Bogen, strich mit den Händen über die hölzerne Decke und klemmte sich die Violine unter das wunde Kinn. Als sie an den Stimmwirbeln drehte und die Saiten auf dem Griffbrett zupfte, schien sie ihre Schmerzen, die die Schläge ihr bereitet hatten, vergessen zu haben. Ihre Miene hellte sich auf, und ich sah, dass das Instrument wie eine alte Freundin für sie war.

Sie führte den Bogen über die Saiten und entlockte der Violine sanfte Töne, wie ich sie noch nie vernommen hatte. Klagende, melancholische Klänge, die aus einer anderen Welt zu kommen schienen, schwebten durch den Raum. Doch wenn sie hoffte, im Palast Mozart spielen zu können, sollte sie bitter enttäuscht werden. Sie würde nun die türkische Musik erlernen müssen: *Die Entführung aus dem Serail* war tabu.

Das Mädchen fand Trost im Geigespielen und gewöhnte sich innerhalb weniger Wochen an den Rhythmus des Harems. Beim Frühstück trank sie oft sogar eine zweite Tasse Tee und schaffte es, das weiche Brot mit dem Joghurt zu bestreichen. Bei den Mahlzeiten sah sie bewundernd zu, wie die älteren Sklavinnen mit den Händen aßen: Ihre Finger krümmten sich zusammen und öffneten sich wieder wie im Gras tanzende Schlangen. Sie gestand mir, sie werde wohl nie mit solcher Leichtigkeit und Grazie essen können.

Dennoch hatte sie die Hoffnung, zu fliehen, noch nicht ganz aufgegeben. Zu Hause, sagte sie, werde sie ihren Freunden zeigen, wie die Haremsfrauen geschmeidig mit ihren Händen tanzten. Im Musikzimmer begann sie immerhin, die türkischen Lieder zu lernen. In den Bädern plauderte sie mehr mit den anderen Mädchen und begann, ihre Augenbrauen zu verlängern. Und wenn jemand sie mit Nakschedil anredete, reagierte sie sofort, anstatt ihr Gegenüber zu ignorieren oder eine Weile mit der Antwort zu zögern.

»Wisst Ihr, Tulpe«, sagte sie eines Morgens, als wir unter uns waren, »ich gewöhne mich langsam an den Namen Nakschedil. Er gefällt mir sogar recht gut.« Sie legte die Hand aufs Herz. »Danke, *chéri,* dass Ihr mir diesen Namen gegeben habt.«

»Nicht ich habe ihn ausgewählt. Es war die Große Meisterin.«

»Aber Ihr habt mir geholfen, Gefallen daran zu finden.«

Es kam nicht allzu oft vor, dass die Mädchen im Harem auch nur ein Fünkchen Dankbarkeit äußerten. Die meisten waren abweisende Geschöpfe, schroff wie die Bergregionen, aus denen sie kamen, und auf ihre eigenen Ziele fixiert. Sie behandelten uns schwarze Eunuchen herablassend, ignorierten uns oder beachteten uns nur dann, wenn sie unsere Unterstützung benötigten. Als ich diese Worte der Dankbarkeit aus ihrem Mund vernahm, wurde mir ganz warm ums Herz. Ich spürte, dass sie trotz ihrer Wut und ihres Eigensinns ein sanftes Wesen besaß, und war zutiefst gerührt über ihre Freundlichkeit. Und ich sah, dass sie dem Palastleben mehr abgewinnen konnte als zu Beginn.

Vermutlich empfand sie eine gewisse Vertrautheit mit der kargen Umgebung des Harems: Die strikte Disziplin und die genau festgelegten Tagesabläufe, die strengen Meisterinnen, ja sogar die religiösen Lehren waren ihr nicht gänzlich neu. Die Abgeschiedenheit in den feuchten Unterkünften, das Zusammenleben mit anderen gleichaltrigen Mädchen und die Beaufsichtigung durch die älteren Jungfern, sagte sie, unterschieden sich gar nicht so sehr von ihrem Leben im Kloster von Nantes. Ich hoffte, dass ihre Erinnerungen an die Vergangenheit zunehmend verblassen würden, so wie bei allen Bewohnern des Serails. Aber nein, sie träumte immer noch von François und davon, ihn zu heiraten.

Ich erzählte ihr, dass die türkischen Herrscher ihre Ehefrauen und engsten Berater nicht aus dem eigenen Volk, sondern aus ihren Sklaven erwählten. »Glaubst du nicht, du könntest lernen, einen Sultan zu lieben?«

Sie schwieg einen Moment. »Wisst Ihr, ich bin so zerrissen. Die eine Hälfte von mir würde alles tun, um dem Sultan zu gefallen, doch die andere Hälfte fühlt sich von dem bloßen Gedanken an ihn abgestoßen. Er ist noch älter als mein Großvater. Ich kann mir nicht vorstellen, mit ihm zusammen zu sein.«

Manchmal brachte mich das Mädchen immer noch zur Weißglut. »Natürlich kannst du das«, sagte ich. »Du musst zu ihm gehen, wenn er nach dir verlangt. Er ist der Sultan, der Padischah, Gottes Schatten auf Erden.«

»Es interessiert mich nicht, wer er ist. Er ist ein alter Despot, der Macht erlangt, weil er alle anderen zu Sklaven macht. Das weiß ich. Ich habe etwas darüber gelesen. Jedenfalls ist der Sultan dort, wo ich herkomme, kein wichtiger Mann.«

»Woher du kommst, spielt keine Rolle mehr«, ermahnte ich sie. »Du bist nicht mehr diejenige, die du einst warst. Du bist jetzt jemand anders. Du musst dir vorstellen, du wärst ein Chamäleon: Das Einzige, was zählt, ist, wer du jetzt bist und wo du jetzt bist. Je früher du das akzeptierst, desto leichter wirst du es hier zu etwas bringen.«

»Da irrt Ihr Euch«, beharrte sie. »Vielleicht versteht Ihr das nicht, aber ich bin die Tochter eines wichtigen Mannes, eines Mitgliedes des Rates von Martinique.«

»Auch mein Vater war ein wichtiger Mann, der großen Einfluss ausübte«, erwiderte ich. »Über ihm stand nur noch das Stammesoberhaupt von Abessinien.«

»Warum seid Ihr dann hier?«

»Die weißen Männer wollten mich, weil sie wussten, dass ich einer bedeutenden Familie entstammte.«

»Und Euer Vater hat Euch einfach weggegeben?«, fragte sie erstaunt.

»Nein. Er hat mich nicht weggegeben. Er hat mich verkauft. Die Männer boten dem Stammesführer eine Menge Gold. Und der Führer versprach, es mit meinem Vater zu teilen. Er befahl meinem Vater, mich zu verkaufen.«

»Und Euer Vater willigte ein?«

Ich nickte beschämt. »Ja, mein Vater willigte ein«, antworte ich ruhig. »Mein rechtes Bein war von Geburt an kürzer als mein linkes. Er hielt das für ein schlechtes Omen. Außerdem verweigerte er dem Führer nie den Gehorsam.«

»Es tut mir Leid«, sagte sie. Ich glaubte, einen Hauch von Sympathie herauszuhören. Doch sie fuhr fort: »Vielleicht ist das der Unterschied. Mein Vater würde nie sein eigenes Kind verkaufen. Und er würde niemals auf irgendeinen Stammesführer hören. Er ist selber mächtig.«

Sie zögerte einen Augenblick, als wollte sie noch etwas sagen. Aber dann schien sie es sich anders zu überlegen. Sie presste die Lippen zusammen, und ihre Stimme wurde lauter. »Die können mich unmöglich zu einer Sklavin machen. Ich bin eine du Buc de Rivery.«

Ich schüttelte den Kopf, traurig und wütend zugleich. Hatte sie es denn immer noch nicht kapiert? Es spielte keine Rolle, wer sie war. Die Vergangenheit war ein abgeschlossenes Kapitel. Nur das Hier und Jetzt zählte. Und jetzt war sie eine Sklavin und würde es auch für den Rest ihres Lebens bleiben.

Ich war gerade im Schlafsaal, als Nakschedil einen Hilfeschrei ausstieß. Ich legte die neuen Kissen für die Diwane ab und eilte zu ihr. »Was ist los? Was hast du?«, fragte ich.

»Zuerst tröpfelte es nur, dann war es ein richtiger Schwall«, stieß sie hervor. Sie hielt mir ein Tuch hin, befleckt von dunkelrotem Blut. Ich bekam weiche Knie und spürte, dass ich leichenblass wurde.

Als sie mein Gesicht sah, ließ sie das blutbefleckte Tuch fallen. »Tulpe, was ist los? Ihr seht aus, als würdet Ihr gleich in Ohnmacht fallen.«

»Es ist das Blut«, antwortete ich. »Ich kann kein Blut sehen.« Ich konnte ihr nicht sagen, warum, und glücklicherweise eilte Perestu zu ihr. Als die Rumänin hörte, was geschehen war, lachte sie. »Gratuliere, Nakschedil«, sagte sie. »Du bist jetzt eine Frau.«

»Aber was bedeutet das?«, fragte Nakschedil, den Tränen nahe. »Natürlich bin ich eine Frau. Ich war schon immer eine Frau.«

»Nein, nein, du warst ein Mädchen. Und jetzt bist du eine Frau.« Perestu reichte ihr ein sauberes Tuch und fügte hinzu: »Du kannst jetzt Babys bekommen.« Sie lächelte, und auf ihren Wangen zeigten sich Grübchen.

Instinktiv ließ ich meine Hand an die verstümmelte Stelle zwischen meinen Beinen gleiten. Ich dachte daran, wie ich meiner eigenen Zeugungsfähigkeit beraubt worden war, und stöhnte.

»Was ist los?«, fragte Nakschedil wieder.

»Nichts«, antwortete ich. »Ich habe mich nur gerade an etwas Wichtiges erinnert. Immer wenn du menstruierst, darfst du die Bäder nicht betreten. Es ist verboten zu baden, wenn man schwanger oder krank ist oder wenn man blutet.«

»Ja, in Ordnung«, sagte Nakschedil unwirsch und wandte sich wieder an Perestu. »Aber wir wissen doch alle, dass man, um ein Baby zu bekommen, irgendwie mit einem Mann zusammen sein muss.«

Erneut stieg Übelkeit in mir auf, doch ich schwieg. Mann. Frau. Nur Eunuchen wissen, welchen Schmerz uns diese Worte bereiten. Ich leide Tag und Nacht Qualen, weil ich weder als Mann noch als Frau tauge. Stattdessen bin ich halb Mann, halb Frau, mit den fleischlichen Gelüsten bei der und dem Aussehen von keinem von beiden. Ein Wesen mit dem dicken Nacken, der breiten Brust und den breiten Schultern eines Mannes und dem bartlosen Gesicht, dem wabbeligen Bauch und der hohen Stimme einer Frau. Ein Monster, wie Nakschedil mich einmal nannte. Einmal kam ein Arzt in den Palast, um die Valide Sultan zu untersuchen. Als er wieder ging, sprach ich ihn an. »Mein guter Doktor«, bat ich. »Ihr heilt so viele Kranke. Gibt es nichts, was Ihr für mich tun könnt?« Er sah mich an und schüttelte den Kopf. »Es tut mir so Leid«, flüsterte er. »Wirklich.« Ich sah Tränen in seinen Augen.

»Du musst lernen, den Sultan zu lieben«, sagte Perestu.

»Aber gibt es denn keine jüngeren Männer als Thronfolger?«

Ich nickte.

»Vielleicht wird mir das Kismet einen bescheren«, meinte Nakschedil. Sie sah mich lächelnd an.

An einem Frühlingsnachmittag war ich draußen im Garten und sah zu, wie Nakschedil eine Chrysantheme pflückte und an ihren Blütenblättern zupfte.

»Was wünschst du dir?«, fragte ich sie.

»Ach, Tulpe«, antwortete sie wehmütig. »Mein Plan hat funktioniert. Ich muss nicht mehr im Stickraum arbeiten und kann dank Eurer Hilfe musizieren. Aber dennoch bin ich ein Teil einer großen Gruppe. Ich bin keines der privilegierten Mädchen, die dem Sultan persönlich dienen. Wie kann ich je seine Aufmerksamkeit erregen?«

»Hast du schon einmal getanzt?«, fragte ich.

»Natürlich. In der Schule lernten wir alle möglichen Tänze – das Menuett, den Contredanse.« Sie machte ein paar grazile Schritte, um es mir zu demonstrieren. »Nehmt meinen Arm«, sagte sie, und bevor ich protestieren konnte, hüpfte und tanzte sie mit mir durch den Garten.

Ich hielt inne, um Atem zu holen. »Ich habe etwas anderes im Sinn«, sagte ich. »Komm. Folge mir.«

3

Die Ulema hatten angekündigt, dass in zwei Monaten der Ramadan begann. Und wie immer würde es am ersten Abend des Fastenmonats Zerstreuung für den gesamten Harem geben. Die Große Meisterin hatte angeordnet, dass die Talentiertesten das Tanzen lernen sollten. Nakschedil bewegte sich mit wunderbarer Grazie, und ich war sicher, dass sie eine der Tänzerinnen werden könnte.

Zehn Mädchen versammelten sich in dem großen Raum, wo Safieh, die Tanzmeisterin, gleich ihr Können zeigen würde. Vorhänge hingen vor den bunten Bleiglasfenstern, und die Teppiche waren zusammengerollt worden, sodass der polierte Holzboden zum Vorschein kam. Safieh stand mit leicht gespreizten Füßen da, beugte die Knie und drückte die Brust heraus. Sie gab den Musikern das Zeichen zum Einsatz, und während sie die klagende Chiftetelli-Musik spielten und mit ihren Kastagnetten klapperten, breitete sie die Arme aus und drehte ihre Hände und Handgelenke hin und her. Sie hielt die Schultern ganz ruhig, schwang die Hüften von einer Seite zur anderen und hob sie langsam, erst die linke, dann die rechte. Und während sie den Unterkörper bewegte, hob sie die Arme empor und verschränkte sie genau unter ihren Augen. Anschließend ließ sie sie anmutig an den Körperseiten hinabgleiten und bewegte sich so sinnlich, dass sie Eis zum Schmelzen hätte bringen können.

Perestu ahmte die Bewegungen der Tanzlehrerin nach. Doch als Nakschedil es probierte, war es ihr fast unmöglich, den Bauch unabhängig von der Hüfte zu bewegen. In Frankreich hatte sie natürlich höfische Tänze gelernt. Und sie hatte mir erzählt, dass sie in Martinique als Kind mit den Negersklaven getanzt hatte. Aber diese Bewegungen unterschieden sich so sehr von den orientalischen Tänzen wie eine Tulpe von einem Turban. Als man ihr sagte, sie solle die Brust in die eine und ihr Gesäß in die anderen Richtung strecken, hielt sie die Hand vor den Mund und kicherte.

»Ich komme mir so albern dabei vor«, sagte sie.

»Stelle dir vor, dein Körper wäre eine Schlange«, riet ich ihr. »Du musst dafür sorgen, dass die Schlange schlängelnde Bewegungen vollführt. Dabei musst du deine Arme hin und drehen, als wären auch sie Schlangen.«

Nakschedil übte und übte, bis sie Muskeln an sich entdeckte, die sie noch nie bemerkt hatte. Sie lernte, den Oberkörper nach rechts und den Unterkörper nach links zu drehen. Und sie lernte den Kaschlimar, bei dem man einen Schritt nach vorn macht, dann denselben Fuß wieder zurücksetzt und dabei mit dem anderen auf der Stelle tritt. Sie bewegte Hände und Arme schlängelnd vom Körper weg und wieder zu sich heran, als würde sie Beute anlocken. Und sie ließ die Hüften kreisen, schwang sie hin und her und von oben nach unten. Perestu brachte ihr bei, die Muskeln so anzuspannen, dass sich der Raum zwischen ihren Beinen verengte. Langsam neigte sie das Becken und schwang die Hüften. Ihr Bauchnabel vibrierte, und ihre winzigen Brüste wippten auf und ab. Bald schon bewegte sie sich so geschmeidig wie eine Schlange, und die anderen sahen ihr zu und beneideten sie um ihr Talent, an dem ich keinen Augenblick gezweifelt hatte.

Nicht lange danach verkündeten die heiligen Männer, sie könnten in der ersten Mondsichel einen weißen von einem schwarzen Faden unterscheiden: Der Beginn des Ramadan nahte. An diesem Abend sollten die Darbietungen stattfinden. Die Sklavinnen waren so aufgeregt wie Kinder bei einem Schattenpuppenspiel. Sie sprangen durch die Korridore, raunten sich Geschichten über den Sultan zu, sprachen darüber, was sie anziehen würden, und probten ihre Vorführungen. Perestu bat eine Sklavin, die schon einmal vor Abd ül-Hamid aufgetreten war, diesen zu beschreiben.

»Ich war so nervös, dass ich fast nichts sah«, sagte sie. »Aber an den lüsternen Blick seiner Knopfaugen erinnere ich mich noch.«

»Nie werde ich seinen dunklen Bart vergessen«, bemerkte eine andere. »Er hatte ihn schwarz gefärbt, um jünger auszusehen. Aber der Bart sah eher aus wie ein Mantel des Bösen, der an seinem Kinn herabhing.«

»Er hat ihm bei Roxana bestimmt nicht geholfen«, warf ein anderes Mädchen ein.

»Was meinst du damit?«, fragte Nakschedil.

»Kennst du die Geschichte etwa nicht?« Nakschedil schüttelte den Kopf.

»Der Sultan schaffte es trotz all seiner Macht nicht, die einzige Frau im Harem, die er wirklich begehrte, rumzukriegen. Jedes Mal, wenn er nach ihr verlangte, hatte sie irgendeine Ausrede parat, um sich vor dem Rendezvous zu drücken. Und je hartnäckiger sie sich weigerte, desto heftiger begehrte er sie. Der Padischah schickte ihr einen Brief nach dem anderen, und jeder war noch leidenschaftlicher als der vorige.

»Woher weißt du das?«, fragte Nakschedil. Das Mädchen sah mich an, und ich wandte den Kopf ab.

»Von den Eunuchen natürlich. Sie überbrachten ihr die

Briefe des Sultans. Und sie verbreiteten die Geschichten so schnell, wie die Janitscharen Feuer legen. Die dunkeläugige Russin war eifersüchtig auf die anderen Frauen und versuchte, den Sultan lächerlich zu machen. Wir waren überrascht, als wir von den Briefen erfuhren, und ich habe sie sogar auswendig gelernt.«

»Was stand darin?«

»Im ersten Brief stand: ›Ich flehe Euch auf Knien an. Bitte erlaubt mir, Euch heute Nacht zu sehen. Tötet mich, wenn es Euch beliebt. Ich werde mich ergeben, aber bitte lasst meinen Ruf nicht ungehört verhallen, oder ich werde sterben. Ich werfe mich Euch zu Füßen.‹«

Nakschedil lauschte ungläubig. »Wenn der Sultan ein so wichtiger Mann wäre, wie alle sagen, würde er bestimmt nicht solche Dinge an eine Sklavin schreiben.«

»Ich schwöre, er hat es getan.«

»Ist das wahr, Tulpe?«

Ich nickte verlegen.

»Und wie hat sie reagiert?«

»Roxana war unverfroren«, bemerkte jemand.

»Nein, sie war schlau«, widersprach ein anderes Mädchen.

»Na ja, nicht schlau genug«, fuhr die Erzählerin fort. »Um ihn zu ärgern, verweigerte sie sich ihm erneut. Sie teilte ihm mit, es sei die Zeit des Monats, in der sie nicht in sein Bett kommen könne. Damit er ihr auch sicher glaubte, bestach sie einen Eunuchen, ihr einen Tropfen Taubenblut zu beschaffen.

»Und was geschah dann?«

»Er schickte ihr erneut einen Brief. In diesem hieß es: ›Lasst mich nicht länger leiden. Letzte Nacht konnte ich mich kaum beherrschen. Lasst mich Eure Füße küssen. Bitte lasst mich Euer Sklave sein. Ihr seid meine Herrin.‹«

»Und sie ist natürlich zu ihm gegangen?«

»Nein. Sie weigerte sich. Deshalb nahm der Sultan, um sich an ihr zu rächen, jede Nacht ein anderes Mädchen.«

»In einigen Nächten nahm er drei oder vier gleichzeitig«, warf jemand ein.

Nakschedil schauderte bei dem Gedanken.

»Nicht nur das. In seinem unersättlichen Verlangen hat er sechsundzwanzig Kinder gezeugt. Leider sind die meisten gestorben.«

»Und hat er Roxana vergessen?«

»Ja, aber erst, nachdem er sie ins Gefängnis werfen ließ.«

»Und hat er jetzt eine Favoritin?«

»Ein europäisches Mädchen wurde jüngst zu seiner Gemahlin. Sie hatte denselben Namen wie du: Nakschedil.«

»Was geschah mit ihr?«

»Sie starb an Typhus, kurz bevor du kamst.«

Ich erinnerte mich daran, gehört zu haben, welche Qualen der Sultan gelitten hatte, als seine siebte Ehefrau, eine Europäerin, die ihm einen Sohn geschenkt hatte, plötzlich erkrankte. Zwei Wochen lang fragte er den schwarzen Obereunuchen täglich nach Neuigkeiten, und die Nachrichten wurden von Tag zu Tag schlechter. Schließlich hielt es der Sultan nicht mehr aus und stattete der Kadin entgegen den Weisungen des Palastarztes einen Besuch ab.

Als er mit leisen Schritten ihr Krankenzimmer betrat, schlugen ihm Verwesungsgerüche entgegen. Das arme Mädchen lag blass und erschöpft da. Und obwohl ihr Körper von der Bettdecke verdeckt war, wusste er, dass ihr Bauch und ihre Brust von rosaroten Flecken übersät waren. Er sah nur zu gut, dass der Typhus ihren schönen Körper all seines Lebens beraubt hatte. Von Fieber und Durchfall geschwächt, konnte sie weder sprechen noch mit dem Kopf nicken. Beim Anblick des großen Padischahs blinzelte sie angestrengt, und es schien, als würde sie ihn erkennen. Mit Tränen in den Augen verließ er ihre Gemächer. Vierundzwanzig Stunden später war sie tot.

Nakschedil schien beunruhigt über die Geschichte. »Tulpe«, flüsterte sie und winkte mich herüber, etwas abseits von den anderen.

»Wenn ich den Namen der verstorbenen Frau des Sultans erhalten habe, wird er vielleicht auch nach mir verlangen. Was ist, wenn er tatsächlich nach mir verlangt? Was ist, wenn er so alt und hässlich ist, dass ich ihm seine Wünsche nicht erfüllen kann?«

»Du wirst es können«, erwiderte ich.

»Und was ist, wenn nicht? Werde ich bestraft werden? Wird er mich wie Roxana ins Gefängnis werfen?«

»Kann sein. Oder, wenn du Glück hast, wird er dich ins Haus der Tränen verbannen.«

»Was ist das?«

»Der Alte Palast. Ein schäbiger, baufälliger Ort. Sie nennen ihn Haus der Tränen, weil er so düster und voller Frauen ist, die entweder ihre Männer verloren oder noch nie einen Mann gehabt haben, den sie hätten lieben können. Angeblich ist das einzige Geräusch, das man dort hört, das Weinen der Frauen. Mir graut schon beim Gedanken daran.«

»O Tulpe. Das ist ja furchtbar. Wen kann ich bestechen, mir Taubenblut zu beschaffen?«

»Niemanden«, antwortete ich. »Wenn er erwischt würde, würde er hart bestraft werden.«

Den Tag vor dem Abend, an dem die Darbietungen stattfinden sollten, brachten die Mädchen in den Bädern zu, begleitet von uns schwarzen Eunuchen. Nakschedil lag auf der Marmorbank und sog den heißen Dampf ein, während eine

Sklavin sie massierte. Sie knetete und klopfte so heftig, dass sich Nakschedil, als die Sklavin fertig war, kaum von der Bank erheben konnte. »Wie soll ich je tanzen können«, stöhnte sie.

Andere Sklavinnen bespritzten ihren Körper mit Wasser und schrubbten sie mit einem Luffaschwamm ab, bis sie von Kopf bis Fuß frisch und rosig war. Dann seiften sie sie ein, bespritzten sie noch einmal mit Wasser und rieben sie mit Rosenblättern ein, sodass der schwere Duft ihre Haare, ihre Kopfhaut und ihre Haut durchdrang.

Sie legten ihr eine glättende Gesichtsmaske aus Mandeln und Eigelb auf und bleichten ihren Teint mit Mandel- und Jasminpaste. Nun, da sie eine Frau war, wurde sie selbst auf winzigste Anzeichen von Körperbehaarung hin untersucht – die muslimischen Frauen verboten war. Man fand jedoch nichts. Die Luft knisterte vor Spannung. Einige der nackten Mädchen waren verspielt und neckisch. Sie warfen ihre schwarzen Mähnen umher, küssten und streichelten sich und liebkosten sich gegenseitig die Brüste.

Nakschedil, in ein besticktes Leinentuch gehüllt und mühelos auf den hohen Stelzenschuhen laufend, begab sich in den nächsten Raum, wo ihre Finger- und Zehennägel mit Henna bemalt wurden. Lächelnd betrachtete sie ihre dunklen, aus den Perlmutt-Sandalen herauslugenden Zehen und die auf ihren Knöchel tätowierte Henna-Tulpe. Ihre blonden Haare wurden mit Butter geglättet, mit Perlen geschmückt und dann auf einer Seite mit einer juwelenbesetzten Kappe festgesteckt. Ihre Augen wurden mit Kajal umrandet, ihre Augenbrauen mit Tusche verlängert und ihre Lippen mit Zinnober betupft. Eine Sklavin reichte ein Tablett mit Sorbets herum, eine andere bot Kaffee an. Letzteren lehnte Nakschedil dankend ab.

Jedes Mädchen konnte aus verschiedenen Kleidern für

den Abend auswählen. »Was meinst du, Tulpe?«, fragte Nakschedil, als sie den letzten Rest Sorbet von ihrem Löffel leckte. Sie begutachtete die Kleider und strich mit den Händen über die feine Seide und den kostbaren Satin. Dann durchstöberte sie die Schmuckschatulle: blutrote Rubine, dunkelgrüne Smaragde, Saphire so blau wie das Meer. Sie schlüpfte in einen bauschigen, rot-gold gestreiften *shalwar* aus hauchdünner Seide. Dann zog sie sich ein tief ausgeschnittenes, luftiges Kleid über sowie eine kunstvoll bestickte gelbe Tunika, die unterhalb der sanften Erhebung ihrer kleinen Brüste geknöpft war.

»Perfekt«, lobte ich sie, als sie sich eine breite, mit farbigen Steinen und Pailletten besetzte Kaschmir-Schärpe um die Hüfte band. Aus einer Vielzahl von Juwelen wählte sie Gehänge aus Perlen und Rubinen, die an ihren Ohren baumelten, funkelnde Perlenketten, goldene Ringe, goldene, mit Rubinen, Saphiren und Perlen besetzte Armreifen sowie Fußreifen aus Edelsteinen.

Nervös kichernd entfalteten die Mädchen ihre Reize. Eine erhielt Komplimente für ihre Ohrringe, eine andere für die Farbe ihrer Bluse. »Nakschedil«, bemerkte ein Mädchen, »wie kommt es, dass wir alle aus denselben Kleidern auswählen, aber du immer schicker darin aussiehst als wir?«

Nakschedil zuckte die Achseln. »Das ist doch ganz klar. Denkt daran, ich bin Französin.«

Ich erläuterte ihnen, wie sie sich in der Gegenwart des Sultans verhalten sollten, sah zu, wie sie ihre Verbeugungen probten, und wies sie darauf hin, dass sie mucksmäuschenstill sein mussten und dem Herrscher niemals den Rücken zuwenden durften. Alle hatten die Haltung einstudiert, die sie in der Gegenwart des Sultans einnehmen mussten. Nakschedil probte noch einmal: Sie zog den Bauch ein, stellte sich aufrecht hin und drückte die Schultern nach hinten.

Die Arme verschränkte sie über ihrem nackten Busen, die linke Hand bedeckte die rechte Brust und die rechte Hand die linke Brust. So sollte sie die ganze Zeit in Anwesenheit des Sultans dastehen, außer natürlich während ihrer Darbietungen.

Die Meisterin kam mit einem Handspiegel vorbei, und Nakschedil bat, einen kurzen Blick hineinwerfen zu dürfen. Sie hielt den Spiegel ans Licht, starrte in das Glas und blinzelte ungläubig. Sie erkannte sich selbst kaum wieder. Mit den Fingern berührte sie ihre gebleichte Haut, ihre dunkel umrandeten Augen und ihre roten Lippen. Die Frau, die ihr aus dem Spiegel entgegenstarrte, schien ihr zu gefallen. Und ich sah, dass ihre Augen aufleuchteten und ihre Lippen fast die Lippen ihres Spiegelbildes berührten. Ich konnte förmlich ihre Gedanken lesen: Sie war dabei, sich in ihr neues Ich zu verlieben.

Daraufhin trat sie einen Schritt zurück, als würde sie sich versichern, dass sie tief in ihrem Innersten immer Aimée du Buc de Rivery sein würde. Aber das Gesicht, das ihr aus dem Spiegel entgegenblickte, war nicht mehr das eines kleinen französischen Mädchens, und die Figur war nicht mehr die eines Kindes. Jegliche Spuren ihrer kreolischen Jugend und ihrer unschuldigen Klosterjahre waren verschwunden. Sie war jetzt eine richtige Frau, mit den Gelüsten und Begierden einer Frau. Verwandelt von den Topkapi-Zauberinnen, war sie jetzt tatsächlich Nakschedil, die Haremssklavin.

Die Verwandlung war wie ein Aphrodisiakum: Nakschedils Wangen röteten sich, ihr Puls hämmerte in den Schläfen, und ihre Augen blitzten vor Ehrgeiz. Ich wusste, dass sie alles begehrte, was einer Palastdame zustand: die Kleider, den Schmuck, das Geld, die Macht und vor allem den Mann. Sie war fest entschlossen, wie Ayscha zu werden: Sklavinnen zu haben, die ihr den Rock küssten, Eunuchen, die ihre Befehle ausführten, einen Sultan, der sie seine Gemahlin nannte. Sie war sich kaum bewusst, was dies bedeutete. Doch so sicher wie eine Tulpe aus der Erde wächst, würde sie die Spitze der Palasthierarchie erklimmen. Ich wusste, dass sich ihr bisheriger Starrsinn beim Anblick ihres Spiegelbildes in Luft aufgelöst hatte. Doch ich hätte kaum ahnen können, wie sehr sich ihr Leben verändern würde.

4

Ein Defilee von feinen Damen, mit Juwelen geschmückten Prinzessinnen – die vier Schwestern und sechs Töchter des Sultans –, gefolgt von den fünf Kadins, sechsundzwanzig Konkubinen und zwanzig Meisterinnen, zog mit grazilen Schritten in die Halle des Sultans ein. Ihnen folgten die zwölf Tänzerinnen. Wir, die Eunuchen, bildeten wie prächtige Pferdeschweife den Schluss der Parade. Wir betraten den riesigen Salon, den prunkvollsten Saal in den Privatgemächern des Sultans. Nakschedil sah sich mit großen Augen um und betrachtete staunend die vergoldeten Holzgitter, die kunstvoll glasierten Fliesen, die aus Stein gemeißelten Springbrunnen, die eleganten maurischen Bögen, die versilberten venezianischen Spiegel und die riesigen chinesischen Porzellanvasen. Ehrfürchtig blickte sie zu der gewölbten, kunstvoll bemalten und mit goldener Kalligrafie umrandeten Decke empor. Plötzlich stolperte sie und hielt erschrocken den Atem an. Um ein Haar wäre sie auf dem riesigen Seidenteppich hingefallen. Ich wagte mir nicht vorzustellen, was hätte passieren können.

Die Frauen waren, wie Zubaydah aus *Tausendundeine Nacht*, so schwer mit Juwelen behängt, dass sie kaum laufen konnten. Sie stellten sich dem Rang nach auf. Zuerst die Töchter und Schwestern des Sultans: Ihre dunklen Haare flossen wie Bäche an ihren Rücken hinab, ihre geschmeidigen Körper waren in Seide gehüllt und an ihren Hälsen und Armen glitzerten Diamanten und Rubine, so groß und rund wie Radieschen. Sie betraten den erhöhten Teil des Saals, der sich an der Seite des Raumes entlangzog, und nahmen auf den Sofas hinter der Balustrade ihre Plätze ein. Als Nächste folgten die Gemahlinnen und Konkubinen, an denen farbige Steine funkelten. Sie ließen sich auf Satinpolstern auf dem Boden nieder.

Nakschedil erspähte Ayscha. Ihr feuerrotes Haar glitzerte vor Juwelen, und in ihrem Gesicht mit dem porzellanfarbenen Teint schimmerten ihre grünen Augen. Beim Anblick der Frau, die mit dem unglückseligen bestickten Kaftan bekleidet war, welcher ihr so viel Leid beschert hatte, wandte sich Nakschedil ab und fasste sich an die Ohren, als würde sie die harten Schläge des Lederpantoffels erneut spüren.

Entlang der gegenüberliegenden Seite des Saals standen einige Odalisken in einer Reihe. Sie hielten die Arme verschränkt und bedeckten mit den Händen ihre nackten Brüste. Oben auf dem Balkon bereitete sich das Haremsorchester auf seinen Einsatz vor. Nakschedil blickte sehnsüchtig zu den Musikerinnen hinauf und betrachtete anschließend die neben ihr stehenden Tänzerinnen. Ein zufriedenes Lächeln huschte über ihr Gesicht, als wäre sie glücklich über ihre Entscheidung, zu tanzen. Sie blieb nahe bei den anderen Tänzerinnen, als sie sich dem erhöhten Baldachinthron näherten, auf dem der Sultan alsbald Platz nehmen sollte.

Die schweren Düfte von Weihrauch und Rosenöl wehten durch den Saal. Musik erklang, als die Erste Kammerfrau, groß und streng und ihr silbernes Zepter schwingend, das Erscheinen des Sultans ankündigte. Die Frauen erhoben sich unverzüglich. Ihre Gesichter waren unverschleiert, für den einzigen Mann, der sie sehen durfte. Während sie sich, die Arme über der Brust verschränkt, bereit hielten, geleitete eine stattliche Prozession von Eunuchen und Prinzen den in Pelz gekleideten Sultan in den Saal. Fast gleichzeitig huldigten wir alle dem Herrscher und verneigten uns bis zum Boden, um jenem Mann, der als Sultan, Padischah, Großer Herr, Kalif, König, Kaiser und Gottes Schatten auf Erden angesehen wurde, unseren Respekt zu erweisen.

Auch wenn Nakschedil ein flaues Gefühl in der Magengegend hatte, so ahnte keiner etwas von ihrer Furcht. Sie trug eine heitere Miene zur Schau. Als sie einen verstohlenen Blick auf den Sultan warf, schauderte sie. Am meisten irritierten sie zweifellos seine Augen, die unter dünnen, argwöhnisch hochgezogenen Augenbrauen hervorlugten. Sie lagen tief eingesunken in seinem Gesicht, waren so klein wie Käfer und von dunklen Ringen der Verzweiflung umgeben. Er hatte eine große Hakennase, sein Gesicht war lang und schmal und wurde durch den dichten schwarzen Bart optisch noch mehr in die Länge gezogen. Auch der hohe rechteckige Turban ließ seinen Kopf noch schmaler wirken. Am Turban war eine riesige Aigrette befestigt, eine Blüte aus glänzenden Diamanten, die von einem Federschmuck und langen diamantenen Blattrippen gekrönt wurden. Um seine Schultern hing ein zobelgesäumtes Gewand aus rotem Satin, und an der Taille trug er einen goldenen, mit Juwelen besetzten Dolch. Aber trotz seiner prächtigen Ausstaffierung machte er einen unglücklichen Eindruck.

Sein altes Gesicht war von Kummer und Verachtung zerfurcht. Dieser Mann hatte den Großteil seines Lebens isoliert im Goldenen Käfig des Palastes zugebracht, bevor er 1774 den Thron bestieg. Er erbte ein gigantisches Reich, das sich von Bagdad und Basra im Osten bis nach Venedig im Westen erstreckte. Seine Ländereien reichten einst nach Osten bis über die Berge des Kaukasus und hinunter in die Wüsten Syriens, Ägyptens und Arabiens bis hin nach Aden im Süden, und seine Eroberungen umfassten die Balkan-Halbinsel, Bulgarien, Moldawien, Rumänien, Ungarn und Griechenland. Doch er hatte einen hohen Preis dafür bezahlt: Das Reich war durch Kriege geschwächt und hoch verschuldet.

Herausgefordert von der russischen Zarin Katharina, die eine bemerkenswerte Entschlossenheit an den Tag legte, ihn zu besiegen, sah sich Sultan Abd ül-Hamid nun gezwungen, sein Heer ständig in die Schlacht zu schicken. Die Zarin hatte es auf seine Ländereien abgesehen und zettelte Rebellionen gegen ihn an. Sie wollte sich so viel wie nur möglich von seinem Imperium einverleiben. Als ihr Enkel geboren wurde, nannte sie ihn Konstantin, und er sog das Streben nach kaiserlicher Macht mit der Muttermilch auf. Alles, was mit griechischer Kultur zu tun hatte, wurde ihm beigebracht. Denn sie setzte ihre ganze Hoffnung darauf, er werde die byzantinische Hauptstadt Konstantinopel zurückerobern und eine russische Herrschaft in dieser Stadt errichten, in der dreihundert Jahre zuvor islamische Osmanen die orthodoxen Christen vertrieben hatten.

Nur zwei Jahre zuvor, im Jahr 1787, hatte Abd ül-Hamid den französischen Botschafter zu sich gerufen und ihm geraten, Frankreichs Verbündeten eine Warnung zu übermitteln. »Sagt Euren russischen Freunden, sie sollen der Türkei die Krim zurückgeben«, ließ der Sultan verlauten. Die ins Schwarze Meer hineinragende Halbinsel war in dem Jahr, in dem Abd ül-Hamid den Thron bestieg, für unabhängig erklärt worden. 1783 jedoch annektierte Katharina die Krim und bedrohte dadurch die Sicherheit türkischer Schiffe und türkischer Küsten.

»Solange die Krim in russischer Hand bleibt«, hatte der Sultan gewarnt, »ist die Türkei wie ein Haus ohne Türen, in das Diebe nach Belieben eindringen können. Ihr müsst der

Zarin Katharina eine Botschaft überbringen: Wenn Russland nicht auf die Krim verzichtet, wird die Türkei entsprechende Maßnahmen ergreifen.«

Nicht lange danach berief der Sultan seinen Ministerrat ein: den schwarzen Obereunuchen, den weißen Obereunuchen, den Großwesir und die zehn anderen Wesire. Ich war ebenfalls anwesend und stand dem Hauptdolmetscher zur Seite, der auf mein Sprachtalent aufmerksam geworden war. Anfangs hatte mir meine vorlaute Zunge zahlreiche Schläge eingebracht. Der schwarze Obereunuch bezichtigte mich der Nachäfferei und befahl, mich mit der Bastonade zu bestrafen. Doch als der Hauptdolmetscher von meinen Talenten hörte, lehrte er mich seine Fertigkeiten. Es war eine seltene Gelegenheit, und ich war dem guten Mann sehr dankbar.

»Im Namen Allahs, wir können es nicht zulassen, dass diese russischen Irren auf uns herumtrampeln«, sagte der Sultan, auf seinem juwelenbesetzten Thron sitzend, zu seinen Beratern. Seine kleinen Augen glühten vor Zorn, und der schwarze Bart betonte die Blässe seines Gesichts. Er verkündete seinen Wesiren, dass die Zeit gekommen sei. »Die Russen haben in unserem ganzen Reich Aufstände unterstützt. Zuerst förderten sie die Revolte in Syrien, dann versorgten sie die Albaner in Morea mit Waffen, und schließlich unterstützten sie die Mamelucken in Ägypten. Unser furchtloser Admiral Hassan hat sie in die Flucht geschlagen, aber irgendwann sind die Kräfte des Reiches erschöpft. Stimmt ihr mir zu, dass es jetzt an der Zeit ist, den Krieg zu erklären?«, fragte er. Er wusste, dass kein Mitglied des Rates es wagen würde, Einspruch zu erheben.

Das Kalifat, der Mittelpunkt des Islam, war in Gefahr. Nicht nur die Macht des Sultans stand auf dem Spiel, sondern das große Osmanische Reich selbst. Seit der Zusammenkunft mit den Wesiren hatte sich die Situation dramatisch zugespitzt. Die türkische Flotte wurde nach ihrem Vorstoß ins Schwarze Meer von russischen Einheiten vernichtet. Keiner wusste, was Katharina als Nächstes unternehmen würde. Es wurde gemunkelt, sie könnte Österreich bei dessen Krieg gegen die Türken unterstützen.

Doch die Probleme des Sultans waren ebenso innen- wie außenpolitischer Natur: Brandstiftungen in der Stadt durch seine eigenen Elitetruppen, die Janitscharen, erschütterten ihn. Einschüchterung durch seinen eigenen Befehlshaber der Admiralität bedrohte seine Autorität. Ein Attentatsversuch auf ihn durch einen Wesir förderte seine Paranoia, und die unerwiderte Liebe zu seiner Frau Roxana verstärkte sein Gefühl der Machtlosigkeit. Das Verlangen, gepaart mit Verzweiflung, hatte ihm viele schlaflose Nächte bereitet, und man hatte ihn sogar ausrufen hören: »Gott steh dem Erhabenen Staat bei!«

Trotz all seiner Besitztümer, Frauen, Waffen und Erben fühlte sich der Sultan nicht sicher. Er regierte durch ein System der Sklaverei ein ganzes Imperium und war dabei selbst nichts weiter als ein Sklave.

War es das neben ihm in der juwelenbesetzten Wasserpfeife sprudelnde Haschisch, das ihn so gelassen erscheinen ließ? Oder war es Opium? Einige Sklavinnen schmuggelten Opiumpillen in ihre Zimmer, und viele Sultane hatten es sich zur Gewohnheit gemacht, kleine goldene Pillen zu kauen. Vielleicht betäubte er mit dem Rauschgift seine Sorgen.

Die Musik setzte ein, und die Mädchen begannen zu tanzen. Zunächst führten sie die traditionellen türkischen Tänze vor: Sie schlugen mit den Fingern auf winzige Becken und vollführten kleine Schritte durch den Saal. Dann knieten sie sich hin, stützten sich auf ein Knie, verschränkten die Arme und sprangen auf. Darauf folgte Nakschedils Lieblingstanz: Beim Tavsan, dem Tanz des Kaninchens, hüpften und sprangen die Mädchen durch den ganzen Saal.

Aus dem Augenwinkel sah ich die drei Prinzen, die auf kleinen Thronen neben dem Sultan saßen: der Älteste, Selim, Sohn des verstorbenen Sultans Mustafa III. und der nächste Thronfolger, war fünfundzwanzig Jahre alt. Er hatte intelligente Augen, weiche Lippen und einen sanften Gesichtsausdruck. Die anderen beiden, seine Vettern, waren beide Söhne Abd ül-Hamids. Der ältere der Brüder, der neunjährige Mustafa, hatte rötliche Haare, ein schelmisches Lächeln und rutschte viel auf seinem Sitz hin und her. Der vierjährige Mahmud, mit dunkelbraunen Locken und großen braunen Augen, saß ruhig auf seinem Thron. Als der Tanz der Hasen begann, brachen die Kleinen in Gelächter aus, und einen Augenblick lang blickten alle drei Prinzen auf Nakschedil. Ich sah, wie sie den attraktiven Selim anschaute. Doch sie senkte rasch wieder den Kopf.

Die Musik auf dem Balkon wurde lauter und schneller, und eine der Tänzerinnen sprang auf, reckte die Arme in die Höhe und versuchte, den riesigen Kronleuchter zu berühren. Die Jungen sahen gebannt zu, wie die Mädchen nacheinander hochsprangen und die runde, von der Mitte der Decke hängende Kristallkugel zu erhaschen versuchten.

Während die Musik leiser wurde, servierte man den Gästen Kaffee, kandierte Früchte und Halvah, die aus Sesamkörnern und Honig bestehende Lieblingssüßigkeit des Sultans. Schließlich schwoll die Musik wieder an. Der Rhythmus war jetzt langsamer, und die Mädchen bildeten einen Halbkreis. Sie schüttelten ihre Tamburine und schnippten mit den Fingern, während Perestu in die Mitte trat. Die Tänzerin begann, sich im Tanz zu wiegen, ließ ihre Hüften und ihre vollen Brüste kreisen und bewegte sich aufreizend wie eine Schlange. Nach einer Weile nahm eine andere Tänzerin ihren Platz ein und zog das Publikum in ihren Bann, indem sie zu den nasalen Klängen tanzte.

Dann war Nakschedil an der Reihe. Sie holte tief Luft, trat aus dem Kreis nach vorne und streckte ihre kleinen Brüste vor wie reife Pfirische. Langsam legte sie den Kopf in den Nacken, breitete mit einer geschmeidigen Bewegung die Arme aus und drehte ihre Hände und Handgelenke hin und her, als wären sie Schlangen.

Während die klagende, mittlerweile noch langsamere Musik durch ihre Ohren strömte und der brennende Weihrauch ihr in die Nase stieg, gab sie sich dem Tanz völlig hin. Sie hatte gelernt, ihren Körper zu beherrschen, indem sie ihre Muskeln anspannte, sie lange in diesem Zustand ließ, schließlich wieder entspannte und dann erneut anspannte. Dabei schwang sie die Hüften. Sie wiegte sich hin und her, hob langsam die Hüften, und die geschmeidigen Bewegungen erfassten wellenartig ihren ganzen Körper.

Erregt von ihrem eigenen sinnlichen Tanz, trat sie kokett vor die Ehrengäste und bot dem mit unbewegter Miene dasitzenden Sultan ihre bebenden Brüste, ihre Hüften und Schenkel, sogar ihr Juwel dar. Ich sah zu und spürte, wie die Hitze sich im Saal ausbreitete wie in einem Vulkan aufsteigende Lava. Ich sah, wie der Sultan fast unmerklich mit dem Kopf nickte und dezent ein Taschentuch auf den Boden fallen ließ. Dann veränderte sich die Musik, einige Eunuchen schwenkten ihre Weihrauchgefäße viermal über den Gästen, und alle spürten, dass es Zeit war, zu gehen. Als wir den Saal verließen, tippte ich Nakschedil auf die Schulter.

»Der Sultan hat sein Zeichen gegeben«, flüsterte ich. »Er ließ sein Taschentuch fallen, als du getanzt hast. Er wird heute Nacht nach dir verlangen.«

Es war zwei Uhr morgens, als wir angewiesen wurden, sie zu holen. In meiner dunklen Zelle kleidete ich mich rasch an, und da die Tore des Harems zwischen Sonnenuntergang und Sonnenaufgang verschlossen waren, eilte ich durch den unterirdischen Gang zu ihrem Zimmer. »Nakschedil«, wisperte ich. Aber es war nicht einmal nötig, ihren Namen zu rufen. Denn sie saß hellwach auf ihrem Diwan im weiß getünchten Schlafsaal. Sie trug immer noch ihre Tanztracht und ihre Juwelen, und ihr Haar war noch perfekt frisiert.

»Was ist los?«, fragte sie erschrocken.

»Der Sultan will, dass du auf der Stelle zu ihm kommst.«

Perestu hörte unser Gespräch mit. »*Allahu akbar,* Gott ist großartig«, sagte sie. »*Mashallah.* Gehe unbesorgt.«

Ich nahm sie bei der Hand und führte sie durch den Geheimgang zu den Gemächern des Sultans. Ich lief, so schnell ich konnte, und sie legte ihre Hand auf meine Schulter, damit ich mein Tempo verlangsamte. »Ich muss mit Euch reden«, flüsterte sie nervös.

»Nicht jetzt. Wir dürfen den Sultan nicht warten lassen.«

»Aber Ihr müsst mir zuhören«, flehte sie. »Ich habe Angst, Tulpe. Ich habe nicht die geringste Ahnung, was ich machen soll. Und die Mädchen haben mir gesagt, dass der Sultan, wenn er nicht zufrieden ist, die Missetäterin verbannt. Das wird mein Ende sein.«

Tatsächlich bestrafte der Sultan untalentierte Mädchen mit Arrest oder Schlimmerem, und Nakschedil hatte, was die Befriedigung eines Mannes anging, keinerlei Erfahrung. Die meisten Sklavinnen beherrschten die Kunst des erotischen Vergnügens perfekt, denn der alte, wolllüstige Abd ül-Hamid hatte keine Geduld. Wenn er ein schönes Mädchen sah, verlangte er auf der Stelle nach ihr.

»Du wirst es schaffen«, versicherte ich ihr. »Denk daran, den Saum der Bettdecke zu küssen, und schlüpfe einfach hinein. Dann machst du das, was der Sultan dir sagt.« Ich sah, dass ihre Augen in Tränen schwammen, und sie wirkte so verletzlich, dass ich plötzlich Mitleid mit ihr empfand. »Atme tief durch«, sagte ich. »Stell dir schöne Dinge vor und halte es durch.«

Wir hatten die Tür erreicht, die in das Gemach des Sultans führte. Draußen hielten zwei stumme Eunuchen Wache und warteten auf den Morgen. Dann würden sie den Namen der Gespielin sowie das Datum notieren. Sollte das Mädchen später behaupten, schwanger zu sein, konnten sie prüfen, ob sie vom Sultan geschwängert worden war oder nicht. Und wehe denjenigen, die nachweislich von jemand anderem geschwängert wurden!

Die Eunuchen öffneten die Tür, und Nakschedil trat ein. Ich durfte ihr nicht folgen, doch die Stummen waren Freunde, und sie sahen meine besorgte Miene. Nachdem die anderen gegangen waren, deuteten sie auf ein winziges Loch unten an der Tür, nicht größer als eine Perle. Diese zwei Schurken konnten zwar nicht sprechen, aber sehen, das konnten sie! Ich kauerte mich nieder, kniff ein Auge zu und spähte hinein.

Zuerst blinzelte ich ein paarmal, um meine Augen an das Dämmerlicht im Raum zu gewöhnen. Und dann konnte ich das Mobiliar erkennen. Ich war geschickt platziert und konnte alles genau sehen. Der Padischah lag auf seinem vergoldeten Baldachinbett, gegen seidene Kissen gelehnt. Er war noch immer in sein Gewand aus Satin und Zobel gehüllt. Ohne den Turban wirkte sein Gesicht gegen den gefärbten Bart und die dunklen Haare noch bleicher. Sein Körper war völlig ausgezehrt. Der Duft von Sandelholz war so intensiv, dass er sogar durch das Loch drang, und ich sah Kerzen im Weihrauchdunst flackern. Doch nicht einmal sie konnten den schlechten Atem des Sultans überdecken.

»Wie der Gestank aus einem Löwenmaul« – ich musste an die Worte des Dichters Nizami denken, als der schwarze Obereunuch mich zum Sultan führte. Und ich war mir sicher, dass Nakschedil sich ebenfalls von seinem Mundgeruch abgestoßen fühlen würde. Langsam und unsicher trat sie auf ihn zu. Doch sie verstand es, ihre Gefühle zu verbergen, und ich glaube nicht, dass Abd ül-Hamid ihren Abscheu bemerkte.

Zum Glück hatte ich daran gedacht, ihr zu sagen, sie solle sich hinknien, den Saum der Bettdecke hochheben und ihn küssen. Ich beobachtete, wie sie die Decke hob und darunter schlüpfte. Ich hatte allerdings vergessen, ihr zu sagen, sie solle ihm die Füße küssen. Würde sie wissen, dass sie dies tun musste, und sich dann langsam an seinem Körper hinauftasten? Zu schnell, wie es schien, lag ihr Kopf neben seinem, und ich hoffte, dass der alte Mann nicht enttäuscht oder gar beleidigt war.

Sie schloss die Augen – gewiss nicht aus Leidenschaft –, und der alte Lustmolch beugte sich zu ihr herüber und küsste sie auf den Mund. Er schob die Decke beiseite, knöpfte ihre Tunika auf und legte seine klobigen Hände auf ihre Brüste. Und während ich zusah, spürte ich ein starkes Verlangen, ihre zarte Haut zu berühren. Ohne noch länger zu warten, stieg er auf sie und drang in sie ein. Ich spürte, wie Leidenschaft mich durchströmte, ein quälendes, unstillbares Verlangen. Sie schrie auf, und er hielt ihr mit offensichtlichem Vergnügen den Mund zu. Dann ritt er sie im Galopp, und es kam mir wie eine Ewigkeit vor, bis er seinen Penis endlich wieder herauszog. Ich seufzte erleichtert, als es vorüber war. Dann sah ich ihr Gesicht, aschfahl und starr, und mir blieb schier das Herz stehen. Keine Wimper zuckte, kein Glied rührte sich. Sie zeigte keinerlei Anzeichen von Leben. War es möglich? Hatte er sie mit seiner Lust getötet?

5

Die Todesnachricht verbreitete sich wie ein Lauffeuer im ganzen Harem. Auf dem Großen Basar, wo ich einige Arzneimittel und Salben besorgen sollte, war es das Gespräch des Tages. Hast du schon gehört? Hast du schon gehört? Türken wiederholten die Nachricht immer wieder, zugleich von Hoffnung und Furcht erfüllt. Heute ist die Bestattung. Wer wird bestattet? Der Sultan. Der Sultan ist tot? Wie kann das sein? Ich habe ihn doch letzten Freitag draußen gesehen. Er saß auf seinem Grauschimmel, und sein zehnjähriger Sohn saß neben ihm auf einem Schimmel. Hast du seinen diamantenbesetzten Schirm gesehen? Na ja, klar, aber er war auf seinem Weg zur Moschee von Hagia Sophia von Hunderten Janitscharen umgeben. Der Kalif kann nicht tot sein. Er schien unsterblich. Wie ist er gestorben? Er war in der Halle des Sultans und erfreute sich am Haremsorchester und an den Tänzerinnen. Warum sollte er das nicht tun? Er war schließlich der Sultan. Und ist er dort gestorben? Nein, es geschah später in der Nacht. Er kippte um und brach zusammen. Die Hofärzte sagten, er habe einen Schlaganfall erlitten. Jedenfalls war er am nächsten Morgen tot.

Ich kehrte in das Serail zurück und sah Sklavinnen benommen umhertaumeln wie zitternde Gespenster. Andere trauerten gemeinsam. Sie beklagten ebenso sehr ihr eigenes Leben wie das des Sultans. Nakschedil saß auf ihrem Diwan, und die Ereignisse ließen sie erbeben.

»Ich muss gestehen«, sagte sie zu Perestu, »ich hatte ein mulmiges Gefühl, als Tulpe mir mitteilte, der Sultan könnte nach mir verlangen. Und dann«, fügte sie hinzu und machte eine nickende Kopfbewegung in meine Richtung, »als Tulpe kam, um mich zu holen, hatte ich noch mehr Angst. Als ich das Zimmer betrat, hatte ich keinen blassen Schimmer, was ich tun sollte. Ich wusste nur, dass ich die Bettdecke hochheben sollte. Gott sei Dank, Tulpe, habt Ihr mich darüber aufgeklärt. Aber in dem Augenblick, als ich ihn sah, glaubte ich, ich müsste sterben. Abd ül-Hamid war ein ekelhafter Kerl, und der Gedanke, ihm nahe zu sein, stieß mich ab.«

»Erzähle uns alle Details, ganz langsam«, bat Perestu.

»Ich lief langsam zu seinem Bett, nahm meinen ganzen Mut zusammen und hoffte, dass meine zögernden Schritte nicht meinen Abscheu verraten würden. Er lag da, klein und verschrumpelt, unter seinem schwarzen Bart verborgen. Und ich erinnerte mich daran, dass eines der Mädchen den Bart ›seinen Mantel des Bösen‹ genannt hatte.«

»Konntest du seinen Atem riechen?«, fragte ich.

»Natürlich. Im Zimmer duftete es nach Sandelholz, doch als ich näher kam, schlug mir der faulige Gestank entgegen. Es erforderte meine ganze Kraft, weiterzugehen. Ich stieg in das Bett und glitt rasch an seinem Körper nach oben, und sobald ich dort angekommen war, drückte er seinen feuchten Mund auf meinen. Schon beim Gedanken daran wird mir übel.«

Auch mir wurde bei diesem Gedanken übel, doch ich hüllte mich in Schweigen. Nakschedil sollte nicht erfahren, dass ich alles mitangesehen hatte.

»Aber was geschah dann?«, fragte Perestu.

»Er legte seine Hände auf meine Brüste – seine Haut war fettig und runzelig und mit großen braunen Flecken übersät.

Ich betete, dass das alles war, was er wollte. Doch bevor ich mich rühren konnte, war er auf mir und atmete mich mit seinem stinkenden Odem an.« Nakschedil brach in Tränen aus. »Es war schrecklich, einfach schrecklich. Erst sein schwerer Körper auf meinem und dann ein stechender Schmerz und ein Stoßen in mir drin. Irgendwann hörte es auf, und ich spürte, wie er aus mir herausglitt. Doch ich wagte nicht, mich zu rühren. Er drehte sich auf die Seite und schlief ein. Dabei schnarchte er so laut, dass es sich anhörte wie ein Sturm. Ich heulte und heulte, bis ich endlich einschlief.«

»Und hast du ihn danach wieder gesehen?«, erkundigte sich Perestu.

»Als ich am Morgen aufwachte, war er verschwunden. Die Wachen sagten mir, er sei auf dem Weg zum Bad umgefallen und auf dem Boden zusammengebrochen. Sie versuchten, ihn zu retten, doch es war unmöglich. Kurz darauf starb er. Mein Gott, Perestu. Stell dir vor, er wäre im Bett gestorben!« Bei diesen Worten liefen Tränen über ihre Wangen, und sie zitterte unkontrolliert. Perestu wiegte sie in ihren Armen.

»Der Alte geht mir nicht aus dem Kopf. Ich habe mich vor ihm geekelt, aber trotzdem tut er mir seltsamerweise Leid. Er bot einen so jämmerlichen Anblick«, schluchzte sie.

»Nakschedil, du bist dumm«, sagte Perestu. »Du musst ihn aus deinem Kopf verbannen. Es ist sinnlos, mit der Vergangenheit zu hadern. Vergiss Abd ül-Hamid. Wir müssen nach uns selber schauen.«

»Ja, aber wenn er noch leben würde, wäre ich vielleicht eine Konkubine im Harem geworden. Und dann hätte man mich vielleicht zur Kadin gemacht. Was soll jetzt aus mir werden?«

»Wir müssen an den nächsten Thronfolger denken. Das Einzige, was zählt, ist der neue Sultan auf dem Thron.«

»Selim?«

»Ja, Selim.«

»Weißt du«, sagte Nakschedil. »Ich muss gestehen, als ich gestern Nacht in der Halle des Sultans einen Blick auf ihn warf, fand ich ihn sehr attraktiv.«

»Nicht nur das, er ist außerdem hochintelligent«, fügte ich hinzu.

»Aber er wird jetzt seinen eigenen Harem wollen«, meinte Perestu. »Es sei denn, wir können ihn dazu überreden, dass er dich hier behält. Ansonsten wirst du fortgeschickt werden.«

»Was meinst du damit, *ich* werde fortgeschickt werden?« Nakschedil sah ihre Freundin argwöhnisch an. »Wirst du denn nicht auch fortgeschickt?«

Perestu zögerte. »Ich weiß nicht ... wahrscheinlich nicht.«

»Aber warum nicht? Warum nur ich?«

»Weil du mit Abd ül-Hamid im Bett gewesen bist. Der neue Sultan wird dich nicht in seinem Harem haben wollen.«

»Das heißt, ich werde fortgeschickt, weil Abd ül-Hamid nach mir verlangt hat, und du darfst hier bleiben, weil er nicht nach dir verlangt hat?«

Perestu sah mich fragend an. Ich nickte schweigend.

»Aber das ist doch absurd«, sagte Nakschedil, und ihr Gesicht wurde rot vor Wut. »Ihr beide habt mich überredet, den Sultan zu betören. Ihr habt mich dazu ermuntert, alles zu tun, damit er nach mir verlangt. Und jetzt, wo es mir gelungen ist, werde ich fortgeschickt, und ihr dürft bleiben.« Sie brach in Tränen aus.

Ich hatte ein schlechtes Gewissen, weil ich Nakschedil

dazu ermuntert hatte, den alten Sultan zu verführen. »Ich dachte nur an deine Zukunft«, sagte ich. »Woher hätte ich wissen sollen, dass er plötzlich sterben würde?«

»So schlimm wird es schon nicht sein«, sagte Perestu tröstend. »Viele andere Mädchen werden mit dir gehen. Es sei denn ...«

»Es sei denn was?«

»Es sei denn, der Sultan ändert seine Meinung.«

»Das ist unwahrscheinlich«, sagte ich.

»Nun, sagt mir, wer bleiben und wer gehen wird«, bat Nakschedil.

»Alle, die direkt dem Sultan dienten, werden gehen«, antwortete Perestu. »Einige alte Sklavinnen werden freigelassen werden. Die Schwestern und Töchter des toten Sultans werden ihren Titel der Sultana verlieren. Sie und die Frauen des alten Sultans, die keine Söhne haben, werden die Erlaubnis bekommen, zu heiraten.«

»Wer wird sie heiraten?«

»Die meisten werden mit Provinzgouverneuren oder sonstigen hochrangigen Männern außerhalb des Palastes verheiratet. Sie werden Schriftstücke erhalten, in denen steht, dass sie frei sind.«

»Und der Rest?«

»Die restlichen Mädchen, die im Dienst des Sultans standen – beispielsweise diejenigen, die ihm Kaffee servierten oder sich um seine Bäder kümmerten –«

»Oder mit ihm ins Bett gingen«, warf Nakschedil ein.

»Oder mit ihm ins Bett gingen, und die Ehefrauen, die Söhne vom verstorbenen Sultan haben, werden in den Eski Saray, den Alten Palast, geschickt.«

Und was ist mit den Eunuchen, wollte ich fragen. Doch ich wusste, sie würde gar nicht erst auf diesen Gedanken kommen. Perestu war wie die meisten Mädchen: Sie betrachtete die Eunuchen als ein Büschel Unkraut in einem Blumengarten.

Nakschedil stieß einen Seufzer aus. Dann nickte sie in meine Richtung. »Was ist mit den schwarzen Eunuchen? Was geschieht mit ihnen?«

»Danke, dass du fragst«, sagte ich zutiefst gerührt. Sie schien das einzige Mädchen zu sein, das sich Gedanken darüber machte. Ich hätte ihr gerne erzählt, dass der Alte Palast voller Eunuchen war, die ebenfalls noch nie die Chance gehabt hatten, zu lieben. Doch ich hielt mich zurück. Außerdem hatte ich gehört, dass einige Eunuchen im Alten Palast durchaus auf ihre Kosten kamen. Es gab dort niemanden, der ein strenges Regiment führte, und so konnten sie auf ihre Art und Weise mit einigen Frauen dort intim werden.

»Auch sie werden gehen«, meinte Perestu achselzuckend.

»Weißt du, warum es der Alte Palast heißt?«, fragte ich.

»Nein.«

»Es war der erste Palast, der im fünfzehnten Jahrhundert von den Osmanen erbaut wurde, als sie Konstantinopel von den Griechen eroberten«, erklärte ich. »Er befand sich im Zentrum der Stadt, ein riesiges, von hohen Mauern umgebenes Heiligtum mit komfortablen Gemächern, geräumigen Bädern und Obstgärten.«

»Warum sind sie nicht dort geblieben?«, fragte Nakschedil.

»Nachdem der Topkapi-Palast an diesem schönen Platz am Goldenen Horn errichtet worden war, zog Sultan Mehmed um, die Frauen aber blieben zurück. Erst nachdem Hürrem, die Ehefrau eines Sultans, darauf bestanden hatte, zu ihrem Mann, Süleiman dem Prächtigen, zu ziehen, zog der Harem hier ein. Wenn die Sultane dann starben, wurden ihre Witwen und weiblichen Familienangehörigen wieder in den Alten Palast zurückgeschickt. Er wurde zu einem Ort der Schande, und die herrschenden Sultane bestraften auf diese Weise in Ungnade gefallene Frauen.«

»Wann werden wir dorthin geschickt?«

»Früher, als uns lieb ist.«

Am folgenden Tag wurden die Mädchen offiziell darüber informiert, dass sie in den Alten Palast ziehen würden. Nakschedil packte ihre wenigen Habseligkeiten ein und bereitete sich auf die Reise zum Dritten Hügel vor. Es gab jetzt wenig zu tun, außer zu warten.

Um nicht in Aufregung zu geraten, begann sie, ein blaues Seidentuch zu besticken. Mit roten und silbernen Fäden stickte sie eine Blume. Die Handarbeit zwang sie, sich zu konzentrieren. Sie hielt den Kopf gesenkt und hatte die Augen auf den Stoff geheftet, sodass sie mein Erscheinen kaum bemerkte. Als ich ihren Namen rief, zuckte sie zusammen.

»So vieles ist geschehen, seit ich Euch zum ersten Mal sah, Tulpe«, sagte sie mit einem tiefen Seufzer. »Wie rasch sich mein Leben verändert hat. Es verlief sehr stürmisch, erst gut, dann schlecht und dann fast wieder gut. Doch kaum begann ich, im Palast meinen eigenen Weg zu gehen, lief ich gegen eine Wand. Glaubt Ihr, dies ist mein Schicksal?«

»Nakschedil, komm mit mir«, sagte ich nervös.

»Jetzt schon? Ich sehe keines der anderen Mädchen gehen.«

»Bitte, komm mit mir.«

Ich hatte die Anweisung, sie unverzüglich zum schwarzen Obereunuchen zu bringen, doch der Grund dafür war mir nicht genannt worden. Wir liefen zügig über das Kopfsteinpflaster zu den Gemächern des *kislar aghasi*. Und als wir den mit blauen Fliesen ausgelegten Kaffeeraum betraten, spürte ich die Wärme der im Kamin brennenden Holzscheite. Der hagere schwarze Obereunuch, der uns empfing, war mir jedoch unbekannt. Offenbar hatte Selim bereits seinen eigenen Favoriten eingesetzt. So schnell wird man abgeschoben, dachte ich. Der neue *kislar aghasi,* Bilal Agha, kannte den Sultan besser als sonst irgendjemand, außer seiner Mutter. Er fungierte seit Selims frühester Kindheit als dessen »Kindermädchen« und Hauslehrer und genoss das Vertrauen des Herrschers. Er sprach mit fester Stimme.

»Der Sultan wünscht, dass ich mit ihr spreche.«

Nakschedil trat mit ängstlicher Miene vor. Sie schwieg wohlweislich.

»Der Sultan hat dir im Saal beim Tanzen zugesehen«, sagte der schwarze Obereunuch.

Ich sah die Furcht in ihren Augen. Wir wussten genau, dass ihre Zukunft, sollte der neue Sultan gemerkt haben, dass sie ihn angeschaut hatte, in Gefahr war. Für uns beide gab es ein schlimmeres Los als den Alten Palast. Ich spürte, wie die Angst mir die Kehle zuschnürte und fasste mir mit den Fingern an den Hals.

»Als der Sultan nach dir fragte, erzählte man ihm, dass du Geige spielst«, sagte Bilal Agha. »Sultan Selim hat eine Leidenschaft für türkische Musik.«

Die Geige war kein traditionelles türkisches Musikinstrument. Und die ersten Takte, die sie gespielt hatte, stammten von Mozart. Würde sie das erst recht in Gefahr bringen? Sie sah mich verwirrt an. Warum erzählt er mir das?, schienen ihre Augen zu fragen. Sie muss sich an meine frühere Warnung erinnert haben: Eine Frau, die gegen die Regeln des Harems verstößt, kann hart bestraft werden. Im schlimmsten Fall wird sie in einen mit Gewichten beschwerten Sack eingenäht und ins Meer geworfen. Nakschedil war in

Gedanken versunken und hörte nicht, was der *kislar aghasi* sagte.

»Der Sultan möchte eine Hand voll Frauen aus dem alten Harem im Topkapi-Palast behalten.«

Ich sah, wie ihre Lippen stumm »Perestu« sagten.

»Der Sultan möchte, dass du hier bleibst.«

Seine Worte überraschten sie so sehr, dass es ihr buchstäblich die Sprache verschlug.

»Auf Befehl des Sultans«, wiederholte der schwarze Obereunuch, »wirst du hier im Topkapi-Palast bleiben«.

Ich spürte, wie sich mein Magen zusammenkrampfte. Natürlich freute ich mich für sie. Doch jetzt würde ich nicht nur in den Alten Palast abgeschoben werden, sondern ich würde mich zudem von der einzigen Sklavin trennen müssen, die je mit mir Freundschaft geschlossen hatte. Ich blickte Nakschedil an und sah, dass sie über das ganze Gesicht strahlte, was Bilal Agha zu der Bemerkung veranlasste:

»Ich kann verstehen, dass Sultan Selim von deiner Schönheit hingerissen war. Dein Lächeln erhellt den ganzen Raum.«

»Ich danke Euch, Exzellenz«, sagte sie und neigte demütig den Kopf. »Aber was ist mit Tulpe?«, stieß sie hervor. »Wird er auch hier bleiben?«

»Er wird zusammen mit den anderen in den Eski Saray ziehen.«

»Bitte«, sagte sie und wandte sich mir zu. »Tulpe ist sehr freundlich zu mir gewesen. Ich bitte Euch, erlaubt ihm, ebenfalls hier zu bleiben.«

Bilal Agha schien verblüfft über ihre Worte, und ich fragte mich, ob er wohl verärgert war, weil sie es gewagt hatte, eine solche Bitte an ihn zu richten. Schließlich antwortete er: »Dies wird erlaubt werden.«

Als wir die Gemächer des schwarzen Obereunuchen verließen, hätte ich am liebsten ein Freudengeschrei angestimmt, doch die Regeln der Stille gestatteten dies nicht. Wir kehrten zurück in den Schlafsaal der Odalisken, wo die Taschen der Mädchen aufeinander gestapelt waren und darauf warteten, weggetragen zu werden. Perestu verabschiedete sich soeben von ihren Freundinnen. Als sie Nakschedil sah, umarmte sie sie und gratulierte ihr. Sie hatte die Neuigkeit bereits von einem anderen Eunuchen erfahren.

»Gibt es denn im Harem keine Geheimnisse?«, fragte Nakschedil lachend.

»Neuigkeiten verbreiten sich hier in Windeseile«, antwortete Perestu. »Vermutlich weißt du es schon.«

»Was weiß ich?«

»Noch jemand anders bleibt unerwartet hier.«

»Wer denn?«, fragte ich. »Ist es eine der anderen Tänzerinnen?«

Perestu verdrehte die Augen. »Nein. Ich wünschte, es wäre so. Zumindest hätten sie es verdient. Ihr werdet es nicht glauben. Es ist eine der Ehefrauen.«

»Und welche?«, fragte Nakschedil.

»Es ist Ayscha. Sie bleibt mit ihren Sklavinnen hier.«

Nakschedil klappte der Unterkiefer herunter. »Aber wie kommt das? Ich dachte, alle Ehefrauen würden weggeschickt werden.«

»Normalerweise ja. Aber Ayscha ist eine kluge Frau, und da der neue Sultan die beiden jungen Prinzen im Topkapi-Palast behalten will, konnte sie den schwarzen Obereunuchen überzeugen, dass sie, als Mutter einer der beiden Prinzen, ebenfalls hier leben sollte.«

»Wenn das Festmahl serviert wird, muss es sowohl Zitronen als auch Honig geben«, sagte ich. Aber ich befürchtete, Ayscha würde Nakschedil zu viel Saures servieren.

TEIL ZWEI

6

An einem frühen Aprilmorgen des Jahres 1789 wehten die Schwarzen Winde kalt vom Kaukasus herab. Doch nicht einmal die eisigen Böen des Schwarzen Meeres hinderten die Menschen daran, in riesigen Scharen die Straßen Istanbuls zu bevölkern. Alle hatten sich in ihre dicksten Kleider eingemummt, und die Männer trugen Turbane auf dem Kopf – Armenier in Violett, Griechen in Schwarz, Juden in Blau, und Türken in Weiß. Männer, Frauen und Kinder, Gesandte der osmanischen Provinzen sowie Botschafter der europäischen Metropolen strömten auf die kopfsteingepflasterten Straßen, um einen Blick auf den prächtigen Festzug zu erhaschen: Drei Tage nach Abd ül-Hamids Tod sollte Mirischah, die Mutter von Sultan Selim, zur Valide Sultan gemacht werden.

Anders als bei den wankelmütigen Wesiren, die völlig willkürlich ihre Favoritinnen wechselten, den rücksichtslos nach Macht strebenden Janitscharen oder den rivalisierenden Prinzen, die sich gegenseitig töten würden, um Thronfolger zu werden, galt das Interesse der Valide Sultan ausschließlich dem Sultan. Jeder Padischah war sich bewusst, dass seine Mutter ihn in seinen jungen Jahren aufgezogen und ihm all ihre Kenntnisse vermittelt hatte, dass sie seine Vertraute wurde und es ihr ganzes Leben lang bleiben würde. Sie hatte seine Geheimnisse geteilt, als er ein Kind war, und wenn er dann Sultan wurde, teilte sie nicht nur weiterhin seine Geheimnisse, sondern bewohnte auch die an seine Räumlichkeiten angrenzenden Gemächer im Harem. Sie wollte nicht mehr und nicht weniger, als ihn beschützen, und wenn ihr Sohn Freude an der Macht des Throns empfand, so teilte sie dieses Gefühl. Sie würde alles für ihn tun, und er konnte sich sicher sein, dass sie die einzige Person war, der er vertrauen konnte.

Für ihre unbestrittene Loyalität wurde sie mit unvorstellbarem Einfluss, Prestige und Wohlstand belohnt. Sie regierte den kaiserlichen Harem, wo Sklavinnen und Eunuchen ihr zu Diensten standen. Ihr Titel, Valide Sultan, war im Harem, ja im gesamten Reich der Inbegriff von Autorität. Ihr Name flößte Ehrfurcht ein, ihre Gegenwart verlangte nach Ehrerbietung, und ihre Worte forderten Respekt.

Sie erhielt das höchste Salär im ganzen Land. Teils waren dies Einkünfte von Ländereien, die sich von Belgrad bis Bagdad erstreckten, teils erhielt sie Geld durch Zölle auf zahlreiche Waren: In Bukarest geblasenes Kristallglas, in Anatolien gewebte Teppiche bis hin zu Weizen aus Georgien und Orangen aus Damaskus. Ihre reich gefüllte Schatztruhe barg unzählige Juwelen: Ihre Diamanten, Smaragde, Saphire, Rubine und Perlen übertrafen an Größe, Qualität und Zahl die einer jeden Königin.

Die Valide Sultan war von Kopf bis Fuß in Silber, Gold, Seide, Satin, Hermelin und Zobel gekleidet und wurde von Hunderten von Sklavinnen bedient. Großwesire und Obereunuchen bedachten sie mit Aufmerksamkeit. Sie war die einzige Frau im Harem, die persönlich mit dem Sultan sprach und ihn beriet. Und aus ihrer eigenen Gruppe von Sklavinnen wählte sie sogar seine Konkubinen aus. Hübsche junge Mädchen, alternde Wesire, Janitscharen-Führer und Provinzgouverneure – alle taten ihr Bestes, um die Valide Sultan zufrieden zu stellen. Und im Serail, dem Palast des Sultans, wo dieser seinen offiziellen Verpflichtungen nachkam und sich privaten Vergnügungen hingab, nahm sie nach ihrem Sohn den höchsten Rang ein.

Die kaiserliche Prozession zu Ehren der Valide Sultan begann auf dem Dritten Hügel in dieser Stadt der Sieben Hügel, vor dem Alten Palast, in dem Mirischah nach dem Tod ihres Mannes leben musste. Und bald war die ganze Stadt ein gigantisches Meer aus Farben und Kostümen. Menschen rannten durch die Straßen, vom Alten Basar zur Blauen Moschee in Stambul, oder von einer europäischen Botschaft in Pera zur anderen. Alle waren auf der Suche nach einem Platz, von dem aus sie einen optimalen Blick auf den Umzug hatten.

Ich hatte die Anweisung, Nakschedil zu begleiten, und half ihr, sich den warmen Umhang über die Schultern zu legen, den man ihr gegeben hatte, während ich mir die juwelenbesetzte Schärpe anlegte, die der schwarze Obereunuch zum Ausleihen angeboten hatte.

»Er gehört der Valide Sultan Mirischah«, sagte der schwarze Obereunuch, als er sie mir überreichte. »Sie möchte, dass jeder Teilnehmer der Prozession die allerbesten Kleider trägt. Dies vermittelt dem Volk, das sich den Festzug anschaut, die Botschaft, dass unser Imperium so wohlhabend und prachtvoll ist wie eh und je.« Ich war froh, durch das Anlegen der Schärpe zu diesem Eindruck beitragen zu können. Doch die in den Kaschmir eingewobenen Perlen konnten nicht darüber hinwegtäuschen, dass unser Reich in Schmutz und Korruption versank.

Zusammen mit Perestu und ein paar anderen brachen wir früh am Morgen auf, und ein Ochsenkarren brachte uns zu denjenigen, die vor dem Alten Palast warteten. Derartige Zeremonien werden in der Regel sorgfältig geplant. Doch

Abd ül-Hamid war so plötzlich gestorben, dass die Vorbereitungen in aller Eile getroffen werden mussten. Und so herrschte zum Teil ein heilloses Durcheinander. Palastverwalter brüllten »Ihr geht hierhin« und »Ihr geht dorthin« und bugsierten die Menschen in alle Richtungen. Ich spürte eine Hand auf meiner Schulter, und bevor ich mich versah, wurden wir in eine große goldene Kutsche geschoben.

Ich folgte Nakschedil. Als sie die Kutsche bestieg, blickte sie zurück, und an ihrem frostigen Gesichtsausdruck sah ich, dass etwas nicht stimmte. In dem Augenblick, in dem ich hineinstieg, begriff ich, was los war. Die beiden jungen Prinzen Mustafa und Mahmud saßen auf übereinander gestapelten Kissen, und vor ihnen, auf einem noch größeren Stapel, hatte sich Ayscha niedergelassen, zu ihren Füßen ein hässlicher schwarzer Eunuch. Schweigend gab ich Nakschedil ein Zeichen, sich auf einen Platz auf dem Boden zu setzen, neben Mahmuds Amme. Dann zwängte ich mich hinter ihr hinein.

Als sich die Prozession in Bewegung setzte, umarmte Ayscha ihren sich windenden Sohn, ohne von irgendjemandem Notiz zu nehmen. Der vierjährige Mahmud überhäufte uns mit Fragen. Wer war an der Spitze der Prozession, wollte er wissen. Wer war hinter uns, wo gingen wir hin, warum hielten wir an? Nakschedil nahm ihn auf den Schoß und zog den seidenen Vorhang zurück. Wir spähten durch das vergitterte Fenster nach draußen und sahen einen langen Strom von Menschen vor uns.

»Schau mal, ganz vorne laufen die Janitscharen«, sagte sie und wies auf die Dutzenden von hoch gewachsenen, turbantragenden Soldaten, die die Spitze der Prozession bildeten. »Und genau vor uns geht Bilal Agha.« Der schwarze Obereunuch, mit seinem hoch aufragenden, kegelförmigen weißen Turban, seinem plissierten Kaftan und seinem pelzverbrämten Umhang bekleidet, tänzelte regelrecht einher. Hinter uns waren die Kutschen der Prinzessinnen und der Valide Sultan sowie weitere marschierende Janitscharen.

Während sich die Kavalkade gemächlich durch die Stadt bewegte, sahen wir den vorderen Teil der Prozession die Ratsstraße entlangziehen, vorbei an einigen Besitztümern – Privathäusern und Geschäftsgebäuden – Mirischahs, der neuen Valide Sultan. Mehrmals hielt die Prozession an militärischen Hauptquartieren inne, um den Janitscharen ihre Ehrerbietung zu erweisen. Und ich erklärte Mahmud, dass sie als Elitearmee des Sultans wichtig waren für dessen Erfolg. Unterstützten sie ihn, dann konnte er sein ganzes Leben lang an der Macht bleiben. Entzogen sie ihm dagegen ihre Unterstützung, so würde er gestürzt werden.

Schließlich näherte sich der Tross der Moschee Hagia Sophia, und Mustafa gab lauthals kund, er sei vor zwei Wochen mit seinem Vater, Abd ül-Hamid, dort gewesen. Die beeindruckenden Steinmauern der kaiserlichen Tore ragten vor uns auf. Als wir unter dem hohen Torbogen hindurchfuhren, an den Türmen und den hohen Fenstern der Räume vorbei, in denen die Wachen untergebracht waren, zog ich Mahmud vom Fenster weg. Ich wollte nicht, dass er die zur Schau gestellten abgeschlagenen und aufgespießten Köpfe sah, die als ständige Mahnung dienten, dass man gut daran tat, dem Sultan gegenüber loyal zu sein.

Wir erreichten das Topkapi-Anwesen und fuhren am Hospital vorbei bis zur Mitte des Ersten Hofes, wo sich vor den königlichen Backstuben ein dichter Kreis von Janitscharen, Wesiren und heiligen Männern um eine strahlend schöne, auf einem Schimmel sitzende Gestalt gebildet hatte. Der neue Sultan Selim trug einen purpurroten, mit markanten Halbmonden bestickten Satinkaftan, und die langen

Ärmel hatte er über die Schultern geworfen. Er strotzte vor Kraft. Sein Gesicht strahlte jugendliche Energie aus, und seine Augen blitzten intelligent. Auf seinem mit einer Schabracke geschmückten Pferd sitzend, erwartete der osmanische Sultan seine Mutter.

Beim Anblick Selims seufzte Nakschedil erleichtert, und ihre Augen strahlten, als würde sie einen alten Freund wiedersehen. »Er ist sogar noch attraktiver, als ich ihn in Erinnerung hatte – ganz anders als Abd ül-Hamid«, sagte sie zu mir. »Sogar sein Bart ist gestutzt.«

Tatsächlich wirkte er, auch wenn er den stämmigen Körperbau und die dunklen Haare seines Onkels Abd ül-Hamid hatte, durch seine Jugendlichkeit, sein gutmütiges Gesicht und seine klugen Augen ausgeprochen sympathisch. Trotz der zeremoniellen Gewänder machte er einen beinahe zugänglichen Eindruck. Doch sein Bart sollte bald nicht mehr so kurz sein. »Jetzt, wo er Sultan ist, wird er sich nicht mehr rasieren dürfen«, erinnerte ich sie.

Schließlich traf die Valide ein. Sie stieg aus ihrer Karosse, und zum ersten Mal erhaschte ich einen Blick auf Mirischah. Sie war von mittlerer Größe, hatte einen gebleichten weißen Teint und mandelförmige Augen. Sie stand aufrecht da und schritt trotz ihrer stämmigen Statur mit graziler Anmut einher.

Der neue Padischah geleitete seine Mutter in ihr neues Zuhause, und als sie den heiligen kaiserlichen Harem erreichten, war es kein Geheimnis mehr, dass die Sultanmutter Mirischah die zweitmächtigste Person des Imperiums war. Wir liefen nur wenige Meter hinter ihr und spürten förmlich, wie der Boden erzitterte.

Ein paar Wochen nach Selims Amtseinsetzung in Topkapi wurde Nakschedil in die Gemächer der neuen Valide Sultan gerufen. Ich erhielt die Anweisung, sie zu begleiten, und sie folgte mir aufgeregt durch einen nicht enden wollenden Korridor in einen großen kopfsteingepflasterten Hof. Wir eilten durch einen marmornen Säulengang, an einem Springbrunnen vorbei und noch einen engen Gang entlang und kamen schließlich an eine Wendeltreppe. Als wir oben ankamen, spürte ich, wie Nakschedil den Atem anhielt: Der vor Gold glänzende und reich verzierte Saal der Valide konnte es mit jedem Rokoko-Saal in Frankreich aufnehmen. Die gewölbte Kassettendecke, die vergoldete Wandtäfelung, die prächtigen, Landschaften darstellenden Wandgemälde, die kunstvollen Nischen und der vergoldete barocke Kamin erinnerten Nakschedil so sehr an ihre Vergangenheit, dass sie ein Bach-Konzert zu summen begann.

Nervös trippelte sie im Saal auf und ab. Die bevorstehende Begegnung mit der Valide erfüllte sie mit Unbehagen. Sie winkte mich herüber in eine Ecke, wo die großen Fenster aufs Marmarameer hinausgingen. In der Mitte war das Goldene Horn zu sehen und weiter entfernt der Bosporus, der zwischen dem europäischen Ufer auf der linken und dem asiatischen auf der rechten Seite dahinströmte. Boote segelten auf dem Wasser hin und her wie Spielzeugschiffe im Privatbad der Valide.

Wahrscheinlich schreckte ich Nakschedil aus ihren Gedanken auf. Aber es war wichtig, dass sie sich darauf konzentrierte, wo sie sich befand. »Vor weniger als zwei Monaten hat Selim den Thron bestiegen«, sagte ich, »und schon hat er für seine Mutter dieses Gemach eingerichtet. Schau mal diese Stelle an der Wand, wo die Tugra des Sultans zu sehen ist.« Ich zeigte auf die arabischen Schriftzeichen, die Selims Namen und sein Symbol verkündeten. »Die Tugra wird auf all seinen offiziellen Dokumenten verwendet werden.«

»Glaubt Ihr, dass Selim dieses ganze Zimmer gemacht hat?«, fragte sie.

»Jeder Sultan übernimmt etwas aus der Vergangenheit und fügt seine persönliche Note hinzu. Ein Teil dieses Raumes muss bereits existiert haben. Doch Dutzende von Sklaven arbeiteten Tag und Nacht, um ihn rasch zu vollenden.«

»Seine Mutter muss ihm sehr viel bedeuten«, meinte sie.

»Sieh mal dort drüben.« Ich wies mit dem Kopf auf eine Stelle über einer Tür. »Dort steht: ›Mirischah, ein Ozean der Güte und eine Mine der Beständigkeit.‹ Dies zeigt uns genau, wie er fühlt.«

Ich deutete auf den Diwan, der sich an der Wand des Zimmers entlangzog, und gab Nakschedil ein Zeichen, sich darauf niederzulassen. Doch genau in dem Augenblick, als sie Anstalten machte, sich zu setzen, betrat Mirischah den Raum. Nakschedil erhob sich unverzüglich und brachte ihre Huldigung dar. Sie berührte mit ihren Lippen und ihrer Stirn die Hand der Valide und verneigte sich bis zum Boden.

Die Valide Sultan setzte sich rasch auf ihren silbernen Thron, links und rechts davon stand ein schwarzer Eunuch. Man sah ihr an, dass sie einst sehr schön gewesen war. Obwohl ihre Jugend so fern war wie die georgischen Berge, hatte sie immer noch dichtes braunes Haar, haselnussbraune Augen und markante Wangenknochen, die ihr breites slawisches Gesicht prägten.

Ich hatte gehört, dass sie im Alter von neun Jahren auf dem Sklavenmarkt in Istanbul verkauft und 1757 zum Sultan Mustafa III. nach Topkapi gesandt worden war. Sie hatte dem Sultan zahlreiche Kinder geschenkt. Zwei Töchter und ein Sohn, Selim, lebten noch. Nach Mustafas Tod 1774, als Abd ül-Hamid den Thron bestieg, wurde sie ins Haus der Tränen geschickt, wo sie fast fünfzehn Jahre lebte. Doch selbst an diesem schrecklichen Ort bewahrte sie die Würde einer Prinzenmutter und die Haltung einer Frau, der die eigene Autorität in Fleisch und Blut übergegangen ist.

Wie sie da so auf ihrem Thron saß, hoch erhobenen Hauptes und aufrecht und gerade wie eine Hellebarde, wirkte sie intelligent und sehr energisch. Oje, die Sklavinnen haben bei ihr bestimmt nichts zu lachen, dachte ich schaudernd. Ein Eunuch reichte ihr eine Bernsteinpfeife, und nachdem er sie mit einem heißen Stück Holzkohle angezündet hatte, zog sie am diamantenbesetzten Pfeifenhals, blies den Rauch aus und fing an zu reden. Allmählich veränderte sich ihre Haltung: Ihre braunen Augen begannen zu funkeln, ihr verkniffener Mund verzog sich zu einem sanften Lächeln, und in bedächtigem Tonfall machte sie sich daran, ihre Neugierde zu befriedigen.

»Sage mir, mein Kind«, wandte sie sich an Nakschedil, »ich weiß, dass dich der Bey von Algier hierher geschickt hat, als Geschenk für den Sultan Abd ül-Hamid. Aber wie bist du denn in den Besitz des Beys von Algier gekommen?«

Nakschedil stand mit gesenktem Kopf vor ihr und ballte die Fäuste, um das Zittern ihrer Hände zu verbergen. Ich stand neben ihr, bereit, als Dolmetscher einzuspringen, falls sie meine Hilfe benötigte. Es war das erste Mal seit der Ankunft des Mädchens, dass sie frei über ihre Kindheit sprechen durfte, und obwohl ich hier und da dolmetschen musste, sprudelten die Worte nur so aus ihr heraus. Vielleicht war es die Neugierde der älteren Frau nach deren langer Abgeschiedenheit im Eski Saray oder einfach nur ihr Interesse an der Außenwelt. Jedenfalls führte jede Antwort Nakschedils zu noch mehr Fragen seitens der Valide.

»O Majestät«, begann das Mädchen, »nur wenige Tage vor meinem neunten Geburtstag im April 1785 teilten mir meine Eltern mit, dass sie mich auf eine Schule in Frankreich schicken würden.«

»Ist das etwas Ungewöhnliches?«, fragte die Valide.

»Alle kreolischen Familien, die es sich leisten können, tun das. Unsere Vorfahren stammen alle aus Frankreich, und die meisten haben immer noch Verwandte dort.«

»Verstehe.« Mirischah zog wieder an ihrer Pfeife.

»Am Morgen meiner Abreise frühstückte ich wie gewohnt. Ich erinnere mich noch an den Geschmack der frischen Orangen, an das Brot und die heiße Schokolade. Danach brachen wir auf zum Hafen von Martinique. Ich sehe die Anlegestelle noch immer vor mir: Matrosen eilten vorbei, Kisten mit Zucker, Gewürzen und Tabak wurden an Bord gebracht, und meine Mutter stand mit einem Sonnenschirm in der heißen Sonne und verströmte einen köstlichen Duft von Jasmin.

Mein Papa, von kleinem Wuchs, aber ein wichtiger Mann in Martinique, hatte eine Überraschung für mich. Er zog eine dünne goldene Kette aus seiner Tasche. An ihrem Ende baumelte ein Medaillon meiner Mutter. Als er sich zu mir vorbeugte, um mir die Kette um den Hals zu legen, roch ich seinen Tabakduft, in den sich die Süße von Zuckerrohr mischte. Ich küsste ihn auf die Wange, dann küsste ich Mama. Sie sagte, ich solle immer daran denken, dass in dem Medaillon ihre Liebe steckt. Ich sah, dass ihre Lippen zitterten, und sie wandte den Kopf ab, um ihre Tränen zu verbergen. Papa hat immer gesagt, ich würde die besten Eigenschaften von ihnen beiden in mir vereinen: Mamas Schönheit und Anmut und seine Klugheit und Entschlossenheit.«

Ich sah, wie die Valide auf ihre Pfeife starrte.

»Und dann bist du abgefahren?«, fragte ich.

»Das Schiff lief an jenem Morgen aus, und mein schwarzes Kindermädchen begleitete mich. Ich war ziemlich durcheinander, und es machte mir Angst, von meiner Familie wegzugehen und mit Zinah zu verreisen. Sie war nicht viel älter als ich, doch das Leben hatte sie altern lassen und abgehärtet. Als wir beobachteten, wie der Hafen allmählich verschwand, legte sie ihre großen Arme um mich, lächelte mit ihrem Vollmondgesicht und sagte: ›Wir werden ein tolles Abenteuer erleben‹.«

»Wo fuhr das Schiff hin und wie lange dauerte die Überfahrt?«, fragte die Valide.

»Das Schiff fuhr nach Bordeaux. Von dort würden wir dann zur Loire und zum Kloster von Nantes weiterreisen. Gut gelaunt genossen wir die sechswöchige Reise über den Atlantik, und Ende Juli erreichten wir schließlich Nantes.«

»Und was geschah dann?«

»Es dauerte nicht lange, bis wir die Dugast-Mattifeux-Straße und die eindrucksvollen Rundbögen von Les Dames de la Visitation gefunden hatten. Wir richteten uns dort ein. Zinah erhielt eine Stelle als Gärtnerin. Ich wurde, wie die anderen Mädchen meines Alters, ›junge Schwester‹ genannt, und man machte mich mit dem Klosterleben vertraut. Aber ich habe meine Familie schrecklich vermisst. Jeden Morgen beim Aufstehen griff ich nach dem Medaillon an meinem Hals und streichelte es, um mich zu vergewissern, dass Mamas Liebe immer noch darin steckte.«

»Wie ist dieses Klosterleben, von dem du sprichst?«, wollte Mirischah wissen. »Ist es so wie im Harem?«

»In manchen Dingen, ja«, antwortete Nakschedil. »Es gab dort zwanzig Mädchen in meinem Alter, und wir wurden von den salesianischen Nonnen beaufsichtigt. Das sind Frauen, die sich niemandem außer Gott versprochen haben.«

»Und wie sah dein Tagesablauf aus?«

»Jeden Morgen wusch ich mich, zog mich an und machte mein Bett. Statt der Diwane, die wir hier im Schlafsaal haben, gab es dort eine Reihe von harten Betten, die genau achtzig Zentimeter weit auseinander standen. Unten frühstückten wir, und das knusprige Brot und die dicke heiße Schokolade erinnerten mich täglich an zu Hause. Danach bedeckte ich meinen Kopf mit einem Schleier, betete gemeinsam mit den anderen und besuchte gleich anschließend den Unterricht.«

»Was hast du dort gelernt?«

»Am liebsten mochte ich Handarbeit, Musik und Tanz.«

»Wie hier«, meinte die Valide.

»Ja, wie hier. Nur dass es dort noch andere Fächer gab. Hätte ich die Wahl gehabt, hätte ich meine Tage mit Nähen, Tanzen und Geigespielen zugebracht. Aber die Nonnen legten in ihrem Kloster großen Wert auf eine akademische Ausbildung. Und auf dem strengen Lehrplan standen Geschichte, Mathematik, Literatur, Latein, Rechtschreiben, Kalligrafie, Verhalten und natürlich der Katechismus. Jede Nacht mussten wir lange Aufgaben auswendig lernen – oh, wie ich sie fürchtete! –, und jeden Morgen mussten wir sie vor den Nonnen aufsagen.«

»Wie seltsam«, bemerkte Mirischah. »Frauen, die Geschichte, Mathematik und Literatur auswendig lernen. Und dieser Katechismus, den du erwähnt hast. Was ist das?«

»Das sind Fragen und Antworten zum Katholizismus, die wir lernen mussten.«

»Ich nehme an, du hast diese Kenntnisse verdrängt«, sagte die Valide stirnrunzelnd. »Der Islam ist die höchste Religion überhaupt. Jesus ist einer unserer Propheten, wie Moses und andere. Aber das ist auch schon alles. Das hast du bestimmt gelernt, oder?«

Das Mädchen nickte schweigend.

Die Valide fuhr fort: »Aber hast du auch gelernt, eine Frau

zu sein? Haben sie dir beigebracht, wie man einen Mann befriedigt?«

»O Majestät, auch das wurde uns beigebracht. Wir haben gelernt, unsere familiären Pflichten zu erfüllen, die Wünsche unserer Ehemänner zu befolgen, gut für unsere Kinder zu sorgen und vor allem als gute Christen zu handeln. Wir beherzigten die Worte von Madame de Maintenon. Eine Ehefrau ›muss lernen zu gehorchen‹, brachte sie ihren Schülerinnen bei, ›denn ihr werdet bis in alle Ewigkeit gehorchen.‹«

»Wie weise von dieser Madame«, murmelte die Valide. »Und bist du eine Ehefrau geworden?«

Nakschedil schüttelte den Kopf. »Ich blieb über drei Jahre im Kloster. Und dann, im Juni 1788, feierte unsere Familie eine Hochzeit in Frankreich, nicht meine, sondern die einer Cousine. Wenige Tage später traten Zinah und ich die Rückreise übers Meer an. An Bord eines Segelschiffs entkamen wir knapp einem Hagelschauer. Wir ahnten noch nicht, dass wir einen sehr viel schlimmeren Sturm erleben würden.«

»Was willst du damit sagen?«

»Unser Schiff wurde von Piraten gekapert, und alle, die an Bord waren, wurden nach Algier verschleppt. Die Männer wurden in Hand- und Fußschellen an Land gebracht, und ich wurde dem Bey übergeben, der seinen Korsaren befahl, mich hierher zu bringen. Es war nicht gerade das, was ich mir von meinem Leben erwartet hatte. Alles war ein großer Schock.«

»Ja, das kann ich gut verstehen«, sagte Mirischah und nickte mitfühlend. »Nun ja«, fuhr sie fort, »eines habe ich gelernt. Je vorhersehbarer das Leben erscheint, umso drastischer wird es sich zwangsläufig ändern.« Sie ermahnte Nakschedil, mit den anderen Mädchen nicht über ihre Vergangenheit zu sprechen und stattdessen ihr Augenmerk auf die Zukunft zu richten.

»Sultan Selim fand dich attraktiv«, sagte die Valide. »Du bist *gozde,* ›im Auge‹ meines Sohnes. Du wirst größere Gemächer beziehen und lernen, Dinge zu tun, die einem Mann gefallen – nicht nur gehorchen, sondern ihm Vergnügen bereiten. Wenn du dich geschickt anstellst, wird er dich in sein Bett holen. Und dann wirst du vielleicht eine Favoritin, eine Konkubine.«

7

Nakschedils neue Räumlichkeit befand sich näher bei den Gemächern der Valide. Das geräumige Zimmer bot Platz für fünf Mädchen – eine deutliche Verbesserung gegenüber dem überfüllten Schlafsaal der Neulinge. Kleine Fenster gingen auf einen Hof hinaus. Doch auch hier spendete lediglich ein Kohlebecken Wärme. Auch hier gab es kahle Wände, nackte Holzböden und schmale Diwane entlang der Wände sowie hier und dort einen Schrank für die Habseligkeiten der Mädchen. Nakschedil würde weiterhin sticken, musizieren und tanzen. Doch, wie Mirischah erwähnt hatte, sollte sie auch in der Kunst des Lebens unterrichtet werden.

Auf Mirischahs Befehl beauftragte mich der schwarze Obereunuch, in den täglichen Unterrichtsstunden ein Auge auf das Mädchen zu haben. Der Unterricht begann unverzüglich. Ein Großteil der Zeit wurde darauf verwendet, Nakschedils Türkisch zu verbessern, sodass sie sich mühelos unterhalten konnte. Sie kannte genügend Wörter, um ihre Grundbedürfnisse mitzuteilen, aber mit Eleganz zu sprechen erforderte harte Arbeit: Noch immer erzeugte Nakschedil das R hinten in der Kehle, anstatt es mit der Zunge zu rollen. Noch immer bildete sie ihre Worte mit geschürzten Lippen. Und häufig betonte sie die falsche Silbe. Sie übte sich auch in der Schrift des osmanischen Türkisch. Doch die Kombination aus arabischer Schrift und türkischen (sowie einigen persischen und arabischen) Wörtern verwirrte sie furchtbar.

Auch andere Fertigkeiten sollte sie verfeinern. In der Privatküche der Valide lernte sie, bestimmte Speisen zuzubereiten. Ihre Lehrmeisterin war eine Sklavin, die noch nie vom Sultan geholt worden war, aber dennoch in der Palasthierarchie aufgestiegen war. Jetzt war sie für die Küche der Valide zuständig. Auch wenn ihr Name, Gülbahar, »Frühlingsrose« bedeutete, hatten lange Jahre der Keuschheit die Schönheit der armen Frau dahinwelken lassen. Doch die Gelegenheit, die eifrige Nakschedil zu unterrichten, war wie ein Sonnenstrahl, und jedes Mal, wenn sie das Mädchen sah, blühte sie richtig auf.

Der Kaffee stehe im Mittelpunkt des osmanischen Lebens, erklärte sie und zitierte den bekannten Spruch: »Eine Tasse Kaffee verpflichtet einen zu vierzig Jahren Freundschaft.«

»Ja«, stimmte ihr Nakschedil zu. »Aber wisst Ihr, ich habe immer noch Schwierigkeiten damit. Ich kann mich einfach nicht an den starken Geschmack gewöhnen.«

Gülbahar war überrascht. »Warum das?«, fragte sie. »Alle trinken hier Kaffee.«

»Als Kind habe ich nur Schokolade getrunken«, erzählte Nakschedil. »Und jetzt trinke ich nur Tee.«

»Mach dir nichts daraus«, meinte die Frau und machte eine wegwerfende Handbewegung.

»Der Sultan kann jederzeit nach einer Tasse schaumigem schwarzem Kaffee verlangen«, sagte Gülbahar. »Deshalb solltest du wissen, wie man dieses Getränk zubereitet.«

Das Mädchen lernte, die dunklen Bohnen zu zerstoßen, sie mit kaltem Wasser und Zucker zu mischen und die Flüssigkeit mit Kardamom zu kochen. Doch vor allem wurde Nakschedil Expertin darin, den dampfenden Kessel hoch über die kleine Tasse zu halten und den Kaffee dann so hineinzugießen, dass es einen dicken Schaum gab.

»Probiere mal einen Schluck«, drängte Gülbahar und hielt Nakschedil die Porzellantasse in dem filigranverzierten Halter hin. Nakschedil nippte am Schaum und schnitt eine Grimasse, als sie den Kaffee probierte.

»Du wirst dich schon daran gewöhnen«, bemerkte ich.

Gülbahar nickte zustimmend. »Der Sultan wird wollen, dass du mit ihm Kaffee trinkst, und es wäre unhöflich, wenn du dich weigern würdest. Du wirst sehen, bald wird dir der Kaffee schmecken.«

Nach einer Weile, als Nakschedil köstlichen Kaffee kochen konnte, verkündete ihr die Lehrmeisterin, es sei nun Zeit für die nächste Lektion.

»Du musst lernen, ein oder zwei Gerichte zuzubereiten, die einen Mann wahrhaft glücklich machen. Ob die Rezepte einfach oder kompliziert sind, spielt keine große Rolle. Aber du musst die Speisen so perfekt zubereiten, dass sie ein Lächeln auf seine Lippen zaubern.«

»Was schlagt Ihr vor?«, fragte Nakschedil, erpicht darauf, den neuen Sultan zufrieden zu stellen.

Gülbahar empfahl Gerichte, von denen sie annahm, dass sie auch Nakschedil schmecken könnten. »So wirst du die Speisen durch deinen Enthusiasmus noch verfeinern«, sagte sie. Sie fügte hinzu: »Ich muss dich darauf aufmerksam machen, dass der Sultan seine Mahlzeiten stets allein einnimmt. Deine Aufgabe besteht darin, die Speisen zuzubereiten und anschließend zuzusehen, wie er sie genießt.«

Sie entschieden sich für ein geräuchertes Auberginengericht – die Eierfrucht wurde sogar für feiner als Kaviar gehalten – und Honigkuchen. »Die Liebe zu süßen Dingen entspringt dem Glauben; wahre Gläubige sind süß und Ungläubige sauer«, zitierte die Lehrmeisterin aus dem Koran.

Das Rezept für Blätterteig und Walnüsse erforderte viel Geduld. Wir sahen zu, wie Gülbahar den Teig hauchdünn ausrollte. Sie sagte, der Teig dürfe auf keinen Fall zu trocken werden, da er sonst brechen würde. Auch solle man nicht zu viel Wasser darüber sprenkeln, da er zu klebrig würde. Nachdem sie den Teig so weit wie möglich ausgebreitet hatte, reichte sie Nakschedil eine Feder. Das Mädchen tauchte sie in geschmolzene Butter und bestrich eine Teigschicht damit. Dann bestreute sie den Teig mit gehackten Walnüsse. Diesen Vorgang wiederholte sie sechs Mal. Anschließend schnitt sie die Teigschichten in kleine Quadrate, sprenkelte Wasser darüber und schob sie in den Ofen. Als sie fertig waren, beträufelte sie sie mit einer Mischung aus Rosenwasser und Honig und ließ sie abkühlen.

»Das Baklava erinnert mich an die *mille-feuilles,* die die Köche in Martinique immer gebacken haben«, sagte Nakschedil und atmete den süßen Duft des frischen Backwerks ein. »Ich stand in dem großen Backhaus und sah zu, wie sie den Teig kneteten. Das Beste war freilich, davon zu naschen, sobald sie aus dem Ofen kamen.« Mit diesen Worten schob sie mir ein Stück Baklava in den Mund.

»Und, wie schmeckt's?«, fragte sie.

»Lecker«, antwortete ich. »Das Werk einer wahren Gläubigen.«

Überwältigt von Erinnerungen an ihre Kindheit, fiel ihr ein anderes Dessert ein, das die Köche in Martinique zubereiteten. Sie verrührte Zucker und Eigelb, presste eine Orange aus und fügte den Saft hinzu. »Die wichtigste Zutat ist der Likör«, sagte sie sehnsüchtig. »Ich weiß, es verstößt gegen die Regeln des Islam. Wo werden wir je welchen herbekommen?«

Ich wusste, dass im Palasthospital Alkohol verwendet wurde, um die Schmerzen der Patienten zu betäuben. Tatsächlich täuschten nicht wenige Bewohner des Topkapi-Palastes Krankheiten vor, um in den Genuss des Getränks zu kommen. Ich bemerkte ein Zwinkern in Gülbahars Augen und fragte mich, ob sie wohl auch gerade diesen Gedanken hatte. »Ich koche schon jahrelang für Mirischah«, sagte sie. »Ihr müsst schwören, dass ihr schweigen werdet wie ein Grab.«

»Ich schwöre«, sagte Nakschedil.

Sie sah mich an. »Ihr auch, Tulpe.«

»Ich schwöre«, sagte ich. Würde sie etwa vorschlagen, dass wir uns unter die Kranken begaben? Nein, sie hatte etwas Besseres vor. Gülbahar griff ganz nach hinten in einen der Schränke.

»Wir bewahren immer ein wenig aromatisierten Likör in der Speisekammer auf. Sogar im Haus der Tränen konnten wir etwas davon verstecken.«

Mit diesen Worten zog sie ein kleines Fläschchen heraus und hielt es hoch. Wir lasen das Etikett »Goldenes Wasser« und lachten, als Nakschedil etwas von der alkoholischen Flüssigkeit in die Schüssel goss. Dann hob sie den Eischnee unter und fügte auf Gülbahars Vorschlag hin einen Hauch Amber als Aphrodisiakum hinzu, bevor sie die ganze Mixtur in den Ofen schob. Nach einer halben Stunde hielt sie den Atem an und holte ihr Backwerk heraus.

Beim Anblick des prächtig aufgegangenen Soufflés war ich drauf und dran, vor Freude in die Hände zu klatschen. Doch Nakschedil nahm rasch meine beiden Hände, um mich daran zu hindern. »Wenn Ihr Krach macht, wird es in sich zusammenfallen«, warnte sie.

Wir kosteten alle von dem warmen Soufflé. Es schmeckte bitter und süß zugleich, und ich hatte noch nie so etwas Leckeres gegessen wie die leichte Kruste und die weiche schaumige Füllung. »Wenn ihn nichts anderes aufzuheitern vermag«, sagte ich, »so wird dies seine Stimmung garantiert heben«.

Nachmittags unterrichtete der schwarze Eunuch Nelke Nakschedil in den erotischen Künsten. Mit seiner hageren Gestalt und seinem runden Kopf machte er seinem Namen alle Ehre. Er tänzelte herein und verströmte einen Duft von Rosenöl. Anfangs hatte Nakschedil Angst vor Nelke, doch seine sanfte Stimme half ihr, die Nervosität zu überwinden.

»Du musst immer daran denken, dass die Liebe nicht nur körperlicher, sondern auch spiritueller Natur ist«, erklärte ihr Nelke am ersten Tag. »Dein Körper ist ein Gefäß, das mit Liebe gefüllt werden soll. Erst wenn wir gelernt haben, uns an unserem eigenen Körper zu erfreuen, können wir unseren Liebhabern Vergnügen bereiten.«

Nakschedil sah ihn verdutzt an, und ich wusste, dass sie diese Lektion im Kloster nicht gelernt hatte.

»Es steht in *Der parfümierte Garten* geschrieben, dass Allah uns den Kuss auf den Mund, die Wangen und den Hals sowie auch das Saugen an sinnlichen Lippen gewährt hat.« Er leckte mit der Zunge über seine rosa Lippen und fuhr fort: »Es heißt dort: ›Er hat einer Frau Augen gegeben, die Liebe wecken, und Wimpern so scharf wie geschliffene Klingen. Durch fantastische Flanken und einen wunderbaren Nabel hat Er die Schönheit ihres sanft gewölbten Bauches betont.‹«

Nelke zog Nakschedil hoch und strich mit seiner Hand über die zarte Haut ihres Bauches und Nabels. Dann berührte er sanft ihre Wangen. »Gott hat diesem Objekt einen Mund, eine Zunge, zwei Lippen und eine Figur wie die einer Gazelle auf dem Wüstensand gegeben«, sagte er und fuhr mit dem Finger über ihr Gesicht.

Ich sah, dass Nakschedil Gefallen an seinen Worten fand. Ihre blauen Augen folgten all seinen Bewegungen, und sie neigte den Kopf näher zu seinem. Ihr Mund stand offen, bereit, geküsst zu werden. Doch Nelke fuhr fort:

»Die Worte des Dichters sind schön und wahr. Du kannst nicht wissen, wie schmerzlich es für mich ist, sie auszusprechen. Es ist meine Strafe, und zugleich bereitet es mir Vergnügen.«

Sie sah ihn mit einem seltsamen Blick an.

»Ich werde dir etwas sagen«, sagte er in vertraulichem Tonfall. »Aber du musst schwören, dass du es für dich behältst.«

»Natürlich«, flüsterte sie, in ängstlicher Erwartung, was sie jetzt hören würde.

»Auch wir, die wir kastriert wurden und unsere Hoden verloren oder Schlimmeres, können dennoch Verlangen verspüren.« Dabei stieß er einen tiefen Seufzer aus.

Ich fragte mich, ob er ihr das erzählte, um sie zu erregen oder um ihre Ängste zu lindern, oder ob er sich selbst von ihrer Unschuld hatte verführen lassen. Wieder warf sie ihm einen seltsamen Blick zu, als würde auch sie sich fragen, warum er ihr dies anvertraute. Sie schaute mich an, aber ich schwieg. Es war besser, meine Gedanken und Bedürfnisse für mich zu behalten.

»Es gibt Eunuchen, die versuchen, Frauen zu befriedigen, und einigen von ihnen gelingt es sogar«, sagte er. Er sah mich ebenfalls an, doch ich hielt den Kopf gesenkt und starrte auf den Boden.

»Natürlich«, fuhr er fort, »können wir von unserem Mund Gebrauch machen und damit einer Frau großes Vergnügen bereiten. Und wir besitzen künstliche Mittel, die wir uns auf dem Basar beschaffen.«

Ich war gespannt, ob er ihr eines dieser Werkzeuge zeigen würde. Doch ich begriff ebenso wie er, dass sie noch nicht bereit war für diesen Anblick.

»Weißt du«, sagte er seufzend, »einige Eunuchen haben sogar Sklavinnen geheiratet, und einige der Mädchen waren mit ihnen glücklicher als mit einem normalen Mann. Dann gibt es wiederum Eunuchen, die Knaben bevorzugen, so wie manche Frauen sich zu Frauen hingezogen fühlen. Ist dir das bekannt?«

Ich fragte mich, ob er Nakschedil auf die Probe stellte. An ihrem Gesichtsausdruck sah ich, dass sie sich von dieser Vorstellung abgestoßen fühlte. »Ich habe in den Bädern einige Frauen gesehen, die sich liebkosten«, sagte sie.

»Und hat es dir gefallen?«, fragte Nelke.

»Mir wurde übel davon«, erwiderte sie.

»Nichts von alldem sollte dir Übelkeit bereiten«, sagte er. »Es gab Zeiten in der Vergangenheit, in denen Sultane es genossen, miteinander schmusenden Frauen zuzusehen. Und es gab Zeiten, in denen Sultane sich einen Mann ins Bett holten. All das ist völlig natürlich.«

Die Mädchen im Harem unterhielten sich gelegentlich darüber, aber ich wusste, dass es Nakschedil Schwierigkeiten bereitete, zuzuhören. Jetzt starrte sie Nelke entsetzt an.

»So ist das Leben nun einmal«, sagte er, als er ihren Gesichtsausdruck bemerkte. »Du darfst dich diesen Tatsachen nicht verschließen. Was Sultan Selim angeht, so musst du jede kleinste Stelle seines Körpers kennen und wissen, wie man sie liebkost.«

Eines Nachmittags, als wir gerade Kaffe tranken, kam Nakschedil erneut auf die Eunuchen zu sprechen. »Tulpe«, sagte sie mit honigsüßer, fast koketter Stimme. »Wie kommt es, dass einige Eunuchen mit einer Frau schlafen können?«

»Die Glücklichsten meiner Freunde haben ihre Hoden verloren, nicht aber ihre Fähigkeit, mit ihrem Glied in eine Frau einzudringen«, erklärte ich. »Anderen ist es passiert, dass ihr Penis nachgewachsen ist. Natürlich müssen sie dies bei unseren alljährlichen Untersuchungen vor den Palastärzten verbergen. Aber die meisten Eunuchen verspüren das Verlangen, auch wenn sie nicht mit einer Frau schlafen können.«

»Es tut mir Leid«, flüsterte Nakschedil und berührte meinen Arm.

In den folgenden Tagen und Wochen überhäufte Nelke sie mit persischen Lehrbüchern und Werken der Liebeskunst: *Der parfümierte Garten* wurde zu ihrer Bibel, das *Kamasutra* zu ihrem Mantra. Mit Hilfe von Objekten in Form eines Penis brachte Nelke ihr bei, wie sie den Körper des Sultans zum Erbeben bringen, sein Vergnügen hinauszögern und ihn in Ekstase versetzen konnte.

»Du musst Spielchen machen«, riet er ihr, »um das Interesse des Sultans wachzuhalten«.

»Was für Spielchen?«, fragte sie.

»Zunächst Kuss-Spiele. Schließe mit ihm eine Wette ab, wer die Unterlippe des anderen zu fassen kriegt. Benutze dabei nur deine Lippen. Wenn du gewinnst, nimm seine Lippe zwischen deine Zähne. Aber lache stets dabei und sei zärtlich. Sag ihm, dass du die Siegerin bist und dass du beißen wirst, wenn er versucht, sich zu bewegen. Necke ihn mit deinen Augen.«

»Und wenn er gewinnt?«

»Tu so, als würdest du erbittert kämpfen. Schlag mit deinen Fäusten auf seine Brust und flehe mit deinen Augen um Freiheit.«

»Gibt es noch andere Spiele?«, fragte Nakschedil.

»Du musst sie erfinden. Es ist wichtig, dass du dir jedes Mal neue Liebesspiele ausdenkst, um ihn zu erregen.«

Tagelang dachte Nakschedil an nichts anderes, und kaum hatte sie gelernt, den Sultan mit ihrem Tanzen zu verführen, lernte sie auch, ihm mit ihrer Liebe Vergnügen zu bereiten.

Sechs Monate vergingen, bevor Nakschedil endlich von Selim hörte. Schließlich traf eine Nachricht ein, dass der Sultan nach ihr verlangte. In gewohnter Manier wurde sie ins Privatbad der Valide gebracht, wo ihr fast den ganzen Tag lang sorgfältige Pflege zuteil wurde. Die Sklavinnen massierten sie, um ihre Gliedmaßen zu lockern und ihre Nerven zu beruhigen. Und sie rieben sie mit Mandel- und Jasminpaste ein, um ihren Teint zu glätten und aufzuhellen. Erneut suchten sie Arme und Beine nach Haaren ab, und da sie mittlerweile reifer geworden war, erklärte ich ihr, dass die Baderituale ausgeweitet würden.

»Es riecht furchtbar«, warnte ich sie, als eine Sklavin eine Schüssel mit einer übel riechenden gelben Creme herbeibrachte. Mit raschen Handbewegungen trug sie eine Schicht Kalk- und Arsenpaste auf Nakschedils Beine auf. Sie untersuchte ihren restlichen Körper und bestrich auch ihre Achseln und sogar ihre intimsten Körperteile mit der Paste. Das Mädchen rümpfte wegen des Gestanks die Nase.

»Denk nicht daran«, riet ich. »Rede einfach über etwas anderes.«

»Wie wird er wohl sein?«, fragte sie. »Was habt Ihr über den Sultan gehört?«

»Er ist sicher sehr nett«, antwortete ich. »Ich habe gehört, er soll ein sensibler Mensch sein.«

»Mein Traum ist, dass er mich behandeln wird, als wäre er der Prinz und ich das Mädchen mit dem Glaspantoffel.« Sie blickte hinunter auf ihre Beine und begutachtete die übel riechende Paste. »Wahrscheinlich ist er eher wie sein Onkel Abd ül-Hamid«, meinte sie und fügte hinzu: »Danach wird er mich fallen lassen wie eine heiße Kartoffel.«

Bevor ich sie beruhigen konnte, erschien die alte schwarze Badesklavin und schabte die höllisch brennende Creme mit einer scharfrandigen Muschelschale ab. Sie inspizierte jeden Zentimeter von Nakschedils Haut, um sicherzugehen, dass auch ja kein einziges Körperhaar zurückblieb.

Noch mehr Sklavinnen erschienen und rieben Nakschedils Haut und ihr langes blondes Haar mit Hunderten von Rosenblättern ein. Mit größter Sorgfalt zogen sie ihre Augenbrauen mit Tusche nach und umrandeten ihre Augen mit Kajal. Sie konnte sich immer noch nicht damit anfreunden, wie sie ihre Augenbrauen verlängerten, so als wären sie in der Mitte zusammengewachsen. Aber sie willigte ein, als ich ihr sagte, ich hätte gehört, dass Selim es mochte. Sie lächelte, wie immer, wenn sie ihre Finger- und Zehennägel mit Henna färbten, und nickte eifrig, als sie sie fragten, ob sie eine Tätowierung wolle.

Der starke Geruch von Eukalyptus stieg auf, als sie ihr Bein damit betupften, damit sich die Poren öffneten. »Lieber das als Arsen«, lachte sie. Sie sah zu, wie eine Sklavin das Hennapulver mit Nelke und Zitronensaft mischte. Als die Paste dick wie Leim war, füllte das Mädchen sie in einen kegelförmigen Leinenbeutel. Mit der Spitze des Dreiecks zeichnete sie eine Tulpe auf Nakschedils Knöchel. Als sie damit fertig war, trug sie eine dünne Schicht Sirup aus Zitronensaft und Honig auf.

»Gefällt es dir?«, fragte ich. Nakschedil blickte hinunter auf ihren Knöchel und lächelte.

»Sollen wir es beim anderen Bein nicht auch machen?«, fragte sie.

Während das Henna trocknete und dunkler wurde, kämmten die Sklavinnen Nakschedils bis zur Taille reichendes blondes Lockenhaar und verzierten es mit Diamanten. Die Meisterin der Garderobe kleidete sie in hauchdünne Gaze und durchsichtige, mit Rosenduft parfümierte Seidenstoffe. Die Meisterin des Schmucks schmückte sie mit glitzernden Diamanten, cremefarbenen Perlen, schweren Smaragden, Rubinen und Saphiren. Und als sie sich bewegte, funkelten ihre Ohren, ihr Hals, ihre Arme, ihre Taille, ihre Knöchel und ihre Füße wie die eines Engels.

8

Es schien, als wären allen Sklavinnen Augen und Ohren gewaltsam verbunden worden. Die Türen und Fenster ihrer Räume waren geschlossen, und niemand durfte sich in den Korridoren aufhalten, als der schwarze Obereunuch und ich Nakschedil durch den Gang zwischen den Gemächern der Valide und denen des Sultans führten.

»Ich höre mein Herz klopfen«, flüsterte sie. »Ich bin sicher, alle anderen Palastbewohner hören es auch.«

Als wir uns den privaten Gemächern des Padischahs näherten, hielt sie einen Moment inne, und ich sah einen panischen Ausdruck auf ihrem Gesicht. »Denk einfach daran, dass es ganz still sein wird und dass er im Bett wartet«, sagte ich. »Du weißt ja, was du zu tun hast.«

Wir gelangten zu den Eunuchen, die an der Tür Wache hielten, und wünschten Nakschedil viel Glück. Bilal Agha drehte sich um und ging davon. Ich aber blieb noch da und sah zu, wie sie das königliche Gemach betrat. Das Guckloch unten an Abd ül-Hamids Tür fiel mir ein, und obwohl Selim sich ein anderes Gemach ausgesucht hatte, war ich mir sicher, dass die Eunuchen ihre Arbeit getan hatten. Ich bat die beiden Wachen, einen Blick hineinwerfen zu dürfen, und versprach ihnen dafür ein paar Goldmünzen. Ich hatte Recht. Der rasche Handel kostete mich mehr, als mir lieb war, aber ich erkaufte mir damit eine gute Sicht auf das Geschehen.

Von meinem Beobachtungsposten aus inspizierte ich den Raum, und mein Blick wanderte von den glasierten, mit blauen und roten Blumen bemalten Fliesen an den Wänden zu den bunten Glasfenstern, von den mächtigen, im bronzenen Kamin brennenden Holzscheiten zu dem Springbrunnen aus bemaltem Marmor.

»Trete näher, meine Liebe«, hörte ich eine Männerstimme sagen.

Nakschedil erschrak sichtlich beim Klang seiner tiefen Stimme, und ich ebenfalls. Ich hatte erwartet, dass der Sultan gemütlich in seinem Bett liegen würde. Stattdessen aber saß er, in roten Satin gekleidet, auf seinem Baldachindiwan. Als Nakschedil sich verneigte und über die Perserteppiche schritt, bemerkte ich ihre Verwirrung. Ich hatte ein schlechtes Gewissen: Darauf hatte ich sie nicht vorbereitet.

Nakschedil trat näher, küsste den Saum seines Kaftans und nahm ihren Platz auf dem Boden ein. Ihr Blick fiel auf seine zarten, mit Juwelenringen geschmückten Hände. Langsam hob sie den Kopf, sah dem Sultan jedoch nicht in die Augen. »Habe keine Angst«, hörte ich ihn sagen.

»Ich gestehe Euch, mein Sultan«, sagte sie fast im Flüsterton, »ich habe ziemliche Angst«.

»Es gibt nichts, wovor du Angst zu haben bräuchtest«, beharrte er. »Meine gute Mutter hat mir von deiner kreolischen Herkunft und deiner Ausbildung in Frankreich erzählt. Ich bin sehr gespannt darauf, noch mehr über deine Vergangenheit zu erfahren.«

»O Majestät, Eure Worte überraschen mich«, flötete sie mit honigsüßer Stimme. »Ich … ich … dachte, Ihr würdet etwas anderes wollen.«

Dasselbe hatte ich auch gedacht. Nun ja, vielleicht diente die Konversation nur der Vorbereitung auf das Kommende. Aber er schien sich tatsächlich für Frankreich zu interessieren.

»Dank meiner Mutter und meinem verstorbenen Onkel, Sultan Abd ül-Hamid, habe ich bei zahlreichen Lehrern studiert und viele Dinge gelernt, die weit über Istanbul hinausreichen. Ich habe die Berichte unseres Gesandten über den Hof Ludwigs XV. gelesen.«

Nakschedil lauschte gebannt und mit großen Augen seinen Worten, als wäre jedes von ihm gesprochene Wort eine Perle, die von seinen Lippen fiel.

»Die letzten drei Jahre habe ich mit König Ludwig XVI. korrespondiert. Ich habe mich mit der französischen Militärmacht beschäftigt und auch mit der französischen Zivilisation – Musik, Theater, Wissenschaft und gesellschaftliche Bräuche. Ich würde zu gerne wissen, ob das, was ich gelesen habe, stimmt. Aus diesem Grund habe ich dich holen lassen.«

Er hob einen Finger, und von meinem Posten aus sah ich, wie Sklavinnen den Raum betraten und Kaffee in diamantenbesetzte Tassen einschenkten, während andere mit Pistazien verfeinerte Süßigkeiten auf goldenen Tellern servierten. Zwei weitere Mädchen stellten eine Wasserpfeife neben den Sultan. Nachdem alle wieder hinausgeschickt worden waren, rauchte Selim genüsslich seinen süßen Tabak und überhäufte Nakschedil mit Fragen.

»Ich würde gerne mehr über deine Ausbildung erfahren«, sagte er. »Besonders interessiert mich die Musik. Erzähle mir, was sie dir im Kloster beigebracht haben.«

»Mein Padischah, ich habe viele verschiedene Kurse besucht«, sagte sie. »Ich lernte die Harmonielehre von Jean-Philippe Rameau und wie die Barockkomponisten die Kontraste von laut und leise, schnell und langsam, Chor- und Solopartien einsetzten, um ihre Musik zu verfeinern.«

»Und hast du nur Theorie gelernt?«

»Zuerst ja. Aber als Schwester Thérèse mir das Geigespielen beibrachte, fand ich sofort Gefallen daran. Sie gab mir ihre Lieblingsstücke zum Üben: Sonaten, Suiten und Concerti grossi von Vivaldi und Bach.«

»Und warum gerade diese Komponisten?«

»Oh, mein Großer Sultan, ihre Musik ist so süß wie Honig auf Baklava.« Sie lächelte geheimnisvoll. »Ich glaube, die Tatsache, dass Bach Kantor war und Vivaldi in einem christlichen Waisenhaus Musik lehrte, machte diese Künstler zu Schwester Thérèses Idolen.«

»Und gab es noch andere Komponisten, die sie mochte?«

»Ja, Majestät. Schwester Thérèse brachte mir ein Violinkonzert von Mozart bei. Sie nannte es sein ›Türkisches Konzert‹. Und als sie eine neue, von ihm komponierte Oper hörte, fand sie sie so grandios, dass sie mir einige Stücke daraus beibrachte.«

»Und wie hieß diese Oper?«

»Verzeiht mir, mein Sultan. Aber sie hieß *Die Entführung aus dem Serail.*«

»Aha«, sagte Selim und zog langsam an seiner Huka.

Spät in der Nacht, nach weiteren Fragen und viel Kaffee und vielen Süßigkeiten, hielt der Sultan inne und sprach mit feierlicher Miene: »Das war wirklich hochinteressant.«

Nakschedil nickte. Ebenso wie ich schien sie keinen Zweifel daran zu haben, was jetzt kommen würde. Sie warf einen verstohlenen Blick auf die haselnussbraunen Augen und die weichen Lippen des Sultans.

»Ich hoffe, wir können ein anderes Mal weiterplaudern«, fuhr dieser in distanziertem Ton fort. »Ich brauche meinen Schlaf.« Er rief einen seiner Eunuchen.

Nakschedil blickte überrascht drein, als er ihr den Rücken zuwandte, und ich verließ eiligst meinen Beobachtungsposten. Ich versteckte mich und beobachtete, wie ein anderer Eunuch sie zurück in ihr Zimmer geleitete.

Am nächsten Morgen sah ich sie im Bad, wo die Gerüchteküche so heiß kochte wie die vom Fußboden aufsteigenden Dämpfe. Die feindseligen Blicke der Eifersüchtigen und der Hohn derer, die bereits von Nakschedils Zurückweisung gehört hatten, entgingen mir nicht. »Ich habe kläglich versagt«, sagte Nakschedil mit zitternder Stimme, als sie mir einiges von dem, was geschehen war, erzählte.

Ich hörte ihr zu und versuchte, sie zu trösten, doch ich konnte nicht viel tun. Sie war mit Sultan Abd ül-Hamid im Bett gewesen, und deshalb wollte kein anderer Sultan mit ihr schlafen. Ich verstand nicht, warum Selim sie gebeten hatte, im Palast zu bleiben, es sei denn, er war tatsächlich von ihrer französischen Herkunft fasziniert. Dennoch war es für ein Mädchen die denkbar größte Schmach, in die Gemächer des Sultans geholt und anschließend aus seinem Bett gewiesen zu werden.

»Lieber Gott, woran liegt es nur? Was habe ich falsch gemacht?«, fragte sie immer und immer wieder. »Bin ich denn so hässlich?«, jammerte sie und betrachtete sich prüfend im Spiegel. In Verzweiflung über ihr Versagen rang sie die Hände, und nicht einmal Perestu konnte sie trösten. »Er wird bestimmt noch einmal nach dir verlangen«, sagte sie aufmunternd. Doch Nakschedil schüttelte den Kopf und ging in den Ruheraum. Dort traf sie Ayscha an.

»Gratuliere, Nakschedil. Ich habe gehört, der Sultan hat dich in seine Gemächer geholt. Darf ich mich zu dir setzen?«, fragte die rothaarige Frau, als sie sah, dass das Mädchen die Hand ausstreckte, damit das Henna aufgetragen werden konnte.

Nakschedil, die sich nach einem freundlichen Wort sehnte, bedeutete ihr, sich zu setzen. »Vielleicht weiß sie, was zu tun ist«, flüsterte Nakschedil mir zu. »Immerhin hat sie schon einmal das Herz eines Sultans erobert.«

Die Badesklavin rührte die Hennamischung an, und Ayscha begann zu reden. Dabei fuchtelte sie mit den Armen herum und stieß versehentlich mit dem Ellbogen an die Hand der Sklavin. Entsetzt sah ich zu, wie die alte Frau den Topf fallen ließ und das rotbraune Henna sich über Nakschedils Hände und Arme ergoss. »Kannst du nicht besser aufpassen?«, schalt Ayscha die alte Sklavin. Die schwarze Frau entschuldigte sich vielmals, doch es dauerte Tage, bis die Farbe wieder herausgewaschen war.

»Das Glück ist nicht auf meiner Seite«, sagte Nakschedil zu mir.

»Jeder ist seines Glückes Schmied«, entgegnete ich. »Ich habe eine Idee. Warum schaust du nicht mal im Kinderhort vorbei? Das Lachen der Kinder wird dir über deinen Kummer hinweghelfen.«

In der folgenden Woche verlangte der Sultan erneut nach Nakschedil. Auch diesmal überhäufte der Sultan sie mit Fragen, und auch diesmal hörte ich von meinem geheimen Posten aus zu, wie sie das Leben in Frankreich schilderte. Als sie geendet hatte, sagte der Sultan anerkennend, sie habe für ihr junges Alter eine ganze Menge gelernt. »Die Nonnen waren ziemlich streng, und wir mussten fleißig lernen«, erklärte sie.

»Und warum hast du das Kloster verlassen?«, wollte der Sultan wissen. »Wolltest du in deine Heimat zurückkehren, um zu heiraten?«

»O Höchste Exzellenz«, sagte sie. »Tatsächlich hatte mein Vater für mich eine Heirat arrangiert, wenn ich mit der Schule fertig gewesen wäre.«

»Und wer sollte dein Ehemann werden?«

»Ich sollte François heiraten, den Sohn des reichsten

Plantagenbesitzers von Martinique. Er war nicht nur reich, sondern sah auch sehr gut aus«, sagte sie versonnen. »Groß und schlank, mit klaren blauen Augen und einer aristokratischen Nase. Meine Zukunft lag so klar vor mir wie die aufgedeckten Karten einer Wahrsagerin: Kloster, Heirat, Familie, ein glückliches, wenn auch mitunter eintöniges Leben. Aber mein Aufenthalt an der Schule fand ein vorzeitiges Ende.«

»Und warum das?«

»Die Unzufriedenheit und der Groll des Dritten Standes in Paris breiteten sich mit lautem Getöse nach Westen aus. In den Straßen von Nantes gab es zwar keine großen Aufstände, doch aufgebrachte Menschen begannen, Flugblätter zu verteilen, die in kühnen Worten ihre Klagen zum Ausdruck brachten. Binnen kurzer Zeit wurde das Volk täglich mit fast einem Dutzend Pamphleten überhäuft.«

»Und was stand in den Pamphleten?«

»Sie forderten eine gerechte Vertretung im Parlament.«

»Woher hatten sie diese Ideen?«

»Sie wurden vom amerikanischen Unabhängigkeitskrieg beeinflusst. Irgendjemand sagte, die Stadt sei ›in der Sache der Freiheit entflammt‹. Doch die Flammen schlugen zu hoch. Meine Familie spürte die drohende Gefahr und wollte, dass ich nach Martinique zurückkehrte, da ich dort in Sicherheit gewesen wäre.«

»Meine Liebe«, entgegnete der Sultan. »Ich muss dir mitteilen, dass ich Berichte erhalten haben, denen zufolge in Paris das Chaos herrscht. Die Rebellionen in Frankreich sind schwer zu begreifen. Die Menschen wollen nicht nur eine gerechte Vertretung. Sie sind gegen die Religion, gegen die Aristokratie, gegen den Fiskus.«

Er war müde geworden und rief nach einem Eunuchen. Wieder wurde Nakschedil hinausgeleitet.

Missmutig und wütend fragte sie den schwarzen Sklaven, der sie hinausführte: »Bin ich denn keine Frau? Was muss ich tun, damit er mich als Geliebte wahrnimmt?«

Doch der Eunuch war stumm und konnte nur vor sich hinstarren.

Diesmal zog sich Nakschedil in ihr Zimmer zurück. Tage vergingen, und sie verzehrte sich schier vor Kummer. Ihre Seele verdüsterte sich, und ihre Hoffnungen, eine Konkubine zu werden, schwanden mehr und mehr. Sie fragte mich, ob auch sie nun eine vertrocknete Sklavin werden würde, mit der Konversation als einziger Erinnerung.

»Natürlich nicht«, antwortete ich. Aber in Wahrheit waren ihre Zukunftsaussichten nicht gerade rosig und vor allem nicht vorhersehbar.

»Manchmal«, sagte sie sehnsüchtig, »sehe ich die haselnussbraunen Augen des Sultans und seine weichen Lippen vor mir auf und ab tanzen, und es kommt mir vor, als foppte mich der Teufel.«

Wenn ihr danach zumute war, nahm sie ihre Handarbeit wieder auf und stickte, nur um die Arbeit kurz darauf wütend wieder hinzuwerfen. Ich schlug ihr vor, Geige zu spielen, doch ihre Finger brachten nur traurige Töne zustande. Auf Gülbahars Drängen versuchte sie, sich mit Kochen abzulenken. Aber wozu, sagte Nakschedil resigniert. Der Sultan würde die von ihr zubereiteten Speisen ja doch niemals kosten.

Als ich sie das nächste Mal sah, waren zwei Wochen vergangen, und sie wirkte missmutig und traurig. Sie hatte alles getan, was sie konnte, sagte sie, alles, was ihr einfiel, um ihn zu erfreuen. Doch er hatte keinerlei Interesse gezeigt.

»Ich verachte ihn«, flüsterte sie zornig. »Er hat mich lächerlich gemacht. Ich denke an ihn, und seine haselnussbraunen Augen und sinnlichen Lippen grinsen mich teuflisch durch meine Tränen an.«

Das Einzige, was sie in diesen Tagen aufmunterte, waren ihre Besuche im Kinderhort. Eines Nachmittags bat sie mich, mit ihr zusammen die Kinder zu besuchen: die beiden Prinzen Mahmud und Mustafa, die beiden jungen Prinzessinnen Hatice und Beyhan, Selims Schwestern, sowie ihre Halbschwestern – Mädchen, die außerhalb des Palastes geboren und ihnen als Spielkameraden gegeben wurden. Auch einige andere Frauen waren dort, darunter Ayscha, die ihre Zeit mit ihrem Sohn Mustafa verbrachte. Mir fiel auf, dass Ayscha offenbar auch ganz vernarrt war in die zwölfjährige Prinzessin Beyhan, deren Mutter mit einem Provinzgouverneur verheiratet worden war. Nakschedil spielte vergnügt mit Prinz Mahmud, dem kleinen Jungen, dessen verstorbene Mutter ebenfalls den Namen Nakschedil erhalten hatte. Der Fünfjährige erinnerte sich daran, wie er mit uns in der kaiserlichen Kutsche gefahren war, und zog Nakschedil allen anderen Frauen vor.

»Nadil«, rief er. Er konnte ihren Namen nicht aussprechen. »Nadil, komm spiel mit mir.« Er warf ihr seinen Gummiball zu und lachte, als sie ihn fangen wollte und der Ball davonhüpfte.

»Nadil, zeig mir das da«, sagte er und kräuselte sein Stupsnäschen, das Nakschedils Nase ähnelte. Mit seinen großen braunen Augen blickte er zu ihr hoch. Lächelnd holte er ihr das Damespiel, und sie zeigte ihm, wie er mit den Holzsteinen über das Brett ziehen sollte. Und als seine Figur die hinterste Reihe von Feldern erreichte und er eine Dame erhielt, rief er vergnügt: »Schachmatt!«

Eines Tages, als sein älterer Bruder, Prinz Mustafa, ihn zu einem Spiel herausforderte, drängte Nakschedil ihn, die Gelegenheit beim Schopf zu ergreifen. Ich stellte das Damebrett auf – Mahmud wählte die weißen, Mustafa die schwarzen Steine. Und als Nakschedil beiseite trat, kam Mustafas Mutter Ayscha herbeigeschlichen und stellte sich dicht hinter ihren Sohn.

»Wie lustig«, sagte sie, »zuzusehen, wie der kleine Mahmud gegen seinen großen Bruder gewinnen will«.

»Nakschedil«, sagte ich, »komm näher, damit du zuschauen kannst«.

Die Jungen legten los. Zuerst war das Spiel ausgewogen, dann übersprang Mahmud einen Stein seines Bruders und zog voraus. Ich sah, wie Ayscha sich hinunterbeugte und ihrem rothaarigen Sohn zuflüsterte, wie er seinen Stein setzen solle. Doch der clevere Mahmud trickste ihn aus, übersprang zwei weitere Steine Mustafas und nahm sie vom Brett. Wieder beugte sich Ayscha hinunter und gab Mustafa Tipps. Diesmal jedoch protestierte Nakschedil. Die Miene der rothaarigen Frau verfinsterte sich, als ihr Sohn noch einen schwarzen Stein einbüßte. Mahmud gewann schließlich, aber ich war mir sicher, dass er und Nakschedil den Sieg teuer bezahlen würden.

Erneut verlangte Selim nach Nakschedil, und diesmal wappnete sie sich gegen eine Abfuhr. Als sie in seinen Gemächern eintraf, deutete er auf eine Zobeldecke zu seinen Füßen und forderte Nakschedil auf, sich vor ihm hinzusetzen. Er stellte ihr Fragen über Bücher, und sie redete über die Dichtung Shakespeares und Dantes sowie die von dem Philosophen Voltaire geäußerten Gedanken der Aufklärung.

»Aufklärung ist ein bedeutender Begriff«, sagte der Sultan. »Kannst du ihn in einfachen Worten erklären?«

»O mein weiser Sultan«, antwortete Nakschedil. »Es ist der Glaube an naturwissenschaftliche Gesetze und die Auffassung, dass die Menschen rationale Wesen sind. Dass wir vernünftig denken und im Interesse unserer Mitmenschen handeln können. Es ist die einfachste Philosophie überhaupt. Sie besagt nichts weiter, als dass wir unseren gesunden Menschenverstand benutzen.«

»In Wirklichkeit«, sagte er, »ist dies die größte Illusion der Welt. Man nennt es gesunden Menschenverstand, doch längst nicht alle Menschen besitzen ihn.«

Sie plauderten noch eine Weile über Philosophie und dann wieder über Musik. Er bat sie, ihm den Inhalt einer Oper zu erzählen. »Worum geht es in der *Entführung aus dem Serail?*«, wollte er wissen.

Nakschedil erzählte ihm die Geschichte von Konstanze, dem gefangenen spanischen Mädchen, und den beiden Männern, die sie retten; von Osmin, dem bösen Aufseher des Paschas, und vom Chor der Janitscharen. Und sie erwähnte seinen Namensvetter, Bassa Selim, einen freundlichen und edelmütigen Mann.

Selim lachte über die Idee, dass jemand kommen würde, um das Mädchen zu retten. Auch ich musste schmunzeln.

»Lächerlich«, meinte er. »Und du kannst sicher sein, dass kein Türke ein Mädchen aus seinem Harem zurückgeben würde. Aber«, fuhr er fort und kratzte sich am Kopf, »du sagtest, sie würden in Liedern sprechen. Bitte singe mir eine dieser Arien vor, damit ich es besser verstehen kann.«

Und sie begann, mit so hoher Stimme zu singen, dass ich glaubte, die wertvollen Tassen im Raum würden klirrend zerspringen. Der Sultan lächelte, und als Nakschedil geendet hatte, rief er einen Eunuchen und flüsterte ihm einen Befehl ins Ohr. Einen Moment später kam der Eunuch mit einer Geige zurück.

»Spiele mir etwas vor«, befahl Selim. Nakschedil gehorchte. Sie ließ den Bogen über die Saiten hüpfen und legte ihre ganze Seele in die Musik von Mozarts *Entführung aus dem Serail*.

Der Moment ist gekommen, dachte ich, als ich seine Augen aufleuchten sah. Er wird sie in sein Bett führen.

Doch kaum schoss mir der Gedanke durch den Kopf, da wünschte der Sultan dem Mädchen eine gute Nacht. Mit unglaublicher Kühnheit stieß Nakschedil hervor: »Was stört Euch an mir, mein großer Sultan? Warum begehrt Ihr mich nicht?«

»Jemanden zu begehren ist eine Sache, jemanden zu schätzen eine andere. Das, was ich will, hat weder etwas mit dir noch mit sonst irgendjemandem zu tun. Ich bewundere deine Intelligenz, dein Talent und deinen Charme. Ich habe viele Konkubinen, aber nur wenige Gefährtinnen. Ich möchte, dass wir Freunde sind.«

»Ich möchte nichts weiter, als mich den Wünschen Eurer Majestät zu fügen. Der freundliche Sultan hat meine Freundschaft fürs Leben.«

Am nächsten Morgen aber fragte sie mich: »Wird die Freundschaft mich retten, wenn ich nie mit dem Sultan ins Bett gehe?«

»Hoffen wir es«, antwortete ich. Doch ich wusste, dass Freundschaft ihre Feinde im Palast hat und dass der Neid eine starke Kraft ist. Schon zu oft hatte ich von jenen gehört, deren Herzen dem Sultan ergeben, aber deren Köpfe später aufgespießt wurden. Eine Konkubine hatte weitaus bessere Überlebenschancen im Palast als eine Konversationspartnerin. Ich hoffte, dass die fleischlichen Gelüste des Padischahs seinen neugierigen Geist bezwingen und Nakschedils Position im Harem sichern würden.

In einer sternenklaren Winternacht geleitete ich Nakschedil abermals zu den Gemächern des Sultans. Wie immer wusste ich nicht genau, was uns erwarten würde. Doch ganz gleich, ob der Abend mit Konversation oder mit sinnlichen Wonnen verbracht würde, ihr Erscheinen vor dem Padischah erforderte, dass sie vorher in den Bädern entsprechend hergerichtet wurde. Sie war parfümiert, fein herausgeputzt und von Kopf bis Fuß mit glänzenden Juwelen geschmückt. Ihre Brüste waren von durchsichtiger seidener Gaze umhüllt und ihre zarte Gestalt von rosafarbenem und gelbem Satin bedeckt. Wie eine vergoldete Gazelle erschien sie vor dem Sultan.

Wieder betrat sie schweigend den Raum und verneigte sich tief. Und von meinem Aussichtspunkt an der Tür sah ich ein Feuer im Kamin prasseln. Doch diesmal war der Stuhl des Sultans leer.

Stattdessen ruhte der Padischah in seinem samtenen Bett. Er war in Pelz gekleidet und lehnte mit dem Rücken gegen einen Stapel Kissen. Auf diesen Augenblick hatte Nakschedil gewartet. Wie sie es sich schon so lange in ihren Träumen ausgemalt hatte, näherte sie sich ihm schweigend, und ihre Gestalt wiegte sich sanft wie eine Tulpe im Wind. Mit vollkommener Anmut löste sie den juwelenbesetzten Gürtel und ließ ihn zu Boden fallen. Dann öffnete sie mit ihren schlanken Fingern den Diamantknopf ihrer Satintunika und streifte sie ab. Einen Moment stand sie regungslos da, damit Selim sich an dem verführerischen Anblick ergötzen konnte. Langsam öffnete sie die Perlenknöpfe ihrer hauchdünnen Bluse und entblößte ihre milchig-weißen Brüste, ihren weichen Leib und ihren runden Nabel. Für einen kurzen Augenblick wandte sie Selim den Rücken zu, schlüpfte aus ihrer dünnen Hose und drehte sich dann wieder um. Wie die Eva aus dem Paradies stand sie vor ihm. Sie beugte sich hinunter und fiel auf die Knie. Dann hob sie den Saum der Zobeldecke und berührte sie sanft mit ihrer Stirn und ihren

Lippen. Nachdem sie dem Sultan die Füße geküsst hatte, kroch sie unter die seidenen Decken und tastete sich, so wie Nelke es ihr beigebracht hatte, behutsam nach oben. Mit ihrem Mund und ihren Händen liebkoste sie Selim.

Als sie das obere Ende des Bettes erreicht hatte, zog Selim sie zu sich her und nahm sie in die Arme.

»Deine Augen sind wie im Schnee funkelnde Saphire«, sagte er zu ihr. »Und deine Brüste sind reife, mit köstlichen Beeren verzierte Pfirsiche.«

Er presste seine Lippen auf die ihren, streichelte ihre Brüste und leckte an ihren Ohren und ihrem Hals. Er warf die Decken zurück und drückte ihre Arme nach unten. Dann legte er den Kopf zwischen ihre Schenkel und labte sich an ihrem Kelch der Liebe. Als er sie nahm, empfand ich ein schmerzliches Verlangen und wandte den Kopf ab.

Nach einer Weile hörte ich ihn sprechen. »Ich wollte nicht nur eine Konkubine in dir sehen«, sagte er und streichelte mit seinen juwelenbesetzten Fingern ihr Haar. »Ich wollte mir deiner Freundschaft gewiss sein. Erst dann hielt ich es für sicher, dich in meinem Bett zu haben.«

Ich wusste, sie würde die Nacht bei ihm verbringen. Deshalb verließ ich meinen Posten, erfreut darüber, dass meine Bemühungen Früchte getragen hatten.

Am nächsten Tag erzählte sie mir, sie habe beim Erwachen ein Briefchen in der Handschrift des Sultans gefunden. Darin stand geschrieben: »Ich bin sicher, man hat dir von den Geschenken erzählt, die eine Konkubine erhält. Ich möchte dich nicht enttäuschen. Bitte nimm diese Gaben an. Du sollst wissen, dass du mir mehr bedeutest als jede andere Odaliske.«

»Neben dem Briefchen«, fuhr sie fort, »sah ich einen Beutel mit Goldmünzen, den er aus seiner Tasche genommen hatte, und einen langen Mantel mit Zobelbesatz.«

»Das ist etwas Besonderes«, sagte ich. »Nur der Sultan und seine höchsten Berater dürfen Zobel tragen.«

»Ich weiß«, sagte sie. »Ich war so aufgeregt. Ich legte mir den Mantel um die Schultern und streichelte den Pelz, als würde ich den Körper des Sultans streicheln. Ewig lange stand ich vor dem Spiegel und bestaunte sein prächtiges Geschenk, und dann, fast als hätte sein Geist von meinem Körper Besitz ergriffen, begann ich zu tanzen. Wie benommen wirbelte ich durch den Raum, durchdrungen von seiner Liebe. O Tulpe, ich bin so glücklich. Vor zwei Jahren bin ich hierher gekommen. Wenn ich daran denke, wie viel Angst ich hatte und wie sehr Ihr mir geholfen habt, und dann die schreckliche Zeit mit Abd ül-Hamid … nie hätte ich gedacht, dass es so schön sein könnte.«

Nachdem sie sich gewaschen, ihre Gebete verrichtet und sich angekleidet hatte, brachte ich sie zu Mirischah. Diese saß zusammen mit einer Gruppe von Sklavinnen, die ihr zu Diensten standen, in ihrem Empfangszimmer. Nakschedil küsste ihr die Hand, und die Valide Sultan ergriff das Wort.

»Mein Sohn hat dich zu einer Favoritin gemacht«, verkündete sie. »Da du mit einem anderen Sultan geschlafen hast, wirst du niemals eine Kadin werden. Doch mein Sohn wünscht, dass du die Privilegien einer Ehefrau erhältst: Dein Salär sowie deine Zuwendungen für Essen und Kleidung werden erhöht werden, und du wirst größere Gemächer erhalten. Du wirst ein eigenes Gemach und deine eigenen Sklavinnen bekommen. Aber ich möchte mit dir noch über etwas anderes sprechen.«

Nakschedil war so überwältigt von den sich überstürzenden Ereignissen, dass es ihr fast die Sprache verschlug. Doch rasch gewann sie ihre Fassung wieder. Selbst in ihrer neuen Position wusste sie, dass sie keine Fragen stellen durfte, sondern der Valide ihre Dankbarkeit erweisen musste.

»O Majestät«, sagte sie. »Ich möchte nur, dass der Sultan glücklich ist. Und dass seine Mutter, die große Valide Sultan Mirischah, zufrieden ist.«

Mirischah nickte. »Mir ist aufgefallen, wie nett du mit dem kleinen Prinzen Mahmud umgehst. Ich habe dir in der Halle des Sultans zugesehen, als du für Sultan Abd ül-Hamid, Gott hab ihn selig, getanzt und die Aufmerksamkeit der jungen Prinzen erregt hast. Mahmuds Amme hat mir erzählt, wie du mit den beiden jungen Prinzen in der Kutsche gefahren bist, und ich habe gesehen, wie du im Kinderhort gelegentlich mit ihm gespielt hast.«

Nakschedil hielt den Kopf gesenkt, aber ich sah, dass ihre Augen strahlten.

»Wie du weißt, hat er keine Mutter – sie starb an Typhus, als er drei Jahre alt war. Und das arme Kind litt an derselben Krankheit. Aber Gott beschützte ihn, und Allah wollte, dass er überlebte. Jetzt kümmert sich seine Amme um ihn, aber sie ist nur ein Bauernmädchen, das wegen der guten Milch, die ihre Brüste hergeben, ausgewählt wurde. Er hat zwei Schwestern, aber die Prinzessinnen sind zu verwöhnt, um dem Jungen die ihm gebührende Aufmerksamkeit zu schenken. Jetzt ist das Kind älter und braucht eine Person, die sich als Mutter, Schwester und Freundin um ihn kümmert. Du bist jung, aber ich glaube, du kannst das.« Mit diesen Worten gab sie ihren Sklavinnen ein Zeichen, den kleinen Jungen zu holen. Mahmud betrat mit gesenktem Kopf das Zimmer und trat nervös neben die Valide. Als er Nakschedil erblickte, sah er lächelnd zu ihr hinauf.

»Das ist eine große Überraschung und eine große Ehre«, sagte Nakschedil und küsste Mirischah die Hand.

Nachdem wir drei die Suite der Valide verlassen hatten, umklammerte Nakschedil draußen meinen Arm. Ich sah, dass sie von dem, was sie soeben erlebt hatte, überwältigt war. »Es ist ein außergewöhnliches Privileg«, sagte ich, »für einen Prinzen zu sorgen.«

»Ja«, stimmte sie mir halb lachend, halb weinend zu, als sie den lockigen Jungen betrachtete. »Und was für eine Verantwortung. Wie kann ich ihn nur schützen? Was ist, wenn sein älterer Bruder ihn als Bedrohung ansieht? Wenn er in ihm einen künftigen Rivalen sieht, der ihm den Thron streitig macht?«

Ich blickte auf den Jungen hinunter und sah, wie er Nakschedil mit seinen großen braunen Augen anschaute. »Ich denke, deine Liebe wird ihn beschützen«, sagte ich.

»Aber was ist mit Ayscha?«, fragte sie. »Sie ist eine richtige Mutter, und ich bin nur ein Kindermädchen. Sie hat den Rang einer Kadin, ich dagegen bin bloß eine Konkubine. Werden wir jetzt Rivalinnen sein? Wie gerissen ist diese Frau? Ich erinnere mich an den Satz aus Shakespeares Historiendrama *Heinrich IV.*: ›Ein Haupt, das eine Krone trägt, schläft schlecht.‹ Das gilt auch für den türkischen Hof. Wird dies wie Amurath gegen Amurath sein?«

Ich bat sie, zu erklären, was es mit diesem Amurath auf sich hatte, und sie erzählte mir von dem Brudermord. Ich dachte an den türkischen Hof Murads III. und daran, wie sein Sohn Mehmed, als er den Thron bestieg, seine neunzehn Brüder umbringen ließ. Auch ich fragte mich, wie das Leben ihres Sohnes Mahmud aussehen würde. Und ihr eigenes. Wie groß wäre der Verrat für ihn und für sie, wenn Mustafa König würde? Würden sie beide überleben?

»Natürlich nicht«, antwortete ich. »Denk daran, was du alles tun kannst. Was du ihm beibringen kannst.«

»Ihr habt Recht, Tulpe«, sagte sie. »Ich werde Mahmud eine solche Erziehung zuteil werden lassen, wie Ayscha sie Mustafa niemals bieten könnte: Ich werde ihm etwas über die Franzosen sowie über die Türken beibringen. Ich werde ihn mit dem Christentum sowie mit dem Islam vertraut machen. Ich werde ihm schöne Musik vorspielen und ihm wundervolle Geschichten aus meinen Lieblingsbüchern erzählen.« Sie nahm den Jungen hoch und umarmte ihn. »Du wirst ein großer Führer sein, Mahmud, ein Mann von Visionen, von Stärke.« Sie setzte ihn ab, und wir liefen, seine kleine Hand in ihrer, zu ihren neuen Gemächern.

9

Selim fühlte sich von Nakschedil angezogen wie eine Biene von einer Blume. Der Sultan war betört von ihrem Charme und ignorierte einige Nächte in der Woche das Gebot, zwischen den Mädchen abzuwechseln. Stattdessen ließ er Nakschedil in seine Gemächer kommen. Nacht für Nacht schlief sie mit ihm, bis er sie bat, aufzuhören. Auch er befriedigte sie und verwandelte ihre ersten Gefühle der Freude in höchste Ekstase. Und zwischen ihren Liebesspielen unterhielt sie ihn mit Tanz, spielte ihm Geige vor oder erzählte ihm Geschichten.

Doch je mehr Zeit Selim mit Nakschedil verbrachte, desto missmutiger wurden die anderen Mädchen. Als sie eines Nachmittags das Hamam betrat, sah ich, wie die Konkubinen sie böse anfunkelten. Die Eifersucht, jenes grünäugige Monster im Harem, war am Werk.

»Das ist ungerecht«, hörte ich ein Mädchen klagen. »Jede von uns sollte einmal an der Reihe sein, aber der Sultan übergeht uns.«

»Der Sultan ist verpflichtet, für Erben zu sorgen«, sagte eine andere. »Aber er gibt uns keine Gelegenheit, ihm Söhne zu schenken.«

»Eine Frau sollte einem Mann niemals alles geben, was er will«, fügte eine dunkeläugige Sklavin hinzu und musterte Nakschedil von Kopf bis Fuß. »Sie übertreibt es. Er wird ihrer bald überdrüssig werden.«

Nakschedil, im Ruheraum sich selbst überlassen, saß da wie ein Häufchen Elend. Ich brachte ihr Sorbets und süße Leckereien, um sie aufzumuntern. Plötzlich näherte sich Ayscha. Mit einem breiten Lächeln setzte sie sich neben sie und sagte: »Als einzige Prinzenmutter würde ich dir gerne ein paar Ratschläge geben.«

Nakschedil schien sich über die Gesellschaft der Rothaarigen zu freuen. Sie nickte der älteren Frau zu und antwortete: »Ihr seid erfahren und weise. Ich wäre Euch sehr dankbar für Eure Hilfe.«

»Ich glaube, dass wir viel gemeinsam haben«, sagte Ayscha. Dann verzog sich ihr Mund zu einem schiefen Lächeln, und sie fügte hinzu: »Natürlich bin ich keine Konkubine des Sultans. Mein ganzes Interesse gilt selbstverständlich meinem Sohn.«

Nakschedil schnitt eine Grimasse. »Auch ich richte mein Augenmerk voll und ganz auf den Jungen«, entgegnete sie.

»Bitte verstehe, dass ich nur dein Bestes möchte«, fuhr die Frau fort. »Du bist noch jung und unschuldig. Du weißt ja, dass du kein weiteres Kind haben darfst, wenn du deine Fürsorge für Mahmud nicht gefährden willst. Auch wenn Mahmud nicht dein Sohn ist und auch wenn du nur eine Konkubine bist: Solltest du von Selim schwanger werden, müsstest du das Kind mit Sicherheit abtreiben lassen. Und solltest du es irgendwie schaffen, das Kind zur Welt zu bringen, kannst du Gift darauf nehmen, dass die Amme es gleich nach seiner Geburt mit ihrer seidenen Schnur erdrosseln wird.«

Während Ayscha sprach, sah ich, dass Nakschedil tief verletzt war und vor Wut kochte. »Meine liebe Ayscha«, sagte sie, und nur mit Mühe konnte sie sich beherrschen. »Es ist sehr freundlich von Euch, an meiner Zukunft Anteil zu nehmen. Glücklicherweise jedoch denke ich nicht, dass

Ihr Euch darum zu kümmern braucht.« Damit schlüpfte sie in ihre Stelzenschuhe und ging davon.

»Wisst Ihr, Tulpe«, sagte Nakschedil später zu mir, »nichts würde mir mehr bedeuten, als wenn – als Ergebnis unserer Vereinigung – der Samen des Sultans in mir keimen würde. Es wundert mich sogar, dass meine Monatsblutung noch nicht ausgeblieben ist. Ich war mir ziemlich sicher, dass Selim sich ein Kind von mir wünscht, so sicher wie der Tag auf die Nacht folgt. Und ich bin sicher, er will, dass ich ein Baby zur Welt bringe, das nicht nur mit Schönheit, sondern auch mit Talenten und Herzensgüte gesegnet ist.«

»Warum sollte er das nicht wollen?«, entgegnete ich, obwohl ich mir nicht ganz sicher war, was ich dazu sagen sollte.

»Aber zweifelt Ayscha meine Loyalität gegenüber dem kleinen Mahmud an?«

»Das kann sie auf keinen Fall.«

»Glaubt Ihr, sie ist eifersüchtig?«

»Vielleicht. Aber das ist lächerlich«, sagte ich. »Sie war die Hauptfrau des verstorbenen Sultans Abd ül-Hamid, Gott hab ihn selig. Die Frau ist über zehn Jahre älter als du. Sie ist mittlerweile fast dreißig und kommt für Selim sicherlich nicht in Frage. Ihre Zeit als Geliebte des Padischahs ist abgelaufen.«

»Warum sagt sie dann so etwas?«

»Du weißt ebenso gut wie ich, dass sich im Harem Gefühle nicht verheimlichen lassen. Tatsächlich gibt es ein paar Frauen, die die Vorstellung, mit dem Sultan zu schlafen, widerwärtig finden, und alles tun würden, um aus ihrer Situation herauszukommen: Sie bestechen Eunuchen oder verkaufen ihr Privileg, wenn sie an der Reihe sind. Aber die meisten sind wie du und würden alles tun, um vom Sultan gerufen zu werden.«

»Ich verstehe«, sagte sie. »Und ich verabscheue den bloßen Gedanken, dass andere Frauen mit dem Sultan schlafen. Aber wie kann eine Frau wie Ayscha so neidisch sein?«

»Denke an die Frauen früherer Zeiten, die ihre Rivalinnen so lange kratzten, bis sie starben, sie erdrosselten oder in den Tod stürzten. Weißt du, eine Kadin war so eifersüchtig auf die neue Geliebte ihres Sultans, dass sie ihm eine besondere Speise zubereitete. Als der Herrscher sich anschickte, sein Mahl einzunehmen, servierte sie ihm den Kopf seiner neuesten Konkubine, gebacken und mit Reis gefüllt.«

»Wollt Ihr mir etwa Angst machen wegen Ayscha?«

»Natürlich nicht. Aber ich denke, du solltest dich vor dieser Frau in Acht nehmen.«

Nakschedils Gegenwart war für Selim so erquickend, dass er sie nach wie vor an seinen Gedanken teilhaben ließ. »Eine andere Konkubine könnte mein Fleisch befriedigen«, verriet er ihr und fuhr mit dem Finger an ihrem Nacken entlang. »Aber nur du nährst meinen Geist und meine Seele. Jedes Mal, wenn ich einen Schleier hebe, entdecke ich noch eine weitere faszinierende Schicht. Ich liebe unsere gemeinsamen Stunden über alles.«

Das plätschernde Wasser dämpfte seine Worte, als er ihr seine Befürchtungen anvertraute. »Korruption und Schulden haben das Reich in eine bedrohliche Lage gebracht«, sagte er mit gepresster Stimme. »Es sind gravierende Veränderungen notwendig. Ich bin bereit, mich mit trocken Brot zu begnügen, denn der Staat ist im Zerfall begriffen.« Er stand, während er sprach, in der Nähe des Springbrunnens, da er wusste, dass Spione an den Wänden lauschten.

Vor einem Jahr, 1789, hatte Selim den Thron bestiegen. Ohne Zeit zu verlieren, nahm er ein Risiko auf sich, das vor ihm noch kein Herrscher eingegangen war. Selim verschwendete keinen Gedanken mehr an die Krönungszeremonie und berief stattdessen eine Versammlung seiner engsten Berater ein. Er bat jeden um eine Liste mit Ideen. Innerhalb weniger Wochen trafen die Vorschläge ein: Sie reichten von einer Änderung des Steuersystems bis zur Ablösung der korrupten Janitscharen durch eine neue Armee. Auch wenn der Sultan den drastischen Vorschlag, seine Elitesoldaten zu entlassen, verwarf, führte er einige der Reformen durch.

Doch seine Flut an Gesetzen sorgte bei der Bevölkerung für Bestürzung, und die Begeisterung, die er anfangs entfacht hatte, verwandelte sich rasch in Unbehagen. Monate später sah er sich immer noch einem Berg von Problemen gegenüber. Der Krieg gegen Russland hatte einen schlechten Verlauf genommen, und wie befürchtet, hatte die Zarin ihren Lieblingsgeneral geschickt, um ihre Verbündeten, die Österreicher, zu unterstützen. Um dem entgegenzutreten, wandte sich Selim an seinen besten Militärführer, Admiral Hassan, der dem Sultan in der Vergangenheit gute Dienste geleistet hatte.

In der Hoffnung, seine Erfolge wiederholen und der gemeinsamen gegnerischen Offensive gegen Bosnien, Serbien und Moldawien Einhalt gebieten zu können, beförderte Selim Hassan zum Oberbefehlshaber der Armee und zum Großwesir. Doch nicht einmal Hassan war ausgefuchst genug, um es mit den übermächtigen Russen aufzunehmen, und es dauerte nicht lange, bis seine Truppen in Auflösung begriffen waren. Die Niederlage war so entsetzlich, dass das osmanische Volk Hassans Tod forderte. Gegen seinen eigenen Willen sah sich Selim gezwungen, sich dem öffentlichen Druck zu beugen und Hassan zum Tode durch den Strang zu verurteilen. Mit Tränen in den Augen schilderte der Sultan, unter welchen Qualen er sich dem Willen des

Volkes beugte. »Man regiert nicht allein«, sagte er zu Nakschedil. »Die Probleme erdrücken einen, und das Volk sieht immer zu. Ich muss mich hin und wieder zurückziehen, wenn auch nur, um Klarheit zu erlangen.«

Gelegentlich bestand Selims Rückzug darin, Nakschedil in ihren komfortablen Gemächern zu besuchen. Jedes Mal, wenn die silbernen Schuhnägel des Sultans sein Erscheinen in den Korridoren ankündigten, huschten die Sklavinnen rasch in ihre Zellen. Die Eunuchen versteckten sich hinter verschlossenen Türen, und niemand außer Nakschedil durfte Zeuge seines Erscheinens sein.

Seine Besuche waren eher familiäre Zusammenkünfte als offizielle Ereignisse. In diesen Momenten konnte der Sultan für Mahmud den Vater spielen, so wie Abd ül-Hamid für Selim der Vater gewesen war. Er liebte seine jungen Cousins, die einzigen osmanischen Erben, so wie er seine eigenen Nachkommen lieben würde, und verbrachte viel Zeit mit den beiden. Mustafa war zwar langsam und stellte seine Geduld auf eine harte Probe, Mahmud jedoch erfreute ihn mit seiner Klugheit.

Hier und da erlaubte mir Nakschedil, zu bleiben, wenn sie den Sultan unterhielt. Ihre beiden Räume waren schlicht, aber sie gehörten ihr ganz allein. Irgendwie hatte sie es mit einigen Metern Stoff geschafft, die Räume in ein französisches Appartement zu verwandeln. In einem kleinen Schlafzimmer standen Diwane, dekoriert mit gerafften Decken und pastellfarbenen Girlanden. Die nackten Wände hatte sie mit hübschen Stickereien geschmückt, die Schränke, in denen sie ihre Sachen aufbewahrte, mit Tüchern ausgelegt. Ein zweiter, mit einem Kamin beheizter Raum, diente der Zerstreuung, den Mahlzeiten und Gebeten. Zwei Wände des Besucherzimmers waren von glasierten, blau-weiß gemusterten Fliesen eingefasst. Und auf den Diwanen an der

Wand lagen Satinkissen in derselben azurblauen Farbe, die Nakschedil mit Silber bestickt hatte. Fast der ganze Boden war mit türkischen Teppichen ausgelegt. Nakschedil hatte außerdem noch Vorhänge mit Quasten und Girlanden aufgehängt, und da und dort waren von ihr bestickte Wandteppiche und Tücher zu bewundern.

An einem nasskalten Tag, als das Feuer im Kamin prasselte, setzte sich der Sultan auf einen Teppich und spielte mit Mahmud Dame und Domino. Ich sah, wie viel Freude ihm der Scharfsinn des Jungen bereitete.

»Du findest ja schnell heraus, was ich für dich in der Hand halte«, lobte Selim ihn. Lächelnd betrachtete er die Dominosteine aus Elfenbein, die der Junge aneinander gelegt hatte. »Ein Sultan muss wissen, was sein Gegner im Schilde führt. Du wirst deine Sache gut machen, wenn du einmal Sultan bist.«

Jeder osmanische Herrscher wird in einer künstlerischen Fertigkeit ausgebildet. Selim jedoch beherrschte mehrere Künste. Kalligrafie, Dichtung und Musik waren seine Leidenschaften. Unter dem Namen Ilhami verfasste er Gedichte, die er Nakschedil und Mahmud manchmal laut vorlas. Er spielte die Ney und erfreute beide, indem er ihnen auf der Holzflöte seine eigenen exquisiten Kompositionen vortrug. Oder er reichte dem Jungen das schlanke Instrument und zeigte ihm, wie er mit den Fingern die Löcher abdecken und mit dem Mund blasen musste, um Musik zu erzeugen.

Von Zeit zu Zeit spielten Selim und Nakschedil zusammen Duette, er auf der Flöte, sie auf der Geige, während Mahmud still lauschte und zusah, wie das Sonnenlicht durch das Holzgitter der Fenster tanzte. Manchmal ermunterten sie den Jungen, mitzuspielen, und halfen ihm, seine eigenen kleinen Stücke zu komponieren, einige im europäischen, einige im türkischen Stil.

Wenn Selim in Stimmung war, bat er Nakschedil, zu tanzen, und sie führte die sinnlichen orientalischen Tanzbewegungen vor oder zeigte ihm die höfischen Tänze, die sie in der Schule gelernt hatte. Sie überredete ihn, einen französischen Tanzmeister anzustellen, und einige Odalisken begannen, das Menuett und den Contredanse zu erlernen.

Selim zeigte ihnen, wie er seine Tugra, das Sultansemblem, in geschwungener arabischer Schrift schrieb. Er tauchte ein spitzes Schilfrohr in Tinte, zog drei dicke schwarze, aufwärts verlaufende Linien und links daneben zwei Kreise, die sich durch die drei senkrechten Linien schwangen. Dann zeichnete er drei sich kreuzende und nach unten schlängelnde Striche und setzte darunter mehrere elegante Schnörkel. In kleineren Schriftzeichen schrieb er seinen Namen: »Selim, Khan, Sohn Mustafas, stets siegreich«, lautete die Tugra.

»Das Schilfrohr ist ein magisches Instrument«, sagte er, als er Mahmud den dünnen braunen Stab reichte. »Es kann schöne Musik hervorbringen und wundervolle Worte schreiben.«

Der Sultan half dem Jungen, das angespitzte Schilfrohr in die dunkle Tinte zu tunken, und der junge Prinz schrieb langsam die geschwungenen arabischen Schriftzeichen seines eigenen Namens. »Wenn du älter bist«, versprach Selim, »wird dich Muhammad Rakim, mein eigener Kalligrafielehrer, unterrichten.«

Selim fragte Mahmud seine Religionsaufgaben ab. Er hielt den Koran sowie das diamantenbesetzte Buch mit Koranversen, das der Junge zu seinem fünften Geburtstag bekommen hatte, in den Händen und ließ ihn die Verse vortragen.

»Der Sultan ist Kalif«, erklärte er Mahmud, »der höchste religiöse Führer, und du musst die Worte des Propheten und die Gesetze des Islam kennen. Nun sage mir, wer wird nach den Worten des Propheten der Süße des Glaubens teilhaftig werden?«

Der Junge dachte kurz nach. Er erinnerte sich an die Worte des Propheten und antwortete: »Erstens, derjenige, für den Allah und Seine Apostel wichtiger werden als alles andere. Zweitens, derjenige, der einen Menschen liebt und ihn nur um Allahs Willen liebt. Drittens, derjenige, der es verabscheut, zum Unglauben zurückzukehren, nachdem Allah ihn daraus errettet hat, so wie er es hasst, ins Feuer geworfen zu werden.«

Ich glaubte zu sehen, wie Nakschedil schluckte. Doch ich schwieg und lächelte, als Selim sanft an Mahmuds langen dunklen geflochtenen Locken zupfte, die ihm den Rücken hinabhingen. »Denk daran«, sagte er, »dies sind die letzten Strähnen deiner Kindheit. Sobald du das Alter der Beschneidung erreicht hast, werden sie abgeschnitten werden, und du wirst ein Mann sein.«

Nach der osmanischen Tradition lernte der agile Prinz, kaum dass er das Laufen erlernt hatte, zu reiten, zu jagen und mit Pfeil und Bogen zu schießen. Im Alter von sechs Jahren bekam der überraschte Knabe von Selim ein Pony geschenkt, und Tag für Tag schwang sich das Kind aufs Pferd und trainierte mit seinem Reitlehrer seine Fähigkeiten. Manchmal ritt er zusammen mit seinem Bruder aus, und die beiden jagten über die flachen Felder, als wären sie türkische Krieger auf den Steppen des Nordens.

An einem Sommertag ritten die Brüder wieder einmal gemeinsam aus. Doch als Mahmud in Nakschedils Appartement zurückkehrte, sah sie, dass der Junge am ganzen Leib zitterte. »Was ist passiert?«, fragte sie und nahm ihn in die Arme. Der Junge erzählte, dass Mustafas Pferd vor ihm galoppiert sei, ihm plötzlich den Weg versperrt und sein arabisches Ross zu einer scharfen Kehrtwendung gezwungen habe. Er, Mahmud, sei dabei zu Boden geschleudert worden.

»Hat sich Mustafa entschuldigt?«, fragte Nakschedil.

»Natürlich«, antwortete Mahmud. »Er sagte: ›Mein Bruder, bitte verzeih mir‹ und ließ sein Pferd anhalten, um mir zu helfen.«

»Und was hast du darauf gesagt?«, fragte sie.

»Ich sagte ihm, er solle sich keine Gedanken machen, und machte eine wegwerfende Handbewegung.«

»Ich bin sicher, es war kein Unfall«, sagte ich später, als Nakschedil mir die Geschichte erzählte. »Ich frage mich, ob Mustafa wohl eifersüchtig ist.«

»An so etwas möchte ich nicht denken«, erwiderte sie. »Wisst Ihr, Tulpe, es ist eine große Ehre, dass der Sultan so viel Zeit mit Mahmud verbringt.«

»Aus gutem Grund schenkt Selim Mahmud mehr Aufmerksamkeit«, sagte ich. »Er ist fähig und intelligent. Und unter deiner Anleitung wird er eines Tages ein großer Herrscher sein.«

Einige Tage später lud Selim die Knaben zu einer Runde Cirit ein. In den Anfangstagen des Reiches diente das Spiel dazu, die Kavalleristen in Friedenszeiten zu trainieren. Heute war es ein Reiterwettkampf, bei dem die Spieler ihre Wendigkeit und Geschicklichkeit testen konnten.

In einem abseits gelegenen Gartenpavillon saßen Nakschedil und Ayscha auf einem Stapel Kissen. Ich und Ayschas, von einer Hasenscharte gezeichneter Eunuch Narzisse standen hinter ihnen. Durch die Holzgitter der Fenster beobachteten wir, wie der Sultan in einem dem Wettkampfgelände näher gelegenen Pavillon seinen Platz einnahm und anschließend die Prinzen und die Palastpagen sich in zwei Gruppen aufteilten. Mahmud gehörte zur »Gombo«-Mannschaft, Mustafa zur »Kohl«-Mannschaft.

Die sieben Spieler beider Gruppen, jeder auf einem schnellen Pferd und mit einem hölzernen Speer in der Hand, reihten sich an den entgegengesetzten Seiten des langen Spielfeldes auf und standen sich nun gegenüber.

Augenblicklich erbebte der Boden, als die jungen Zentauren über das Feld jagten und ihre Speere schwangen, in der Hoffnung, den Gegner zu treffen. Nakschedil jubelte, als Mahmuds Speer durch die Luft flog, sodass ein gegnerischer Reiter sein Pferd herumreißen musste, und er drei Punkte für die Gombos erzielte. Ich hörte Narzisse etwas murmeln, konnte jedoch seine Worte nicht verstehen. Allerdings klangen sie gehässig und höhnisch.

Dann sauste der Speer eines Reiters aus der »Kohl«-Mannschaft vorbei und traf einen Gegner. Sogar Nakschedil musste die elegante Bewegung des Pagen bewundern, auch wenn sein kraftvoller Wurf sechs Punkte für sein Team bedeutete.

»Ich bin so nervös, dass ich kaum hinsehen kann«, wisperte sie mir zu und nahm ein Veilchensorbet vom Tablett mit den Erfrischungen. »Ich weiß, Mahmud ist noch jung und hat noch viel Zeit, seine Fähigkeiten zu schulen. Trotzdem würde ich es gerne sehen, dass mein kleiner Junge gewinnt.«

Plötzlich flog ein Speer auf Mahmud zu, und der Knabe wäre beinahe von seinem Ross gefallen. Angesichts der Blamage zuckte Nakschedil zusammen und hätte um ein Haar die Schüssel mit dem Sorbet fallen lassen. Osmanische Soldaten sind eins mit ihren Pferden, und von einem Prinzen, der seine Männer möglicherweise in den Krieg zu führen hat, wird erwartet, dass er die Balance hält, ganz gleich, unter welchen Umständen. Aber noch bestürzender war: Der Speer kam von Mustafa.

Ich schaute zu Narzisse herüber, der höhnisch grinste.

Dann wanderte mein Blick zu Ayscha. Doch kein Wort der Entschuldigung kam ihr über die Lippen. Noch schlimmer: Ich glaubte, ein süffisantes Grinsen zu bemerken. Ich wollte etwas sagen, aber es stand mir nicht zu. Ich fragte mich, ob es stimmte, dass Rothaarige mit dem bösen Blick geboren wurden.

Glücklicherweise fing sich der arglose Mahmud wieder. Wieder jagten Pferde vorbei, Speere sausten hin und her, und nachdem zwei Pagen aus Mahmuds Mannschaft einige Punkte erzielt hatten, wurden die Gombos zu den Siegern erklärt. Als Selim aus seinem Aussichtspavillon heraustrat, um der Mannschaft zu gratulieren, strahlte Nakschedil über das ganze Gesicht.

»Ich wusste, sie würden es schaffen!«, sagte sie und klatschte in die Hände.

Ich drehte mich zu Ayscha um, doch sie war bereits gegangen.

Selims Besuche in Nakschedils Gemächern waren Grund genug für sie, Baklava und Soufflés zuzubereiten, von denen sie wusste, wie sehr er sie liebte. Nach einem zustimmenden Nicken seines Vorkosters setzte sich der Sultan im Schneidersitz auf einen Teppich, labte sich an den süßen Speisen und pries ihre Talente in den höchsten Tönen.

»Du berührst Zitronen, und es fließt Honig aus ihnen heraus«, sagte er eines Tages und leckte sich die von dem süßen Blätterteiggebäck klebrigen Finger ab.

Nakschedils Sklavinnen brachten Kaffee, und ich schob ihm die Wasserpfeife hin. Doch Selim überraschte uns, indem er auf einen vom ihm mitgebrachten Gegenstand deutete. »Öffne es«, sagte er, und es gab einen so lauten Knall, dass ich dachte, ein Feuerwerkskörper wäre explodiert. Nakschedil aber wusste genau, was es war.

»Champagner!«, rief sie aufgeregt. »Wo, in aller Welt, habt Ihr denn den aufgetrieben?«

»Vor vielen Jahren brachte der französische Botschafter tausend Flaschen für den Sultan mit.«

»Und warum wurden sie nicht getrunken?«, fragte sie.

»Der Sultan wurde abgesetzt«, erklärte er, »und er versteckte die Flaschen vor seinen Nachfolgern. Kürzlich entdeckten meine Männer das Versteck. Natürlich«, flüsterte er und legte einen Finger an die Lippen, »dürfen die Ulema nicht erfahren, dass wir Alkohol trinken. Die heiligen Männer halten ihn für flüssiges Feuer des Teufels.« Er hob sein Glas, und seine Augen blitzten übermütig.

»Wie sagt ihr in Frankreich?«

»*À votre santé*«, antwortete sie.

»*À votre santé*«, wiederholte er.

Mehrmals lud der Sultan Nakschedil zu Ausflügen in seinem Boot ein. Beim ersten Mal reichte ich Nakschedil ihre *ferace*, und als sie das Gewand zugeknöpft hatte, gab ich ihr ein *yasmak* und forderte sie auf, sich zu verschleiern. »Aber warum?«, fragte sie. Ich erinnerte mich, dass sie sich erst ein einziges Mal zuvor aus dem Harem gewagt und einen Schleier getragen hatte.

»Es ist zu deinem Schutz«, antwortete ich.

»Schutz? Wovor?«

»Vor dem bösen Blick.«

»Was meint Ihr damit?«

»Du darfst nicht von Männern gesehen werden«, erklärte ich. »Der Schleier verhindert, dass dir die Männer zu nahe kommen. Alle muslimischen Frauen müssen im Freien einen Schleier tragen. Aber noch wichtiger ist dies für Frauen aus dem Harem des Sultans. Wenn du ohne Schleier erwischt würdest, würdest du getötet werden.«

»Ich werde mein Gesicht nicht verhüllen«, protestierte sie und warf den weißen Chiffon-Schleier auf den Boden.

Ich hob ihn schweigend auf und gab ihn ihr. »Du bist Muslimin«, sagte ich energisch.

»Wollt Ihr damit sagen, dass ich keinen Schleier tragen müsste, wenn ich keine Muslimin wäre, wenn ich noch Christin wäre?«

Ich nickte. »Aber dann wärst du keine Favoritin im Harem des Sultans«, erinnerte ich sie.

Sie blitzte mich mit ihren eisblauen Augen an.

»Nakschedil«, bat ich, »in der Vergangenheit hast du mir vertraut. Bitte tue, was ich dir sage.«

Sie neigte skeptisch den Kopf von einer Seite zur anderen, doch ich fuhr fort: »Du hast die Wahl. Entweder weigerst du dich, den Schleier zu tragen, und bleibst drinnen. Oder du trägst den Schleier und verlässt das Palastgelände mit Sultan Selim.«

Ich zeigte ihr, wie man eines der gazeartigen Tücher nahm und es über den Kopf zog, sodass es Haare und Stirn bedeckte. Hinten am Nacken band ich es zusammen. Das zweite Tuch diente dazu, das Gesicht unterhalb der Augen zu bedecken, und als ich es ebenfalls knotete, erwähnte ich, dass die türkischen Schleier sehr viel besser seien als die der arabischen Frauen. »Die können kaum noch hindurchsehen«, sagte ich.

»Das interessiert mich nicht. Ich komme mir wie eine Gefangene vor«, murmelte sie.

»Betrachte es als Freiheit«, riet ich. »Freiheit, sich unerwünschte Männer vom Leibe zu halten.«

»Noch nie habe ich ein solches Boot gesehen!«, rief Nakschedil aus. Der lange, schlanke schwimmende Palast war so elegant wie ein Schwan, mit seinem leuchtend weißen

Schiffsrumpf, den vergoldeten Leisten und der hellgrünen Randverzierung. Ein vergoldeter Palmzweig glitzerte in der Sonne, und dahinter ragte am Bug der große vergoldete Falke, Symbol des Hauses Osman, in die Höhe. Mithilfe von dreien von uns bestieg Nakschedil den Kaik und ließ sich unter dem großen hölzernen Baldachin zu Füßen des Padischahs nieder. Zwei weitere schwarze Eunuchen spendeten ihnen mit einem Sonnenschirm aus weißen Gänsefedern Schatten, während vierzehn Paare von Ruderern – ihre weißen Kaftane glänzten, und an ihren roten Mützen baumelten blaue Quasten – das Boot rasch vom Serailkap aus durch das glitzernde Wasser steuerten.

»Bitte sagt mir, mein weiser Sultan«, drangen Nakschedils Worte unter dem Schleier hervor, »wohin führt Ihr mich?«

Er antwortete augenzwinkernd: »Sei nicht zu neugierig, meine Süße. Das wirst du bald sehen.«

Wir glitten zügig durch das Goldene Horn. Am linken Ufer passierten wir die um 1600 von der Valide Sultan Safiye errichtete Neue Moschee mit ihren zwei Minaretten und am rechten Ufer den über den Hügeln aufragenden Galata-Turm. Schließlich gelangten wir an eine Stelle auf der Seite des Galata-Turms, wo hinter hohen Steinmauern grüne Gärten verborgen lagen.

»Komm, meine Blume«, sprach der Sultan. Zärtlich nahm er Nakschedils Hand und half ihr auf. »Ich zeige dir mein geheimes Refugium.«

Es war Frühling, und die Sonne warf ihre Strahlen auf ein Meer roter und gelber Tulpen, zwischen denen ein Weg zu einem steinernen Pavillon führte. »Das ist der Ayralikavak-Kiosk«, erklärte er. »Du hast mich schon davon reden hören, und jetzt bist du außer meiner Mutter die einzige Frau, die ihn zu sehen bekommt.«

Seine gelben Pantoffeln standen an der Tür bereit, und nachdem ein Eunuch dem Sultan die Stiefel ausgezogen und ihm in die weichen Lederschuhe geholfen hatte, betraten sie das juwelenartige Gebäude. Wir folgten ihnen, und ich erblickte die Räume: Einige waren mit seltenen, aus Iznik stammenden Fliesen ausgestattet, in Rot, Grün und Blau und mit kunstvollen Blumenmustern verziert, andere mit venezianischen Spiegeln. Und in einem kleinen Salon entdeckte ich auf den Regalen Musikinstrumente.

»Dort komponiere ich meine Musik«, verriet Selim Nakschedil. Er klopfte auf einen Stuhl, der etwas niedriger war als seiner. »Ich möchte dich hier bei mir haben. Du bist meine Muse, meine Quelle der Inspiration.«

Nakschedil legte den weißen gazeartigen Schleier ab, der ihr Gesicht vor den Augen der Welt verbarg, und nahm lächelnd ihren Platz ein.

Mit der Flöte in der Hand arbeitete er an seiner neuesten Komposition. Nach einer Weile gab er einem Eunuchen ein Zeichen. »Dies war ein Geschenk des italienischen Botschafters«, sagte er, als der schwarze Sklave eine Violine brachte. »Es ist eine Guarneri. Hast du den Namen schon einmal gehört?«, fragte er Nakschedil. Er reichte ihr das Instrument.

»Schah meines Herzens«, antwortete sie. »Dies ist die prächtigste Violine der Welt, die ich vom prächtigsten Mann der Welt erhalten habe.«

Nakschedil strich über das honigfarbene Holz. Dann klemmte sie sich das Instrument zwischen Schulter und Kinn und spielte ein paar Takte aus Mozarts Türkischem Konzert. Als sie die wunderbare Klangfarbe des Instruments hörte, legte sie den Bogen an die Lippen und warf Selim eine Kusshand zu. Der Sultan nahm seine Flöte, und sie spielten zusammen Duette von Bach und Telemann.

»Es gibt andere im Harem, die gerne lernen würden, dieses Instrument zu spielen«, sagte sie wehmütig. »Perestu hat mich schon oft gefragt. Aber ich bin eine schlechte Lehrerin, und die Palastlehrer verstehen nichts von europäischer Musik.«

»Dann brauchen wir jemanden, der sie unterrichtet.« Mit diesen Worten hob der Sultan sein Glas mit funkelndem Wein und stieß mit Nakschedil an.

Nur wenige Monate später wurde Sadullah Agha, ein bekannter Komponist und Musiker, angestellt, um einigen Mädchen das Geigen- und Harfenspiel zu lehren. Perestu war eine der Ersten, die seine Kurse besuchte.

An schönen Abenden riefen die Eunuchen *»halvet«* aus – die Anweisung für alle anderen, sich zurückzuziehen. Und nachdem alle das Gelände verlassen hatten, ergingen sich Nakschedil und Selim in den Palastgärten.

»Wenn ich mir die dreiste Frage erlauben darf: Worüber unterhaltet ihr euch eigentlich, du und der Sultan?«, fragte ich Nakschedil eines Tages, als wir in ihren Gemächern saßen und Pistazien knabberten.

»Natürlich dürft Ihr fragen, chéri«, antwortete sie. »Ihr wisst ja, der Sultan ist ganz begierig darauf, zu erfahren, was die Europäer sagen und tun. Und zum ersten Mal hat er mehrere Gesandte geschickt, um Botschaften in Europa zu gründen. Als er hörte, dass es hier bei der französischen Botschaft einen großen Empfang geben werde, bat er seine Schwester, Hatice Sultan, dem Ereignis beizuwohnen. Es gab vieles, was ihre Bewunderung weckte, doch als sie die Gärten sah, war sie so hingerissen, dass sie darum bat, für den Topkapi-Palast ähnliche Gärten anzulegen. Gestern sprachen wir über die von dem österreichischen Landschaftsgestalter vorgeschlagenen Ideen. Sein Bruder war kaiserlicher Gärtner im Schloss Schönbrunn, und Ensle war hier in Pera tätig. Er hat angeboten, die Gartenarchitektur für Topkapi zu entwerfen.«

»War das alles, worüber ihr gesprochen habt?«

»Nein. Prinzessin Hatice ist so angetan vom westlichen Stil, dass sie den Architekten Antoine Melling beauftragt hat, einen Palast für sie zu entwerfen. Der Sultan hat mir die Pläne gezeigt.«

»Ihr unterhaltet euch also über Gartengestaltung und Architektur«, sagte ich und knackte mit den Zähnen eine Nuss. »Habt ihr denn keine interessanteren Gesprächsthemen?«

»Ach ja, vor ein paar Tagen hat er mir von seiner Schwester, Beyhan Sultan, erzählt. Selim klagte, sie sei der Fluch seines Lebens.«

»Aber sie hat doch gerade erst ihre Hochzeit gefeiert. Nach vier Tagen des Feierns und den reichlichen Geschenken sollte sie eigentlich zufrieden sein mit ihrem neuen Leben. Warum belästigt sie den Sultan?«

»Offenbar wartete der in sein Zobelgewand gehüllte Pascha nach der Hochzeitszeremonie stundenlang, dass seine neue Gemahlin ihn zu sich rief. Endlich wurde er vom schwarzen Obereunuchen ins Gemach seiner Braut gebracht. Er erklärte sich zu ihrem Sklaven und fiel auf die Knie, um ihr die Füße zu küssen.«

»Er hat das Richtige getan. Der Ehemann einer Prinzessin ist immer ihr Sklave. Sie hätte sich glücklich schätzen können.«

»Statt ihren Bräutigam im Bett zu empfangen, trat sie ihm ins Gesicht. Als er ausrief ›O meine Sultana‹ und ›Danke, mein Lamm‹, drosch die Prinzessin erst recht auf ihn ein, bis seine Wangen glühend rot waren und seine Nase blutete. Die Prinzessin warf den frisch mit ihr vermählten Gatten buchstäblich aus ihrem Ehebett. Der arme Kerl wurde von Sklavinnen fortgebracht. Am nächsten Morgen beklagte sich Beyhan Sultan bei Selim, der ihr versprach, mit dem Pascha zu reden.«

»Und was hat Selim gesagt?«

»Er sagte zu ihm, als Gemahl einer Prinzessin müsse er ihren Wünschen nachkommen. ›Ganz gleich, welche Launen sie hat‹, sagte er, ›Ihr müsst ihr gehorchen‹. Dann führte er den Pascha aus dem Zimmer, legte seinen Arm um ihn und flüsterte: ›Es ist besser, wenn Ihr weit weg von ihr seid. Ich werde Euch zum Statthalter einer Provinz machen, sodass ihr verheiratet bleiben könnt, jedoch getrennt voneinander leben werdet. Ihr werdet froh darum sein.‹«

»Das ist ja unglaublich.«

»Ja, aber nachdem er es mir erzählt hatte, sah er mich an und sagte: ›So sehr ich meine Schwester liebe, ich fürchte, sie hat sich von Ayscha, der Mutter von Prinz Mustafa, beeinflussen lassen. Diese Frau weiß, dass ich Beyhan nahe stehe, und sie glaubt, dass sie, indem sie sich mit meiner Schwester gut stellt, auch in meiner Gunst stehen wird.‹«

»Das tut sie nicht, oder? Was hast du gesagt?«

»›Mein weiser Sultan‹, sagte ich. ›Verzeiht mir eine solche Frage: Aber warum habt Ihr Ayscha erlaubt, nach Abd ül-Hamids Tod, Gott hab ihn selig, hier zu bleiben?‹«

»Und was hat er darauf geantwortet?«

»Er warf den Kopf in den Nacken, verdrehte die Augen und sagte: ›Ich habe mich daran erinnert, wie traurig ich nach dem Tod meines Vaters war: Ich durfte im Topkapi-Palast bleiben, und meine Mutter wurde in den Alten Palast geschickt. Ich habe Ayscha erlaubt, hier zu bleiben, weil ich wollte, dass Mustafa in der Nähe seiner Mutter war. Doch Ayscha ist verzogen und gehässig, und sie hat einen schlechten Einfluss auf meine Schwester ausgeübt.‹«

»Großartig. Und was hast du gesagt?«

»Ich sagte lächelnd: ›Mein liebster Sultan, mein Glück im Leben besteht darin, Euch zufrieden zu stellen.‹ Er hakte sich unter, und als wir zum Eingang des Harems zurückliefen, bückte ich mich zu einem Hyazinthenbeet hinunter, pflückte eine Blume und steckte sie ihm an den Turban.«

»Perfekt!«, sagte ich. »Aber sieh dir diesen Berg leerer Schalen an. Bringe bitte die restlichen Pistazien weg. Ich habe so viele gegessen, dass ich Bauchschmerzen bekommen werde.«

Nur wenige Wochen später führte Selim Nakschedil hinaus in die Gärten und bat sie, die Augen zu schließen, da er eine Überraschung für sie habe. Als sie die Augen wieder öffnete, erblickte sie am Ende des Serailkaps das Geschenk des Sultans: Ein hübscher Kiosk, nach dem Vorbild der französischen Könige gestaltet. Die Zimmerwände waren mit verspiegelten Holzpaneelen verkleidet, in den Nischen standen bemalte Vasen und mit Blumen verzierte Töpfe.

»Es ist der schönste Pavillon, den ich je gesehen habe«, sagte sie zu mir. »Und Selim hat ihn zu meinen Ehren Geliebter Kiosk genannt.«

»Das Glück war dir hold«, sagte ich und kniff mich am rechten Ohrläppchen, um mich vor dem bösen Blick zu schützen.

10

Hokuspokus: Das funktioniert selten. Wochen vergingen ohne eine Nachricht von Selim. Keine Einladungen in seine Privatgemächer, keine Besuche in Nakschedils Räumen. Sie sehnte sich nach seinen endlosen Fragen, seinem herzlichen Lachen, seinen exquisiten vertonten Gedichten.

»O chéri, er ist der Dorn in meinem Herzen«, vertraute sie mir an. Die Leere der ereignislosen Stunden lastete auf ihr. Um gegen ihre Verzweiflung anzukämpfen, bat sie mich gelegentlich, ihr tagsüber Gesellschaft zu leisten. Wir spielten Domino und Kartenspiele. Und einmal, als sie ein Paar Königinnen in der Hand hielt, sagte sie, dies erinnere sie an die Zeit, als sie und ihre Cousine erfuhren, dass sie später beide Königinen würden.

»Wer ist diese Cousine?«, fragte ich. »Und wer hat euch das prophezeit?«

»Meine Cousine hieß Rose, und sie lebte wie ich in Martinique«, antwortete Nakschedil. »Sie war viel älter als ich, und wir suchten zusammen eine berühmte Wahrsagerin in Fort-de-France auf. Als wir uns an ihren Tisch setzten, breitete die große Afrikanerin ihre Teeblätter aus, sah Rose an und sagte mit tiefer, zitternder Stimme: ›Du wirst mehr als eine Königin werden, aber du wirst nicht als Königin sterben.‹«

»Und was hat sie dir vorhergesagt?«

»Oh, ich war damals noch sehr klein, ungefähr fünf Jahre

alt, und sie sagte irgendetwas Vages – dass auch ich mit dem Königtum in Berührung kommen würde oder so ähnlich. Aber wir fanden die Neuigkeit über Rose viel aufregender und kehrten nach Hause zurück, um es unseren Müttern zu erzählen.«

»Wie haben sie reagiert?«

»Sie schimpften uns aus, weil wir zu der Wahrsagerin gegangen waren.«

»Und was ist aus Rose geworden?«, fragte ich.

»Sie wurde nach Frankreich geschickt, um einen Mann namens Beauharnais zu heiraten.«

»Hast du sie besucht, als du in Frankreich warst?«

»Nein, nie«, erwiderte Nakschedil. »Ich habe ihr einmal in Paris geschrieben, und sie schrieb kurz vor meiner Abreise zurück. Aber das war das letzte Mal, dass wir Kontakt miteinander hatten.«

»Sie ist also keine Königin geworden?«, fragte ich lachend.

»Nein, ich denke nicht«, antwortete Nakschedil mit einem Lächeln. Erleichtert stellte ich fest, dass ihre Traurigkeit verschwunden war, wenn auch nur für einen kurzen Moment.

Ich schlug Nakschedil vor, zu den Mädchen ins Musikzimmer zu gehen, wo sie Violine und Harfe lernten. Doch als sie eines Nachmittags zurückkam, sagte sie, sie sei ganz durcheinander. War es Einbildung, oder hatte sie Perestu mit dem Lehrer flirten sehen?

»Mit Sadullah Agha?«, fragte ich. »Das ist unmöglich. Sie würden ihr Leben riskieren. Verzeih mir, mein liebenswürdiges Fräulein, aber ich glaube, du willst überall Romanzen sehen, auch dort, wo überhaupt keine sind.«

»Aber ich habe gesehen, wie sie sich anschauten«, beharrte Nakschedil. »Glaubt mir, Tulpe, ich bin kein Dummkopf.«

Am nächsten Tag bat sie mich, mitzukommen. Ich beobachtete, wie Perestu behutsam eine Violine in die Hand nahm, lächelte und dabei ihre Grübchen zeigte. Sie klimperte mit ihren Wimpern, die sich über ihre großen Augen senkten, und bat den Lehrer um Hilfe. Sadullah Agha schien ihr nur allzu gern zu zeigen, wie man den Bogen hielt. Vielleicht, dachte ich, war es lediglich der Enthusiasmus eines guten Lehrers. Aber hatte ich nicht einen besonderen Blick in ihre Richtung bemerkt, als er sich abwandte?

»Warum sagst du nichts?«, fragte ich Nakschedil, die ganz offensichtlich aufgebracht war. Doch als sie ihre alte Freundin beiseite nahm, zuckte das Mädchen mit den Zöpfen die Schultern und schüttelte den Kopf

»Du hast die Liebe eines Sultans erfahren«, sagte Perestu. »Gönnst du mir denn nicht das Vergnügen eines kleinen Flirts?«

Arme Nakschedil. Es fiel ihr schwer, der Freundin ihr bescheidenes Glück streitig zu machen, doch die Romanze zwischen Perestu und dem Musiklehrer verstärkte ihren Kummer noch. Noch immer hatte sie keine Nachricht von Selim, und sie hatte keine Ahnung, weshalb sie nicht mehr in seiner Gunst stand.

Sie bat mich, durch den schwarzen Obereunuchen herauszufinden, ob sie den Sultan auf irgendeine Weise verärgert hatte. Als ich Bilal Agha jedoch danach fragte, schüttelte dieser seinen langen, schmalen Kopf und führte es auf die politischen Sorgen des Padischahs zurück.

»Die ständige Bedrohung durch Russland hängt wie ein Damoklesschwert über dem osmanischen Kaiser«, sagte er. »Der Krieg hat so viel Geld verschlungen, dass der Sultan höchstpersönlich einen Beitrag leisten musste.«

Erst kürzlich waren die Haremsdamen aufgefordert worden, einen Teil ihrer Kostbarkeiten an die Staatskasse zu spenden. Jede hatte ein besonderes Stück hergegeben: Nakschedil hatte einen juwelenbesetzten Spiegel beigesteuert, andere gaben wertvolle Schalen, aus Gold geflochtene Körbe, goldverzierte Tassen und Teller, Kerzenhalter mit eingelegtem Perlmutt, silberne Kaffeetablette, Tintenfässer, Weihrauch- und Wassergefäße, Vasen, Schöpfkellen und edelsteinbesetzte Pfeifen. All dies wurde der Staatskasse für den Waffenkauf überlassen.

»Die russische Bedrohung ist noch nicht alles«, fuhr der schwarze Obereunuch fort. »Gestern, als wir uns im Diwan versammelten, traf der französische Botschafter Choiseul mit noch schlechteren Nachrichten aus Frankreich ein. Im ganzen Land ist eine Revolution im Gange.«

»Inwiefern sind wir davon betroffen?«, fragte ich.

»Die Franzosen liebäugeln mit einer konstitutionellen Monarchie, was den Sultan ziemlich beunruhigt: Da sich die Nachricht nach Osten verbreitet, könnte sich die herrschende Klasse gegen ihn wenden. Vor ein paar Tagen unternahm der Padischah einen heimlichen Ausflug in die Stadt. Letztes Mal hatte er sich als Kaufmann verkleidet und sich mit Choiseul in einem Kaffeehaus getroffen. Diesmal spazierte er als Seemann herum, blieb an mehreren Ständen auf dem Großen Basar stehen und lauschte dem Tratsch der Leute. Die Reichen sind alles andere als begeistert davon, dass er einen Teil ihrer Ländereien konfisziert und die Steuern erhöht hat. Und was die Sache noch schlimmer macht, die Bauern könnten sich ihnen anschließen und revoltieren.«

Um sich gegen alle denkbaren Reaktionen seiner Untertanen zu wappnen, überlegte sich Selim weitere Möglichkeiten, seine Regierung zu reformieren und die Kontrolle wiederzuerlangen. Er hatte eine Reihe neuer Luxusgesetze erlassen und die strikten Kleiderordnungen durchgesetzt, wodurch man die gesellschaftliche Stellung erkennen konnte. Er verbot die Einfuhr ausländischer Stoffe wie Alpaka, da dies den osmanischen Bauern schadete. Und er leitete wirtschaftliche Veränderungen ein, von denen die breite Masse der Bevölkerung profitierte.

Vor allem aber wollte Selim die Janitscharen modernisieren. Die Elitetruppe, einst der Stolz des Imperiums, wurde zur Anfangszeit des Osmanischen Reiches ins Leben gerufen, als christliche Jungen aus eroberten Gebieten in den Palast gebracht wurden, um als Soldaten ausgebildet und in der islamischen Tradition unterwiesen zu werden. Die jungen Menschen hatten nur eine schwache Erinnerung an ihre Vergangenheit, und vor ihnen lag eine Zukunft, in der ihnen die Ehe verboten war. Ihre einzige Hoffnung gründete sich auf die Loyalität gegenüber dem Sultan. Sie wurden getreue Gefolgsmänner des Padischahs.

Aber im Lauf der Jahre war die Loyalität der Korruption gewichen: Mittlerweile waren diese Jungen oft Muslime, die sich ihre Positionen erkauften. Sie durften heiraten und Kinder bekommen. Und sie verrichteten ihre Aufgaben mit weniger Hingabe. Ihre Familien und Bauernhöfe waren ihnen wichtiger als der Kampf für den Padischah. Zudem verkauften sie häufig ihr Erbrecht an andere, waren auf Bestechungsgelder aus und boten als Gegenleistung ihren Schutz an. Gelegentlich bedrohten sie die Bevölkerung durch Brandstiftung.

Die Fähigkeit der Janitscharen, das Reich zu verteidigen, war von entscheidender Bedeutung, doch als Soldaten waren sie nutzlos geworden. Ebenso wichtig war ihre Loyalität gegenüber dem Sultan. Sie bildeten das Rückgrat des osmanischen Throns, ohne ihre Unterstützung und ihren Schutz konnte der Padischah nicht existieren. Jeder osmanische Herrscher wusste: Wenn sich die Janitscharen gegen ihn wendeten, würde sein Thron in tausend Stücke zersplittern. Nicht umsonst lautet ein Sprichwort: »Wenn die Janitscharen die Stirn runzeln, zittert der Sultan.«

Der schwarze Obereunuch erzählte mir, dass Selims Vater, Mustafa III., seinen Sohn noch zu Lebzeiten seinem Militärberater, dem französischen Experten Baron de Tott, vorgestellt hatte. »In den letzten drei Jahren, bevor er Sultan wurde, korrespondierte Selim mit dem französischen König und bat ihn inständig darum, ihn bei der Reorganisation des geschwächten osmanischen Heeres zu unterstützen. Nachdem er sich nun erneut mit ihm beraten hatte, versprach Ludwig XVI., eine Gruppe von Offizieren und Experten nach Istanbul zu schicken, um das Militärwesen zu verbessern.«

»Deshalb nennt er die neue Infanterieeinheit also Nizami Cedit, wie die Franzosen, ›Die Neue Ordnung.‹«

»Das stimmt«, erwiderte der schwarze Obereunuch. »Selim hatte sich auch mit anderen europäischen Methoden beschäftigt, und er setzte eine Kombination verschiedener Techniken für Drill, Übungen und Ausbildung ein. Die Janitscharen betrachteten dies als Bedrohung. Aufgestachelt von den reaktionären Religionsführern, sträubten sie sich gegen die bloße Vorstellung, von Ungläubigen ausgebildet zu werden. Die Klagen der Janitscharen sind bis zum Palast durchgedrungen.«

Wenn der Sultan von Staatsangelegenheiten in Anspruch genommen war, so war dies noch verständlich. Aber um ehrlich zu sein, es war nicht nur das. Klatsch und Tratsch erfüllten die Korridore des Harems wie aufgewirbelter Staub, und Nakschedil schnürte es jedes Mal die Kehle zu, wenn sie hörte, dass eine andere Odaliske ans Lager des Sultans gerufen wurde. Als sie mich fragte, was sie tun solle, antwortete ich, sie könne kaum etwas tun, außer beten, dass Selim sie nicht vergesse.

Eines Morgens, als wir wieder einmal derartige Gespräche führten, hörten wir ein Klopfen an der Tür. Draußen stand Narzisse, Ayschas Lieblingseunuch, mit einem Päckchen in der Hand.

»Bitte, tretet ein«, sagte ich.

Er warf seinen merkwürdigen Kopf zurück, was nein bedeutete, und hielt mir ein Geschenk hin. »Das ist von der guten Dame Ayscha«, sagte er, wegen seiner gespaltenen Lippe stammelnd. »Sie hat von Nakschedils Kummer gehört und möchte ihr dadurch ihr Mitgefühl ausdrücken. Bitte nehmt es an als eine Gabe der Freundschaft.«

Sobald er gegangen war, nahm ich das bestickte Tuch weg und fand eine Auswahl von Süßigkeiten vor. Ich misstraute Ayscha immer ein wenig. Deshalb roch ich zuerst einmal daran, bevor ich einen Bissen kostete. Nakschedil beobachtete mich aufmerksam.

»Sie sind lecker«, rief ich überrascht aus. »Vielleicht hat sie sich ja wirklich geändert.«

Nakschedil nahm ein Stück und biss langsam davon ab. »Nicht schlecht«, meinte sie. »Aber mir ist nicht nach Süßem zumute. Lasst es Euch schmecken, Tulpe. Nehmt noch eines.«

Ich nahm noch eines. Und dann noch eines. Später am Abend bekam ich Bauchschmerzen. Ich hoffte, dass das nur von den vielen Süßigkeiten kam.

11

Wir schlenderten durch den Garten, und die Sommersonne schien hell auf die Blumen. Nakschedil pflückte eine Chrysantheme und fragte sich laut, ob sie den Sultan wohl in nächster Zeit wiedersehen werde. Ihre Lieblingssklavin Besme fragte sie, ob sie sich wahrsagen lassen wolle.

Nakschedil lächelte. »Ich frage mich, was aus Rose geworden ist«, sagte sie träumerisch.

»Rose? Er wurde ins Hospital gebracht, aber es geht ihm schon wieder besser«, erwiderte ich.

»Nein, nicht der schwarze Eunuch. Meine Cousine, die Königin werden sollte.«

»Oh, Verzeihung. Es ist so verwirrend, wenn wir alle die Namen von Blumen tragen.«

»Ich frage mich, ob sie noch in Frankreich ist. Oder ob sie in die Wirren der Revolution geraten ist. Das werde ich wohl nie erfahren.« Sie hielt inne, und ihre Augen blitzten. »Meint Ihr …?«

»Was meine ich?«, fragte ich.

»Meint Ihr, ich könnte ihr einen Brief schreiben?«

»Und wie willst du ihn aus dem Palast schmuggeln?«

»Keine Ahnung. Ihr habt doch immer so gute Ideen, Tulpe.«

Ich dachte ein paar Minuten nach. »Es gibt eine Jüdin«, sagte ich schließlich. »Eine Kira, also eine Frau, die in den Palast kommt, um ihre Waren zu verkaufen. Letzte Woche brachte sie mir ein Muster ihrer schönen Seidenstoffe, die in den Manufakturen ihrer Familie hergestellt werden. Sie erzählte mir, sie habe Verwandte in ganz Europa.«

»Vielleicht könnte sie meiner Familie in Martinique einen Brief senden.«

»Das ist sehr gefährlich«, warnte ich sie. »Schon für geringfügigere Vergehen als das sind Eunuchen enthauptet und Sklavinnen in Säcke eingenäht und ertränkt worden.«

»Es ist das Risiko wert«, sagte sie flehend. »Ich weiß, Ihr haltet mich für töricht, aber nun, da ich nicht länger ein Teil von Selims Leben bin, träume ich wieder davon, meine Familie zu sehen. Und wäre es nicht großartig, wenn sie Mahmud sehen könnten!«

Ich starrte sie an, als hätte sie den Verstand verloren. Aber sie pflückte nur eine weitere Blume und zupfte an den Blütenblättern.

»Möchtest du, dass ich dir deine Zukunft vorhersage?«, fragte Besme erneut.

»Ja, natürlich kannst du mir die Zukunft vorhersagen.« Nakschedil lächelte. »Aber bitte«, bat sie das Mädchen, »sage es mir nicht, wenn es zu unangenehm ist.«

So wie in Afrika oder Martinique betrieben einige Sklavinnen im Palast Wahrsagerei. Einige praktizierten Schwarze Magie, andere glaubten sogar an die Kabbala. Das Leben der Sklavinnen war so unerklärbar, wer wollte ihnen da einen Vorwurf machen, wenn sie durch solch illusorische Mittel nach Antworten suchten? Die Mädchen waren gewissermaßen Stroh, das von fremden Gefilden weggenommen und wie Seide gesponnen wurde, um den Vorstellungen eines Potentaten zu entsprechen. Sie hatten weder Wurzeln, auf die sie sich stützen, noch eine Zukunft, auf die sie bauen konnten. Das Leben im Harem ist bestenfalls unsicher, trügerisch in seinen Aussichten und auf vorhersehbare Weise unvorhersehbar. Aus der Hand lesen, Zahlensymbolik, Zaubertränke, Tarotkarten, Teeblätter, der böse Blick und andere abergläubische Bräuche dienten als geheimnisvolle Antworten auf das nicht zu Beantwortende. Wie die meisten von uns betrachtete Nakschedil diese mystischen Praktiken mit einer Spur von Misstrauen, aber auch mit der Vorsicht eines Menschen, der weiß, dass sich die Prophezeiungen als richtig erweisen könnten.

Besme, die sich mit ihren Deutungen einen gewissen Ruf erworben hatte, beugte sich nun zu Nakschedil herüber. »Strecke bitte die Hand aus«, sagte sie. Langsam folgte sie mit dem Finger den Linien der schlanken Handfläche. Ein Lächeln erschien auf ihren Lippen. »Du wirst ein Meer des Glücks erleben«, rief sie aus. Doch dann klappte ihr Kiefer herunter.

»Was ist? Was ist los?«, fragte Nakschedil.

»Du hast gesagt, ich soll dir nichts Unangenehmes sagen.«

Nakschedil machte eine wegwerfende Handbewegung. »Bitte fahre fort«, bat sie.

»Ich sehe, dass dein Meer des Glücks von Wellen aufgewühlt wird, von heftigen Wellen ...«

»Und dann?«

Das Mädchen hatte Mühe, den Handlinien zu folgen.

»Nicht aufhören«, bat Nakschedil.

»Ich kann es nicht erkennen. Nein, ich kann nicht sagen, was als Nächstes kommt«, bedauerte die Wahrsagerin. »Ich sehe, dass sich die Strömung ändert, aber ich bin mir nicht sicher, ob zum Guten oder zum Schlechten. Wir werden es einfach abwarten müssen.«

Nakschedil zog ihre Hand weg. »Verschone mich künftig mit deinen Deutungen, Besme. Ich will solch einen Unsinn nicht hören. Geh wieder an deine Arbeit. Die Mädchen brauchen dich vielleicht in den Bädern.«

Für die Mädchen war das Hamam eine ideale Oase der Ruhe, doch für Nakschedil schienen die Bäder eher wie ein goldenes Becken voller Skorpione. Sie verstand das Bedürfnis des Sultans nach zahlreichen Ehefrauen und Konkubinen: Die Säuglingssterblichkeit war erschreckend hoch, und er musste viele Nachkommen zeugen, um auf alle Fälle einen Erben zu haben. Dennoch schmerzte es sie, dass Selim zwei Kadins und zehnmal so viele Konkubinen genommen hatte. Weder die anderen Favoritinnen konnten sie aufmuntern – obwohl viele sich gegenseitig als Schwestern betrachteten – noch die Gerüchte, denen zufolge sich Selim gelegentlich hinter einem geheimen Gitter versteckte, um den nackten, in den Wasserbecken spielenden Mädchen zuzusehen. Auch die Begegnung mit Ayscha eines Tages im Frühherbst war wenig tröstlich.

Von ihrer Einsamkeit überwältigt saß Nakschedil auf einer Marmorplatte in den Bädern und wartete darauf, enthaart zu werden. Ich sah Ayscha in ihrer Nähe stehen und wollte meine Freundin zur Vorsicht mahnen. Da ich jedoch gerade dabei war, jemand anderem zu helfen, erreichte Ayscha Nakschedil als Erste. Als ich zurückkam, war Nakschedil völlig außer sich und sagte mir, sie hätte sich beinahe verbrannt. Ich versuchte sie zu beruhigen und fragte, was geschehen sei. Offenbar hatte eine Sklavin die Arsenpaste auf ihre Arme und Beine sowie auf ihre intimen Körperteile aufgetragen und sie dann allein gelassen.

»Das kommt manchmal vor«, sagte ich.

»Die Paste war furchtbar lange auf meiner Haut«, fuhr sie fort. »ich spürte richtig, wie sie sich in meine Haut brannte.«

»Was hast du dann gemacht?«

»Ich schaute mich nach Hilfe um, und dann kam plötzlich Ayscha herüber. Sie muss meinen verzweifelten Blick bemerkt haben und fragte, was los sei. Als ich es ihr erzählte, holte sie sofort eine Sklavin, die die Paste entfernte. Gott sei Dank, gerade noch rechtzeitig. Jetzt ist mir klar: Noch eine Minute länger, und ich hätte womöglich bleibende Narben zurückbehalten.«

»Und wo war das erste Mädchen?«

»Ayscha hatte sie zu sich gerufen.«

Ich schnitt eine Grimasse, und Nakschedil sah mich fragend an. »Ihr glaubt doch nicht, dass Ayscha sie absichtlich abgelenkt hat?«

»Das werden wir wohl nie erfahren«, antwortete ich. »Aber eines ist sicher: Man sollte sich besser von ihr fern halten.«

»Wahrscheinlich habt Ihr Recht, Tulpe. Diesmal glaubte ich, sie wollte mir helfen. Ich begreife immer zu spät, dass man ihr nicht trauen kann.«

Ein anderes Mädchen, das Nakschedils Bestürzung bemerkte, kam herbei. Beim Gehen verrutschte ihr Handtuch, und das auf ihre glatte Haut über dem Dekolleté gemalte Hennamuster wurde sichtbar. Ich entfernte mich, doch da ich um Zeynabs Reputation wusste, blieb ich in Hörweite.

»Meine Liebe, erzähle mir, was dich so bedrückt«, sagte Zeynab und fuhr mit den Fingern durch Nakschedils langes blondes Haar.

»Nichts würde mich glücklicher machen, als dir eine liebende Freundin zu sein.«

Nakschedil lächelte. »Deine Freundschaft wäre mir willkommen. Aber ich sehne mich nach der Liebe eines Mannes.«

Bei diesen Worten legte die dunkelhaarige Frau ihren Arm um Nakschedil. »Ich kann dir größere Liebe geben als jeder Mann«, gurrte sie. Kaum hatte Nakschedil einen Seufzer ausgestoßen und die Augen geschlossen, begann Zeynab ihre Brüste zu liebkosen. Nakschedil sprang auf und lief rasch davon.

»Hast du etwa Angst, *hemshirem?*«, fragte die Frau mit einem boshaften Lachen. Nakschedil war empört und weigerte sich zu antworten. Sie sagte lediglich: »Schmeichle dir nicht, indem du mich deine Schwester nennst.«

»Es gibt genug andere, die mich wollen«, stieß Zeynab naserümpfend hervor. Sie warf ihr Haar zurück und stolzierte davon.

Tatsächlich gab es genug andere. Die Gänge hallten von der Leere wider, von der das Leben der Mädchen geprägt war. Einige wollten die Leere mit jeder Freundschaft ausfüllen, die sich ihnen nur bot. Doch für Nakschedil war die Liebe einer Frau kein Ersatz für Selim, und sie wurde nur noch trauriger und verzweifelter.

Einige Tage später beobachteten Nakschedil und ich im Musikzimmer erneut die aufblühende Romanze zwischen Perestu und dem Lehrer. Wieder nahm Nakschedil ihre Freundin beiseite.

»Was spielt sich zwischen dir und dem Musiklehrer ab?«, fragte sie.

»O Nakschedil, Sadullah Agha hat gesagt, ich sei die Liebe seines Lebens. Ich bin so glücklich, ich kann es dir gar nicht sagen. Bitte freue dich für mich«, bat Perestu. Sie lächelte, und die Grübchen in ihren Wangen schienen größer denn je.

Doch ich erkannte das Ausmaß von Nakschedils Kummer, als ich sah, wie sie mit den Tränen kämpfte.

Einen Moment später betrat dieser Teufel von Ayscha das Musikzimmer, gefolgt von Narzisse. »Es widert mich an, dieses europäische Tamtam«, sagte sie mit lauter Stimme. Sie ließ den Blick durch das Zimmer schweifen, als würde sie sich die Gesichter von Ketzern einprägen. Plötzlich bemerkte sie Perestu und heftete die Augen auf das Mädchen.

»Es muss etwas geschehen«, herrschte sie mich an.

»Ich finde die Musik sehr schön«, entgegnete ich.

»Ich rede nicht von der Musik. Die ist schon schlimm genug. Aber ich habe von dieser Perestu und ihrer Liebelei mit dem Musiklehrer erfahren.«

»Oh, das ist bestimmt nur ein Gerücht«, erwiderte ich. Plötzlich machte ich mir Sorgen um das Mädchen.

»Diese Geschichten sind nicht aus der Luft gegriffen. Es steckt immer ein Körnchen Wahrheit darin. Der schwarze Obereunuch muss informiert werden.«

»Aber sie wird ... sie wird getötet werden«, stammelte ich, »und er ebenfalls.«

»Sie sind sich bewusst, dass sie dieses Risiko auf sich nehmen.«

»Aber nur, wenn jemand es herausfindet. Schließlich«, protestierte ich, »schaden sie ja niemandem.«

»Sie schaden mir«, fauchte sie. Damit trat sie auf Perestu zu, zeigte mit dem Finger auf sie und sagte: »Du widerwärtiges Geschöpf, mit einem Mann herumzuscharwenzeln! Für wen hältst du dich eigentlich?« Und dann streckte sie die Hand aus und zog Perestu an den Haaren.

Das Nächste, was wir mitbekamen, war, dass Perestu Ayscha an den Haaren zog. Narzisse wollte einschreiten, aber Sadullah Agha hielt ihn zurück. Die beiden Frauen wälzten sich auf dem Boden, traten sich und zogen sich gegenseitig an den Haaren. Nakschedil bat mich, die Streithähne zu trennen. Doch mich einzumischen wäre dasselbe gewesen, wie mich mit rohem Fleisch in eine Höhle mit Löwen zu begeben. Noch nie hatte ich im Harem etwas Derartiges erlebt. Und das Schlimmste sollte erst noch kommen.

Perestu versuchte sich aufzurichten. Doch kaum war es

ihr gelungen, zog Ayscha sie wieder nach unten und biss sie ins Gesicht. Hätte mir Perestu nicht so viel bedeutet, dann hätte ich gesagt, dies sei amüsanter als die Ringkämpfe der betrunkenen Janitscharen. Aber um ehrlich zu sein, es war entsetzlich mitanzusehen, wie sich all diese Eifersucht entlud. Ich wusste, dass Perestu Ärger bekommen würde, weil sie Ayscha angegriffen hatte, auch wenn sie in Notwehr gehandelt hatte. Als sie stöhnend vor Schmerzen dalag und Blut über ihre Wange lief, eilte Nakschedil zu ihr. Ayscha entfernte sich, nachdem sie mir erneut befohlen hatte, Bilal Agha aufzusuchen. Ich hatte keine Wahl. Die Frau war nicht nur in der Lage, mich zu attackieren, sie war schließlich die Mutter des Prinzen Mustafa, des Thronerben. Ich bat den schwarzen Obereunuchen, Erbarmen zu haben mit Perestu und dem Musiklehrer.

»Er wird auf der Stelle eingesperrt werden«, erklärte der Meister.

»Und sie?«, fragte ich.

Er verdrehte die Augen und schwieg. Am nächsten Morgen erfuhr ich, dass der Sultan Sadullah Aghas Tod gefordert hatte. Das war das Letzte, was ich mitbekam. Zwei Tage später jedoch kündigte Selim, noch immer von Staatsangelegenheiten niedergedrückt, vor Beginn des Ramadan einen Abend der Unterhaltung an. Zumindest würden ein Schattenpuppenspiel und ein Konzert den Sultan ein wenig von seinen Sorgen ablenken.

Wie immer bei jenen festlichen Ereignissen in der Halle des Sultans waren die Frauen in prächtige Seidengewänder gehüllt. Ihre Arme und Beine waren mit Juwelen geschmückt, und ihre schweren Parfüms vermischten sich mit dem Weihrauchduft. Wir zogen in den Saal ein. Die Valide Sultan Mirischah führte die Prinzessinen, Kadins und Konkubinen, die restlichen Sklavinnen sowie die schwarzen Eunuchen an. Und nachdem sie auf der erhöhten Plattform ihren Platz eingenommen hatte, ließen sich die anderen zu ihren Füßen nieder. Als ich hinter Nakschedil stand, die auf der Seite gegenüber von Ayscha saß, erinnerte ich mich daran, wie Nakschedil zum ersten Mal den Saal betreten und für Abd ül-Hamid getanzt hatte. Wie weit wir es gebracht haben, dachte ich bei mir, während wir voller Spannung das Erscheinen des Sultans erwarteten.

Die Erste Kammerfrau schwang ihren silbernen Rohrstock. Wir erhoben uns alle, und eine Phalanx von Eunuchen geleitete den Sultan und die beiden Prinzen hinein. Sobald Selim sich auf seinem Thron niedergelassen hatte und Mahmud und Mustafa ihre Plätze neben ihm eingenommen hatten, begann das Karagöz.

Die Reformbemühungen des Sultans fanden zunehmend Anklang, und im Palast wurde gemunkelt, dass seine Popularität stieg. Doch die ausgeschnittenen, an Schnüren tanzenden Figuren erzählten eine andere Geschichte. Sie stellten einen König dar, der die alten Methoden ändern wollte, sich damit jedoch lediglich den Angriffen des wütenden Volkes aussetzte: Eine Menschenmenge grölte, Janitscharen schlugen auf ihre umgestülpten Suppenkessel, und die Ulema wetterten gegen den christlichen Einfluss. Während ich das Schattenspiel verfolgte, fragte ich mich, wie nahe die Figuren der Wahrheit kamen. Selim saß bei dem Spiel still und mit unbewegter Miene da.

Ließen die Schattenfiguren die Zukunft erahnen? Ich hörte Ayscha kichern, als sie zusah, wie die Schar von Gestalten die Figur des Sultans angriff. Und ich erinnerte mich an Gerüchte, denen zufolge Ayscha in eine obskure Verschwörung verstrickt gewesen war: Vor vielen Jahren hatte sie probiert, Selim ein versuchtes Attentat auf Sultan Abd ül-Hamid anzuhängen. Sie wurde von jeglicher Schuld freigesprochen, doch es war bekannt, dass sie alles tun würde, um ihren Sohn auf den Thron zu bringen.

Nachdem das Schattenspiel zu Ende war und Erfrischungen gereicht worden waren, wurden die Musiker hereingerufen. Der Abend war heiß, die Fenster standen offen, und in der ruhigen Pause zwischen dem Ende des Schattenspiels und dem Einsatz der Musik hörten wir plötzlich von draußen Schreie. Ich ging vorsichtig zu dem vergitterten Fenster und spähte hinunter. Palastwächter ruderten in einem Kaik, und hinter ihnen steuerte ein Eunuch ein kleineres Boot. Genau in dem Augenblick, in dem ich mich umdrehte, sah ich, dass die Wächter einen schweren Sack hochhoben und ihn ins Meer fallen ließen. Da wusste ich, woher die Schreie kamen. Doch die Schreie des Mädchens wurden immer leiser, als ihr Körper im Bosporus versank. »Arme Perestu. Gott habe Erbarmen mit ihr«, murmelte ich schaudernd. Ich sah Tränen in Nakschedils Augen und drehte mich zu Ayscha um, doch die tat so, als würde sie die Schreie nicht hören.

Wie auf ein Zeichen hin nahmen die Musiker ihre Instrumente. Die Becken krachten, und das Publikum lauschte aufmerksam. Nach einigen Takten traditioneller türkischer Musik spielte das Orchester zu unserer Überraschung eine neue Komposition. Eine verblüffte Stille trat ein, dann ging ein Raunen durch den Saal. Menschen fragten, wer das wundervolle Stück geschrieben habe. Köpfe wandten sich zum Sultan um, doch dieser saß wie versteinert auf seinem Perlmutt-Thron.

Schließlich drehte sich Selim zum schwarzen Obereunuchen um und fragte ihn, wer diese grandiose Komposition geschaffen habe. »Sadullah Agha, Eure Majestät«, sagte er. »Er hat das Stück erst kürzlich komponiert.«

Die Augen des Sultans füllten sich mit Tränen, und er schien überwältigt von Trauer um jenen Mann, dessen Hinrichtung er selbst angeordnet hatte. »Gelobt sei Allah«, rief Selim aus. »Gott vergebe mir seinen Tod. Er war ein brillanter Musiker. Ich hatte kein Recht, sein Leben zu nehmen.«

Bei diesen Worten hob der schwarze Obereunuch den Kopf und sprach: »Eure Majestät, Sadullah Agha lebt!«

Ich fragte mich, ob der Sultan nun die Hinrichtung des schwarzen Obereunuchen befehlen würde. Wie konnte Bilal Agha es wagen, sich dem Sultan zu widersetzen? Der schwarze Obereunuch verkündete: »Sadullah Agha, der Musiker, soll heute Nacht hingerichtet werden, gleich nach dem Konzert.«

Zu unser aller Erstaunen rief der Sultan aus: »Bringt ihn auf der Stelle hierher!«

Plötzlich erhob sich ein Gemurmel im Saal, als der arme Kerl aus seiner Gefängniszelle in die Halle des Sultans gebracht wurde. Er zitterte in seinen Pantoffeln, nicht ahnend, was ihn erwartete. Er trat vor den Sultan, und Selim umarmte ihn, gratulierte ihm zu seiner Komposition und versprach ihm, er bekäme alles, was er nur wolle.

»O Majestät, möge Allah Euch segnen. Es ist Perestu, die ich begehre. Ich vermisse sie mehr als alles andere.«

Der Sultan wandte sich zu Bilal Agha um. Doch der schwarze Obereunuch verdrehte die Augen und sagte traurig: »Ihr könnt so viele Frauen haben, wie Ihr wollt. Aber Perestu ist tot. Heute Abend wurde ihr Körper ins Meer geworfen.«

»Möge Gott uns unsere Taten vergeben und Eurer Majestät wohlgesonnen sein«, sagte Sadullah Agha mit Tränen in den Augen. Und ich wusste, dass er die einzige Frau, die er wirklich liebte, verloren hatte.

Am nächsten Tag erhielt Nakschedil eine Nachricht, dass der Sultan nach ihr verlangte. Sie rieb ihren Körper und ihre

Kleider mit Selims Lieblingsparfüm ein, und als wir aus den Bädern herauskamen, tänzelte sie, von einer Amber-Duftwolke umgeben, den Korridor entlang. »Ich bin so glücklich, Tulpe«, sagte sie. »Und trotzdem tut mir die arme Perestu schrecklich Leid. Wenn wir nur alle gleichzeitig Freude empfinden könnten.«

Ich schüttelte seufzend den Kopf. »Ich fürchte, das wird nicht geschehen, solange Ayscha hier ist.«

Später, als wir die Gemächer des Sultans erreichten, wünschte ich Nakschedil alles Gute und blieb draußen stehen. Den Eunuchen gab ich ein paar Goldmünzen. Ich wollte nicht lange zusehen, sondern nur sicher sein, dass die Vereinigung vollkommen war. Ich spähte hinein und sah Selim in seinem Bett, mit einem sanften Lächeln auf dem Gesicht. Nakschedil schwebte förmlich auf ihn zu, schlüpfte langsam aus ihren Seidengewändern und kniete hin, um ihm die Füße zu küssen. Ich hörte einen lauten Aufschrei der Leidenschaft, doch ich konnte es nicht ertragen, länger zuzusehen. Deshalb wandte ich mich um, dankte den Eunuchen und ging.

Selims Aufmerksamkeiten waren von so kurzer Dauer wie das Sonnenlicht im Winter. »Ich vermisse ihn schrecklich«, gestand Nakschedil Mirischah einige Wochen später am fünfzehnten Tag des Ramadan. Die Valide hatte am Vormittag zusammen mit ihrem Sohn und den höchsten Beamten an einer besonderen Zeremonie im Pavillon des Heiligen Umhangs teilgenommen, wo heilige Reliquien des Propheten aufbewahrt und zelebriert wurden. Nun hatten sich alle Haremsbewohner zum spätabendlichen Festmahl versammelt. Mirischah spendete Nakschedil Trost. In Wirklichkeit jedoch sorgte sie sich mehr um einen fürstlichen Nachkommen.

»Du musst verstehen, es ist zum Wohl des Osmanischen Reiches«, sagte Mirischah. »Um einen Erben hervorzubringen, bedarf es nicht nur eines einzigen Mädchens. Was ist, wenn Mustafa oder Mahmud etwas zustoßen würde? Mein Sohn muss sich auf die Frauen konzentrieren, die den Fortbestand des osmanischen Staates sichern können. Eine Frau kann nur für einen einzigen Prinzen verantwortlich sein. Du kannst dich glücklich schätzen, dass er sich überhaupt mit dir trifft.«

»Es ist nicht nur, dass ich ihn so vermisse«, vertraute Nakschedil ihr an, »sondern ich komme mir wie eine Gefangene vor. Es ist so lange her, dass ich das Palastgelände verlassen habe.«

»Vielleicht sollten wir ein Picknick veranstalten«, schlug Mirischah vor.

Am Tag des Ausflugs liefen vier Kadins und Nakschedil, alle mit rosafarbenen *feraces* bekleidet und mit Rubinen und Perlen geschmückt, hinter der vornehmen Valide Sultan her wie Küken hinter der Henne. Am Rand des Serailkaps war ein kleiner Teil der Anlegestelle durch einen Vorhang abgetrennt, und als die Frauen hinter den Vorhang traten, halfen wir Eunuchen ihnen, den Kaik zu besteigen.

»Warum haben wir diesen Vorhang?«, fragte Nakschedil stirnrunzelnd.

Ich erklärte ihr, er sei angebracht worden, um die Haremsfrauen vor den Blicken der Ruderer zu schützen. »Wie lästig«, murmelte sie hinter ihrem Chiffon-Schleier, als sie vorsichtig in den mit Satin ausgelegten Kaik stieg.

Die Ruderer brachten uns zu jenen malerischen Zuflüssen des Bosporus, die wir die Süßen Wasser Europas nennen. Als wir eine bestimmte Stelle am Ufer passierten, deutete Mirischah darauf und sagte, dort befinde sich einer der Brunnen, die sie vor kurzem gestiftet habe. Sie erinnerte uns daran, dass das Volk ohne Brunnen kein Trinkwasser zur Verfügung habe, und sah jedes Mädchen eindringlich an.

»Solltet Ihr jemals Valide Sultan werden, dann müsst Ihr euch dem Volk gegenüber großzügig erweisen«, riet sie. »Als gute Muslime ist es unsere Pflicht, zum Wohl unserer Mitmenschen beizutragen.« Ich erinnerte mich, gehört zu haben, dass Mirischah von den Sufis beeinflusst und eifrig darauf bedacht war, ihrer religiösen Verantwortung gerecht zu werden. Im vergangenen Jahr zählten zu ihren frommen Taten die Stiftung einer neuen Armenküche sowie einer Moschee für das Heer. So wollte sie die Unterstützung für ihren Sohn sichern. Hoffentlich bleiben ihm die Janitscharen weiterhin treu, dachte ich.

Nachdem wir weiter am Ufer entlanggefahren waren, gingen wir bei einem abgesperrten Park an Land. Einige schwarze Eunuchen hielten Wache, während die Damen ihre Schleier ablegten und ausruhten. Dann tollten sie einige Stunden lang ausgelassen im Vergnügungsgarten herum. Sie sausten umher wie ein rosafarbener Wirbelwind. Sie spielten Fangen, schwangen auf den Schaukeln hin und her und tauchten ihre Zehen in den Wasserfall. Und dann veranstalteten sie an einer Stelle, wo wir einige gemusterte Teppiche ausbreiteten, ein üppiges Picknick mit gefüllten Auberginen, gebratenem Lamm, Joghurt, Kebab, Maiskolben, cremigem Mandelpudding und vielen anderen Leckerbissen. Zum ersten Mal seit längerer Zeit sah ich Nakschedil wieder lächeln. Sie lag unter einer Linde, ausgestreckt auf einer Kaschmirdecke, die auf einem Perserteppich ausgebreitet war. Ihr Kopf ruhte auf Seidenkissen.

»Wisst Ihr, Tulpe«, sagte sie. »Ihr seid der einzige Mensch, dem ich wirklich vertrauen kann.«

»Aber du hast doch deine Sklavinnen«, erinnerte ich sie.

»Sie sind lieb und meinen es gut, aber sie verstehen mich

nicht, chéri. Ihr und ich, wir stammen aus privilegierten Familien. Wir sind in gewisser Weise Seelenverwandte.«

Es ist ein seltenes Privileg, der Vertraute einer Konkubine zu sein, und ich hütete ihre Geheimnisse wie meinen Augapfel. Es war freilich nicht das erste Mal, dass wir uns unterhalten hatten. Gewöhnlich tratschten wir über Palastbewohner. Doch manchmal sprachen wir in der Stille ihrer Gemächer heimlich über ihre Vergangenheit. Nun kaute sie, in der Sommersonne liegend, nachdenklich an einer Feige und erzählte mir, sie sei die letzte Nacht schweißgebadet aufgewacht. Als ich sie nach dem Grund fragte, antwortete sie, sie habe manchmal immer noch Albträume wegen der Piraten. »Erzähle mir mehr davon«, bat ich sie. »Es ist besser, sich solche Dinge von der Seele zu reden.«

12

Nakschedil legte die Feige ab und tauchte ihre Finger in eine Schüssel mit Rosenwasser. Dann trocknete sie sich die Hände mit einem Leinentuch ab und begann zu erzählen: »Ich verließ das Kloster und schiffte mich nach Martinique ein. Auf dem Schiff war ich in einer Kabine untergebracht, die viel kleiner war als die, in der wir drei Jahre zuvor einquartiert waren. Mein Kindermädchen Zinah und ich mussten uns und unsere besonderen Habseligkeiten – sämtliche Geschenke, die wir mit nach Hause nehmen wollten – in die überfüllte Koje quetschen.

Zwei Tage lang segelten wir, in die Kabine gepfercht, unter großen Strapazen. Wir litten am *mal de mer,* an der Seekrankheit, denn die Winde peitschten die See ordentlich auf. Der Kapitän ließ andere Segel setzen, um gegen den Sturm anzukämpfen, aber er verschwieg uns, dass die unglückseligen Winde mehr mit sich brachten als die gefährlichen Elemente der Natur. Sie brachten den Fluch der Berberpiraten mit sich.

Ich lag auf meinem schmalen Bett, und mir war übel von dem heftigen Seegang. Und dann merkte ich, wie sich das Schiff plötzlich nur noch sanft auf und ab bewegte. Das wiegte mich in den Schlaf.«

»Gott sei Dank«, sagte ich.

»Plötzlich wachte ich von Männerstimmen auf. Ich hörte seltsame Geräusche und Rufe in einer Sprache, die ich nicht verstand. Später erfuhr ich, dass der Kapitän die Ruder einer Piratengaleere gesichtet hatte.«

»Warum hat er sich nicht davongemacht?«

»Die Flaute machte eine Flucht unseres Segelboots praktisch unmöglich. Die Korsaren umkreisten uns und enterten das Schiff.«

»Was hast du dann gemacht?«

»Meine Kabinentür flog auf, und zwei übel riechende Männer zerrten mich aus dem Bett. Bevor ich ein Wort sagen konnte, legten sie mir schwere Ketten um die Füße und Eisenhandschellen um die Handgelenke. Ich sah hilflos zu, wie einer der Piraten – er trug kein Hemd, und auf seiner Brust kringelten sich Haarbüschel wie Würmer – im Zimmer wütete. Er riss Schubladen, Kisten und Koffer auf, überall suchte er nach Beute. Plötzlich fuhr er herum und kam mit funkelnden Augen auf mich zu. Ich legte die Arme schützend um meinen Körper, aber es war zu spät. Der Pirat hatte das goldene, an meinem Hals baumelnde Medaillon entdeckt. Ich fasste mir an den Hals, und in diesem Augenblick spürte ich, wie seine behaarte Pranke meine Hand wegschob und mir die Kette vom Hals riss. Meine Haut begann zu brennen.«

»Ich erinnere mich, Nakschedil, dass du mir von diesem Medaillon erzählt hast«, sagte ich.

»Ich vermisse es immer noch«, murmelte sie und griff sich an den Hals. »Ich dachte an Cervantes und seine Geschichten über die Gefangenschaft bei den Mauren. Sein Gedicht fiel mir wieder ein: Ich wollte, dass meine Seele ›sich emporschwang zu Orten der Glückseligkeit in himmlischen Gefilden‹, anstatt einem grausamen, wie auch immer gearteten Schicksal ausgeliefert zu sein.«

»Wie lange warst du auf dem Boot?«, fragte ich.

»Die Tage und Nächte verschmolzen miteinander. Nach einiger Zeit drückte mir ein Pirat ein Bajonett in den Rücken und zwang mich, hinauf an Deck zu gehen. Ich hatte tagelang kein Licht mehr gesehen, und zu meiner Überraschung spürte ich die Wärme der frühen Morgensonne. Ich beobachtete, wie sie die weiß getünchten Gebäude an der Küste Algiers erstrahlen ließ. Allmählich wurden die Strahlen heller, und immer mehr Gebäude kamen zum Vorschein, weiße Steinhäuser mit Terrassendächern, die sich wie Reihen von Chorknaben entlang des Hangs erhoben. Der Anblick erfüllte mich mit Hoffnung.«

»Und was geschah, nachdem ihr an Land gegangen wart?«

»Sie führten uns an Deck, und ich stand hinter der Schiffsmannschaft und den männlichen Passagieren, die immer noch in Ketten waren. Mein blaues Kleid war zerrissen, und meine Arme und Beine waren voller blauer Flecken. Doch ich merkte, dass ich wieder atmen konnte. Ich suchte nach Zinah, doch sie war wie vom Erdboden verschluckt.«

»Was ist mit ihr geschehen?«

»Ich wage nicht, es mir vorzustellen. Noch viele Monate später träumte ich von ihr, von ihrem gutmütigen runden Gesicht und ihren strahlenden Augen, aber ich habe sie nie wiedergesehen.«

»Und was haben sie dann mit euch gemacht?«

»Sie zwangen uns zu einem Marsch, bis einer der Piraten mich von den anderen wegzog. Er drückte mir eine scharfe Waffe in den Rücken, packte mich mit seiner sehnigen Hand am Arm und zog mich fünfhundert steile Treppenstufen hinauf. Mein Körper fühlte sich an wie ein gekentertes, von Wellen umhergeworfenes Boot, als ich durch ein Labyrinth enger Gassen stolperte, die sich kreuz und quer durch die Altstadt erstreckten. Ich schleppte mich mühsam dahin, aber als die Hand des Piraten meine Brust streifte, packte ich sie wütend und versuchte, sie zu beißen …«

»Gut!«

»Aber das Beste, was ich tun konnte, war, ihn ein wenig zu bespucken. Der Grobian schlug mich, und ich wäre fast auf das Kopfsteinpflaster gefallen. Schließlich kamen wir oben auf dem Hügel an, und ich erblickte die Ziegelsteinmauern der riesigen Kasba und den Palast.«

»War er wie dieser hier?«, fragte ich.

»Er schob mich so schnell hinein, dass ich nicht viel gesehen habe. Im Inneren des Palastes wurde ich dem Bey zu Füßen geworfen.«

»Er wird das einäugige Monster genannt«, bemerkte ich.

»Ich war fest entschlossen, meine Angst vor dieser hässlichen Fratze nicht zu zeigen. Deshalb richtete ich mich auf und stand trotzig mit hoch erhobenem Haupt da. Wenn dies ihr grauenhafter Führer ist, dachte ich, dann weigere ich mich, mich ihm zu unterwerfen. Stattdessen zeigte ich ihm meine blauen Augen und schenkte ihm mein strahlendstes Lächeln.«

Nakschedil hielt einen Moment inne und nippte an ihrem Sorbet.

Ich erzählte ihr, dass der Bey bin Osman unter der Fuchtel der Türken stand und dass er seinen Patron, Sultan Abd ül-Hamid, zu jener Zeit immer noch mit großzügigen Geschenken bedachte. »Bin Osman wusste, dass der alte Türke von dir begeistert sein würde. Was hat er gesagt, als er dich sah?«, fragte ich.

»Er musterte mich mit seinem einen Auge von Kopf bis Fuß und zeigte mit seinem langen, knochigen Finger auf mich. ›Diese da ist zu wertvoll, um sie zu verschwenden‹, brummte er seine höhnisch grinsenden Männer an. Sie legten mich in Ketten und brachten mich zurück zum Kai.«

»Wieder aufs Schiff?«

»Diesmal ruderten christliche Sklaven unser Schiff, und

sie legten sich, die Peitschen der Korsaren im Rücken, kräftig in die Riemen, um gegen die See anzukämpfen. Tage vergingen, und dann zerrten mich die Piraten erneut an Deck. Konstantinopel kam in Sicht: Schlanke, hoch aufragende Minarette und Moscheen mit Kuppeldach glänzten im Sonnenlicht. ›Istanbul‹, ›die Stadt der Sieben Hügel‹, brüllten sie. Sie jubelten, als Dutzende Kaiks vorbeiglitten und Wildenten eilends die Flucht ergriffen. Unser Schiff fuhr durch die Meerenge, die Europa und Asien voneinander trennt. Und als es endlich hielt und am Fuße des Palastes anlegte, packten mich vier Hellebardiere am Arm. Ich erinnerte mich an Dantes Worte: ›Dann erreichten wir das einsame Gestade, wo noch kein Mensch gesegelt war, der anschließend eine Rückkehr erlebte.‹«

»Dein Dante hatte Recht.«

»Nein, sagte ich mir, er kann nicht Recht haben. Ich *muss* zurückkehren. Ich rief aus ›Wo bringt ihr mich hin?‹, und als Antwort zerrten mich die Soldaten heftig am Arm. Dann sah ich eine seltsame Gruppe auf uns zukommen und spürte, dass ich dem Untergang geweiht war.«

»Eine seltsame Gruppe?«, fragte ich.

»Es waren die Eunuchen«, sagte sie und senkte die Augen.

»Wir alle haben auf unseren Reisen Schlimmes erlebt«, bemerkte ich.

»So etwas wie ich?«, fragte sie.

»Nein«, antwortete ich und wandte mich ab.

Häufig war ich auf dem Großen Basar anzutreffen, wo ich Besorgungen für Nakschedil machte. Ich schlenderte durch die engen, überfüllten Gassen und hielt an den Kosmetikständen inne, um Salben zu kaufen, oder an den Bücherständen nahe des Eingangs am Beyazit-Platz. Dort feilschte ich mit den armenischen Händlern um französische Bücher, die von einem heimkehrenden Diplomaten verkauft wurden. Eine regelrechte Flut von Beratern aus Frankreich hatte ein wachsendes Interesse an der französischen Kultur geweckt – französische Kleidung, französische Speisen, sogar französische Bücher waren sehr gefragt. Und die Konkurrenz osmanischer Kaufleute und Mitglieder der herrschenden Klasse hatte die Preise in die Höhe getrieben.

Dennoch war es selbst unter Selim nicht einfach, Bücher in den Harem zu schmuggeln. Die religiösen Lehrer hegten Argwohn gegen alle westlichen Ideen, und gelegentlich musste ich die Wachen am Tor bestechen. Nakschedil und ich hatten jedoch einen Plan ausgeheckt: Ich packte die kleinen Bände in eine Bocha und trug sie in dem bestickten Behältnis, so wie ich ein Bündel schwerer Seide tragen würde. Der schwierige Teil für Nakschedil bestand darin, die Bücher zu verstecken. Obwohl sie jetzt ihre eigenen Gemächer und ihre eigene Schar von Sklavinnen hatte, war ihre Privatsphäre nicht sicher. Die Erste Kammerfrau besaß Schlüssel zu jedem Zimmer und jedem Schrank, und sie könnte jederzeit die Bücher entdecken. Man wusste nie, wem sie es womöglich erzählen würde.

Nakschedil benutzte die Bücher, um Mahmud zu unterrichten, und mit neun Jahren konnte er Gedichte und Geschichtsbücher lesen. In ihren behaglichen Gemächern kuschelte er sich eng an sie und hörte gebannt zu, wie sie ihm – in abgemilderter Form – die Geschichten ihrer qualvollen Tage auf See erzählte. Er war ganz versessen darauf, Karten zu studieren, und liebte es, mit den Fingern die Gebirge entlang oder über die Gewässer zu fahren, die die Türkei mit Frankreich verbanden. Mit seiner Hand bereiste er das Mittelmeer, streifte die Küsten von Tunis und Tripoli, nahm Kurs nordwärts zur Ägäis und den griechischen Inseln und von dort zum Marmarameer und durch die Meerenge des Bosporus. »Es ist eine einfache Reise«, sagte er, und sie lächelte. Sie erzählte ihm nicht, wie schmerzlich es gewesen war. Manchmal spielten sie Schach oder Backgammon, und nichts freute sie mehr, als ihn gewinnen zu sehen.

Nachmittags zog sich ihr »Löwe« mit einem Lehrer zurück, um sich im Islam unterweisen zu lassen: Er lernte, Arabisch zu lesen, prägte sich wichtige Lehrsätze des Korans ein und studierte die Geschichte des Islam. Er hatte sogar begonnen, Kalligrafie zu lernen, und schrieb Buchstaben aus seinem illustrierten Alphabet ab, obwohl der Kalligrafielehrer, Muhammad Rakim, zu Nakschedils Missfallen ein Imam war, der westliche Einflüsse strikt ablehnte. Als der Vorbeter mit den Knopfaugen einmal unerwartet auftauchte, lasen sie gerade Voltaire. Rakim knurrte: »Ich habe von Voltaire gehört. Dieser Mann ist noch schlimmer als ein Ungläubiger. Er ist ein Atheist.« Seitdem beäugte der Imam Nakschedil jedes Mal misstrauisch.

Mahmud war wieder einmal mit seinem Lehrer Rakim fort, als der Eunuch Narzisse an Nakschedils Tür klopfte. Sie erschrak beim Anblick seiner unförmigen, wohl mehr als einmal gebrochenen Nase und seinem schiefen Mund. Für mich waren diese äußerlichen Makel Symbole seiner Hinterhältigkeit.

»Es wäre meiner Meisterin Ayscha die größte Ehre, dich heute Nachmittag um vier Uhr zu Gast in ihrem Gemach zu haben«, sagte er schwerfällig, und seine Zunge stieß gegen seinen Gaumen. »Sie freut sich sehr darauf, dich zu sehen.«

»Wie freundlich von ihr«, erwiderte Nakschedil, erstaunt über die Einladung.

Ich schauderte, als ich den Namen Ayscha hörte, und erinnerte mich an einige unerfreuliche Begegnungen im Lauf der letzten Jahre: ihre Warnung an Nakschedil, ein künftiges Kind abzutreiben, das über Nakschedil verschüttete

Henna im Bad, die Enthaarungscreme, die ihr um ein Haar die Haut verätzt hätte. Der Tod Perestus. Was hatte Ayscha nun im Sinn?

»Will sie die Missetaten der Vergangenheit wieder gutmachen, oder ist es nur eine List? Hat sie etwa einen neuen Plan ausgeheckt?«, fragte ich.

»Schwer zu sagen«, antwortete Nakschedil. »Immerhin war es eine sehr höfliche Einladung. Der Vorfall mit der ätzenden Paste liegt fast ein Jahr zurück, und ich glaube nicht, dass sie mir die Schuld an Perestus Getändel gab. Vielleicht will sie jetzt wirklich Freundschaft schließen. Wisst Ihr«, sagte sie sehnsüchtig, »ich kann mich glücklich schätzen, dass der Sultan mich zu sich rief, aber es ist ein halbes Jahr her, dass ich ihn zum letzten Mal gesehen habe. Wenn Ayscha Selims Schwester Beyhan immer noch nahe steht, hat sie vielleicht ein paar Neuigkeiten.«

»Zumindest, denke ich, wirst du einen interessanten Nachmittag verbringen.«

Sie richtete sich für den Besuch her, knöpfte die Perlen an ihrem Kaftan zu und legte sich einen Seidenschal um den Hals, eine modische Nuance, die ich bisher bei niemand anderem bemerkt hatte. »Du siehst göttlich aus«, sagte ich und sah zu, wie sie Schmuck für ihre Finger und Ohren auswählte. Sie steckte ein Taschentuch mit Spitzenborte in die Falten ihres weichen Gürtels und nahm anschließend ein zweites für Ayscha. Sie zögerte, da sie sich nur ungern von dem Tüchlein trennte, das sie so kunstvoll bestickt hatte. Doch dann dachte sie an ihre Einsamkeit, faltete es erneut und wandte sich mir zu. »Ich freue mich auf das Treffen«, verkündete sie.

Ayschas zwei Gemächer und ihr Privatbad gingen auf den Hof der Valide Sultan hinaus, und ebenso wie Nakschedils Räumlichkeiten wurden sie nicht nur von einem Kohlebecken, sondern zusätzlich von einem Kamin erwärmt – ein Zeichen des Status, den diese Frau genoss. Aber trotz der mit Kaschmir bedeckten Diwane und der fein gewebten Teppiche wirkte das Gemach düster und unheilvoll.

Umgeben von ihren Sklavinnen und von Narzisse und von den Schläuchen einer Wasserpfeife, lehnte Ayscha gegen einen Stapel Kissen. Sie hatte sich fein herausgeputzt und war über und über mit Juwelen behängt. Begrüßungsworte drangen an unser Ohr. Doch ich spürte, wie die scharfen, misstrauischen Blicke der Sklavinnen mich durchbohrten.

Nakschedil lächelte und küsste den Saum von Ayschas Seidenkleid, um ihren Respekt zu zeigen. »Es ist so freundlich von Euch, mich einzuladen, *hemshirem*«, sagte sie.

»Sei herzlich willkommen, meine Schwester. Es ist so lieb von dir, zu kommen.« Ayscha bot ihr einen Platz an dem Tandour an, während ich hinter ihnen neben Narzisse stand. »Stelle deine Füße darunter, damit du an einem so kalten Tag nicht frierst. Vielleicht werden auch wir uns füreinander erwärmen können«, fügte sie hinzu und zog an der Wasserpfeife, um den fruchtigen Tabak zu genießen. Ich schaute zu Narzisse herüber, doch er starrte mich nur mit einem eisigen Blick an.

»Ich dachte, es wäre eine gute Idee, einander besser kennen zu lernen«, fuhr Ayscha fort. »Bisher haben wir noch nicht im vertrauten Ton miteinander gesprochen. Manchmal habe ich gar den Eindruck, dass du mir ausweichst.« Sie hob die Hand und krümmte die Finger, ein Zeichen für ihre Dienerinnen, Kaffee, Tee, Sorbets sowie einige eher gewöhnliche Gebäckstücke anzubieten.

»Eure Gastfreundschaft ehrt mich«, erwiderte Nakschedil und lehnte den angebotenen Tabak ab. »Sie wärmt mich ebenso wie der Tandour. Und bitte nehmt mir meine

Zurückhaltung nicht übel. Ich bin nun mal etwas reserviert.«

Sie plauderten höflich über dieses und jenes, tratschten über die neuen Kadins und die Konkubinen, stellten fest, dass keines der Mädchen einen Erben zur Welt gebracht hatte, und waren sich einig, wie peinlich es gewesen war, als eine Kadin behauptete, sie sei schwanger, und die Geschichte sich im Nachhinein als falsch herausstellte. Nakschedil verriet Ayscha nichts von ihrer inneren Leere oder wie gerne sie dem Sultan ein Kind geschenkt hätte. Schließlich befahl Ayscha einer Sklavin, ihre Schatulle mit dem gewölbten Deckel zu bringen, und wie zwei gute Freundinnen spielten sie und Nakschedil fröhlich mit den Perlenketten und farbigen Steinen herum.

Bald jedoch kam die Rothaarige zur Sache und befahl, dass die Schmuckschatulle weggebracht werde. »Es scheint, dass der Sultan viele Probleme hat«, sagte sie.

Nakschedil seufzte. »Das stimmt wohl. Es ist nicht leicht, die Korruption im Reich zu beseitigen.«

»In der Tat. Gewiss sind Reformen manchmal notwendig, aber Selim ist zu weit gegangen. Was weiß er schon vom Militär, wenn er seine Zeit damit zubringt, Gedichte zu schreiben und die Ney zu spielen? Im Koran heißt es: ›Die unter den Gläubigen, die still sitzen, und die, welche für Allahs Sache ihr Gut und Blut einsetzen im Streit, sie sind nicht gleich.‹«

Es war kaum zu leugnen, dass Selims Leidenschaft mehr der Musik als der Kriegskunst galt. Dies machte ihn für Nakschedil nur noch reizvoller. »Er ist ein weiser Sultan«, erwiderte sie. »Ich bin sicher, er weiß besser als wir, was gut für die Menschen ist.«

Ayscha zog die Augenbrauen hoch und warf den Kopf zurück. Ihr großer Smaragd funkelte an ihrem Hals. »Sei dir da nicht so sicher. Manchmal kommt die Macht der Vernunft in die Quere.« Rauchringe quollen aus ihrem Mund.

»Was wollt Ihr damit sagen?«, fragte Nakschedil.

»Ich habe gehört, dass die herrschende Klasse bereit ist, sich gegen ihn zu erheben. Eine Revolution liegt in der Luft. Die Ulema haben genug von seinem Faible für die europäischen Ungläubigen. Und wie du weißt, haben sie sehr großen Einfluss. Als religiöse Führer sind sie Teil jeder Moschee: Sie sind die Muezzins, die Imame und die Scheichs, die die Predigten halten. Und ihr Gesetz, ihre Scharia, ist das Gesetz des Landes.«

»Aber die Ulema haben keine reale Macht«, warf Nakschedil ein. »Du vergisst, dass es noch die Janitscharen gibt. Die Armee der ›Neuen Ordnung‹ ist ihnen ein Dorn im Auge. Es geht ihnen gegen den Strich, dass dafür Geld verschwendet wird, und sie empfinden es als Bedrohung ihres eigenen Systems. Da sie die Ulema hinter sich wissen, können sie Selim entthronen. Mein Sohn Mustafa ist der älteste Prinz und deshalb der Nächste in der Thronfolge. Und danach kommt Mahmud. Sonst gibt es niemanden, meine Schwester. Selim hat selbst keine Erben. Er hat zu viel Zeit mit den Pagen verbracht.«

Nakschedil hörte schweigend zu. Ihr schwindelte, als sie Ayscha über die Janitscharen und die Ulema reden hörte. Und die Bemerkung über die Pagen war wie Salz in einer Wunde. Auch ihr waren Gerüchte zu Ohren gekommen, denen zufolge der Sultan sich ebenso gerne mit den jungen Knaben vergnügte wie mit den Haremsmädchen. Es war seltsam, dass Selim so viele Frauen in sein Bett geholt hatte, ihm aber dennoch keine Einzige ein Kind geboren hatte.

Ayscha fuhr fort: »Du musst dich entscheiden, Nakschedil. Der Tag wird kommen. Mahmud wird zusammen mit Selim vernichtet werden, oder aber er kann sich mit dem nächsten Thronfolger verbünden. Mustafa will ihn auf seiner Seite haben.«

Dies waren harte Worte, doch Nakschedil musste der Wahrheit ins Auge sehen: Sosehr sie Selim auch liebte, er hatte andere genommen und sie, Nakschedil, fallen lassen wie eine heiße Kartoffel. Aber wie stand es um Mahmud? Sollte Selim tatsächlich gestürzt werden und Mustafa an die Macht kommen, konnte dieser den Tod seines Bruders anordnen. Zweifellos würde Mustafas Popularität steigen, wenn er auf Mahmuds Treue zählen könnte. Wenn Nakschedil nun ihre Loyalität gegenüber Mustafa bekundete, könnte ihr Ziehsohn in Zukunft große Macht erlangen. Aber das würde bedeuten, sich gegen Selim zu verbünden.

Ayscha hatte zu Ende gesprochen, doch Nakschedil hüllte sich in Schweigen. Die Atmosphäre war zum Zerreißen gespannt. Schließlich stellte Nakschedil ihre Tasse mit Pfefferminztee ab. »Es war ein höchst aufschlussreicher Nachmittag«, sagte sie.

Mit diesen Worten stand sie auf. Ohne sich die Mühe zu machen, Ayscha den Rocksaum zu küssen, drehte sie sich um und verließ das Zimmer. Ich folgte ihr und trug noch immer das Taschentuch, das sie Ayscha schenken wollte, bei mir. Sobald wir außer Hörweite waren, wandte sie sich mir zu. »Ich bin sicher, das wird Bilal Agha brennend interessieren, meint Ihr nicht, Tulpe?«

Ich entgegnete nichts darauf, sondern lächelte nur und drehte den Rubinring, den sie mir vor kurzem geschenkt hatte, an meinem Finger hin und her. Doch ich wusste, dass der schwarze Obereunuch mehr als nur ein flüchtiges Interesse an der Sache haben würde.

13

In der Woche der Beschneidung war der ganze Harem vor Aufregung völlig aus dem Häuschen: Zwei Prinzen – der neunjährige Mahmud und der vierzehnjährige Mustafa – würden gleichzeitig beschnitten werden, und mit ihnen Tausende von Jungen aus dem ganzen Reich. Gigantische Festivitäten standen auf dem Programm. Festmahle für tausend Gäste im Palast, Blumen, die wie Teppiche über der ganzen Stadt lagen, Goldmünzen, die wie Bonbons verteilt wurden, Konzerte und durch die Straßen marschierende Musikkapellen, zahlreiche Künstler. In Topkapi hatte es so etwas nicht mehr gegeben, seit Ahmed III. fast fünfzig Jahre zuvor vier seiner Söhne beschneiden ließ.

Ein Thron wurde zu dem zwischen der Blauen Moschee und der Moschee der Hagia Sophia gelegenen At Meydani gebracht, jenem Platz, wo die alten Römer ihre Wagenrennen abhielten. Gäste aus aller Welt trafen ein, und zwei Vormittage lang kamen sie, um dem Sultan ihre Ehrerbietung zu erweisen. Selim saß auf seinem zeremoniellen Thron. Er war in einen steifen Kaftan gehüllt, dessen lange Ärmel bis zum Boden hinabhingen. Die Sultanmutter beobachtete das Geschehen zusammen mit Selims Schwestern, Beyhan und Hatice, und den Hüterinnen der Prinzen, Nakschedil und Ayscha, von einem nahe gelegenen Pavillon aus.

Die arme Mirischah musste sich mächtig ins Zeug legen, damit die beiden Frauen sich nicht gegenseitig die Augen auskratzten. Ayscha hatte getan, was sie konnte, um zu verhindern, dass Mahmud zur gleichen Zeit beschnitten würde wie ihr Sohn Mustafa: Sie hatte der Valide Sultan besondere Geschenke gesandt, angeboten, Geld für einen Brunnen zu spenden, und versucht, den schwarzen Obereunuchen mit ihren Juwelen zu bestechen. Nakschedil bemühte sich, freundlich zu sein, und bot sogar an, Mahmuds Beschneidung zu verschieben.

Selim jedoch war entschlossen, ein großes Fest daraus zu machen, und er wollte, dass seine beiden Erben daran teilhatten. Die Frauen mussten notgedrungen höflich beisammensitzen, während die Gattinnen der Palastbeamten nacheinander kamen, um ihnen ihre Ehrerbietung zu erweisen. Die Provinzgouverneure, die ausländischen Botschafter, die heiligen Männer und die Wesire warfen sich vor dem Sultan zu Boden, küssten den Saum seines Gewands oder den Zipfel seines Ärmels und brachten dem auf seinem vergoldeten Thron sitzenden Padischah ihre Huldigung dar.

Am dritten Nachmittag der Feierlichkeiten versammelten sich die Palastdamen, in feine Gaze und Glitter gehüllt, in Mirischahs Empfangsraum. Sie saßen im Schneidersitz auf dem Boden, zu Füßen der Valide Sultan, und rauchten aus juwelenbesetzten Pfeifen, während Sklavinnen Tablette mit süßem Sesamgebäck und kleinen goldenen Tassen voll schaumigem Kaffee reichten. Die Valide hatte darauf bestanden, dass Nakschedil und Ayscha nebeneinander in der Mitte saßen. Doch Ayscha war um Beyhan herumscharwenzelt und hatte sie auf ihre linke Seite gezogen. Zweifellos hoffte sie, mit ihren honigsüßen Phrasen die Freundschaft mit der Prinzessin zu festigen.

Die Erste Kammerfrau betrat den Rokoko-Saal und erklärte: »Ihr müsst die prächtigen Gaben sehen, die wir zu Ehren der Beschneidungen erhalten haben.« Sklavinnen folgten ihr mit Tabletts, auf denen sich die Geschenke so hoch stapelten, dass wir kaum ihre Gesichter sehen konnten. Voller Spannung sahen wir zu, wie sie vorsichtig herrliche blau-weiße Porzellanvasen aus China auspackten, kristallene Kelchgläser aus Österreich, endlose Meter feinster Baumwolle aus Ägypten, weichen Damast aus Syrien und walnussgroße Rubine aus Indien. »Die sind natürlich für mich«, sagte Ayscha leise zu Nakschedil, als die blutroten Edelsteine im Licht funkelten.

Nakschedil sah ihre Rivalin bestürzt an. »Sie gehören uns beiden«, betonte sie. »Unsere Knaben werden schließlich beide beschnitten.«

»Mach dich nicht lächerlich«, giftete Ayscha und blies eine Rauchwolke in Nakschedils Richtung. »Es ist das Fest meines Sohnes Mustafa. Er ist vierzehn Jahre alt. Mahmud ist noch jung und nicht einmal dein leiblicher Sohn. Ohne deine Intrigen hätte Mahmud seine Zeremonie frühestens in zwei Jahren gehabt. Du bist hier, weil du dich reingedrängelt hast, und du verdienst diese Geschenke nicht. Außerdem«, fügte sie höhnisch hinzu, »habe ich erfahren, dass du dich nicht für Juwelen, sondern nur für westliche Bücher interessierst.«

Nakschedil war fassungslos. »Woher weiß Ayscha von meinen Büchern«, flüsterte sie mir zu. »Muhammad Rakim«, murmelte ich und erinnerte sie daran, dass der Kalligrafielehrer und Ayscha Freunde waren.

Und dann sah ich ungläubig zu, wie Ayscha ihrem Eunuchen zunickte. Narzisse fuhr mit den Fingern durch den Haufen Rubine und ließ sie in die Vertiefung seiner Schärpe gleiten. Als er zur Tür ging, trat ich auf ihn zu, starrte in sein hässliches Gesicht und stellte ihm ein Bein. Plumps! Er stolperte, knallte auf den Fußboden, und die Rubine kullerten quer durch den Raum. Alle schnappten nach Luft, als sie die Juwelen sahen, die er heimlich hatte verschwinden lassen. Mirischah wies ihn an, die Steine vom Boden aufzuheben und sie ihr zu bringen. Dann schickte sie ihn fort zur Bastonade.

In dieser Nacht erhellte ein Feuerwerk den Himmel, und am nächsten Tag wurden die Festlichkeiten fortgesetzt: eine Truppenparade, Fechtduelle, ein Ringkampf der Janitscharen, wobei die nackten Brüste und die in Leder gehüllten Beine der Soldaten ölig glänzten wie Schlangen. Außerdem ein Zirkus mit Löwen, einem Leoparden, Kampfhähnen und tanzenden Hunden. Der Höhepunkt war jedoch eine Runde Cirit, bei der Mustafa und Mahmud gegnerischen Mannschaften angehörten. Zu Nakschedils Verdruss verlor Mahmuds Team um sieben Punkte.

»Wie bedauerlich, Nakschedil. Ich weiß, wie gerne du es gehabt hättest, dass Mahmud gewinnt«, säuselte Ayscha und heuchelte Mitgefühl. Dann fügte sie warnend hinzu: »Du musst wirklich besser aufpassen. Mahmud neigt offenbar dazu, sich stets für die falsche Seite zu entscheiden.«

»Ich weiß nicht, was ich tun soll, Tulpe«, gestand mir Nakschedil später. »Ich kann mir nicht vorstellen, mich mit dieser Frau zu verbünden. Aber wenn ich es nicht tue, wird sie es sich zur Aufgabe machen, sowohl mich als auch Mahmud zu vernichten.«

»Halte dich nach Möglichkeit von ihr fern«, riet ich ihr. »Wenn die Umstände dich jedoch zwingen, mit ihr zusammen zu sein, tu so, als ob du ihre Freundin wärst. Und lass dich auf keinen Fall von ihr provozieren.« Wir saßen im Garten, und ich sah, dass nicht einmal die Jongleure, die Clowns oder die Pyramide aus neun Männern, die auf den Schultern des jeweils anderen balancierten, ihr ein Lächeln entlocken konnten. Plötzlich hatte ich eine Idee.

Es kam die Nachricht, dass der Sultan von den Frauen unterhalten werden wolle. Zunächst spielten die Mädchen ein Spiel namens »Schön oder Hässlich«. Wir banden Hatice, der Schwester des Sultans, eine Augenbinde um, und nachdem sie zwei Personen ausgewählt hatte, rief sie »Schön«, und die Mädchen nahmen entsprechende Posen ein. Dann nahm Hatice Sultan die Augenbinde ab, sah sich die Mädchen an und entschied, welche die bessere Pose hatte. Der Gewinnerin wurden dann die Augen verbunden. Dies ging einige Male so, bis Ayscha an der Reihe war. Ich war überrascht, als die Rothaarige zum einen Beyhan, die Schwester des Sultans, und zum anderen Nakschedil auswählte. Doch sobald sie »Hässlich« ausrief, verstand ich.

Nakschedil und Beyhan Sultan warfen sich in Pose. Als sie fertig waren und sagten, Ayscha könne die Augenbinde abnehmen, sah sie Nakschedil an und brach in lautes Gelächter aus. »Das ist keine Pose«, sagte sie, sodass Sultan Selim sie hören konnte. »Das ist dein normales, hässliches Gesicht.« Ich sah, wie Nakschedil zusammenzuckte, und wollte sie umarmen. Doch das ging natürlich nicht. Stattdessen zwinkerte ich ihr, als Selim den Kopf abwandte, viel sagend zu.

Als Beyhan Sultan dieses alberne Spiel namens »Herren aus Istanbul« ankündigte, beschloss ich, meinen Plan in die Tat umzusetzen. Die Prinzessin kam heraus: Sie trug einen Männerpelzmantel links herum, und man hatte ihr einen Schnurrbart aufgemalt. Sie setzte sich verkehrt herum auf einen Esel, balancierte eine Melone auf dem Kopf und hielt sich mit einer Hand am Schwanz fest. In der anderen Hand hielt sie eine Knoblauchzehe. Sie lachte und rief: »Fangt mich!« Die Mädchen rannten alle hinter ihr her, als sie auf dem Esel über die Wiese galoppierte. Nach ein paar Minuten gelang es Ayscha, sie zu fangen, und dann war sie an der Reihe.

Beyhan gab Ayscha den Mantel und die Melone, während eine Sklavin ihr einen Schnurrbart ins Gesicht malte. Dann, genau in dem Augenblick, als Ayscha »Fangt mich« rief, stürzte ich zu ihr. »Ihr habt den Knoblauch vergessen«, sagte ich. Und als ich ihr die Knoblauchzehe reichte, stolperte der Esel über meinen Fuß. Ich glaube, ich konnte das mittlerweile ziemlich gut, denn der Esel fiel um, und Ayscha flog durch die Luft und landete flach auf der Erde. Die Ärmste – zum Glück hatte sie sich kein Bein gebrochen. Ich entschuldigte mich überschwänglich und hoffte inständig, der Sultan würde mich nicht dafür verantwortlich machen und die Bastonade anordnen. Doch Selim schien der Angelegenheit keine große Bedeutung beizumessen. Und die restliche Woche der Feierlichkeiten verbrachte Ayscha im Bett, zu angeschlagen, um sich zu bewegen.

Am nächsten Tag stand das große Ereignis an. Die beiden Prinzen erschienen in ihren schönsten bestickten Kaftanen – Mahmud in gelbem Brokat, Mustafa in Blau – vor dem Sultan im Beschneidungsraum. Von dort wurden sie in einen speziellen Raum gebracht, wo die Prozedur stattfand. Ich war mit Nakschedil allein in ihrem Gemach, wo wir nervös auf Nachrichten warteten. Plötzlich erschien ein Imam, gefolgt von einem Eunuchen, der ein goldenes Tablett trug.

»Meine gnädige Dame«, sagte er, »da Ihr Mahmud am nächsten steht, sollt Ihr sehen, dass die Prozedur erfolgreich war. Es ist mir die größte Ehre, es Euch zu zeigen.« Mit diesen Worten hob er das Samttuch. Meine Knie gaben nach, und ich fiel zu Boden. Das Nächste, woran ich mich erinnere, ist, dass Nakschedil mir mit einem Leinentuch Luft zufächelte.

»Tulpe«, rief sie, »ist alles in Ordnung?«

Ich blickte mich um und stellte fest, dass ich auf ihrem Diwan lag. »Ja, ich glaube schon.«

»Ihr seid ohnmächtig geworden«, sagte sie. »Könnt Ihr Euch erklären, wie das passiert ist?«

Da erinnerte ich mich an den Moment, als der Imam das Samttuch zurückschlug und ich das Messer und die Vorhaut auf dem goldenen Tablett liegen sah.

»Es hat mich an etwas erinnert«, antwortete ich mit schwacher Stimme. »Etwas, das lange zurückliegt.«

»Aber Ihr müsst es mir erzählen, chéri. Denkt daran, was Ihr einmal zu mir gesagt habt: Man muss es sich von der Seele reden.«

»Es ist keine Geschichte, die du gerne hören wirst.«

»Ich habe Euch ja auch meine eigene traurige Geschichte erzählt«, erinnerte sie mich.

»Es war das Tablett«, flüsterte ich.

»Das Tablett?«

»Ja, das Tablett mit dem Messer und der Vorhaut.«

»Fahrt fort.«

»Erinnerst du dich daran, als ich dir erzählte, dass mein Vater mich gegen Gold verkaufte? Während das Geschäft abgewickelt wurde, saß ich draußen vor unserer Lehmhütte und schnitzte an einem Werkzeug.

Einige seltsame Männer kamen auf mich zu, und gerade als ich Hallo sagen wollte, packten sie meine Hände und legten mir Ketten an. Dann machten sie dasselbe mit meinen Fußknöcheln und zerrten mich hoch. Und bevor ich wusste, wie mir geschah, hatten wir unser Dorf verlassen und gingen in nördliche Richtung davon. So marschierte ich tagelang, vielleicht viele Wochen, bis sie irgendwo in der ägyptischen Wüste an einem christlichen Vorposten anhielten. Ich erinnere mich immer noch an das riesige Kreuz und die zwei Mönche in braunen Gewändern, die mit einem merkwürdigen Ausdruck im Gesicht auf mich zukamen. Sie sonderten mich von den anderen ab, brachten mich in ein leeres Zelt, ketteten mich an einen Tisch und banden meine Arme und Beine fest.«

Nakschedil schauderte, und ich sah, dass es ihr schwer fiel, zuzuhören. Aber es war zu spät. Ich musste meine Geschichte zu Ende erzählen.

»Sie verbanden mir nicht die Augen, sondern ich musste zusehen. So sah ich das Messer und die Klinge, die auf mich herabfuhren. Ich schrie, zuerst vor Angst, dann vor Schmerz. Ich blutete wie ein frisch geschlachtetes Schwein. Ich muss das Bewusstsein verloren haben, denn das Nächste, woran ich mich erinnere, ist, dass ich bis zu meiner Brust im Sand eingegraben wurde. So steckte ich mehrere Tage im Boden. Sie sagten mir, der Sand werde die Blutung stoppen. Doch die Schmerzen waren so schlimm, dass ich mir nicht sicher war, ob ich leben wollte, um festzustellen, ob das stimmte. Ich fragte mich, ob es besser war, zu den wenigen zu gehören, die solche barbarischen Akte aushielten und diese entsetzliche Kastration überlebten, oder ob es besser war, einfach zu sterben. Mein Gott, wie tröstlich der Tod manchmal sein muss!«

Nakschedil konnte ihren Abscheu nicht verbergen, doch sie wusste, dass ich reden musste. Ihr Gesicht verzog sich zu einer Grimasse, und sie fragte mit schwacher Stimme: »Wart Ihr allein?«

»Es waren viele Jungen in der Wüste eingegraben, alle aufgereiht wie Kakteen. Ich hörte ihr Stöhnen und sah zu, wie sie langsam starben. Schließlich, nach sieben Tagen und Nächten, sagte einer der weißen Männer zu mir, ich sei geheilt, und brachte mich fort. Als wir davongingen, sah ich noch mehr im Sand eingegrabene Leichen.

Sie brachten mich nach Kairo und verfrachteten mich mit Dutzenden anderen auf ein Schiff. Wir waren in Eisen gelegt und zusammengepfercht wie Sardinen, so eng, dass man den Schweiß des Nebenmanns riechen konnte. In diesem Zustand waren wir mehrere Tage lang, und ich war immer noch geschwollen und litt qualvolle Schmerzen. Jedes Mal, wenn ich urinierte, wollte ich sterben. Ich erinnere mich daran, wie wir Istanbul erreichten und der schwarze Obereunuch kam, um uns zu begrüßen. In dem Augenblick, als ich sein missgebildetes Gesicht und seine aufgedunsene Gestalt sah, wusste ich, dass mein Schicksal besiegelt war.«

Die Flut der Erinnerungen überwältigte mich. Ich brach in Schluchzen aus und hörte, dass Nakschedil ebenfalls weinte. »Es tut mir Leid, Tulpe«, sagte sie unter Tränen. »Es tut mir so Leid.«

»Es ist nicht deine Schuld«, erwiderte ich. »Außerdem würdest du Menschen nie so schlecht behandeln.«

Sie sah mich an und schwieg.

Ein halbes Jahr nach der Beschneidung, im Winter 1794, verkündete die Valide Sultan, sie werde den Palast verlassen. Als Sufi-Mystikerin, erklärte sie, brauche sie mehr Zeit für Gebete und Kontemplation. Ihre Hingebung erfordere einen Rückzug in die Stille, an den Bosporus. Die Zeit verging im Topkapi-Palast wie eh und je, gleich einer leeren Vase, die darauf wartete, gefüllt zu werden, und durch Mirischahs Abwesenheit nur noch leerer gemacht wurde.

Wie immer war im Palast kein Laut zu vernehmen, sogar das Lachen, das gelegentlich die Stille durchbrach, war verklungen. Die Tage waren geprägt von den Ritualen der Mahlzeiten und Gebete und dem damit verbundenen Wechseln der Kleidung. Die Jahreszeiten kamen und gingen und erinnerten daran, dass die Natur ihren eigenen Gesetzen folgte: Die Platanen hüllten sich in ein grünes Blätterkleid, dann warfen sie es plötzlich ab und zeigten ihre nackten Glieder. Tulpen, Hyazinthen, Nelken und Rosen tanzten in den warmen Gärten, um anschließend in der kalten harten Erde zu verschwinden. Heiße Winde wehten über den Bosporus, bis sie von eisigen Böen verdrängt wurden. Und während der Frühling in den Sommer überging und der Herbst dem Winter wich, hielten sich die Konkubinen für den Sultan bereit und betäubten sich mit ihrem mit Haschisch angereicherten Tabak und ihren kleinen Opiumpillen. Nakschedil dagegen bereitete sich gelegentlich eine bescheidene Freude, indem sie ein Buch las, eine Stickerei vollendete oder eine kurze Sonate spielte. Oder mit mir plauderte.

»Was gibt's Neues im Harem?«, fragte sie mich, als ich eines Nachmittags zu ihr kam. Es war eine Weile her, dass ich sie gesehen hatte, und sie war ganz erpicht auf Neuigkeiten.

»Freut mich, dass du fragst«, sagte ich.

»Ach ja?«

»Der schwarze Obereunuch erzählte mir gestern Abend, dass Selim ihn zu sich gebeten und ihm gestanden hatte, er habe genug von Ayscha.«

»O Tulpe«, sagte Nakschedil. »Das ist die beste Nachricht überhaupt. Warum habt Ihr mir das nicht gleich gesagt?«

»Ich habe mich doch gerade erst hingesetzt«, erinnerte ich sie.

»Was veranlasste den Sultan dazu, so zu empfinden? Hat Bilal Agha das gesagt?«

»Ich vermute, es war eine Nachricht von Mirischah. Auch wenn sie nicht mehr im Palast lebt, bekommt sie mit, was sich abspielt. Du weißt ja, die Valide Sultan hat ihr eigenes Netzwerk innerhalb von Topkapi.«

»Was glaubt Ihr, was sie erfahren hat?«

»Es wurde gemunkelt, dass die Janitscharen einen Aufstand planen. Die Ulema sind daran beteiligt. Die Imame,

Scheichs und Muezzins haben die Armee aufgestachelt und Selim einen Verräter genannt, weil er sich mit den Ungläubigen verbündete. Jedes Mal, wenn es irgendeine Neuerung gibt, etwa die neue militärische Ingenieursschule mit europäischen Lehrern oder die Druckerei, die die Franzosen soeben in Pera gegründet haben, verurteilen sie sie und bezeichnen sie als Werk der teuflischen Ungläubigen. Und Ayscha gilt als eine der Anstifterinnen. Du weißt ja, wie nahe sie Muhammad Rakim steht. Nun, die beiden haben für sie und ihren Sohn Unterstützung bei der Ulema erhalten.«

»Das ist bedenklich. Sie könnte für ein viel geringfügigeres Vergehen in einem Sack ertränkt werden.«

»Das stimmt. Aber Selim ist anständig. Er hat befohlen, dass sie in den Alten Palast geschickt wird.«

»Vielleicht sollten wir ein Abschiedsfest für sie geben«, meinte Nakschedil lachend.

»Mit vergifteten Süßigkeiten«, fügte ich hinzu.

Dafür war keine Zeit mehr. Am nächsten Morgen beobachteten wir, wie Ayscha und ihr Eunuch Narzisse in den Ochsenkarren stiegen und rumpelnd zum Eski Saray fuhren.

14

Drei Kiras durften in den Palast kommen, um ihre Waren zu verkaufen. Zwei von ihnen, eine Griechin, die mit Schmuck handelte, und eine Armenierin, die Pelze anbot, waren mit den Jahren abgestumpft. Die dritte jedoch, eine Jüdin, war etwas Besonderes. Esther Kamona war jung, von zierlicher Gestalt, mit dichten welligen Haaren, einer hohen Stirn und dunklen Augen, die, wie es schien, Dinge jenseits der Welt Istanbuls gesehen hatten.

An einem Sommermorgen begab ich mich in den für die Treffen mit den Kiras vorgesehenen Raum nahe der Eunuchen-Unterkünfte. Dort trat ich auf Esther zu, um sie zu begrüßen, und sie zeigte augenzwinkernd auf eine samtene Bocha. »Ich habe etwas für Euch«, sagte sie neckisch. »Soll ich sie öffnen?«

»Bitte«, antwortete ich, neugierig darauf, was sie mitgebracht hatte.

Sie nickte ihrer Sklavin zu, und die schwarze Frau nahm den Deckel ab. Esther zog die zarten Seidentücher heraus, die mit ihren Rosa-, Türkis- und Orangetönen an eine Schlange erinnerten, prächtiger, als ich es mir in meiner Fantasie hätte ausmalen können. Anemone, der Palasteunuch, der die Frauen hereingeleitet hatte, trat näher, und seine Augen leuchteten, als er einen der glatten Seidenstoffe zwischen seinen goldberingten Fingern hielt. Er hielt ihn an seine Brust und schob die Hüfte vor, als wäre es ein für ihn bestimmtes Kleid.

»Ich glaube, sie werden ihr gefallen«, sagte ich und nahm die Tücher.

»Bewahrt sie in der Bocha auf«, sagte Esther eindringlich, und ich wusste, dass sich in dem weichen Behältnis noch etwas anderes befand.

Ich eilte zu Nakschedil, und als sie die Stoffe sah, sprudelte es aus ihr heraus: »Diese Frau ist ein Genie. Wie ist sie nur an diese Stoffe gekommen, die noch exquisiter sind als in meinen kühnsten Träumen? Oh, was für zauberhafte Kleider daraus entstehen werden.« Als sie die Seidenstoffe ausbreitete, fiel ein Brief heraus, der zwischen den Tuchfalten gesteckt hatte. Nakschedil brach das Siegel des Umschlags auf, und gemeinsam lasen wir den Brief.

25. Juni, 1795

Meine liebste Cousine Aimée,

was für ein außerordentliches Glück, bei meiner Rückkehr aus Martinique deinen Brief vorzufinden. Aber welch ein Jammer, dass ich dir erst jetzt antworten kann. Die widrigen Umstände der Revolution gestatteten mir nicht den Luxus, Briefe zu schreiben. Jeder böswillige Denunziant hätte mich wegen eines indiskreten, hier und da geäußerten Wortes vor den Scharfrichter bringen lassen können!

O meine arme Cousine. Was für ein Los hat uns an diese Orte verschlagen? Womit soll ich nur anfangen? Meine Ehe mit Alexandre de Beauharnais war, um es ganz offen zu sagen, ein Desaster. Ich muss gestehen, dass er sogar in dem Moment, als er mich auf dem Ehebett nahm, in eine andere Frau verliebt war.

Für einen gelegentlichen Flirt habe ich freilich Verständnis, vielleicht sogar für ein oder zwei diskrete Romanzen. Denn welcher Mann kann schließlich hoch erhobenen Hauptes durchs Leben gehen, wenn er keine Mätresse hat! Aber es war unsere Beziehung, die mich so abstieß. Statt sich um mich, seine liebende kreolische Gat-

tin, zu kümmern, behandelte er mich so gefühllos, als wäre ich nichts weiter als eine Dienstmagd.

Mir blieb kaum eine andere Wahl als die Flucht in ein Frauenkloster. Ich freue mich, dir mitteilen zu können, dass ich in Penthemont nicht nur die göttlichsten Damen kennen lernte (verzeihe mir das Wortspiel, aber ich meine damit die Gäste wie auch die Nonnen), sondern dass das Kloster zugleich auch mein Pensionat war. Ich begriff, dass ich mir ein Leben aufbauen konnte, das meinen Träumen gerecht wurde.

Und doch stellte ich nach meinem Aufenthalt dort fest, dass ich mit meinen fünfundzwanzig Jahren einsam war. Mein Mann war fort und mit ihm mein geliebter kleiner Sohn Eugène. Ich sehnte mich danach, meine Eltern wiederzusehen, gab diesem Drang nach und schiffte mich nach Martinique ein. Ob du es glaubst oder nicht: Das Schiff, mit dem ich fuhr, trug den Namen Sultan, und wir stachen fast zum selben Zeitpunkt im Jahr 1788 in See, als du in Nantes aufgebrochen bist. Schon allein der Gedanke, dass sich unsere Schiffe auf hoher See begegnet sein könnten!

Es erfüllt mich mit so großer Schwermut, sagen zu müssen, dass ich meine Eltern in größeren Nöten als den meinen vorfand. Dennoch verlief mein Besuch recht angenehm, bis zum nächsten Sommer, als uns die Nachricht vom Aufstand in Paris erreichte.

Schon bald hatten sich die Sklaven auf Martinique bewaffnet und proklamierten ihr Recht auf Freiheit. Im August, als die Nationalversammlung in Paris die Menschen- und Bürgerrechte ausrief und unsere Bevölkerung nach diesem Vorbild eine Kolonialversammlung bildete, dachte ich, dass es nun an der Zeit sei, die Insel zu verlassen, und kehrte nach Frankreich zurück.

Du hast wohl mittlerweile vom Sturm auf die Bastille gehört. Noch immer komme ich nicht über den Anblick der aufgespießten menschlichen Köpfe und Herzen hinweg, die durch die Straßen getragen wurden! Wie tief zivilisierte Menschen sinken können! Ich fand nur wenig zu essen und noch weniger, um das Haus zu beheizen. Rat-

ten huschten durch die Straßen, und Männer und Frauen hetzten in ihren schmutzigen Bauernkleidern herum, fast so hässlich wie die Nagetiere. Mein wundervolles Paris war verschwunden. Ich hielt mich sehr gerne in den Salons von Germaine de Staël auf, saß aber nur schweigend da und lauschte dem Tratsch. Du weißt ja, ich bin zu träge, um für irgendjemanden Partei zu ergreifen.

Freilich liebte ich es schon immer, Menschen zu helfen. Meine Schulden wuchsen, und einige jener, denen ich geholfen hatte, revanchierten sich mit großzügigen Geschenken. Einer oder zwei von ihnen wurden sogar zu meinen Geliebten.

Wer wollte schließlich auch behaupten, eine Frau solle in ihrem Leben nur einen einzigen Mann haben? Haben wir nicht genauso wie unsere Ehemänner das Recht, frei zu sein? Worum dreht sich denn dieser ganze Unabhängigkeitskampf? Und ich könnte hinzufügen: Wer versteht es besser, einen Mann zufrieden zu stellen, als eine Frau mit Erfahrung?

Aber all das wurde bedeutungslos, als dieser abscheuliche Mann namens Robespierre an die Macht kam. Die Volksmassen drängten sich wie Motten um ein Kerzenlicht, um den Hinrichtungen durch die Guillotine zuzuschauen. Mein armer geliebter Alexandre starb durch die Hand des Henkers. Auch ich wurde zu einer Haft in dem ekelhaften Karmeliter-Gefängnis verurteilt. Nur dank der Gnade Gottes und der Hilfe meiner Freunde habe ich überlebt.

Gott sei Dank endete Robespierre selber auf dem Schafott, und nun kann das Land wieder aufatmen. Wie ich meinen Freunden neulich beim Abendessen erzählte – ich erinnerte mich an die Worte der Wahrsagerin in Fort-de-France –, »hätte dieser furchtbare Robespierre beinahe die Prophezeiung gefährdet«. Nun ja, das Neue Jahr steht vor der Tür, und wer weiß, was es bringen wird?

Ich habe einen überaus interessanten Mann kennen gelernt. Zu klein und zu stämmig, aber mit einem Lächeln, das mein Herz erwärmt, und blauen Augen, die meine Seele durchdringen. Er kann sogar aus der Hand lesen! Alle sagen, er sei der brillanteste Soldat seit Jahren.

Er wird eine Macht sein, mit der man rechnen muss. Ich bin mir sicher, du wirst eines Tages von ihm hören, selbst im fernen Konstantinopel. Er heißt Napoleon Bonaparte. Seltsamerweise will er mich nicht bei meinem Namen rufen, sondern besteht darauf, mich Joséphine zu nennen.
Ich bete darum, dass du das Glück finden wirst, das ich bei ihm gefunden habe. Ich bin mir sicher, dass wir noch in diesem Jahr heiraten werden!
Meine liebste Aimée, sei versichert, dass ich mein Bestes getan habe, um deine Familie von deinem Aufenthaltsort zu unterrichten. Doch wegen der britischen Blockade sind die Verbindungen zwischen Frankreich und Martinique unterbrochen.
Du sollst wissen, dass ich stets an dich denke und dass ich als
Deine treueste und aufrichtigste Cousine verbleibe,
Rose

Roses Brief war wie ein Lieblingsparfüm, durchtränkt mit Erinnerungen an frühere Zeiten und Orte. Nakschedil las die Seiten immer und immer wieder, bis sie jedes Wort auswendig konnte. Sie bat mich, eine Abschrift anzufertigen und diese in meinem Zimmer zu verstecken. Falls irgendjemand das Original finden sollte, hätte sie zumindest eine Kopie davon. Sie sagte, sie müsse zugeben, dass das Leben in Frankreich trotz der unabhängigen Haltung der Frauen nicht viel besser zu sein schien als das Leben im Serail.

Aus dem mit Intarsien verzierten Schreibkästchen, das sie mich gebeten hatte, im Basar zu kaufen, nahm sie ein frisches rosa Blatt Papier. Dann tauchte sie ihre Schreibfeder in Tinte und kritzelte einen Brief an Rose. Sie berichtete ihr von den jüngsten Ereignissen und schloss den Brief mit einer Aufforderung: »Ich sehne mich so sehr danach, etwas von meiner Familie zu hören. Bitte tue, was du kannst, um mir zu helfen.« Dann versiegelte sie das gefaltete Papier mit parfümiertem Wachs und reichte es mir. »Bitte gebt es der Kira«, bat sie mich. »Zusammen mit diesem Umhängetuch, das ich bestickt habe. Es ist ein Geschenk für Rose.«

»Wäre es nicht großartig, wenn es ihr gelänge, deine Familie zu erreichen?«, fragte ich.

Nakschedil legte die Handflächen zusammen. »Zumindest weiß ich, dass ich es versucht habe.«

Noch über ein Jahr lang huschte Nakschedil umher wie ein seelenloser Geist, ein von seinen Erinnerungen gequältes Gespenst. Und dann änderte sich plötzlich die Lage. Gegen Ende des Jahres 1796 erreichten Berichte den Topkapi-Palast, dass Katharina von Russland gestorben war. Der neue russische Zar wollte keinen Krieg mit der Türkei und unterbreitete dem Sultan sogar Friedensangebote. Auch aus dem Westen kamen gute Nachrichten. Der neue französische Botschafter in Istanbul war mit schweren Waffen als Geschenke eingetroffen. Er teilte den osmanischen Beamten mit, dass das revolutionäre Regime freundliche Beziehungen zur Hohen Pforte wünsche. Selim und seine Wesire, durch diese Berichte beruhigt, waren zuversichtlich, dass der neue französische Befehlshaber dem türkischen Thron wohlgesonnen war. Es war, als hätte Allah mit einem Atemzug die schwarze Wolke, die über dem Osmanischen Reich hing, fortgeblasen. Und in Nakschedil erwachte wieder neues Leben. Noch einmal erlebte sie mit einem Mann jenes Glück, das auch ihrer Cousine Rose zuteil geworden war.

Nun, da Selim seine Gemütsruhe wiedergefunden hatte, hatte er mehr Zeit für Poesie und Musik – und mehr Zeit für Nakschedil. »Mein Sultan, Licht der Welt, Ihr ahnt nicht, wie sehr ich Euch vermisst habe, wie schmerzlich Eure Abwesenheit für mich war«, gestand sie ihm, als sie endlich wieder zusammen waren.

»Was hat er gesagt?«, fragte ich Nakschedil am nächsten Tag.

»Er sagte zu mir: ›Nur der, der wahre Liebe empfindet, kennt die Freude und das Leid des Lebens.‹«

»Ja«, sagte ich. »Denn die Liebe birgt Süße und Bitterkeit.«

»Woher wisst Ihr, dass er das gesagt hat, Tulpe?«

»Selim verwendete die Worte eines Poeten aus dem achtzehnten Jahrhundert«, antwortete ich.

Zwölf Monate lang war das Leben so angenehm, dass der Sultan ein Tulpenfest anordnete. Zuletzt war ein solches Fest von Sultan Ahmed III. abgehalten worden, der unglücklicherweise wegen seiner Ausschweifungen entthront worden war. Doch Selim hatte viel zu feiern. Im Schein des April-Vollmondes saß er in seinem Gartenkiosk auf dem Thron, und seine Gäste versammelten sich in Aussichtspavillons. Sogar Mirischah hatte sich schließlich überreden lassen, ihren Palast am Bosporus zu verlassen und mit uns zu feiern. Und so tranken sie und die Schwestern des Sultans sowie die Frauen zu ihren Füßen in einem durch ein Gitterwerk abgeschirmten Kiosk neben dem Sultan Kaffee aus diamantenbesetzten Tassen und knabberten Süßigkeiten, während sich vor ihren Augen ein spektakuläres Naturereignis abspielte.

In den Gärten waren Vasen voller Tulpen in allen Farben und Größen auf unterschiedlich hohen Regalen aufgestellt. Fackeln standen in farbigem Wasser, und ihr Widerschein erhellte den Himmel. Kanarienvögel und Nachtigallen ließen entzückende Lieder ertönen, und Schildkröten trugen brennende Fackeln auf ihrem Rückenpanzer. Und überall ein Meer aus blühenden Tulpen. Die Gäste schmausten, und Sklavinnen tanzten. »Lasst uns alle lachen und spielen, lasst uns die Freuden der Welt genießen«, hatte der Dichter

Nedim geschrieben. Und das taten wir auch. »Wie anders es ist ohne Ayscha«, flüsterte Nakschedil, und ich nickte zustimmend.

Bei anderen Gelegenheiten spielte Selim, mit Nakschedil an seiner Seite, die Ney zu ihrer Violine oder las ihr seine Gedichte vor. Wie einst unternahm er mit ihr Bootsausflüge auf dem Bosporus. In trauter Zweisamkeit, wobei nur wir Eunuchen sie bedienten, äußerte er sich erleichtert über den neuen russischen Zaren und vertraute ihr an, dass noch mehr französische Militärberater unterwegs waren, um ihm bei der Modernisierung der Armee zu helfen. Seine einzige Enttäuschung war, dass ein brillanter Offizier, der angeboten hatte zu kommen, nun doch nicht abkömmlich war. Dennoch war jener Mann, General Bonaparte, den Türken wohlgesonnen.

»Er heißt Bonaparte, sagtet Ihr?«, fragte Nakschedil verblüfft, als sie den Namen hörte.

»Ja«, antwortete er. »Warum fragst du? Sagt dir der Name etwas?«

Sie hätte ihm allzu gern erzählt, dass ihre Cousine Rose diesen Mann heiraten würde. Doch sie hielt sich zurück, und später, als sie mich um Rat fragte, riet ich ihr, nichts zu sagen.

»Stell dir vor, er würde herausfinden, dass du Briefe aus dem Palast schmuggelst! Zu viele Mädchen in der Vergangenheit glaubten, sie stünden in der Gunst des Sultans, und stellten dann fest, dass ein einziger Fehltritt ihre Verbannung oder ihren Tod zur Folge hatte. Lass es bleiben«, warnte ich sie. »Er liebt es, dass du Französin bist. Und mit diesem Bonaparte als Befehlshaber kann alles nur besser werden.«

Doch da hatte ich mich gründlich geirrt.

15

Das erste Anzeichen, dass die Dinge nicht zum Besten standen, zeigte sich im März 1798: Der Rat erfuhr, dass Bonaparte zum Admiral des Orients gemacht worden war. Warum des Orients, fragten sich die Minister, wenn seine Truppen in Europa gekämpft hatten? Kurz darauf trafen Berichte ein, dass seine Armee Richtung Osten segelte. Der Sultan ordnete ein Treffen mit dem französischen Botschafter an. Die Konferenz wurde für die folgende Woche anberaumt, am Zahltag der Janitscharen. Dies war eine großartige Gelegenheit, den ausländischen Gesandten durch die Größe und Macht der kaiserlichen Elitetruppen zu imponieren. Wie immer war der Aufmarsch eine Augenweide. Der schwarze Obereunuch bat mich, ihn zur Versammlung des Diwans zu begleiten.

In der Hagia Sophia wurden Gebete verrichtet, anschließend bildeten wir eine große Prozession. Wir passierten den Ersten Hof und den Brunnen des Scharfrichters und erreichten schließlich den Zweiten Hof und den Diwan, das gelbe Ratsgebäude, vor dem Hunderte junger Pagen standen und Tausende Janitscharen mit gelben Turbanen die zweiundzwanzig Marmorsäulen flankierten. Der weiße Obereunuch, der schwarze Obereunuch, der Befehlshaber der Admiralität, der Gebieter über das Schatzhaus – alle trugen Turbane in verschiedenen Größen, welche ihren Rang anzeigten, und grüne zobelgesäumte Satingewänder. Sie betraten den kunstvoll bemalten Ratssaal und nahmen auf dem seidenen Sofa, das sich entlang der hinteren Wand erstreckte, ihre Plätze ein. Anschließend traf der Großwesir Ibrahim Pascha ein. Er wurde von Hunderten Soldaten hineingeleitet. Der hohe weiße Turban des obersten Ministers war mit goldenen Bändern verziert, sein weißes Satingewand mit Zobel verbrämt, sein Hals und seine Brust mit unzähligen Diamanten, Perlen und Edelsteinen geschmückt. Er stieg die Marmorstufen hinauf, und an der Tür zum Diwan verneigte sich der Erste Wasserträger und murmelte: »O Eure Exzellenz, geruht, hier einzutreten.«

Alle erhoben sich, um den Großwesir zu begrüßen. Ibrahim Pascha ließ die Soldaten draußen zurück und wandte sich an seine Minister. »Möge Euer Morgen unter einem günstigen Stern stehen«, sprach er und nahm seinen Platz in der Mitte des Sofas ein. Der Scheich-ul-Islam, unser höchster religiöser Führer, diente den Wesiren, die grüne Turbane trugen, als Vorbeter, während der Rest von uns seitlich an der Saalwand stand. Der Sultan blieb oben. Er saß direkt oberhalb des Großwesirs und war durch ein filigranes Gitter vor unseren Blicken geschützt.

Der französische Botschafter Monsieur Dubayet, klein, dünn und ein Monokel tragend, traf mit Pomp und Prunk und zwanzig Adjutanten ein. Sehr zu seinem Verdruss (wie ich an seiner gerunzelten Stirn sah) wurde ihm ein Stuhl ohne Rückenlehne zugewiesen. Auf diese Weise werden Ungläubige im Topkapi-Palast häufig gedemütigt.

Er schaute zu, wie weiße Eunuchen eine Kostprobe des Essens für die Janitscharen brachten, das von den Wesiren probiert werden sollte: eine Suppenterrine, Pilau und mit Honig gesüßter Safranreis. Nachdem die Minister mit dem Vorkosten fertig waren, schüttelten sie ihre mit violetten Turbanen geschmückten Köpfe, um zu signalisieren, dass das Essen in Ordnung war. Die draußen wartenden Janitscharen strömten in den Hof, und die Stille wurde durch die über den offenen Platz rennenden Soldaten jäh durchbrochen. Und anschließend der Lärm, als ihre langen Metalllöffel gegen die riesigen Suppen- und Reiskessel schlugen! Der Anblick und das Getöse der zehntausend Männer mit ihren großen Turbanen genügten, um allen einen gehörigen Schreck einzujagen.

Nachdem sie gegessen und sich etwas beruhigt hatten, wurden Berge lederner, mit Münzen gefüllter Geldbeutel am Boden aufgestapelt. Sie reichten von den Füßen des Großwesirs bis zur Tür. Ibrahim Pascha wurde ein kaiserlicher Erlass übergeben, und nachdem er das Siegel des Sultans geküsst hatte, verlas er laut die ihm gewährte Vollmacht, die Münzen zu verteilen. Sofort wurden einige Janitscharen aufgefordert, die schweren Beutel zu nehmen und der Elitearmee des Sultans den Sold auszuzahlen. Gott sei Dank waren sie zufrieden. Ansonsten hätten sie womöglich ihre Suppenkessel umgestürzt und wären in den Saal gestürmt, um uns anzugreifen!

Mittlerweile waren wir alle ziemlich hungrig geworden und frohlockten innerlich, als unser Essen hereingebracht wurde. Ich kann mich nicht mehr daran erinnern, wie viele Dutzend Gänge aufgetragen wurden, aber ich schwöre, dass es dem französischen Botschafter die Sprache verschlug, als eine Platte nach der anderen vor ihm abgestellt wurde: gebratenes Lamm, Rindfleisch-Kebab, Brathähnchen, gegrillte Wachtel, Pasteten mit gehacktem Spinat, Rind- und Kalbfleisch, gedünsteter Fisch, gefüllte Auberginen, gedünstete Zucchini, gehackte Tomaten, Gewürzgurken, Joghurt mit Knoblauch, pürierte Bohnen, gedünstetes Korn, gebackener Pilau und Linsenklöße. Als Nachtisch gab es reife Melonen, riesige Beeren, saftige Orangen, gelierte Aprikosen, frische

Pfirsiche, pralle Datteln und jede Menge süße Leckereien. Der französische Botschafter wirkte ein wenig unbeholfen, wie er so mit den Fingern aß und sie danach im Rosenwasser wusch. Doch ich muss zugeben, er schaffte es, seinen Magen ordentlich zu füllen.

Schließlich war der Botschafter an der Reihe, sein Anliegen vorzutragen. Während der Sultan sich zu seinem Thron begab, wurde Monsieur Dubayet in ein Hermelingewand und seine Adjutanten in Kamelhaar gehüllt. Als alle bereit waren, nahmen die obersten Türwächter den Gesandten unter den Armen, hoben ihn hoch und brachten ihn rasch in den Thronsaal.

Ich folgte ihnen und betrat den Saal, wo der Sultan auf einem Samtsofa thronte. Die purpurroten Stoffbezüge waren mit Perlen verziert, die Polster mit Smaragden besetzt und die Teppiche, die seine Füße bedeckten, mit Goldfäden durchwirkt. Ein Baldachin befand sich über seinem Kopf, und darüber waren drei Weltkugeln zu sehen, als Symbol seiner weltlichen Macht.

Der französische Botschafter schritt über die seidenen Teppiche auf dem Marmorboden, verneigte sich dreimal vor dem Sultan, küsste den Saum seines goldbestickten Kaftans und trat zurück zur Wand. Nachdem der Großwesir den ausländischen Gesandten offiziell begrüßt hatte, ergriff der Franzose das Wort. Ich fungierte als Dolmetscher, und Ahmed Bey, der Sekretär des Sultans, machte Notizen. Erst kürzlich hatte Ahmed Bey dem Diwan gegenüber erklärt, Atheisten wie Rousseau und Voltaire seien schuld an dem Aufruhr in Frankreich: Ihre antireligiösen Schriften seien verantwortlich für die Ketzerei und Sittenlosigkeit, die in ihrem Land grassierten.

»Die Grundlage für Ordnung und Zusammenhalt eines jeden Staates ist bekanntlich eine strikte Befolgung der heiligen Gesetze, der Religion und der heiligen Lehre«, erklärte Ahmed Bey und wiederholte damit die Worte der Ulema im Diwan. Er sagte zum schwarzen Obereunuchen, er wünsche sich, dass sich der französische Aufruhr »wie die Syphilis unter den Feinden des Reiches ausbreitet« und nicht nur Frankreich, sondern alle Gegner der Türkei in einen Krieg stürzen würde. Der schwarze Obereunuch sagte mir jedoch, dass andere Mitglieder des Diwans anderer Meinung seien und mit den Franzosen sympathisierten.

»Die Ablehnung des Christentums durch die Ungläubigen zeigt, dass sie den Islam als die wahre Religion begreifen«, hatte einer der Wesire erklärt.

Da ich in der Nähe des Sultans stand, bemerkte ich seinen sorgenvollen Blick: Auf welche seiner eigenen Gruppen sollte er hören? Konnte man dem Botschafter vertrauen oder nicht? Noch immer sagte er kein Wort und lauschte aufmerksam den Worten des Diplomaten.

»Erlauchter Sultan, erhabener Padischah, Gottes wunderbarer Schatten auf Erden«, sprach Monsieur Dubayet, sich an Höflichkeit überbietend. Zunächst einmal, sagte er, wolle er dem Sultan die besten Grüße des Direktoriums, der neuen französischen Regierung, überbringen. Er erklärte, es sei sein größter Wunsch, dass sich der ehrwürdige Sultan auch weiterhin guter Gesundheit erfreue. »Möge dem Kalifen ein langes und erfülltes Leben zuteil werden«, sagte er. Er hoffe, dass der Schah der Schahs sich über die zahlreichen mitgebrachten Gaben freue: das emaillierte Porzellan, die erlesenen Parfüms, die silbernen Tablette zum Wärmen von Speisen, die Kaffeetassen mit Goldrand, die goldenen Kerzenhalter, die goldenen Uhren und das Messingpult. Und er fügte hinzu, er hoffe, mit seinen Geschenken auch den Geschmack der Valide Sultan, des Großwesirs und des schwarzen Obereunuchen getroffen zu haben. Nachdem er

Seiner Majestät überschwänglich für die ihm entgegengebrachte Großzügigkeit gedankt hatte, setzte er sein Monokel auf und kam zur Sache.

Tatsächlich, sagte er, rücke die französische Armee nach Osten vor. Sie sei jedoch auf dem Weg nach Indien und fest entschlossen, die britischen Handelsrouten zu zerstören. Der große und weise Sultan werde dies sicherlich verstehen, schließlich sei auch England lange ein Feind der Türken gewesen. Er versicherte dem Sultan, dass Frankreich dem großen Osmanischen Reich keinesfalls im Weg stehen, sondern ihm helfen wolle. Frankreich wünscht, Euer Freund zu sein, betonte er, und möchte das Land in jeder erdenklichen Weise gegen den Feind Großbritannien unterstützen.

Mit diesen Worten brachte er seine Huldigungen dar und verließ anschließend den Saal. Ich hoffte, dass der Botschafter die Wahrheit gesagt hatte. Ansonsten würde er sich womöglich, wie andere unehrliche Gesandte vor ihm, als Gefangener in den Sieben Türmen wiederfinden.

Im Juni desselben Jahres brach die Hölle los.

Die Versprechungen des Botschafters entpuppten sich als ein Haufen Lügen. Bonapartes Truppen waren in Ägypten gelandet, einer unserer wichtigsten Provinzen. Und nun war klar, dass der General das Osmanische Reich vernichten und sich anschließend die Briten in Indien vornehmen wollte. Sobald seine Soldaten in Alexandria, in der Bucht von Abukir, eingetroffen waren, marschierten sie nach Süden in Richtung Kairo und versetzten den türkischen Truppen einen schweren Schlag. Die Schlacht bei den Pyramiden war ein Desaster, und im August 1798 befand sich Kairo in den Händen der Franzosen.

Normalerweise war die Türkei in der Lage, bei solchen Ereignissen für ein Gleichgewicht zu sorgen. Immer wenn wir uns von dem einen oder anderen europäischen Land überwältigt fühlten, riefen wir den Feind unseres Feindes an unsere Seite. Daher kommt vermutlich der Spruch »der Feind meines Feindes ist mein Freund«. Manchmal war es ein ständiges Hin und Her, und wir verbündeten uns wechselweise mit den Briten, den Franzosen, den Russen und den Österreichern. Waren die Franzosen nicht erst gestern unsere engsten Freunde gewesen? Diesmal waren es die Briten, die uns zu Hilfe eilten. Zugegeben, es ging Admiral Nelson eher darum, Indien vor den Franzosen zu schützen, als darum, die Macht der Osmanen über Ägypten zu sichern. Doch *malesh*, zu unserem Vorteil, vernichtete der britische Admiral Bonapartes Flotte.

Da die meisten seiner Schiffe zerstört waren, plante der französische General einen Vorstoß auf dem Landweg, und im Januar 1799 führte er seine Truppen nach Osten, durch die Wüste Sinai nach Palästina. Dort, in Jaffa, wurden unsere Soldaten überwältigt und mussten kapitulieren. Doch die barbarischen Franzosen ermordeten sie trotzdem: Dreitausend Männer, zusammen mit Frauen und Kindern, wurden im Meer ertränkt. Gott aber wollte es, dass unsere Armee der Neuen Ordnung drei Monate später den Kampf aufnahm, als die Franzosen die Küste aufwärts nach Syrien vorrückten. Bei Akka wurden zweitausend von Bonapartes Soldaten getötet, und ihre Köpfe wurden von unseren Schwertern gespalten. Der Rest blies zum Rückzug.

Die Franzosen zogen sich nach Abukir zurück. Osmanische Truppen erwarteten sie auch hier, aber leider waren diese dem Feind nicht gewachsen. Nachdem sich das Blatt dramatisch gewendet hatte, trieben die französischen Soldaten unsere Einheiten zur See: Tausende unserer Männer ertranken in der Bucht, während Bonapartes Herrschaft über Ägypten begann.

In der Heimat gerieten die Leute in Aufruhr, als uns die Nachricht von der Niederlage erreichte. Der erniedrigende Verlust einer solch wichtigen Provinz wurde durch den Tod so vieler osmanischer Soldaten noch verschlimmert. Der Sultan übte umgehend Vergeltung an den Franzosen. Alles, was mit Frankreich zu tun hatte, wurde verdammt. Nicht nur der französische Botschafter und seine Adjutanten wurden ins Gefängnis geworfen, sondern alle französischen Berater der Pforte wurden angewiesen, das Land zu verlassen. Sämtliches französisches Wirtschaftseigentum wurde beschlagnahmt, und alle im Osmanischen Reich lebenden Franzosen wurden aufgefordert, sich bei den muslimischen Gerichtshöfen registrieren zu lassen. Alle profranzösischen Wesire wurden eingesperrt, und im Palast wurden sämtliche Verweise auf Frankreich getilgt. Ich brauche nicht zu sagen, was das für Nakschedil bedeutete.

Selbstverständlich gab es keine westliche Musik mehr, keine westlichen Tänze und keinen Wein, nicht einmal in aller Heimlichkeit getrunken. Aber was noch schlimmer war: Niemand sprach mit Nakschedil, sie erhielt keine Einladungen, ihr Name wurde nicht einmal geflüstert. Schon allein ihre Anwesenheit war eine *cause célèbre*.

Eine Zeit lang vergoss Nakschedil so viele Tränen, dass ich dachte, uns würden die Taschentücher ausgehen. »Was soll ich nur tun«, jammerte sie. »Wie soll ich leben? Ich werde auf unglaubliche Weise gedemütigt. Ich kann niemandem mehr mein Gesicht zeigen.«

»Du darfst dir keine Gedanken darüber machen, was die Leute denken«, sagte ich. Ich wusste jedoch, dass es sich bereits herumgesprochen hatte und dass der ganze Harem über ihr Dilemma tratschte.

Aus Angst, gesehen zu werden, mied Nakschedil die Bäder der Konkubinen soweit wie möglich und benutzte das

Hamam, wenn die anderen nicht dort waren. Sie ging nicht mehr ins Musikzimmer und nahm die Geige nur noch hin und wieder von ihrem Regal. Sie drehte an den Stimmwirbeln und ließ eine melancholische türkische Melodie erklingen, da sie es nicht wagte, ihre Lieblingsstücke zu spielen. Ihre französischen Bücher vergrub sie noch tiefer in ihren Schränken und las nur darin, wenn ich Wache hielt. In den Gärten streifte sie allein umher und ließ Blütenblätter zu Boden fallen, als wären es Tränen. Und wenn sie nähte, stach die Nadel durch den Stoff, als würde sie sich in ihr Herz bohren.

Man kann sich kaum vorstellen, wie schwer es für mich war, ihr immer wieder mitteilen zu müssen, dass der Sultan dem schwarzen Obereunuchen befohlen hatte, ihre Privilegien abzuschaffen. Zuerst wurden alle ihre Essensrationen verringert: Die ihr zugewiesene Menge an Brot, Butter, Zucker, Honig, Kaffee, Tee, Mehl, Fleisch, Gemüse und Obst wurde um mehr als die Hälfte gekürzt. Wenige Wochen später kam die Nachricht, dass ihre finanziellen Zuwendungen um zwei Drittel reduziert würden. Und im darauf folgenden Monat musste sie den Großteil ihres Schmucks – Diamanten- und Rubinketten, Rubinohrringe, Saphirringe, Perlen- und Diamantenschärpen – an das Schatzhaus zurückgeben. Und von den meisten ihrer Sklavinnen würde sie sich ebenfalls trennen müssen. Nur zwei Mädchen, Besme und Hürrem, blieben ihr.

Zudem war Prinz Mahmud im August 1798 dreizehn Jahre alt geworden und man hatte ihn, wie es in Topkapi üblich war, wenige Monate später aus dem Kinderhort genommen und in die Palast-Medrese gebracht, die von den Ulema geleitete Schule. Zusammen mit seinem Bruder Mustafa lebte er im Goldenen Käfig und wurde offiziell, unter der Anleitung des Scheich-ul-Islam und auf der

Grundlage der religiösen Hierarchie, als zukünftiger Sultan des Osmanischen Reiches und Kalif der muslimischen Welt ausgebildet.

In der Vergangenheit hatte Mahmud mit seinen großen strahlenden Augen und seinem kindlichen Lebenshunger Nakschedils Gemüt aufgehellt. Doch nun wurden ihm die Lehren des Islam eingetrichtert. Im Goldenen Käfig sorgten die Ulema dafür, dass die muslimische Tradition von den blau-weißen sechseckigen Fliesen mit den geometrischen Mustern, den dicht geknüpften Gebetsteppichen, der ausführlichen Karte von Mekka und den mit vergoldeten Inschriften aus dem Koran verzierten Holzdecken widerhallte. Und die anspruchsvollen Lehrstunden der Imame beinhalteten alles, von Kalligrafie bis zu Musik, Religion und Gesetz, alles streng auf der Grundlage des Islam.

»Wie konnten sie mir Mahmud wegnehmen!«, klagte Nakschedil. »Sie halten ihn absichtlich von mir fern.«

»Unser aller Leben ist von der Laune des Sultans abhängig«, entgegnete ich. »Es ist eine große Ehre, in den Goldenen Käfig zu kommen. Zumindest hat Selim dafür gesorgt, dass der Käfig nicht länger eine Insel grausamer Isolation ist, so wie es in der Vergangenheit der Fall war, sondern ein ziemlich komfortabler Ort. Stell dir doch einmal vor: Eines Tages wird Mahmud Sultan sein!«

»Solange Ayscha hier ist, hängt sein Leben an einem seidenen Faden«, sagte sie. »Und wenn der Tag kommt, an dem Mustafa zum Sultan ausgerufen wird, werden Mahmud und ich erledigt sein.«

»Das bezweifle ich. Auch wenn Mustafa Sultan wird – und Gott verzeihe mir, möge Selim leben und regieren, bis seine Enkel weiße Haare haben –, der Junge ist so dickköpfig, dass er auf dem Thron nicht überleben wird.«

Nichts von dem, was ich sagte, schien sie zu beruhigen.

»Was ist mit meinen Sklavinnen?«, fragte sie. »Wie soll ich ohne sie zurechtkommen?«

»Ich werde nach wie vor da sein, und ich werde alles tun, was in meiner Macht steht, damit es dir gut geht. Es wird dir vorkommen, als hättest du hundert Sklavinnen. Jedenfalls«, fügte ich hinzu, »ist es besser, hier zu sein als im Haus der Tränen«.

»Das mag sein. Aber ist dem Sultan denn nicht bewusst, dass ich nur sein Bestes will?«

»Das ist ihm durchaus bewusst«, erwiderte ich. »Dem schwarzen Obereunuchen zufolge macht ihn alles, was ihn an das Vorgehen der Franzosen in Ägypten erinnert, wütend. Dennoch hat er ein Risiko auf sich genommen und dir erlaubt, in Topkapi zu bleiben. Ich bin sicher, dass sich sein Zorn nach einer Weile legen wird. Er wird sich wieder beruhigen und zur Vernunft kommen. Das wird bestimmt bald vorbei sein.«

Aber woher hätte ich wissen sollen, dass Muhammad Ali, der Provinzgouverneur in Ägypten, die Situation dazu nutzen würde, um seine Unabhängigkeit vom Sultan zu fordern? Und auch mit Russland gab es wieder Schwierigkeiten. Selim hatte ein neues Bündnis mit dem Zaren geschlossen, doch noch bevor die Tinte trocken war, intervenierten die Russen in Griechenland, Anatolien und Bulgarien und stachelten die Provinzgouverneure an, ihre Unabhängigkeit zu erklären. Und für jeden Zwischenfall machten die Ulema Selim und seine Beziehungen zu den Ungläubigen verantwortlich.

16

Beim Anblick des im Türrahmen stehenden Mahmuds weinte Nakschedil Freudentränen. »Ah, mon chéri«, rief sie und vergaß einen Moment, dass alles Französische verboten war. Sie umarmte den Jungen und bedeckte sein Gesicht mit Küssen. Dann führte sie ihn herein.

»Nadil, bitte«, bat er und legte einen Finger an die Lippen. »Sprich nicht Französisch mit mir, das wird uns beide in furchtbare Schwierigkeiten bringen.«

»Aber niemand wird uns hören, mein Löwe. Nur Tulpe ist hier.«

»Man weiß nie«, sagte er und begrüßte mich mit einem Nicken. »Wenn uns zufällig jemand hört, wird es uns schlecht ergehen.«

»Verzeih mir. Ich bin so glücklich, dass du hier bist«, sagte Nakschedil. »Aber wie ist es dir gelungen, hierher zu kommen?«

»Es ist sechs Monate her, dass ich den Palast verlassen habe, um in den Käfig zu gehen. Ich sagte zu den Imamen, du wärst krank, und ich müsste dich besuchen.«

»Und wie behandeln sie dich?« Sie lief hastig umher und brachte Platten mit Obst und Leckereien herbei.

»Mir ist es gut ergangen. Aber ich weiß, es war eine schwierige Zeit für dich, und auch für mich. Die Imame haben die Wut des Sultans auf Frankreich ausgenutzt, um ihre eigene Position zu stärken.«

Nakschedil nickte und schob ihm noch eine Platte mit Speisen hin.

»Und, wie du weißt«, fuhr Mahmud fort und schluckte ein Stück Halvah herunter, »hat Selim den Scheich-ul-Islam durch eine sehr viel konservativere Persönlichkeit ersetzt. Wenn der höchste religiöse Führer ein Reaktionär ist, so hofft er, wird dies den Zorn der Janitscharen auf die Armee der Neuen Ordnung besänftigen und sie zum Kampf anspornen.« Die Stimme des Jungen klang brüchig, und ich begriff, dass dies nicht von seiner Erregung, sondern vom Stimmbruch herrührte.

»Auch schon vor diesen gegenwärtigen Problemen waren die heiligen Männer gegen den Westen eingestellt«, erklärte Nakschedil. »Ich habe stets versucht, sie zu ignorieren.«

»Ja, aber jetzt sind sie außer sich. Man kann sie unmöglich ignorieren. Sie sprechen mit hasserfüllter Stimme und predigen mir tagtäglich, wie schlecht und korrupt und satanisch der Westen ist. Verzeih mir, aber sie sagen, dass sich die ungläubigen Frauen prostituieren und jedem ihren Körper und ihr Gesicht zeigen. Sie sagen, dass die ungläubigen Männer Alkohol trinken, um Geld spielen und falsche Götter anbeten. Sie verspotten die Menschen des Abendlandes, die sich auf Philosophie statt auf den Glauben verlassen, und bezeichnen sie als Gottlose, die nichts von Allah verstehen. Als ich dort ankam, packten sie meine französischen Bücher und rissen sie auseinander.«

»Aber je mehr man sowohl über den Osten als auch über den Westen weiß, desto klüger ist man.«

»Sie begreifen es nicht, liebe Nadil. Sie sagen, dass alle Muslime eine einzige Sprache sprechen, nämlich Arabisch, welche heilig ist, während die Europäer in vielen verschiedenen Sprachen sprechen. Sie sagen, es ist ein Beweis dafür, dass das Christentum widersprüchlich und inkonsequent ist.

Sie sprechen mit Abscheu von den Speisen der Christen, besonders Schweinefleisch, und sie sagen, dass jeder, der dieses schmutzige Tier isst, selber ein Schwein ist. Sie behaupten, dass Europäer schmutzig sind und sich nicht mit Seife und Wasser waschen, sondern sich mit Parfüm durchtränken.«

»Aber, mein Kind, du weißt doch, dass das alles nicht stimmt.«

»Das spielt keine Rolle. Sie verwenden es gegen mich.«

»Was kann ich tun, um dir zu helfen, mein Löwe?«

»Nichts. Ich wollte dich nur sehen und dir sagen, dass ich dich liebe.«

»Ich bin dir so dankbar, dass du gekommen bist. Jede Stunde eines jeden Tages habe ich mir Sorgen um dich gemacht. Bitte lass dich von Mustafa oder den Ulema nicht einschüchtern. Du musst wissen, dass sie strenge Methoden anwenden. Du musst dich anpassen und vorwärts gehen, dem Licht entgegen.« Wieder umarmte sie ihn, dann hielt sie ihn von sich weg, um ihn anzuschauen.

»Du bist gewachsen, und ich sehe, dass du dich veränderst. Denke nicht darüber nach, wie die Dinge waren oder wie sie sein werden«, sagte sie. »Denke an die Worte des Mystikers Bedreddin: ›Es gibt keine Vergangenheit, es gibt keine Zukunft; alles ist im Werden begriffen.‹«

Aber in Wahrheit sollte alles noch schlimmer werden.

Zwei Monate nach Mahmuds Besuch traf die Nachricht ein, dass die Valide Sultan Mirischah erkrankt war. Die Palastärzte konnten nur wenig tun, um ihr zu helfen. Selbst der aus Pera herbeigerufene englische Arzt Neale erlebte nichts als Ernüchterung, als er sie an ihrem abgeschiedenen Ort besuchte. Der schwarze Obereunuch begrüßte ihn, bot ihm Kaffee, Sorbets und süßes Gebäck an und machte ihn mit dem griechischen Arzt bekannt, der die Valide gepflegt hatte. Offenbar litt Mirischah seit Wochen an hohem Fieber, das immer wieder kam und ging. Während dieser Zeit hatte der gute Grieche sie in Eiswasser gebadet und beobachtet, wie das Fieber sank, nur um daraufhin erneut zu steigen.

Schließlich führte der schwarze Obereunuch den Engländer zur Patientin. Die völlig geschwächte Frau lag hinter einem Vorhang verborgen, und der Sultan versteckte sich ohne Neales Wissen hinter einem schweren Gitter. Die einzigen Körperteile der Valide, die der Arzt sehen durfte, waren ihre Hände und Handgelenke, an denen er ihr den Puls fühlen konnte. Der Arzt tat sein Bestes, doch da er nur wenig untersuchen konnte und ihre Krankheit schon so weit fortgeschritten war, waren seine Bemühungen vergeblich. Acht Tage, nachdem er sie besucht hatte, hörten wir, wie die Muezzins überall in der Stadt die Nachricht von ihrem Tod verbreiteten. Am nächsten Tag fand eine Prozession statt, und die Valide wurde in ihrer Türbe bestattet. Die Menschen kamen herbei, um ihr die letzte Ehre zu erweisen. Mirischah hatte sich als Wohltäterin erwiesen und den Osmanen mehrere Armenküchen und Brunnen, ein Hospital sowie eine Moschee gestiftet. In ehrendem Andenken an die Valide erklärte Selim, dass Lebensmittel und Geld an die Armen verteilt würden.

Mirischahs Dahinscheiden verstärkte Nakschedils Traurigkeit noch. »Sie hat mir Mahmud geschenkt, und dafür werde ich ihr immer dankbar sein«, sagte sie. »Sie war eine liebenswürdige Frau, und ich spürte, dass sie mir wohlgesonnen war. Freilich war ich manchmal enttäuscht, dass sie nicht mehr tat, um mir bei Selim zu helfen. Aber ich glaube, das ist natürlich: Ihre höchste Loyalität galt ihrem Sohn.«

»Weiß Gott«, erwiderte ich, »ein Sultan muss sich auf seine Mutter verlassen können. Die anderen um ihn herum sind so unbeständig wie der Wind.«

»Sie war diejenige, die dafür sorgte, dass ich für die Treffen mit Selim ausgebildet wurde«, fuhr Nakschedil fort. »Auch dafür bin ich ihr dankbar. Ich werde sie vermissen.«

Und das tat sie. Sie verzehrte sich vor Sehnsucht, während aus den Tagen Wochen und aus Wochen Monate wurden. Die Kira Esther kam mit Stoffen für die fünf Kadins des Sultans in den Palast, und obwohl Nakschedil keine Waren kaufen durfte, war es mir gelungen, mit Esthers Hilfe einen Brief aus dem Palast zu schmuggeln. Und nun brachte sie einen zurück. Beim Anblick des französischen Siegels verflog Nakschedils Niedergeschlagenheit, aber nicht für lange.

Oktober 1799

In diesem Jahr trafen Nachrichten ein, die mich betrübten, meine liebste Cousine, und ich befürchte, sie werden auch dich betrüben. Zuerst erfuhr ich, dass es meiner armen Mutter schlechter ging und bevor ich mich auf diese Mitteilung einstellen konnte, erhielt ich die Benachrichtigung, dass sie gestorben war. Nun erfahre ich von einem Reisenden, dass auch deine Mutter und dein Vater verschieden sind. Es ist eine schreckliche Sache, sich von seinen Eltern am Ende ihres Lebens nicht verabschieden zu können. Aber dies war nun einmal unser Los.

Es tut mir Leid, dir schlechte Nachrichten überbringen zu müssen, doch ich hoffe, dass dich dieser kurze Brief in guter Gesundheit erreicht.

In Liebe, deine Cousine Rose

Nakschedil reichte mir den Brief. »Es tut mir so Leid«, sagte ich. »Kann ich irgendetwas für dich tun?«

Sie schüttelte den Kopf. »Ihr könnt nichts tun, Tulpe«,

antwortete sie. »Ich spüre eine Leere in meinem Magen und fühle mich traurig und einsam. Meine Familie ist tot, und ich werde sie niemals wiedersehen. Die Ulema sind so grausam. Seit Mahmuds Besuch vor einem halben Jahr durfte ich ihn nicht wiedersehen. Ich fühle mich wie ein winziger Korken, der in einem riesigen Meer auf und ab hüpft.«

Auch in den nächsten zwei Monaten bekamen wir Mahmud nicht zu Gesicht. Und als er schließlich wiederkam, staunte ich nicht schlecht: Er war um mindestens acht Zentimeter gewachsen. Außerdem hatte er jetzt eine breite Brust, eine tiefe Stimme, und sein Gesicht war mit Bartstoppeln übersät. Sosehr er sich auch verändert hatte, er erzählte, im Goldenen Käfig habe sich wenig verändert. Wenn überhaupt, sagte er, habe sich die Stimmung eher verschlechtert. Die Extremisten führten ein strenges Regiment, und sie bestanden auf der striktesten Einhaltung des Korans. Alles, was europäisch anmutete, war verboten, *harem*.

»Sogar mein Bruder Mustafa verwendet es gegen mich. Er erinnert mich ständig daran, dass du Französin bist und dass du mir französische Dinge beigebracht hast.«

»Und was ist mit Mustafas Mutter?«, fragte ich. »Besucht er sie?«

»Die ganze Zeit«, antwortete Mahmud. »Sie ist sogar in den Käfig gekommen. Sie hat Mustafa ermutigt, sich an Muhammad Rakim, den Kalligrafielehrer, zu halten, und er steht dem Scheich-ul-Islam nahe. Sie tun, was sie können, um meinen Namen zu beschmutzen. Ich weiß, es ist dumm, mein Bruder ist schließlich älter als ich. Aber dennoch kann ich ihn durch nichts, was ich sage, davon überzeugen, dass ich ihm wohlgesonnen bin, wenn er den Thron besteigt. Jedenfalls, sage ich ihm immer wieder, ist Selim noch jung und wird, gelobt sei Allah, noch viele Jahre regieren.«

Mahmud erzählte, die Ulema hätten gefragt, warum Nakschedil in Topkapi bleiben dürfe, und nur aufgrund seiner Appelle an Selim und weil sich Selim bei den heiligen Männern für sie eingesetzt habe, sei sie nicht fortgeschickt worden.

»Danke, mein Kind«, sagte sie, »dass du ein solches Risiko auf dich genommen hast und dich so rührend um mich kümmerst. Aber was kann ich für dich tun?«

»Ich bin jetzt fast fünfzehn«, erwiderte Mahmud. »Es ist Zeit für mich, eine Frau zu haben. Ich weiß, Mustafa hat seine Sklavinnen, und ich brauche meine eigenen.«

»Ich werde dir eine meiner Sklavinnen schicken«, sagte Nakschedil. Sie lächelte bei dem Gedanken, dass ihr kleiner Junge ein Mann wurde. »Ich habe nur zwei, aber sage mir, welche dir gefällt, und sie soll dein sein.«

Mahmud begutachtete die Mädchen, als sie das Zimmer betraten und wieder hinausgingen. Bevor er sich verabschiedete, gab er Nakschedil zu verstehen, welche ihm gefiel.

»Hürrem soll dir gehören, Mahmud. Aber bitte gib Acht. Du kennst die Palastregeln. Sie darf nicht schwanger werden. Wenn das geschieht, wird ihrem Leben sowie dem Leben des Kindes ein Ende gesetzt werden. Und deines wird gefährdet sein.«

Sobald Mahmud fort war, fragte ich Nakschedil, ob es vernünftig war, Mahmud die sinnliche Hürrem zu überlassen. »Sie ist sehr jung«, gab ich zu bedenken. »Warum schickst du ihm nicht Besme? Sie ist älter und kann keine Kinder mehr bekommen.«

»Er will nun mal dieses Mädchen«, entgegnete sie. »Ich werde mit ihr reden, und sie muss mir versprechen, Vorsichtsmaßnahmen zu treffen.«

Mehr konnte Nakschedil nicht tun, um einem Sultan Vergnügen zu bereiten. Da sie wenig Aussichten hatte, wieder zu Selims Favoritin zu werden oder auch nur ihn zu unterhalten oder einfach mit ihm zu reden, verging die Zeit für sie im Schneckentempo.

Ich hingegen war ziemlich beschäftigt. Da das Reich Krieg gegen Frankreich führte und die Gesandten ständig zwischen dem Diwan und ihren Heimatländern hin und her pendelten, bat mich der Hauptdolmetscher, für ausländische Würdenträger, die fast alle Französisch sprachen, zu übersetzen. Und der schwarze Obereunuch schickte mich zum Avret-Basar, um bei den Freitagsauktionen die Mädchen zu inspizieren und zu sehen, ob einige davon den Anforderungen des Palastes genügten.

Jedes Mal, wenn ich auf den Sklavenmarkt kam, stieg Ekel in mir hoch. Eine neu eingetroffene Schar schwarzer Mädchen wurde im Freien auf einer Plattform zur Schau gestellt, und alte Männer mit schmutzigen Turbanen und ebensolchen Fingernägeln drückten ihre Brüste oder untersuchten ihre Körperöffnungen. Dabei klapperten sie die ganze Zeit mit den Goldmünzen in ihren Taschen. Ich lernte, meinen Abscheu vor diesen erniedrigenden Handlungen zu verdrängen und tief durchzuatmen, und dachte daran, welches Glück ich hatte, den Sultan zu repräsentieren.

In der Tat waren die besten Mädchen mir vorbehalten. Ich betrat einen der privaten Salons, ließ mich auf einem bequemen Sofa nieder und nahm mir eine auf einem Tablett gereichte Tasse Kaffee. Die üblichen Höflichkeiten wurden ausgetauscht, und wenn ich mich entspannt hatte und bereit war, wurden die weißen Mädchen nacheinander hereingebracht. Die meisten waren junge Bäuerinnen mit rauen Händen und schlechten Zähnen, und ich machte mir nicht einmal die Mühe, sie zu begutachten. Doch hin und wieder sah ich sie mir genauer an, inspizierte ihre Münder und ihre Körper und lächelte. Wenn ich eine dunkeläugige Schönheit mit glatter Haut gefunden hatte, feilschte ich und erstand sie zu einem guten Preis.

Außerdem stand ich Nakschedil und den Kadins zu Diensten. Es waren jetzt sechs an der Zahl, und sie schickten mich ständig hierhin und dorthin: Ich musste der Kira Stoffe abkaufen, wenn sie in den Topkapi-Palast kam, auf dem Großen Basar Schmuck oder auf dem Gewürzemarkt Salben besorgen. Und alle waren erpicht auf jenen geheimen Trank, der ihre Fruchtbarkeit steigern würde. »Fragt, ob das funktioniert«, flüsterte beispielsweise eine und fügte den Namen eines neuen Produkts hinzu, von dem sie gehört hatte. »Bringt in Erfahrung, was sie haben«, bat eine andere, »es muss etwas geben, das die Ungläubigen benutzen.«

Ich bahnte mir einen Weg durch die engen Gassen des Großen Basars, vorbei an Scharen eifriger Käufer. Dabei war ich mir bewusst, dass von den Tausenden Ständen, an denen alles zu bekommen war, von Waffen und Büchern bis zu Teppichen, Seidenstoffen, Turbanen und Schmuck, nur wenige des Palastes würdig waren. Im Lauf der Jahre hatte ich mich mit einigen Händlern des Alten Bedestan angefreundet, und wenn ich die Hallen mit den gewölbten Decken betrat, wo die feinsten Waren zu finden waren, wurde ich mit Kratzfuß und Verneigungen begrüßt. Schließlich ist es nicht eben eine Kleinigkeit, für den Harem des Sultans einzukaufen. Hier und dort hielt ich inne, trank eine Tasse Kaffee, lauschte dem Tratsch des Tages und feilschte um einige Dinge, die auf meiner Liste standen.

Dann steuerte ich auf den *misir carsisi* zu und schlenderte an Tausenden leuchtend bunter Säcke vorbei, die bis zum Rand mit Gewürzen, Kräutern und Arzneimitteln gefüllt waren: Haschisch, Henna, Hyazinthe, Kümmel, Sandelholz, Zimt, Leinsamen, Pfefferminze, weißer Mohn, Opium, Amber, Ingwer, Muskat und Schafgarbe. Auch hier machte ich in meinen Lieblingsgeschäften Halt, trank einen Kaffee, sinnierte über die Neuigkeiten und besorgte, an die Bitten der Mädchen denkend, das neueste Elixier. Aber vergebens: Noch immer waren keine neuen Erben für den Sultan in Sicht.

Sogar Nakschedil schickte mich auf den Basar, allerdings hatte sie ein anderes Anliegen. »Ich habe meine Bücher gut versteckt, doch ich habe große Angst, dass Muhammad Rakim sie findet und mich bestraft«, sagte sie. »Ich trenne mich nur ungern von ihnen, aber seht, was Ihr dafür bekommen könnt. Zumindest könnte ich das Geld gut gebrauchen.«

Der Markt für französische Bücher war geschrumpft wie eine alte Frau. Alles, was mit Frankreich zu tun hatte, wurde mit Missfallen betrachtet. Dennoch tat ich mein Bestes und umschmeichelte die Händler, als wären es Jungfrauen. Und nach und nach wurde ich die Bücher los, bis nur noch eines oder zwei übrig waren.

An einem Winternachmittag, als ich vom Basar zurückkehrte, klopfte ich den Schnee von meinem Kaftan und schaute kurz bei Nakschedil vorbei. »Auf der anderen Seite des Flusses in Pera herrscht große Aufregung«, berichtete ich.

»Warum das?«, fragte Nakschedil.

»Na ja, wir schreiben das Jahr zwölfhundertvierzehn. Für die Ungläubigen ist es jedoch das Ende des alten Jahrhunderts und der Beginn des neuen.«

»Mein Gott«, sagte sie. »Ist es wirklich achtzehnhundert? Das heißt, ich bin schon zwölf Jahre hier, Tulpe.«

»Und ich fünfundzwanzig Jahre.«

Im Dezember desselben Jahres, zwölf Monate, nachdem Nakschedil Hürrem zu Mahmud geschickt hatte, kam das

Mädchen aufgeregt in Nakschedils Gemach. Sie kam am Spätnachmittag und trug eine dicke Bocha unter dem Arm. »Bitte, bitte«, flüsterte sie, kaum dass ich die Tür geschlossen hatte.

»Was ist los?«, fragte Nakschedil ungeduldig.

Die pummelige Hürrem legte das Bündel auf einen Diwan und wickelte es behutsam auf. In mehrere Lagen Kaschmir eingewickelt, war da ein neugeborenes Baby. Ein Stück Stoff im Mund des Kindes hinderte es am Schreien.

»Mein Gott, Hürrem, bist du verrückt?«, rief Nakschedil aus.

»O meine Gebieterin, ich freue mich so«, sprudelte es aus ihr heraus. »Als ich merkte, was mit mir los war, war ich so aufgeregt, dass ich es jedem erzählen wollte.«

»Ich hoffe, du hast es für dich behalten«, sagte ich.

»Hat irgendjemand deinen Bauch bemerkt?«, fragte Nakschedil.

Ich warf einen Blick auf ihre rundliche Figur und wusste die Antwort.

»Das war nicht schwer«, antwortete sie aufrichtig. »Ich bin nicht gerade schlank, und durch die vielen Kleider übereinander konnte ich meinen Bauch verstecken.«

»Und wann hast du es zur Welt gebracht?«, wollte Nakschedil wissen.

»Heute früh.«

»Weiß jemand davon?«, fragte ich.

»Ich glaube nicht. Ich habe mein Bestes getan, um es ruhig zu halten. Es hat … es hat ein oder zwei Mal geschrien, bevor ich ihm die Brust gab.«

»Wenn irgendjemand das Kind sieht, wird es erdrosselt werden«, warnte ich. »Du wirst es weggeben müssen.«

Das Mädchen war zu aufgeregt, um zuzuhören. »Stellt euch vor, eine Tochter des Sultans!«, sagte sie.

»Er ist noch kein Sultan, und er wird auch nie einer werden, wenn die Sache herauskommt«, sagte Nakschedil. »Mahmud kann dafür mit dem Tod bestraft werden. Und du auch.«

Hürrem versuchte zu protestieren, doch Nakschedil wollte nichts davon hören. Sie hatte Recht. Das Risiko war viel zu groß. Sie gab mir ein Zeichen, in ihr Schlafzimmer zu kommen. Ihr ganzer Körper war angespannt, und sie stand mit hochgezogenen Schultern da und hatte die Arme fest vor der Brust verschränkt. »Was sollen wir bloß tun, Tulpe?«, stöhnte sie. »Wir können das Baby nicht hier behalten.«

»Ich habe nachgedacht«, sagte ich, »und ich glaube, ich habe eine Lösung. Die Kira Esther kommt morgen in den Palast. Hürrem wird heute Nacht hier bleiben und das Baby stillen. Morgen werden wir es in die Bocha einwickeln, und gebe Gott, dass es ruhig bleibt. Ich werde Esther das Kind geben. Sie wird eine Familie für das Kind finden.«

»O Tulpe, Ihr habt immer die besten Ideen parat«, sagte Nakschedil und küsste meine Hand. »Aber was ist mit dem Mädchen? Wenn sie es irgendjemandem erzählt, geht es uns allen an den Kragen. Genau so einen Vorwand braucht Mustafa, um Mahmud zu vernichten. Er wird es den Imamen erzählen, und sie werden den Scharfrichter herbeirufen.«

»Und du wirst ein ähnliches Schicksal erleiden, weil Hürrem deine Sklavin war«, fügte ich hinzu.

»Wir dürfen dem Mädchen nicht erlauben …«, sagte Nakschedil.

Ich nickte und hob die Hand, um sie am Weiterreden zu hindern. Ich wusste, was ich zu tun hatte.

Am nächsten Morgen wachte ich auf und wollte das Kind einwickeln und es der Kira bringen. Ich betrat das Zimmer, in dem Hürrem genächtigt hatte. Das Mädchen kauerte weinend auf dem Boden. »Nach einer Weile wirst du nicht mehr daran denken«, sagte ich tröstend. Ich blickte hinunter, sah jedoch nur eine zusammengelegte Decke.

»Ich habe ihm Milch gegeben, ich habe alles getan, was ich konnte«, schluchzte Hürrem. »Es ist tot«, wimmerte das Mädchen. »Tot.«

Ich bückte mich und schlug die Kaschmirdecke zurück. Das Baby lag regungslos da, sein winziger Körper war starr, und es atmete nicht mehr. Es hatte die Nacht nicht überlebt. Mir schwirrte der Kopf. Einen Augenblick lang empfand ich Mitgefühl für die Sklavin. Sie hatte dieses Wesen schließlich auf die Welt gebracht. Und nun, vierundzwanzig Stunden später, war es tot. Dennoch musste ich zugeben, dass ich erleichtert war. Die Götter hatten ihr Werk getan.

»Mein Baby, mein Baby«, klagte Hürrem und wiegte das tote Kind in ihren Armen. »Wie konnte das passieren?«

»So etwas passiert oft. Das Leben ist zerbrechlich«, sagte ich schulterzuckend. »Nur die Starken überleben.« Ich zog Hürrem vom Fußboden hoch und schüttelte sie. »Erzähle niemals, niemals irgendjemandem von diesem Kind«, warnte ich sie. »Schwörst du es?«

Sie zögerte einen Augenblick, dann nickte sie.

»Ich schwöre es«, flüsterte sie. »Ich schwöre es.« Doch ihre Worte klangen nicht überzeugend.

Ich nahm das tote Kind in meine Arme, wickelte es wieder in die Kaschmir-Bocha und brachte es den Gärtnern, die zugleich als Palastscharfrichter fungierten. Sie würden schon wissen, was damit zu tun sei.

Als ich später zurückkam, saß Nakschedil allein in ihrem Zimmer. »Ich hörte sie weinen«, sagte sie. »Aber ich dachte, es sei deshalb, weil wir das Baby weggeben wollten. Ich hatte keine Ahnung …«

»Es ist einfacher so«, sagte ich. »Wo ist sie jetzt?«

»Sie ist im Zimmer nebenan«, antwortete sie und zeigte auf den kleinen Raum, in dem das Mädchen geschlafen hatte. »Ich weiß, sie muss bestraft werden, aber vielleicht hat sie ihre Lektion bereits gelernt.«

»Dafür ist es zu spät«, sagte ich. Ich drehte mich um und verließ das Zimmer, wissend, dass die Gärtner bald kommen würden.

17

So wie die Farben eines Gebetsteppichs mit der Zeit verblassen, verblassten die Erinnerungen an Hürrem und das Baby. Und Nakschedil gewöhnte sich wieder an den monotonen Tagesablauf des Harems: Sie stand im Morgengrauen auf, sprach ihre Gebete, frühstückte und kleidete sich an. Manchmal las sie in den kleinen Bänden, die sie in einer Bocha im Schrank versteckt hatte. Und nach dem Mittagessen nähte sie. Das Geigespielen hatte sie aufgegeben, doch von nachmittags bis zur Abenddämmerung plauderte sie mit mir oder mit Besme, der einzigen Sklavin, die ihr geblieben war. Hin und wieder bot Besme an, ihr aus der Hand zu lesen, oder breitete eine Hand voll Karten aus. Nakschedil lehnte jedoch ab und erklärte, sie habe ihre beste Weissagung damals in Martinique gehört. »Ich bin mit dem Königtum in Berührung gekommen, wie es mir die Wahrsagerin prophezeit hat«, sagte sie. »Und jetzt weiß ich, wie schwer das sein kann.«

Vielleicht bewirkte das neue Jahrhundert, dass sich das Schicksal zu unseren Gunsten wendete. Es verging ein weiteres Jahr, doch dann begann sich die Lage allmählich zu bessern. Die Osmanen verbündeten sich erneut mit England und konnten die Franzosen aus Alexandria vertreiben. Bonaparte wurde im Osten besiegt, und im März 1802 unterzeichnete die Türkei den Vertrag von Amiens, der den Frieden mit Frankreich bekräftigte und unsere Oberhoheit über Ägypten wiederherstellte.

Nicht lange danach wurde der französische Botschafter aus dem Gefängnis entlassen und kehrte in seine Botschaft zurück. Französische Kaufleute erhielten die Genehmigung, aktiv Handel zu treiben, und Nakschedil war nicht länger eine Persona non grata. Nicht dass sie plötzlich ans Lager des Sultans gerufen worden wäre. Dies war, sofern der Sultan überhaupt Zeit hatte, anderen vorbehalten. Zumindest aber konnte sie sich an ihren Büchern und ihrer Musik erfreuen und die Gesellschaft der anderen Frauen genießen.

Ich hatte viel zu tun und musste nicht nur meine üblichen Pflichten erfüllen, sondern fungierte auch als Dolmetscher für angereiste Gesandte. Jede Woche besuchte ein anderer ausländischer Diplomat den Palast. Wie es eines Tages der schwarze Obereunuch auf dem Weg zu einer Zusammenkunft des Diwans ausdrückte: Keiner habe je behauptet, es sei einfach, ein Reich zu regieren. Er erläuterte, dass der Sultan für ein Gleichgewicht der Kräfte unter den Franzosen, Briten, Österreichern und Russen sorgen müsse, denn sie alle hätten nur zu gern ein Stück vom Osmanischen Reich. Kürzlich hatte der russische Zar seinen Einfluss auf Moldawien ausgeweitet, und nur mithilfe einer unserer besten militärischen Befehlshaber, Alemdar, konnten wir verhindern, dass sie unser Territorium eroberten.

»Selim muss ein Land gegen das andere ausspielen, wie ein Jongleur, der Bälle in die Luft wirft«, sagte Bilal Agha. »Immer wenn ein Land versucht, die Position des Sultans zu schwächen, muss dieser mithilfe der anderen das Gleichgewicht wiederherstellen.«

Als Bonaparte also am 18. Mai 1804 zum französischen Kaiser gekrönt wurde, hielt Selim es für am besten, die Briten sowie die Russen zu beschwichtigen, und weigerte sich,

Bonaparte als neuen Kaiser anzuerkennen. Dies erwies sich als Fehler. Ein Jahr später vernichtete die französische Armee die Russen bei Austerlitz in Mähren, und der Sultan sah alle seine Felle davonschwimmen. Bonaparte unternahm erneut einen Feldzug. Diesmal erachtete es der Sultan als besser, sich auf seine Seite zu stellen, und im Februar 1806 erklärte er die Anerkennung Bonapartes.

Nicht lange nach unserem erneuerten Bündnis mit Frankreich traf ein Brief von Rose ein.

»*Meine liebste Cousine*«, schrieb sie im März 1806:

Es freut mich unendlich, dass euer Sultan die Freundschaft mit Frankreich wiederhergestellt hat. Auch wenn ich dir sagen muss, dass meine eigenen Beziehungen zu Bonaparte nicht mehr das sind, was sie einmal waren.
Seit unserem letzten Briefwechsel ist so viel geschehen. Du weißt ja von meiner Heirat und meiner Krönung als Kaiserin im Dezember 1804 – du siehst, die Wahrsagerin hatte Recht!
Doch dir, meinem eigenen Fleisch und Blut, kann ich anvertrauen, dass die kleinen Flirts meines Gemahls mit den Damen meines Hofes mich sehr belasten. Ich möchte, weiß Gott, dass Bonaparte glücklich ist. Doch es kursieren Gerüchte, denen zufolge er eine Scheidung verlangen wird, und ich füge mich in mein Schicksal, was auch passieren mag. Auf Glück folgt Unglück.

»Wie wahr«, bemerkte Nakschedil, nachdem wir beide den Brief gelesen hatten.

»Betrachte es mal anders herum«, erwiderte ich. »Du hast deine leidvollen Jahre gehabt. Jetzt kommt die Freude.« Aber ich war noch nie ein guter Wahrsager.

Selim musste nicht nur für ein Gleichgewicht unter den ausländischen Mächten sorgen, sondern auch ein wachsames Auge auf seine eigenen Ländereien haben. Jederzeit konnten lokale Notabeln, aufgehetzt von Russland, Großbritannien oder Frankreich, einen Aufstand gegen die Türken anzetteln.

»Das Osmanische Reich ist zwar nicht mehr so groß, wie es einst war«, sagte der schwarze Obereunuch eines Nachmittags, als wir wieder einmal auf einen Botschafter warteten. »Aber es erstreckt sich noch immer bis nach Serbien, Rumänien und Griechenland im Westen und Syrien, Arabien und Ägypten im Osten. Der Sultan versetzt ständig Provinzgouverneure und verlegt Truppen von einem Ort zum anderen, um Rebellionen zu unterdrücken.«

Im Osten hatte es Probleme mit Damaskus gegeben. Die Mamelucken, jene Militärs, die einst Ägypten und Syrien beherrschten, wollten die Macht an sich reißen, doch die Provinzgouverneure konnten die Ordnung wiederherstellen. In Arabien allerdings stellten die Wahhabiten eine ernsthafte Bedrohung dar. Die konservative Sekte, deren Ziel es war, jegliche Abweichungen des Islams von ihren strengen Verordnungen zu eliminieren, weigerte sich, den Sultan als Kalifen und Hüter der heiligen Stätten anzuerkennen. Diese Reaktionäre, die sich selbst als »wahre Gläubige« bezeichneten, hatten unsere Männer geschlagen und Mekka und Medina eingenommen.

»Es ist eine Beleidigung für uns alle, dass die Wahhabiten die heiligen Städte eingenommen haben«, sagte Bilal Agha. »Vergesst nicht, als schwarzer Obereunuch habe ich die Aufgabe, Mekka und Medina zu verwalten. Es ist kein Geheimnis, dass wir mit den Steuern der Tausenden von Pilgern, die eine Wallfahrt zur Geburtsstätte des Propheten unternehmen, unsere Schatzkammern füllen. Jetzt stecken die Wahhabiten das Geld der Hadschi ein, und wir werden nicht genügend Mittel haben, um die Janitscharen zu bezahlen. Die Janitscharen haben dem Sultan bereits vorgeworfen, die Armee der Neuen Ordnung zu begünstigen. Dies wird ihren Groll noch verstärken. Eines kann ich Euch sagen, Tulpe: Da braut sich ein Konflikt zusammen. Ich mache mir Sorgen, dass die Janitscharen ihre Suppenkessel umstürzen und rebellieren.«

Schließlich, so fügte der schwarze Obereunuch hinzu, hätten sich in Serbien die Janitscharen mit einer Gruppe korrupter Muslime verbündet und, mit heimlicher Hilfe der Russen, ihre eigene unumschränkte Herrschaft errichtet. Der Sultan konnte einzig und allein dadurch die Macht wiedererlangen, dass er die einheimischen christlichen Bauern unterstützte, die bereit waren, gegen seine eigenen Truppen zu kämpfen. Dank ihrer Hilfe und der Unterstützung einiger loyaler osmanischer Offiziere wurden die Janitscharen besiegt. »Wir hatten das Glück, dass Alemdar einer der osmanischen Befehlshaber war«, sagte Bilal Agha. »Er ist ein echter Reformer geworden. Aber die Janitscharen werden dies nicht vergessen, und ich fürchte, wir werden dafür bezahlen müssen.«

Doch das betraf die Zukunft. In der Zwischenzeit hatte sich, wie es in der seltsamen Welt der Politik oft der Fall ist, das Gleichgewicht verlagert, oder in anderen Worten, es wurden neue Allianzen geschmiedet: Russland erklärte sich zu unserem Feind, der Sultan brach seine Beziehungen zu Großbritannien ab, und Bonaparte war wieder unser Freund. Und im Diwan wechselte der Sultan, wie er es zuvor schon getan hatte, seine Wesire aus. Er degradierte die prorussischen und probritischen Berater und beförderte jene, die mit Frankreich sympathisierten.

»Wer hätte angesichts all der Schwierigkeiten, mit denen der Sultan außerhalb des Reiches zu kämpfen hatte – zuerst mit Russland, dann mit Frankreich und schließlich mit Großbritannien –, gedacht, dass ihm die größte Gefahr aus dem eigenen Reich drohte?«, sagte ich. Ich legte Nakschedils Kleider für ihre Reise zusammen.

»Andererseits«, fuhr ich fort, »hat sich Selim doch einige Male als Seemann oder Kaufmann verkleidet und ist in die Stadt gegangen, um dem Tratsch der Leute zu lauschen. Da hätte er doch wissen müssen, was passieren würde, wenn er den Janitscharen befahl, die Uniformen der Neuen Ordnung anzulegen.«

»Aber eigentlich hätten sie doch stolz darauf sein müssen, einer so modernen Armee anzugehören«, entgegnete Nakschedil.

»Jedenfalls benutzten die Janitscharen diese Anordnung, um ihre Taten zu rechtfertigen, und so brach der Vulkan aus.«

»Offen gesagt, ich glaube, dass die Ulema eine Menge damit zu tun hatten. Sie propagierten schon so lange antiwestliche Ideen.«

»Und die Wirtschaft war in einem erbärmlichen Zustand«, bemerkte ich. »Die hohen Steuern, Lebensmittelknappheit, die hohe Inflation – die Menschen machten Selims europäische Methoden für ihre Probleme verantwortlich. Besonders die Janitscharen: Sie waren unzureichend entlohnt worden oder hatten ihren Sold zwei Jahre lang mit Verspätung erhalten. Sie schäumten vor Wut.«

»Und der Befehl, die Uniformen einer nach europäischem Vorbild gedrillten Armee zu tragen, brachte das Fass dann wohl zum Überlaufen«, vermutete Nakschedil.

»Ja, aber vergiss Ayscha nicht. Sie hatte das Ganze lange zuvor ausgeheckt. Erinnere dich an ihre Warnung, als du vor einigen Jahren in ihrem Gemach warst. Und an ihre Freundschaft mit Muhammad Rakim und den Ulema. Sie wollte immer nur eines: Mustafa auf dem Thron sehen. Sie würde alles tun, um ihn zum Sultan zu machen.«

Die Revolte nahm im Februar 1807 ihren Anfang, als eine britische Flotte in den Hafen von Istanbul einlief. Offenbar waren die Briten so beunruhigt über unser erneuertes Bündnis mit Frankreich, dass sie sieben Kriegsschiffe entsandten, die in unserem Hafen vor Anker gingen. Sie glaubten, ihre Präsenz würde uns davon abhalten, gut Freund mit den Franken zu sein. Da die Schiffe eine Bedrohung für den Topkapi-Palast darstellten, erteilte der Sultan den Befehl, den Seewall zu befestigen. Beim Anblick unserer dreihundert Kanonen zogen sich die Briten zurück, und die gesamte Stadt atmete auf. Aber nur für einen Augenblick. Aufgrund des russischen Einflusses in Rumänien wurde kein Weizen oder anderes Korn mehr in die Hauptstadt geliefert. Außerdem blockierten russische Schiffe die Dardanellen, sodass unsere Boote keine anderen Lebensmittel heranschaffen konnten. Der Sultan brauchte die Janitscharen beim Kampf gegen die Armee des Zaren, und er musste sie auf modernste Weise ausrüsten.

Im Mai 1807 erging folgender Befehl an die Janitscharen: Sie würden fortan nach den Methoden der Armee der Neuen Ordnung ausgebildet. Eine Gruppe von Offizieren der Neuen Ordnung, angeführt vom Emissär des Sultans, traf in einer Festung am Schwarzen Meer ein und verlangte, dass die dort stationierten Soldaten Uniformen im westlichen Stil anlegten. Empört rebellierten die Janitscharen. Sie griffen den Emissär des Sultans an, metzelten die Offiziere der Neuen Ordnung, von denen sie ausgebildet werden sollten, nieder und töteten sogar einige ihrer eigenen Offiziere. Da sie wussten, dass noch mehr Gruppen ausgesandt waren, um andere Regimenter der Janitscharen auszubilden, wiesen sie die entsprechenden Garnisonen an, die Männer der Neuen Ordnung zu ermorden.

Um die Janitscharen zu beschwichtigen, erklärte sich der Sultan bereit, die Armee der Neuen Ordnung wieder in ihre Kasernen zu schicken und sie dort zu lassen. Aber das machte es den Aufständischen nur noch leichter. Hunderte von Janitscharen verließen ihre diversen Festungen und machten sich auf den Weg nach Istanbul. Innerhalb von zwei Tagen hatten sich Tausende von ihnen in der Stadt versammelt. Ihnen schlossen sich Studenten der Religionsschulen an. Während sich die Bevölkerung vor Angst nicht auf die Straßen traute, stellten die Janitscharen eine Liste mit Forderungen zusammen und verlangten die Absetzung von Selims reformfreudigen Beratern.

Am nächsten Morgen jedoch ging der Scheich-ul-Islam, angestachelt von Ayscha, gar noch einen Schritt weiter. Die höchste religiöse Autorität erließ eine Fatwa, um Selim als Sultan abzusetzen. Die Janitscharen marschierten auf den Topkapi-Palast zu wie knurrende Tiger auf der Suche nach Beute. Wir hörten, wie ihre Rufe immer lauter wurden, als sie die äußeren Tore erreichten: »Sultan Mustafa, Sultan Mustafa«, grölten sie und feierten ihren Sieg, während sie lautstark Selims Rücktritt forderten. Das Geschrei der Rebellen wurde noch lauter, als sie durch die Höfe zogen. Die Mädchen erschraken so sehr, dass sich viele unter ihren Betten versteckten. Wie ein Lauffeuer verbreitete sich im Palast die Nachricht, der Sekretär des Sultans, Ahmed Bey, sei getötet worden. Und das Nächste, woran ich mich erinnere, ist, dass der schwarze Obereunuch in mein Zimmer gerannt kam und sagte, Ahmed Beys Kopf sei Selim überbracht worden, und Nakschedil solle sich lieber verstecken.

»Wo ist Mahmud?«, rief sie, als ich ihr erzählte, was passiert war. Sie war mittlerweile einunddreißig, und die Jahre hatten ihren Tribut gefordert. Ihr Gesicht war von tiefen Falten durchzogen, ihre Augen waren trüb, und ihr blondes Haar wurde allmählich silbergrau.

»Er ist noch im Käfig.«

»Sie werden nach ihm suchen. Sagt ihnen, sie können mich nehmen. Sie können mit mir machen, was sie wollen. Aber lasst nicht zu, dass sie Mahmud in die Hände bekommen.«

»Bilal Agha hat geschworen, dass ihm nichts geschehen wird.«

»Und was ist mit Selim? Werden sie ihn hinrichten?« Tränen liefen ihr über die Wangen.

»Die Janitscharen, der Scheich-ul-Islam und drei der stellvertretenden Wesire präsentierten Selim die Fatwa. Sie warfen ihm vor, gegen das Gesetz des Islam zu verstoßen. Und sie sagen, er habe als Sultan versagt, weil er keine Erben hervorgebracht habe. Als Selim die Fatwa sah, begriff er, dass er keine Wahl hatte. Es ist die Scharia, das Wort des Gesetzes.«

»Wie können wir ihn retten? Was können wir tun?«, fragte sie und schlang die Arme um ihren Körper.

»Sie sind klug genug, um zu wissen, dass er bei vielen Leuten immer noch beliebt ist. Er ist ein guter Mensch. Als man ihm mitteilte, dass er abgesetzt würde und Mustafa sein Nachfolger würde, sagte er nur: ›Möge Gott die Tage seines Lebens verlängern.‹ Es wird Selim erlaubt sein, mit Mahmud im Käfig zu leben.«

»Gott sei Dank. Wenn Mahmud und Selim in Sicherheit sind, kann ich wieder aufatmen.«

Ich blickte auf den Boden.

»Was ist los?«

»Ich wollte es dir eigentlich nicht sagen, Nakschedil.

Aber du weißt, wenn Mustafa den Thron besteigt, wird Ayscha Valide Sultan werden. Sie kehrt morgen aus dem Alten Palast zurück und hat bereits den Befehl erlassen. Es tut mir Leid. Aber du wirst ins Haus der Tränen geschickt.«

Ich hatte nicht viel zu tun, als ich Nakschedil half, die Sachen zu packen, die sie in die Verbannung mitnehmen würde. In den letzten Jahren hatte sie nur wenige neue Kleidergarnituren erhalten, und die alten waren nach all der Zeit abgetragen. Sie besaß noch eine Hand voll Juwelen, und ich wickelte sie sorgfältig in Tücher ein, damit die wertvollen Edelsteine nicht beschädigt wurden. Nakschedil sah zu, wie ich zärtlich über eine Smaragdkette strich.

»Sie gehört Euch, Tulpe«, sagte sie.

»Was willst du damit sagen?«

»Ich möchte, dass sie Euer Eigentum ist. Ich brauche sie im Alten Palast schließlich nicht.«

»Aber sie ist ein Vermögen wert.«

»Sie ist mein Geschenk an Euch. Ihr seid in all den Jahren so gut zu mir gewesen.«

»Aber du hast mir bereits etwas geschenkt«, protestierte ich. »Die Perlenschärpe, den Rubinring. Ihr habt mir mehr als das geschenkt«, sagte ich. »Ihr könnt nicht wissen, wie viel es mir bedeutet – all das, was Ihr getan habt.«

Ich lächelte. »Und ich bin dir dankbar für deine Freundschaft«, antwortete ich.

»Ach«, seufzte sie. »Ich habe gelernt, dass wahre Freundschaft im Palast so selten ist wie ein Schmetterling im Dezember. Ich wusste, dass ich Euch immer vertrauen konnte, Tulpe, auch wenn ich nicht hören wollte, was Ihr sagtet. Jetzt, wo ich fortgehe, sollt Ihr dies als Andenken an mich aufbewahren.«

Ich biss mir auf die Lippe, um die Tränen zurückzuhalten. Noch nie hatte mir jemand solche Geschenke gemacht.

»Ich bin sicher, du wirst schon bald wieder in Topkapi sein«, sagte ich. »Wenn du zurückkommst, werden die Smaragde auf dich warten.«

Nakschedil legte ihre Hand auf meine. »Ein altes Sprichwort lautet: ›Was man verschenkt, behält man.‹ Ich habe Euch die Smaragde geschenkt, aber ich werde viel mehr behalten. Ja, wir werden uns bald wiedersehen, *inshallah*.« Wir umarmten uns, und ich spürte, dass sie am ganzen Körper zitterte. Es sollte jedoch schon früher als gedacht ein Wiedersehen geben. Am nächsten Tag teilte man mir mit, dass auch ich in den Eski Saray geschickt würde.

18

Nakschedil und ich erhielten die Anweisung, uns gemeinsam ins Haus der Tränen zu begeben. Wir bestiegen in Topkapi genau in dem Augenblick unsere Kutsche, als die Prozession für die neue Valide Sultan das Palastgelände erreichte. Es schmerzte mich, zum Abschied zu winken, und daraufhin zu sehen, wie Ayscha, in Satin gehüllt und mit Juwelen behängt, in der kaiserlichen Karosse eintraf. »Die Vorstellung, dass diese Frau jetzt Valide Sultan ist!«, rief Nakschedil aus. »Wie schrecklich, sie sich in einer solchen Position vorzustellen!«

»Und Narzisse als schwarzen Obereunuchen zu sehen«, stöhnte ich, als die widerwärtige Gestalt vorbeischritt, bekleidet mit dem Turban und dem Umhang des *kislar aghasi.*

»Armer Mahmud. Armer Selim«, klagte Nakschedil. »Wer weiß, was mit ihnen geschehen wird? Ich bete für sie beide. Gott stehe uns allen bei.«

Wir fuhren durch die Tore des Topkapi-Palastes, nahmen Abschied von der Moschee Hagia Sophia und rumpelten das Kopfsteinpflaster entlang, vorbei an der Blauen Moschee und dem Basar. Als wir den Platz erreichten, an dem Selim anlässlich der Feierlichkeiten zur Beschneidung Hof gehalten hatte, erinnerte sich Nakschedil an die Zeit von Mahmuds Feier.

»Dreizehn Jahre ist es her. So viel ist seitdem geschehen«, sagte sie. »Es kommt mir vor wie ein ganzes Leben.«

Nach über einer Stunde erreichten wir den Dritten Hügel und den Eski Saray. Als wir uns den hohen Mauern näherten, überkam mich plötzlich Traurigkeit wegen all dem, was wir zurückließen, und ein Unbehagen wegen dem, was uns erwarten würde.

»Ich werde dir immer zu Dank verpflichtet sein«, sagte ich zu Nakschedil.

»O Tulpe, Ihr übertreibt. Es ist doch nur eine Halskette.«

»Ich meine nicht die Kette. Du hast mich vor zwanzig Jahren davor bewahrt, an diesen Ort verbannt zu werden. Wenn du den schwarzen Obereunuchen nicht gebeten hättest, mich in Topkapi zu behalten, hätte ich die ganze Zeit im Alten Palast gelebt.«

»Ich wage nicht, mir vorzustellen, wie es die ganzen Jahre hindurch ohne Euch gewesen wäre«, erwiderte sie.

Auf Anweisung der Ersten Kammerfrau des Eski Saray erhielt Nakschedil einen kleinen Raum und ich ein noch kleineres Zimmer im alten Holzpalast. Statt der schönen Teppiche und gepolsterten Sofas von Topkapi fanden wir kahle Wände vor, an denen die Farbe abblätterte, Holzböden, die so alt waren, dass sie schon Risse hatten, und dünne, klumpige Matratzen, die auf kaputten Diwanen verstreut herumlagen. Und in demselben Maße, wie die Wände, Fußböden und Möbel reparaturbedürftig waren, waren die unglücklichen Bewohner liebesbedürftig. Traurig aussehende Jungfrauen, die noch nie die Chance hatten, einen Mann kennen zu lernen, Witwen und frühere Konkubinen toter Sultane, verhutzelte schwarze Frauen und verbitterte Eunuchen huschten durch die Korridore wie Geister unerfüllter Träume.

Dutzende litten an schlimmen Nervenkrankheiten: Ihre Augen zuckten, ihre Lippen und Hände zitterten, ihre Mägen revoltierten, ihre Rücken taten weh, ihre Glieder waren wund, ihre Gedärme entzündet, und ihre Hälse schmerzten. Außerdem drangen im Winter Kälte und Feuchtigkeit in die Räume, und da es nicht genügend Kohlebecken gab, hörte man nachts den furchtbaren Husten jener, die an Tuberkulose oder Lungenentzündung erkrankt waren. Am helllichten Tag sahen wir, wie ihre gebrechlichen Körper auf Bahren davongetragen wurden. Sie waren nur noch ein Schatten ihrer selbst.

Als Nahrung erhielten wir nur noch Joghurt, Pilau und Brot, und ich erinnere mich an viele Nachmittage mit Nakschedil: Wir saßen zitternd am Tandour, kauten langsam an unseren spärlichen Rationen, unterhielten uns im Flüsterton über den neuen Sultan Mustafa und erinnerten uns an jenen Tag, an dem Selim gestürzt worden war.

»Die Vorstellung, dass fast alle seine fähigen Berater umgebracht wurden«, sagte Nakschedil nicht lange nach unserer Ankunft, »und Mahmud und Selim durften überleben. Gelobt sei Gott. Es grenzt an ein Wunder.«

»Allerdings«, stimmte ich ihr zu. »Der einzige überlebende Reformer war Alemdar, und das nur deshalb, weil er weit weg war von der Hauptstadt.«

Kaum hatte Mustafa den Thron bestiegen, da kursierten schon Gerüchte, denen zufolge er alle von Selim durchgeführten Reformen widerrufen habe. Die Armee der Neuen Ordnung wurde zerschlagen, das neue Steuersystem außer Kraft gesetzt. Die beschlagnahmten Ländereien der Reichen wurden an ihre Eigentümer zurückgegeben, und die Janitscharen durften zu ihren alten korrupten Methoden der Bestechung und der Günstlingswirtschaft zurückkehren.

Die einzigen tröstlichen Geschichten waren jene, die die Abneigung des Volkes gegen den neuen Sultan zeigten. Mustafa hatte nichts gegen die russische Kontrolle über unser Getreide auf dem Balkan unternommen, und die Stadt litt an großem Getreidemangel. An einem Freitagnachmittag, als der Sultan zur Moschee ritt, gefolgt von der Valide Sultan Ayscha, sah er sich einer riesigen Menge wütender Frauen gegenüber, die gegen den Brotpreis protestierten.

Und zahllosen Gerüchten zufolge war Mustafa zu schwach, um jenes Volk zu regieren, das ihn auf den Sultansthron gebracht hatte. Interne Machtkämpfe waren an der Tagesordnung, das Militär hatte sich in Splittergruppen aufgeteilt, und die Ulema waren zerstritten. Muhammad Rakim, der zum Scheich-ul-Islam ernannt worden war, und der stellvertretende Großwesir hatten sich verschworen, um den Großwesir zu ermorden. Kurz darauf intrigierten beide gegeneinander. Ein Machtvakuum hatte den Janitscharen ermöglicht, an Einfluss zu gewinnen. Plündernde Soldaten randalierten in den Läden und misshandelten die Bürger in der Stadt, während andere Soldaten Angehörige der Neuen Ordnung, die sich auf dem Lande versteckten, jagten und töteten.

Wir hatten die Gehenna über ein Jahr lang ertragen, als ein Bote aus dem Topkapi-Palast mit Neuigkeiten eintraf. Es war Mitte Juli 1808, im Alten Palast herrschte eine drückende Hitze, und wir saßen in Nakschedils Zimmer. Die Fenster waren so verzogen, dass sie sich nicht öffnen ließen, und es wimmelte von Fliegen, die durch eine offene Tür in den Eski Saray hereingekommen waren. Zuerst dachte ich, es sei die Hitze, die den schwitzenden Boten stottern ließ. Dann begriff ich, dass er vor Erschütterung kaum sprechen konnte.

»Mahmud ... Selim ... Mahmud ... Selim«, stammelte er immer wieder. Nakschedil rang die Hände. »Was ist los? Was wollt Ihr sagen?«, fuhr ich ihn an. Daraufhin erzählte er uns, was passiert war:

»Ein Geheimkomitee wurde gebildet, um Mustafa abzusetzen und Selim wieder auf den Thron zu bringen«, berichtete er. »An der Spitze der Verschwörung stand Alemdar. Anfang Juli führte er seine Truppen – fünfzehntausend Mann stark – von Edirne nach Istanbul, unter dem Vorwand, Mustafa zu unterstützen. In Wirklichkeit jedoch wollte er Selim retten.«

»Wie wollte er das anstellen?«, fragte ich und verscheuchte die Fliegen.

»Kurz nachdem Alemdar die Hauptstadt erreicht hatte, befahl er seinen Männern, die Stadtmauern zu umzingeln, während er versuchte, zum Sultan vorzudringen. Er wollte Mustafa davon überzeugen, dass dieser nur durch seinen Rücktritt die Ordnung wiederherstellen könne.«

»Und ist er zurückgetreten?«

»Der Sultan weigerte sich, mit ihm zu sprechen. Alemdar organisierte ein kleines Korps und schickte dieses zur nahe gelegenen Wachstube, um den Anführer der Janitscharen zu ermorden. Eine weitere Gruppe wurde angewiesen, den neuen Großwesir in seiner Wohnung gefangen zu nehmen. Alemdar führte seine restlichen Soldaten zu dem Palastgelände und an den Toren vorbei zum Zweiten Hof, wo er den Scheich-ul-Islam, Muhammad Rakim, im Ratssaal antraf. Er befahl Rakim, den Sultan zum Rücktritt aufzufordern. Der Befehl wurde ausgeführt, doch der Sultan weigerte sich, abzudanken.«

»Was für eine Dreistigkeit! Allein die Vorstellung, den Befehl eines Scheich-ul-Islam zu missachten«, sagte ich.

»Ja, aber es kommt noch schlimmer: Der Sultan befahl seinem schwarzen Obereunuchen Narzisse, Selim und Mahmud zu suchen und sie erdrosseln zu lassen.«

»Das überrascht mich nicht«, sagte ich und schlug noch eine Fliege tot. »Mustafa wusste, dass er auf dem Thron bleiben würde, wenn es keinen anderen Thronfolger gab.«

»Aber wo sind sie jetzt?«, fragte Nakschedil verzweifelt. »Wo ist Mahmud? Wo ist Selim? Was ist mit ihnen geschehen?«

»Selim war im Musikzimmer des Harems, als der schwarze Obereunuch Narzisse und seine Handlanger hereinstürzten. Einige Mädchen, die anwesend waren, erzählten uns, Selim sei mit einem grünen Turban und ebensolchem Kaftan bekleidet gewesen und habe friedlich auf seiner Ney gespielt und seine Komposition gesungen:

›O Ilhami, sei nicht träge und traue nicht den Dingen dieser Welt.

Die Erde hört für niemanden auf, und ihr Rad dreht sich unablässig.‹«

Welche Ironie, dachte ich. Von allen Gedichten, die Selim geschrieben hatte, hatte er dieses am liebsten gemocht!

»Aber was hat er gemacht, als die Männer hereinkamen?«, fragte Nakschedil.

»Er bat sie, niemanden zu verletzen, und versprach, sich friedlich zu ergeben. Aber sie attackierten ihn trotzdem. Er kämpfte erbittert, doch da er nur seine Holzflöte als Waffe hatte, hatte er keine Chance. Die Haremsmädchen standen hilflos daneben. Einige Frauen schrien vor Entsetzen, während die Männer ihn mit ihren Schwertern zerstückelten, und zwei fielen beim Anblick der Blutlache auf dem Boden in Ohnmacht. Die Männer warfen seinen verstümmelten Körper, eine Gliedmaße nach der anderen, in den Zweiten Hof, um ihn Alemdar zu zeigen, und riefen: ›Da habt Ihr den Sultan, den Ihr sucht!‹«

»Mein Gott«, stöhnte Nakschedil und bedeckte ihr Gesicht mit den Händen. »Armer Selim. Er war ein liebenswürdiger und freundlicher Mann. Ein Mann, der seinem Volk helfen wollte. Das hat er nicht verdient.« Eine Fliege summte, und Nakschedil schlug sie tot. »Und was ist mit Mahmud?«

»Alemdar und seine Männer stürmten zum Serail und fanden den Sultan, der hinter seinen Eunuchen kauerte. Sie packten Mustafa und legten ihn in Ketten. Zugleich befahl Alemdar einigen seiner Männer, Mahmud zu suchen und ihn zu retten.«

»Und ist es ihnen gelungen?«

»Sie hatten keine Ahnung«, berichtete der Bote, »dass Mahmud in seinem Gemach war, als der schwarze Obereunuch und seine Männer die Tür eintraten. Dank sei Allah, als eine von Mahmuds Sklavinnen sie kommen hörte, nahm sie einen Eimer mit heißer Asche aus dem Kohlebecken und schleuderte sie den Schurken ins Gesicht. Gleich darauf packten zwei andere Sklavinnen Mahmud und schoben ihn durch einen Schornstein aufs Dach hinauf, wo er in Sicherheit war.«

»Gelobt sei Allah«, sagte ich erleichtert.

»Nein, wartet«, sagte der Mann. »Schon nach wenigen Minuten vernahmen Mahmud und die Sklavinnen erneut Schritte. Sie knoteten ihre Schärpen zu einem Seil zusammen, und Mahmud seilte sich daran ab und gelangte in die Nähe eines leer stehenden Zimmers. Er rannte hinein und verbarg sich unter einem Stapel zusammengerollter Teppiche. Wieder hörte er die Schritte von Männern, die ins Zimmer stürzten. Er wollte sich noch tiefer unter den Teppichen vergraben. Doch die Männer waren entschlossen, ihn zu finden, und nachdem sie das Zimmer gründlich durchsucht hatten, entdeckten sie ihn schließlich.«

»Mein armer Mahmud«, jammerte Nakschedil.

»Es dauerte einige Zeit, bis die Männer Mahmud klar machen konnten, dass sie nicht auf Mustafas Seite standen, sondern zu seiner Rettung gesandt worden waren. Endlich begriff er. Er kroch aus seinem Versteck hervor und folgte den Männer zu ihrem Anführer Alemdar.

›Es ist unser Herr, Sultan Mahmud‹, erklärten sie Alemdar. Sie waren so aufgeregt, dass sie ihm bereits seinen neuen Titel verliehen hatten. Alemdar warf sich zu Boden und küsste Mahmuds Füße.

›Aber wo ist mein Bruder, Sultan Mustafa?‹, fragte Mahmud.

›Er wurde gefangen genommen‹, sagten sie ihm.

›Was ist mit meinem Cousin Selim?‹, wollte Mahmud wissen.

Alemdar teilte ihm die traurige Nachricht von Selims Tod mit. ›Majestät‹, sagte Alemdar, ›Ihr seid jetzt unser neuer Sultan.‹«

»Gott sei Dank, Mahmud ist in Sicherheit«, sagte Nakschedil. »Möge ihm ein langes und erfülltes Leben zuteil werden.«

»Die Osmanen können sich glücklich schätzen, ihn als Sultan zu haben«, fügte ich hinzu. »Was geschieht nun?«

»Als Erstes ernannte Sultan Mahmud Alemdar zum neuen Großwesir«, erzählte der Bote. »Morgen werden wir Selim, Gott hab ihn selig, bestatten und Mahmuds Thronbesteigung feiern. Die Straßen und der Erste Hof werden von Menschen bevölkert sein. Die Musikkapelle wird den ›Sultansmarsch‹ spielen, und das Volk wird singen ›Möge er tausend Jahre leben, und möge er die Haare seines Enkels so weiß wie Schnee sehen‹. Am nächsten Tag wird er sich zum letzten Mal vor dem Sultanat die Haare schneiden lassen. Dann wird er den Pavillon des Heiligen Umhangs besuchen und den Umhang des Propheten küssen.«

Und was geschieht mit uns, fragte ich mich. Wir würden es früh genug erfahren. Am nächsten Morgen kam derselbe Bote noch einmal zurück.

»Gestern Abend, vor Beginn der Feierlichkeiten«, sagte er, »hat der neue und glorreiche Sultan Mahmud ein Dekret erlassen.«

»Und was besagt dieses?«, fragte ich.

Der Bote richtete sich zu seiner vollen Größe auf und sprach so feierlich, als würde er ein offizielles Edikt verlesen: »›Das ganze osmanische Volk soll wissen, dass Nakschedil meine Mutter ist und dass sie Valide Sultan sein wird.‹«

»Gelobt sei Gott«, sagte Nakschedil und fasste sich mit der Hand an den Mund. »Ich kann es nicht glauben. Sagt mir, dass ich träume, Tulpe.«

»Nein, nein«, sagte der Bote. »Es stimmt wirklich. In zwei Tagen werdet Ihr offiziell Valide Sultan werden.«

»Inshallah«, flüsterte ich.

»So Gott will«, wiederholte sie.

Der Bote erhob sich und wandte sich zum Gehen. Doch als er schon halb durch die Tür war, drehte er sich noch einmal um und sagte: »Fast hätte ich es vergessen: Ihr müsst Euch auf die Valide Alay vorbereiten.«

Mashallah! Etwas über zwölf Monate war es her, dass wir in den Alten Palast geschickt wurden. Jeden Tag hatten wir davon geträumt, nach Topkapi zurückzukehren, aber niemals hätten wir gedacht, dass wir in einer kaiserlichen Prozession dorthin zurückkehren würden.

TEIL DREI

19

Ich brauchte nur sanft an die Tür zu klopfen, um Nakschedil zu wecken. Strahlend stand ich vor ihr und wusste, dies würde ein Tag werden wie keiner zuvor.

»Ich liege schon seit Stunden da und wälze mich hin und her«, sagte sie und fuhr sich mit den Fingern durch ihr silbergraues Haar. »Ich habe versucht, mir vorzustellen, wie ich meine gewohnten morgendlichen Tätigkeiten verrichte. Doch das Einzige, was ich sah, waren vergoldete Kutschen, die die Straße entlangglitten wie Schwäne auf einem Teich.«

Langsam schüttelte Nakschedil den Halbschlaf ab, der sich wie ein Schleier auf sie gelegt hatte, streckte die Arme aus und strich ihre aus mehreren Lagen bestehende Nachtwäsche glatt. Die hellen Strahlen der aufgehenden Sonne hatten Istanbul noch nicht erreicht. Doch selbst im fahlen Licht der frühen Morgendämmerung erinnerte ich mich beim Anblick der mädchenhaft wirkenden, auf der Bettkante sitzenden Nakschedil an ihre frühen Tage im Harem: Sie war ein wütendes, ängstliches und einsames Kind gewesen, das sich weigerte, die Regeln des Palastes zu befolgen. Jetzt war sie Herrin aller Sklavinnen und die wichtigste Frau des Imperiums.

Gemeinsam knieten wir, die künftige Valide Sultan und ich, auf dem ausgefransten Teppich und verrichteten unsere Gebete an Allah. Als wir damit fertig waren, hielt sie die Augen geschlossen, und ich sah, wie ihre Finger Stirn und Brust berührten, und dann links und rechts den Busen. Sie bekreuzigte sich und ich hörte sie in einer anderen Sprache beten und fragte mich zum ersten Mal, ob sie nur vorgab, eine Muslimin zu sein.

Ich selbst habe die Worte, die ich im Gebet murmelte, nie allzu ernst genommen. Sie haben keinerlei Bedeutung für mein Leben. Wer ist dieser Allah, in dessen Namen junge Knaben kastriert, junge Mädchen vergewaltigt und Zehntausende Menschen jeden Alters versklavt werden? Was für einen Gott verkörpert er, der so viel Böses im Menschen zum Vorschein bringt?

Nicht dass Allah der Einzige wäre: Die Christen haben einen beträchtlichen Anteil am Gemetzel. Die Juden erzählen in ihrer Bibel jede Menge Kriegsgeschichten. Und weder die Afrikaner noch die Asiaten können einen Gott des Friedens vorweisen. Nein, die Religion spendet mir keinen Trost, sondern führt mir lediglich vor Augen, dass diejenigen, die am eifrigsten beten, die größte Gefahr für alle darstellen.

Ich sah Nakschedil an und fragte mich, wie sehr sie sich verstellte und was sie wirklich glaubte. Ich erinnerte mich an die Geschichte von Mehmed dem Eroberer, der seine Liebe zu seiner christlichen Frau bekundet und diese im Palasthof vorgeführt hatte. Danach befahl er seinen Männern, ihr den Kopf abzuschlagen, weil sie eine Ungläubige war. Würden andere Nakschedil für eine Ungläubige halten? Würde sich Nakschedil immer als Christin fühlen, obwohl sie das muslimische Gelübde abgelegt hatte? Ich wagte nicht zu fragen, aus Angst, sie in Gefahr zu bringen.

»Bitte, Tulpe«, flehte sie, als sie die Augen öffnete und sah, dass ich sie anstarrte. »Erzählt niemandem etwas von meinen christlichen Gebeten. Ich habe mich nach Kräften bemüht, Muslimin zu sein, und werde dies auch weiterhin tun.

Aber tief in meinem Innersten spüre ich, dass ich mich von Gott abgewandt und einen hohen Preis dafür bezahlt habe.«

»Vielleicht hat Er sich von Euch abgewandt.«

»Das kann ich mir nicht vorstellen. Außerdem glaube ich, dass Er mir eine letzte Chance gegeben hat.«

»Wofür habt Ihr gebetet?«, fragte ich. Mir ging es nicht so sehr um die theologische Bedeutung, ich war einfach nur neugierig.

»Ich habe Gott gebeten, meinem Sohn Weisheit zu schenken und uns alle vor bösen Mächten zu schützen. Und ich habe gebetet, dass mein Sohn jener Sultan wird, der das Reich rettet, und dass ich die Sultanmutter werde, die dazu beiträgt, dem Reich Leben einzuhauchen. Ich habe gebetet, dass mein Sohn sicher sein wird vor aufgebrachten Janitscharen, rivalisierenden Wesiren und hinterhältigen Ulema. Ich habe Gott gebeten, die Stadt vor Bränden und Erdbeben und den Palast vor gehässigen Müttern zu schützen und uns alle vor Krankheiten zu bewahren. Ich habe gebetet, dass Ihr, Tulpe, vor Missgunst sicher sein werdet und dass alle meine Sklavinnen loyal sein werden.«

»Amen«, schloss ich.

Nakschedil hetzte nicht durch den Tag, sondern genoss ihn. Sie trank ihren Frühstückstee, als wäre es die heiße Schokolade aus ihrer Jugend. »Ich möchte mir für alles Zeit nehmen«, sagte sie und fuhr mit dem Finger am Rand der Tasse entlang. »Ich möchte alles, was mir begegnet, bewusst wahrnehmen: die abgeschlagene Stelle an dieser Tasse und den Sprung in diesem Teller. Das ganze letzte Jahr über wollte ich die Hässlichkeit dieses Ortes, der mein Gefängnis und das Symbol meines Unheils gewesen ist, in meinen Gedanken auslöschen. Mehr als einmal habe ich mit dem Schicksal gehadert, und nun ist mir das Glück hold. Ich möchte jeden Moment auskosten, um das Kommende noch mehr genießen zu können.«

In den Bädern wies sie auf den Marmor hin und bemerkte, wie er sich mit der Zeit gelb verfärbt hatte und vom häufigen Gebrauch ganz rissig geworden war und wie sich die Handtücher in all den Jahren verschlissen hatten. Doch obwohl diese Gegenstände alt und abgenutzt waren, herrschte eine knisternde Atmosphäre, und die Odalisken schwirrten umher wie flügge werdende Jungvögel. Nakschedil sah aufmerksam zu, wie die Sklavinnen Arsenpaste auf ihre Arme und Beine auftrugen, sie mit warmem Wasser bespritzten, mit Luffaschwämmen abschrubbten und mit ihren neuen Lieblingsparfüms Zimt und Vanille einrieben. Seufzend atmete sie die Essenz ein, und der starke süßliche Duft berauschte sie wie wilde Geister, die ihre Seele bevölkerten.

Nur in ein zerschlissenes Leintuch gehüllt, schritt sie auf Stelzenschuhen in den Ankleideraum, wo Sklavinnen ihre Augen mit Kajalstift umrandeten, ihre Augenbrauen mit Tusche nachzogen, sodass sie aussahen wie zusammengewachsen, und ihre Fingerspitzen mit Henna färbten. Sie sah genau zu, wie sie ihr langes Haar kämmten und flochten. »Hier, nicht da«, sagte sie mehr als einmal, als die Sklavinnen die Juwelen in ihrem Haar verteilten und ihr anschließend einen Turban mit Paisley-Muster auf den Kopf setzten. Hinten am Turban ragte eine riesige weiße Feder auf, und in der Mitte des Tuchs über ihrer Stirn befestigten sie eine juwelenbesetzte Aigrette, an der unzählige Perlen herabhingen. Dreimal befestigten sie die Aigrette, und dreimal wies Nakschedil sie an, sie wieder abzunehmen. Ihren scharfen Augen entging nicht, dass der große rechteckige Rubin nicht ganz genau in der Mitte saß. Als ihr schließlich das Wort »perfekt« über die Lippen kam, glich der Kopfschmuck einem brillanten, sich am Nachthimmel entfaltenden Feuerwerk.

Am Vortag war eine breite Palette von Kleidern und Schmuck aus dem Topkapi-Palast gebracht worden, und Nakschedil strich mit der Hand über die Seidenstoffe und prüfte sie auf Falten oder sonstige Mängel. Sie entschied sich für einen glänzenden, rosafarbenen, mit Gold bestickten Satinkaftan. Darunter trug sie eine jadegrüne Seidenweste. Ein gestreifter dunkelroter Rock bedeckte ihre dünne Pluderhose. Und nachdem alle Diamantknöpfe sorgfältig geschlossen waren, band sie sich eine breite, mit Edelsteinen geschmückte Kaschmirschärpe um die Hüften. Sorgsam wählte sie ihren Schmuck aus. Sie prüfte jedes Stück auf seine Beschaffenheit, hielt es gegen das Licht, um die Farbe zu begutachten, und probierte es an, bis sie die passende Form gefunden hatte. Schließlich baumelten zahlreiche Diamanten und Rubine an ihren Ohren, und ihr Hals und ihre Finger waren mit Diamanten, Rubinen, Saphiren, Smaragden und Perlen bedeckt.

Nakschedil betrachtete sich im Spiegel und bestaunte die klimpernden, mit Pailletten besetzten Arm- und Fußreifen und den üppigen Glitzerschmuck um ihren Hals. Sie müsse zugeben, bemerkte sie lachend, dass sie als Valide Sultan mindestens so bezaubernd aussah wie alle ihre Vorgängerinnen. Sie wusste, die ganze Welt würde sie sehen oder sich zumindest einbilden, sie zu sehen, wie sie vom Haus der Tränen zu ihrem neuen Zuhause in Topkapi fuhr. Denn wenn ihr Sohn, der Sultan, bewusst abgeschirmt wurde, so sollte sie den Blicken des Reiches zugänglich sein.

»Ich bin bereit«, verkündete sie, das Gesicht der Öffentlichkeit zugewandt. Sie nickte ihren verschleierten Sklavinnen zu und wünschte ihnen alles Gute für die Reise, die sie alle antreten würden. An der Eingangstür des Alten Palastes hoben wir sie im strahlenden Schein der Julisonne unter den Armen hoch und hielten sie empor wie einen Vogel mit ausgebreiteten Schwingen. Wir trugen sie die abbröckelnde Treppe hinunter und über die vorderen Rasen und setzten sie behutsam bei der kaiserlichen Kutsche ab. Noch einmal winkte sie den anderen zu, stieg in die vergoldete Karosse und ließ sich auf den juwelenbesetzten Polstern nieder, die auf dem violetten Satinboden ausgebreitet waren. Nur für einen kurzen Augenblick öffnete sie die vergitterten Fenster und warf einen Blick zurück. »Auf nach Topkapi!«, befahl sie.

An der Spitze der Prozession ritten mehrere hundert Reiter der kaiserlichen Kavallerie in Harnischen und kurzen Taftgewändern. Die Pferde waren mit bunten Schabracken geschmückt. Hinter ihnen marschierten dreihundert Herolde, die kunstvoll geschlungene Turbane mit geschwungenen Federn trugen. Gleich nach ihnen kamen unzählige kaiserliche Gärtner – die königlichen Scharfrichter – mit prächtigen Turbanen sowie Dutzende von Muftis, die die grünen Turbane der heiligen Männer trugen.

Als Nächstes kam der Palastberater der Valide. Er hielt ein goldenes Zepter in der Hand und trug einen dick gepolsterten Turban sowie einen Mantel mit Zobelbesatz und weiten Ärmeln – die beiden Symbole seines hohen Ranges. In zwei Reihen folgten ihnen Haremsleibwächter, jeder mit einer Axt und einer langen Stange bewaffnet. Ich nahm meinen Platz hinter ihnen ein. Mit meinem hohen, spitzen Turban und dem zobelgesäumten Umhang bekleidet und mein Zepter mit drei Pferdeschweifen in der Hand haltend, schritt ich als neuer schwarzer Obereunuch stolz einher.

Als ich zurückschaute, hätte ich fast geheult beim Anblick der prächtigen, mit Seidenstoffen, Perlen und Gold geschmückten Pferde, die die Kutsche der neuen Valide Sultan zogen. Neben Nakschedils Kutsche marschierten Hellebardiere mit langen Speeren, welche am oberen Ende mit sechs roten Pferdeschweifen – nur einer weniger als der Speer des Sultans – versehen waren und die Macht der Valide Sultan symbolisierten. Nach ihnen kamen Palastbeamte, die den Zuschauern Münzen zuwarfen. Jungen und Mädchen stürmten auf die Straßen und strahlten über das ganze Gesicht, als sie das Geld auffingen.

Achtzig Kutschen fuhren im Gefolge des kaiserlichen Gefährts, ein Tross von Dienerinnen, die den Prinzessinnen Hatice und Beyhan sowie anderen Töchtern der verstorbenen Sultane Mustafa III. und Abd ül-Hamid, Gott hab sie selig, aufwarteten. Sechs Kutschen führten Eis und Erfrischungen mit sich, um damit die Sultanas während der dreistündigen Reise zu versorgen. In einer Kutsche saß Cevri, die neue Erste Kammerfrau. Hätte sie dem Feind nicht die Asche ins Gesicht geschleudert, dann wäre Mahmud jetzt nicht Sultan. Wir waren von loyalen Janitscharen umgeben, einige zu Fuß, andere zu Pferde, die die Menschenmenge mit ihrem beeindruckenden Kopfschmuck und ihren langen Schnurrbärten, die wie Pferdeschwänze an ihren Mündern herabhingen, einschüchterten.

Die Prozession schob sich in der Sommerhitze träge durch die Straßen der Stadt, vorbei an Heerscharen von Menschen mit Turbanen, deren Farben vom Gesetz vorgeschrieben waren – Griechen in Schwarz, Juden in Blau, Armenier in Violett und Muslime in Grün. Der Tross hielt bei der Wachstube in Beyazit an, wo der Führer der Janitscharen vortrat. Er verneigte sich tief und küsste die Erde, auf der die Sultanmutter wandelte. Dabei streifte der breite Federbusch auf seinem Turban den Schmutz der Straße. Im Gegenzug für die Huldigung des Aghas und die erhoffte Loyalität kleidete die Valide ihn in ein Ehrengewand und überreichte ihm Geschenke für sich und seine Soldaten.

An jeder Wachstube der Janitscharen, an der wir vorbeikamen, stoppte das Gefolge, und die Geschenkübergabe wurde wiederholt. Jedes Mal glänzten Schweißperlen auf Nakschedils Stirn und Oberlippe, und ich eilte zu ihr und reichte ihr ein frisch parfümiertes Taschentuch, damit sie sich den Schweiß abtupfen konnte.

Schließlich erreichten wir die riesigen Mauern des Topkapi-Palastes, und ich blickte hinauf und kniff mich in den Arm: Es war alles zu schön, um wahr zu sein. Und dann sahen wir im Ersten Hof vor den Backstuben Mahmud, auf seinem Pferd sitzend. Ich lächelte bei seinem Anblick und sah Nakschedil an, die vor Stolz strahlte. Gerade einmal dreiundzwanzig Jahre alt und schon Sultan! Er sah prächtig aus in seinem steifen roten Satinkaftan und strahlte osmanische Macht, Würde und kaiserliche Fürsorge aus.

Als Nakschedils Kutsche sich näherte, stieg der neue Sultan von seinem Pferd und stand nun vor ihr. Die mit Gold bestickten Sterne und silbernen Halbmonde seines Festgewandes funkelten in der Mittagssonne, die diamantene Aigrette an seinem Turban ragte steil in die Höhe, und die Blässe seines Gesichts betonte seine dunklen Augen. Er huldigte seiner Mutter, begrüßte sie mit drei tiefen Verbeugungen und führte den Zeigefinger seiner rechten Hand von der breiten Stirn nach unten zu seiner Stupsnase und dann zu seiner kräftigen Brust. Anschließend nahm er die Hand seiner Mutter und küsste sie. Mit großer Ehrerbietung beugte er sich hinunter und kniete vor ihr nieder.

»*Arslanum,* mein Löwe«, flüsterte sie stolz. Er führte sie durch die Palasthöfe, vorbei an dichten Zypressenhainen und den grauen Gebäuden, in denen osmanisches Geld gemünzt und gelagert wurde. Vorbei an den zehn kaiserlichen Küchen, in denen einhundertfünfzig Köche das Essen für die Tausenden von Menschen zubereiteten, die im Palast leben und arbeiten. Köstliche Gerüche zogen aus den großen Küchen herauf, und da ich seit Tagesanbruch nichts mehr gegessen hatte, lief mir beim Gedanken an das Halvah und die honigsüßen Sesamspeisen das Wasser im Mund zusammen.

Wir kamen am kaiserlichen Diwan vorbei, und ich stellte mir vor, wie der neue Sultan Audienzen für ausländische Gesandte abhielt oder sich bei Versammlungen seines Staatsrates hinter einem Gitter verborgen hielt. Ich war so aufgeregt wegen der Ereignisse des Tages, dass ich kaum die blühenden Gärten bemerkte, die Pavillons mit Blick aufs Meer, die auf der Wiese tanzenden Gazellen, die umherstolzierenden Pfauen oder die in den Brunnen badenden Vögel. Doch bei den Eisentoren des Serails hielt ich abrupt inne. Der Anblick verursachte mir Übelkeit: Dreiunddreißig Köpfe, noch dampfend und bluttriefend, waren auf Pfählen aufgespießt, und, auf einer silbernen Platte zur Schau gestellt, glotzte uns die scheußliche Fratze von Narzisse an, dem ehemaligen schwarzen Obereunuchen.

Der Großwesir Alemdar hatte, wie wir später erfuhren, angeordnet, Dutzende von Mustafas Offizieren mit seidenen Schnüren zu erdrosseln. Ich gebe zu, ich seufzte erleichtert auf, als ich erfuhr, dass Scheich-ul-Islam Muhammad Rakim dasselbe Schicksal ereilt hatte. Die Haremsfrauen des ehemaligen Sultans wurden in mit Gewichten beschwerte Säcke gesteckt und ins Meer geworfen. »Es wird keine Nachkommen geben von diesen bösen Frauen, die dabeistanden, als Selim ermordet wurde«, erklärte Alemdar, Mahmuds Retter. Trotz der blutigen Rache hegte Mahmud nach wie vor freundliche Gefühle für seine Familie: Der neue Sultan bestand darauf, dass sein Bruder Mustafa im Käfig leben durfte und dass auch dessen Mutter kein Haar gekrümmt wurde. Irgendwie war Ayscha nicht totzukriegen.

20

Die offizielle Feier war zu Ende, die Festtafel aufgehoben, und Nakschedil und ich begaben uns zu den Privatgemächern der Valide Sultan. Nakschedil inspizierte das Empfangszimmer und schien noch beeindruckter als zwanzig Jahre zuvor, als Mirischah ihr mitteilte, sie sei »im Auge« Sultan Selims.

»Erinnert Ihr Euch noch daran, als wir zum ersten Mal zusammen das Gemach der Valide betraten?«, fragte ich.

»Natürlich, und wie seltsam das alles ist. Wundervolle Dinge sind seitdem geschehen. Und auch schreckliche Dinge. Schon vor diesen Ereignissen erlebte ich die furchtbare Nacht mit Abd ül-Hamid. Und dann die herrliche Zeit mit Selim! Und dann wurde ich zu Mahmuds Ziehmutter!« Sie verstummte plötzlich, und als sie weitersprach, klang ihre Stimme ernster. »Nie werde ich Perestus Tod vergessen. Es war so schrecklich! Und all diese Auseinandersetzungen mit Ayscha.«

»Und jetzt seid Ihr offiziell Mahmuds Mutter und Valide Sultan«, erinnerte ich sie. Ich wollte nicht, dass ihre Erinnerungen mit einer bitteren Note endeten.

Wir ruhten uns auf einem Diwan aus, und sie ließ Sorbets und Kaffee bringen. Es machte mir Spaß, den Mädchen des Kaffeedienstes zuzusehen. Jede vollführte ihren speziellen Tanz: Eine trug das mit Samt bedeckte Tablett, eine andere die silberne Kanne, und noch eine andere brachte die winzigen Tassen mit Goldrand herein. Ich schaute gern zu, wie das Mädchen, das den Kaffee eingoss, sich hinkniete, die Kanne in die Höhe hielt und sie dann neigte, sodass sich der Kaffee wie ein kleiner Wasserfall in die Tasse ergoss. Als die Tasse fast randvoll war, schäumte der Kaffee. Nachdem die Mädchen uns bedient hatten, richteten sie sich auf wie anmutige Tulpen und verabschiedeten sich.

Ich nahm einen Schluck aus der juwelenbesetzten Tasse und sinnierte einen Augenblick über die Veränderungen in meinem eigenen Leben. »Als ich als unschuldiger, kastrierter Junge hier ankam, lebte ich in ständiger Furcht vor dem schwarzen Obereunuchen. Und jetzt habe ich selbst diese mächtige Position inne. Und eines Tages wird irgendein anderer junger, verängstigter Neuankömmling mir nachfolgen.« Ich nahm noch einen Schluck und starrte in die dunkle Flüssigkeit. »Ein persischer Dichter schrieb, das Leben gleiche einem flüchtigen Wind, aber ich glaube, es ist ein fortwährender Kreislauf«, sagte ich. »Das Rad dreht sich unablässig: Manchmal sind wir oben, manchmal unten. Doch das Rad bewegt sich ununterbrochen und unser Leben mit ihm.«

Nakschedil rührte ihren Kaffee mit einem goldenen Löffel um. »Ja, ich verstehe, was Ihr sagen wollt. Ganz gleich, was geschieht, der Kreislauf endet nie. Zuerst war Mirischah hier, und ich war eine Sklavin. Jetzt bin ich hier und bestimme andere Sklavinnen zu Favoritinnen und Kadins.« Sie ließ den Blick durch den Rokoko-Saal schweifen. »Was für ein Privileg, hier zu leben. Es ist fantastisch, diese vergoldete Holztäfelung und die gemalten Landschaften.«

Sie erhob sich und lief über den geblümten Teppich zu dem gekachelten Springbrunnen. »Es hat lange gedauert, bis ich die Keramiken zu würdigen wusste«, sagte sie und strich mit der Hand über die glatte Wand. »Als ich als junges Mädchen in Topkapi eintraf, konnte ich die Fliesen aus Iznik, Italien und Delft nicht voneinander unterscheiden. Erst nach einigen Jahren lernte ich die lebhaften Farben und kunstvollen Muster schätzen.« Sie zeigte mit dem Finger auf die Treppe. »Als ich soeben das Schlafzimmer erblickte, war ich überwältigt von der Schönheit der Fliesen: Ich liebe diese Pfauenmuster und Blütenzweige. Stellt Euch nur die exquisite Technik vor, die nötig war, um diese Muster hervorzubringen und die Fliesen dann so zu glasieren, dass sie in diesem Glanz erstrahlen!«

Ich sah, wie ihr Blick suchend oberhalb des Türrahmens und an den Wänden entlangglitt.

»Was sucht Ihr?«

»Erinnert Ihr Euch an die Inschrift für Mirischah an der Wand? ›Ein Ozean der Güte, eine Mine der Beständigkeit.‹ Sie stammte von Selim, und ich habe diese Worte nie vergessen. Ihr habt mich auf die Inschrift aufmerksam gemacht, als wir das erste Mal hier waren. Aber ich kann sie nirgends entdecken.«

»Sie wurde wahrscheinlich entfernt«, erwiderte ich. »Vermutlich auf Ayschas Anweisung.« Mein Verdacht sollte sich später bestätigen.

In den ersten Monaten überschlugen sich die Ereignisse. Im Harem wurde eine Rangfolge für die schwarzen Eunuchen nach der Dauer ihres Dienstes festgelegt. Zudem wurde neues weibliches Dienstpersonal eingesetzt. Einige neue Mädchen waren eingetroffen, als Geschenke von Paschas und Provinzgouverneuren. Doch es mussten zusätzliche Mädchen auf dem Sklavenmarkt gekauft werden. Und über ein Dutzend Meisterinnen mussten ernannt werden, von der Garderobenmeisterin bis zur Krankenmeisterin. Jede hatte eine große Zahl von Helferinnen unter sich.

Berater aus allen Teilen des Reiches wurden in den Diwan

einbestellt, um die Staatsangelegenheiten zu erörtern. Der Sultan, der seinem Rat nun gegenübersaß, statt sich vor ihm zu verbergen, erklärte sich bereit, dem Volk im ganzen Reich angemessene und gerechte Steuern aufzuerlegen. Die Provinzgouverneure versprachen, dass die Steuern vollständig und pünktlich an den Sultan entrichtet würden. Auf Alemdars Drängen hin wurden Maßnahmen zur Reformierung der Janitscharen-Armee ergriffen: Die Soldaten mussten sich ihre Beförderungen verdienen und sollten diszipliniert werden, und die Ausbildung sollte nach westlichem Vorbild erfolgen. Die Armee der Neuen Ordnung wurde wieder eingesetzt. Sie wurde jedoch umbenannt, um die regulären Truppen nicht zu verärgern. Und die neuen Segbans wurden nicht als separate Einheit betrachtet, sondern als Hilfstruppe der Janitscharen bezeichnet. Es war auch die Rede von weiteren Änderungen.

Eines Morgens wurde ich in aller Früh zum Sultan gerufen. Er war gerade in den Bädern und ließ sich die Körperhaare entfernen, als ich eintraf.

»Ach, Tulpe«, sagte er lächelnd, »in gewisser Hinsicht habt Ihr Eunuchen es doch gut.«

Ein wenig überrascht schaute ich ihn an. »Eure Majestät?«, fragte ich, da ich nicht die geringste Ahnung hatte, was er damit sagen wollte.

»Ich möchte Eure Situation keineswegs beschönigen. Aber zumindest müsst Ihr Euch nicht dieser Prozedur unterziehen, nicht wahr?« Er wies auf die übel riechende Paste, mit der sein Körper eingeschmiert war. »Eure fehlende Körperbehaarung macht es so viel einfacher, ein guter Muslim zu sein.«

Ich nickte. Sicherlich gab es ernstere Dinge, über die er mit mir sprechen wollte. Er bedeutete mir, ich solle mich setzen. Sobald die Paste abgeschabt und sein Körper gründlich gewaschen war, gab er den Badesklavinnen ein Zeichen, den Raum zu verlassen. Nur ein stummer schwarzer Eunuch durfte bleiben und den Sultan bedienen.

Als dieser zu sprechen begann, bemerkte ich eine Müdigkeit in seinen Augen. Seine Schultern waren gekrümmt, als laste das Gewicht der Welt auf ihnen. »Morgen ist Dienstag, Tulpe, und es ist die nächste Versammlung des Diwans. Es freut mich, Euch als schwarzen Obereunuchen dabei zu haben.«

»Mein erhabener Sultan, ich bin außerordentlich dankbar, und es ist mir eine große Ehre, *kislar aghasi* zu sein«, entgegnete ich. Ich blickte von meiner Marmorbank auf und sah Nakschedil hereinkommen. Die Bäder verbanden die Suite der Valide mit der des Sultans, sodass sie ungestört miteinander sprechen konnten.

Als sie zu uns trat, begrüßte der Sultan sie und sprach: »Es ist gut, dass ihr beide hier seid. Vieles lastet mir auf der Seele, aber meine Hauptsorge gilt den Janitscharen. Die Ulema hetzen sie auf, indem sie zu ihnen sagen, die neuen Segbans würden ihre Macht an sich reißen.«

Ich nickte zustimmend. »Majestät, ich habe ähnliche Berichte gehört. Die Scheichs haben in den Moscheen gepredigt, dass die Segbans gefährlich seien und Befehle von den Ungläubigen entgegennähmen.«

»Das ist eine ungeheuerliche Lüge«, sagte Mahmud.

»Dasselbe Problem hatte Selim, als er das Militär modernisieren wollte«, bemerkte Nakschedil.

»Es würde mich nicht wundern, wenn Ayscha dahinter steckte«, fügte ich hinzu. Doch meine Bemerkung wurde ignoriert.

Die Valide Sultan wandte sich an ihren Sohn. »Mein Löwe, Großwesir Alemdar muss geschickter vorgehen. Er hat schließlich die Segbans eingesetzt. Die Janitscharen sollen stolz darauf sein, dass ihnen die Segbans angegliedert sind. Dafür muss Alemdar sorgen. Und er muss ihnen das Gefühl geben, als wäre der Erfolg der Segbans ihr Verdienst.«

»Ich glaube, du hast Recht«, antwortete der Sultan.

»Verzeiht mir meine Kühnheit, Majestät«, sagte ich. »Aber mir ist gerade etwas eingefallen.«

»Kühnheit ist genau das, was wir brauchen. Sprecht.«

»Vielleicht sollten wir irgendeine Geste zeigen, um die Janitscharen der Unterstützung Eurer Majestät zu versichern.« Ich sah mich im Raum um. »Vielleicht ein Brunnen.«

»Ich weiß noch etwas Besseres«, sagte Nakschedil. »Ich erhalte ein sehr großzügiges Salär und werde einen Teil dafür verwenden, eine Moschee für die Janitscharen zu errichten. Damit zeigen wir, dass wir nicht nur sie, sondern auch die Ulema unterstützen.«

»Eine noble Idee«, sagte ich, »im wahren Geist der muslimischen Nächstenliebe.« Mit diesen Worten erhob ich mich, in der Annahme, Nakschedil sei gekommen, um mit Mahmud unter vier Augen zu sprechen. Der Sultan bat mich jedoch zu bleiben.

»Ihr seid jetzt schwarzer Obereunuch«, erinnerte er mich. »Und Ihr habt Euch meiner Mutter gegenüber stets loyal verhalten. Euer Rat ist mir sehr wichtig.« Wir begaben uns in den Ruheraum, und Mahmud gab dem stummen Eunuchen ein Zeichen, ihm eine Wasserpfeife zu bringen. Wir beobachteten, wie der schwarze Sklave den Bernsteinpfeifenkopf mit Apfeltabak füllte und ihn anschließend mit Stückchen heißer Holzkohle ansteckte. Der süße Duft des Tabaks und das Gluckern des Wassers in der Pfeife beruhigten uns, und eine Weile waren wir alle in unsere eigenen Gedanken vertieft. Langsam erwachte Nakschedil aus ihren Tagträumereien und wandte sich an Mahmud.

»Ich habe die Besorgnis in deinen Augen gesehen, mein

Sohn«, sagte sie. »Ich weiß, dass du dir Sorgen machst und dass du die Lasten des ganzen Reiches trägst.«

»Es gibt auch allen Grund zur Sorge«, erwiderte der Sultan. »Es bedarf eines großen Führers, um den richtigen Weg einzuschlagen.«

»Denke daran, große Führer werden nicht geboren. Sie werden es erst mit der Zeit«, sagte Nakschedil. »Sie gewinnen an Stärke, und dabei verleihen sie auch ihrem Volk Stärke.«

Mahmud zog an seiner Pfeife. »Ich habe an kaum etwas anderes als das gedacht, seit ich Padischah wurde. Aber wer weiß, was die Geschichte für mich bereithält?«

»Geschichte wird von Menschen gemacht. Gott hat uns diese Welt geschenkt, aber wahre Führer formen sie. Ich weiß, manche Leute glauben, dass Ereignisse einfach so geschehen, wie Stürme am Himmel. Doch die Ereignisse werden von Menschen gemacht. Und es sind die Menschen, die darauf reagieren.«

»Das stimmt«, sagte ich. »Denkt doch an Istanbul. Konstantin der Große gründete diese Stadt, die Einzige, die sich über zwei Kontinente erstreckt. Und tausend Jahre lang war Konstantinopel die Hauptstadt von Byzanz. Dank Mehmed dem Eroberer wurde sie vierzehnhundertdreiundfünfzig türkisch.«

»Oder schaut euch das heutige Russland an«, sagte Nakschedil. »Katharina trotzte der Welt, und wir zitterten, wenn wir ihren Namen hörten. Seit sie tot ist, haben sich unsere Ängste in Luft aufgelöst. Nun ist es Napoleon, der unsere Aufmerksamkeit erregt und unsere Blicke nach Frankreich lenkt. Einige Herrscher lassen sich nicht einschüchtern. Andere lassen sich von den Ereignissen überwältigen. Deine Vorfahren waren Krieger zu Pferde, mein Sohn, und du musst die Richtung vorgeben.«

»Aber was schlägst du vor?«, fragte Mahmud stirnrunzelnd. »Bestimmt nicht, fremde Staaten zu erobern?«

»Chéri, die Osmanen sind nicht mehr das, was sie einst waren. Sie sind keine siegreiche Nation mehr wie zu Zeiten Süleimans des Prächtigen. Er hat das Reich von Belgrad bis nach Bagdad erweitert. Aber leider fiel ein Teil der Gebiete, die er im sechzehnten Jahrhundert erobert hatte, bereits an Russland, Österreich und Frankreich. Wir müssen das, was wir haben, bewahren. Du kannst diese Nation wieder groß machen.«

Der Sultan bedeutete ihr mit einem Nicken, fortzufahren.

Nakschedil beugte sich zu ihm hinüber und legte ihre Hand auf die seine. »Die Türkei ist wie ein alter, tief in der Erde verwurzelter Baum: Der Stamm ist breit und stark, und die langen Äste ragen weit empor. Der orientalische Boden nährt die Wurzeln, doch die europäische Sonne nährt die Knospen. Sorge dafür, dass die Äste des Baumes sich zum Sonnenlicht strecken, damit neue Ideen entstehen können.«

Der stumme Eunuch kam herbei und reichte ein Tablett mit Süßigkeiten herum, und der Sultan nahm sich ein Stück Halvah. Er biss von dem Sesamgebäck ab und bat Nakschedil, fortzufahren.

»Du musst über den Horizont hinausblicken«, sagte die Valide Sultan. »Denk daran, die Franzosen weisen in die richtige Richtung. Die Revolution hat Schreckliches bewirkt, wie wir wissen, aber sie brachte uns auch neue Ideen der Freiheit. Und dann gibt es noch Bonaparte, ein brillanter Militärführer. Seine Armeen kämpfen erbittert, doch seinem Volk geht es prächtig. Ich sage dir, mein Sohn, wenn das Osmanische Reich überdauern soll, müssen wir nach Frankreich schauen.«

»Aber wie Selim erfahren hat, genügt es nicht, das Militär zu reformieren«, warf ich ein.

»Ihr habt Recht, Tulpe. Mahmud muss die Denkweise der Menschen ändern.« Sie wandte sich wieder an ihren Sohn. »Als Sultan musst du sie erziehen und ihnen ermöglichen, zu lernen und frei zu denken.«

»Und wie sollte der Padischah das tun?«, fragte ich. »Bestimmt nicht in den Medresen. Die Ulema sind an einer solchen Art von Erziehung nicht interessiert.«

Mahmud schluckte das letzte Stück Halvah hinunter und wischte sich die Hände ab. »Wir sollten beim Militär beginnen«, sagte er. »Es besteht kein Zweifel daran, dass die Armee eine neue Ausbildung und neue Schulen braucht. Die Valide Sultan hat Recht. Wir müssen eine moderne Armee schaffen, um uns wirksam verteidigen zu können. Zugleich jedoch müssen wir etwas in den Köpfen der Menschen verändern. Wir alle wissen, wie wichtig die Ausbildung ist. Schaut doch Euch an, Tulpe. Ihr habt Euch selbst mehrere Sprachen beigebracht, und das hat Euch die Augen für die Welt geöffnet. Wenn wir das Volk nicht erziehen, werden wir wie Blinde in der Dunkelheit umhertappen.« Damit erhob sich der Sultan und küsste die Hand seiner Mutter. »Lasst uns hoffen, dass wir diese Veränderungen bald in die Tat umsetzen können.«

21

In den ersten zwei Wochen des Ramadan, den der Mond für Anfang Mai bestimmt hatte, befolgten wir die Gesetze des Propheten: Wir fasteten von Sonnenaufgang bis Sonnenuntergang. Dann, mit dem Klang des Kanonendonners, begannen wir, von Sonnenuntergang bis Sonnenaufgang zu schlemmen. Zwei Wochen lang fasteten und schmausten wir täglich. Wir schliefen den Großteil des Tages, stopften uns beim Sonnenuntergangsmahl voll, aßen dann erneut um drei Uhr nachts und frühstückten noch vor Sonnenaufgang.

»Wir brauchen unbedingt einen Erben«, platzte Nakschedil eines Nachmittags heraus. Wir waren gerade mitten in einer Partie Backgammon, um nicht ständig ans Essen denken zu müssen.

»Ich würde mir keine Gedanken darüber machen«, erwiderte ich. »Wir sind noch nicht einmal ein Jahr hier, und es tut mir Leid, es sagen zu müssen, aber die beiden Aufstände, zuerst gegen Selim, dann gegen Mustafa, und dann Selims Tod haben den Sultan zutiefst beunruhigt. Hinzu kommt der gegenwärtige Konflikt mit den Janitscharen: Die Armee zufrieden zu stellen und zugleich Reformen durchzuführen, ist für jeden Führer eine große Herausforderung. All diese Sorgen haben Mahmud depressiv gemacht, und deshalb hat er die Konkubinen vernachlässigt.«

»Vielleicht hat er kein Mädchen gefunden, das ihn inspiriert.«

»Es gibt mehr als genug hübsche Mädchen«, bemerkte ich. »Dreihundert Frauen, die alle die Zuneigung Eures Sohnes gewinnen wollen.« Ich hielt inne, küsste die Würfel in meiner Hand und warf sie. »Es ist merkwürdig, oder nicht? Jetzt herrscht Ihr über sie, und ich erinnere mich noch daran, wie sehr Ihr es gehasst habt, mit anderen Frauen um Selims Zuneigung zu buhlen.«

»Wisst Ihr, Tulpe, in jenen frühen Tagen verstand ich den Zweck des Harems überhaupt nicht. Erst nach einer Weile begriff ich, dass der Harem kein Gefängnis, sondern ein Zufluchtsort ist, kein Vergnügungspalast für lüsterne Männer, sondern ein heiliger Schoß, der die Nachkommen der osmanischen Sultane hervorbringt.« Sie betrachtete das Spielbrett und spielte einen Stein aus. »Denkt daran, Selim hatte keine Nachkommen. Der osmanische Thron hat keine Erben mehr, und nach Mahmud stirbt das Herrschergeschlecht aus. Und dennoch sind die Bäuche der Konkubinen leer. Meine wichtigste Aufgabe ist es, den Fortbestand des Reiches zu sichern.«

»Ich prophezeie Euch, Ihr werdet, sobald sich die Lage beruhigt hat, auch ohne die Hilfe von Teeblättern einen Enkel bekommen.«

»Inshallah«, sagte sie. Sie brachte mich dazu, meinen Stein ins eigene Haus zu bringen, würfelte eine Drei und spielte ihren letzten Stein aus.

Ich musste dafür sorgen, dass der gesamte Harem während der einmonatigen Fastenzeit unterhalten wurde. Auf Wunsch der Valide Sultan wurden die Gemahlinnen hochrangiger Männer zu den abendlichen Festessen in ihrem Empfangsraum eingeladen. Und in der zweiten Woche lud Nakschedil Selims Schwestern, Hatice Sultan und Beyhan Sultan, zu uns ein. Nach einem Mahl, bei dem es von Suppe, Kaviar und Kebab bis hin zu süßem Ramadan-Kuchen alles gab, machten es sich die Frauen auf weichen Kissen bequem. Sklavinnen tanzten, Geschichtenerzähler gaben Märchen zum Besten, Wahrsagerinnen lasen aus Tarot-Karten, und Musiker spielten ergreifende türkische Melodien. Einige Damen lächelten, als Nakschedil ein Violinkonzert von Mozart spielte. Die konservativeren Frauen hingegen runzelten die Stirn.

Doch nichts schockierte sie so sehr wie der Anblick der Beyhan Sultan. Die Töchter des Sultans führen ein privilegiertes Leben: Sie erhalten großzügige Zuwendungen, bewohnen prächtige Paläste und beherrschen ihre unterwürfigen Gatten. Doch so mächtig sie auch sein mögen, nicht einmal Prinzessinnen können etwas gegen den Tod ausrichten. Beyhans Gatte war vor kurzem verstorben, und seit dem Tod des Paschas wurde sie wegen ihrer Extravaganzen die *delhi* Sultana genannt.

Die Prinzessin hatte es sich zur Gewohnheit gemacht, im Ochsenkarren von ihrem Palast in Ortakoy zum europäischen Viertel zu fahren. Wenn sie in ihrer Araba die kopfsteingepflasterten Straßen von Pera entlangrumpelte, zog sie attraktive Männer in den Bann wie ein Schlangenbeschwörer seine Schlangen. Die Männer verfielen ihr reihenweise und folgten ihr in ihren Palast, wo einige rasiert und bemalt wurden und in Frauenkleidern tanzen mussten, während andere sich an ihrem Kelch der Liebe laben durften.

Die Valide Sultan hatte von den Aktivitäten der Beyhan Sultan Wind bekommen und versuchte nun, die lüsterne Frau zu zähmen. »Die Vorstellung, dass sie einmal eine Freundin Ayschas war!«, flüsterte die Valide mir zu. »Ich weiß nicht, was schlimmer ist: das Verhalten der Beyhan Sultan oder die Tatsache, dass sie mit Ayscha verbündet ist.«

»Ich glaube, ich weiß die Antwort«, murmelte ich.

Auch Prinzessin Hatice war vom Westen fasziniert. Sie

schwärmte für den Architekten Antoine Melling und dachte sich ständig Projekte für ihn aus, von der Gestaltung ihres Palastes am Bosporus bis zum Aussehen ihrer Messer und Teller. An diesem besonderen Abend hatte sie Pläne für die neuesten Anbauten an ihre Residenz mit Meeresblick mitgebracht. Einer davon, ein Plan für ein Gartenlabyrinth, sorgte mit seinen verschlungenen Pfaden und verwirrenden Sackgassen für Heiterkeit. Aber so interessant der europäische Irrgarten auch war, die zweite Idee war noch faszinierender: Die Prinzessin hatte vorgeschlagen, im Erdgeschoss des Palastes eine Bodenplatte als Geheimtür einzubauen.

»Seht her«, sagte Hatice, und ihre Augen strahlten vor Freude, als sie uns die Skizzen zeigte. »Eine Platte im Holzboden wird mit einer Sprungfeder versehen. Dann muss ich nur noch auf die Bodenplatte drücken, und sie wird sich öffnen, sodass wir im Bosporus schwimmen gehen können.«

Beyhan schaute sich die Zeichnungen des Architekten genau an. »Das ist großartig«, rief sie aus. »Und vielleicht können einige unserer männlichen Freunde die Platte von unten aufdrücken und zu uns hereinschwimmen.«

In diesem Augenblick setzte die Musik ein, und die Tänzerinnen erschienen. »Schaut genau hin«, flüsterte ich Nakschedil zu. Sie nickte viel sagend. Die Sklavinnen traten nacheinander aus dem Kreis heraus, und ich war sehr zufrieden mit unseren Neuerwerbungen. Die erste zeigte ihre vollen Brüste, die zweite flirtete mit ihren mandelförmigen Augen. Eine andere hatte Beine, die so lang waren wie eine Zypresse. Aber erst als Fatma vortrat, erregte dies meine volle Aufmerksamkeit. Ihre weit auseinander liegenden Augen und ihre sinnlichen Lippen verliehen ihr ein liebliches, unschuldiges Aussehen, doch ihre hin und her schwingenden Hüften ließen keinen Zweifel daran, dass sie einem Mann großes Vergnügen bereiten konnte. Ich schaute Nakschedil an und sah, dass auch sie von dem Mädchen angetan war. Als der Abend vorüber war, bat sie mich, Fatma für den Sultan herzurichten. »Ich glaube, wir haben ein Mädchen gefunden, das ihn inspiriert«, flüsterte sie lächelnd.

Am fünfzehnten Tag des Ramadan stand ich in aller Frühe auf, um eines der heiligsten Rituale zu vollziehen: die Zeremonie des Heiligen Umhangs.

Dies war mein erster offizieller heiliger Tag und mein erster Besuch in jenem Pavillon, in dem die Heiligen Reliquien aufbewahrt wurden. Nur die höchsten Mitglieder der Palasthierarchie durften ihn betreten. Als ich meinen Dolch aus dem geheimen Wandschrank zwischen meinem Schlafgemach und meinem Gebetsraum nahm, dachte ich darüber nach, welche Privilegien ich als schwarzer Obereunuch hatte: mein prächtig ausgestattetes Gemach, meine Sklaven, mein hohes Salär, mein Einfluss beim Sultan, das Recht, bei Zeremonien, wie etwa bei der, die in wenigen Stunden stattfinden sollte, den Vorsitz zu führen. Ich hatte einen hohen Preis dafür bezahlt, doch heute schien es mir die Mühe fast wert gewesen zu sein. Während meine Sklavin den Spiegel hielt, knöpfte ich mein pelzverbrämtes Gewand zu und strich meinen kegelförmigen Turban glatt. Ich holte tief Luft und steuerte auf den Korridor zu, der das Gemach des schwarzen Obereunuchen mit dem der Valide Sultan verband.

»Ich frage mich, wie der Umhang des Propheten wohl aussieht«, sagte ich zu Nakschedil.

Es war kühl, und sie trug einen hellblauen zobelgesäumten Kaftan. »Ich stelle mir das Gewand des Propheten sehr schön vor«, sagte sie und strich mit der Hand über den dunklen Pelz. »Freilich habe ich den Heiligen Umhang auch noch nie gesehen, aber ich bin sicher, mein eigener Mantel wird dagegen armselig aussehen.«

Ich strich erneut meinen Turban glatt, rückte den Dolch an meiner Seite zurecht und geleitete Nakschedil hinaus. Die Prinzessinnen und die Gemahlinnen der Würdenträger hatten sich im Hof der Valide versammelt, und, mit Nakschedil an meiner Seite und den anderen hinter mir, führte ich die zwanzig Frauen in einer Prozession an. Wir zogen durch die Gärten zur Vorderseite des Vierten Hofes, dann durch einen engen Gang zum Dritten Hof und schritten anschließend zum Pavillon des Heiligen Umhangs. Vor dem kleinen Gebäude, genau gegenüber dem Schatzhaus, wurden wir von Hunderten Janitscharen, die dort Wache hielten, in Empfang genommen.

Nakschedil berührte meinen Arm. »Seht Euch ihre neuen europäischen Uniformen an. Wie elegant sie aussehen!«, sagte sie aufgeregt, als wir die Treppe zur Veranda hinaufstiegen.

Ich fragte mich, ob die Janitscharen es akzeptieren würden, oder ob es ihnen gegen den Strich ging, sich im westlichen Stil kleiden zu müssen. Wir mussten immer daran denken, dass Selim gestürzt worden war, weil er der Armee befohlen hatte, europäische Uniformen anzulegen. Ich war froh, dass Großwesir Alemdar die Reformen vorantrieb, machte mir jedoch Sorgen, er könnte den Bogen überspannen. Bei meinem letzten Ausflug zum Basar war mir das Gemurre vieler Menschen zu Ohren gekommen.

In dem aus vier Räumen bestehenden Pavillon führte ich Nakschedil in den Raum des Sessels, wo sie ihren Platz einnahm. Sobald sie es sich unter dem Baldachin bequem gemacht hatte, verließ ich den Raum. Ich wusste, dass die Frauen nacheinander vortreten, ihr die Hand küssen und sich entsprechend ihrer Rangordnung unterhalb von ihr niederlassen würden. Sie würden warten, bis die Männer den Raum des Umhangs aufgesucht hatten, und anschließend würde der Hüter des Umhangs sie hereinrufen.

Ich eilte am Empfangsraum und den wartenden männlichen Würdenträgern vorbei zu dem besonderen Raum, in dem die Heiligen Reliquien aufbewahrt wurden. Hier befanden sich die persönlichen Besitztümer des Propheten Muhammad: zwei goldene, juwelenbesetzte Schwerter, ein von ihm auf Leder geschriebener Brief, sein persönliches Siegel, sein abgebrochener Zahn, sein schwarzes Banner, sechzig seiner Barthaare in juwelenbesetzten Kästchen, sein in Stein eingebetteter Fußabdruck, und vor allem der Umhang, den er einem seiner Anhänger geschenkt hatte.

Ich trat ein, roch den brennenden Weihrauch und schaute mich um: Es war das erste Mal, dass ich die berühmten gefliesten Wände sah, die glasierten Pfauen, so leuchtend blau wie das Marmarameer. Oberhalb der Fliesen hingen vergoldete Öllampen und juwelenbesetzte Hängelampen von der gewölbten Decke des Saals herab, und am anderen Ende des Zimmers erblickte ich den neuen Springbrunnen, den Mahmud soeben errichtet hatte. Vor dem Brunnen standen Sultan Mahmud und Großwesir Alemdar.

Hinter einem Vorhang erklangen Korangesänge, als wir drei unsere Plätze vor dem silbernen Baldachin einnahmen, welcher den Heiligen Umhang schützte. Der Sultan stand in der Mitte. Er war in roten, pelzverbrämten Satin gehüllt und mit einem Turban und einer prächtigen Aigrette geschmückt. Der Großwesir mit seinem hohen Turban stand zu seiner Rechten, ich, der schwarze Obereunuch, zu seiner Linken.

Sultan Mahmud streckte seine breite Brust heraus, und seine dunklen Augen glühten. Mit kraftvoller Stimme sprach er: »Im Namen Gottes, des Gnädigen und Barmherzigen.« Er nahm den Schlüssel, den nur er besaß, um den goldenen Kasten, in dem sich der Umhang befand, zu öffnen. Nachdem er den Kasten aufgeschlossen hatte, nahm er ein quadratisch zusammengelegtes besticktes Satintuch heraus und faltete es auseinander. Noch eine bestickte Bocha kam zum Vorschein, und in dieser befand sich ebenfalls eine Bocha. Wir sahen zu, wie er langsam die Tücher auseinander faltete, bis er beim vierzigsten angelangte, bei jener Bocha, die den kostbaren Umhang enthielt.

Da standen wir, in unsere prächtigen Gewänder gehüllt, und warteten darauf, den Umhang zu sehen, den der Prophet getragen hatte. Ich hielt den Atem an, als der Sultan ihn herauszog und uns den zarten Stoff zeigte. Was für eine Enttäuschung! Offen gesagt, ich hatte gedacht, er wäre aus Gold oder Silber gewebt, doch stattdessen war er klein und schwarz, ein abgetragener Wollumhang mit einem verschlissenen beigefarbenen Rand. Er hatte nichts Auffälliges an sich außer seinen weiten Ärmeln. Dennoch galt er als das Allerheiligste, und deshalb stieß ich ebenso wie die anderen Rufe der Bewunderung aus. Der Agha des Musselins, der als Hüter des Raumes fungierte, berührte den Umhang mit einem kleinen bestickten Leinentuch, welches der Sultan dann küsste. Der Großwesir und ich taten dasselbe.

Dann traten die Würdenträger ein – Ulema, Wesire und andere hohe Beamte – und brachten dem Sultan ihre Huldigungen dar: Alle verneigten sich tief und führten die rechte Hand schwungvoll zum Boden. Dann hoben sie den Kopf und berührten Herz und Stirn. Daraufhin erhielten sie ein besticktes Leinentuch, mit dem der Heilige Umhang berührt worden war. Nachdem sie sich das Tuch auf den Kopf gelegt hatten, traten sie zurück zu den anderen ihres Ranges.

Wir standen stundenlang da, während die Besucher vorbeidefilierten. Und obwohl ich versuchte, mich zu konzentrieren, ließ der Gesang im Hintergrund meine Gedanken abschweifen. Ich dachte über den Heiligen Umhang und die heiligen Männer der Ulema nach und darüber, dass sie sich mit Ayscha und den Janitscharen verbündet haben könnten. Was führte Ayscha wohl im Schilde, fragte ich mich. Ich hatte kaum etwas von ihr gehört, seit sie in den Alten Palast geschickt worden war. Hielt sie tatsächlich ihr Versprechen, sich dem Sultan gegenüber loyal zu verhalten? Oder intrigierte sie immer noch hinter unserem Rücken?

Der letzte der Männer war fertig, und nun kamen die Frauen herein, eine nach der anderen. Sie küssten den Mantel des Sultans sowie ein besticktes Leinentuch, mit dem der Heilige Mantel berührt worden war. Dann legten sie sich das Tuch auf den Kopf und traten zurück, um mit über der Brust verschränkten Armen die ehrerbietige Haltung einzunehmen. Daraufhin kam die Valide Sultan herein. Sie küsste zärtlich die Hand des Sultans und anschließend das symbolische Stück des Umhangs. Behutsam legte sie es sich auf den Kopf, wandte sich um und führte die Damen hinaus. Der Sultan packte den Umhang wieder in die Bochas, legte diese in den goldenen Kasten zurück und stellte ihn unter den silbernen Baldachin.

Als sich die Prozession wieder in Richtung Harem in Bewegung setzte, warf ich einen langen Blick auf die Phalanx von Janitscharen, die die Heiligen Reliquien bewachten. Der Gedanke schoss mir durch den Kopf, dass ihre physische Nähe zu den Besitztümern des Propheten ihre Verbindung mit den Ulema symbolisieren könne. Plötzlich fiel mir Nakschedils christliches Gebet wieder ein: »Möge der Sultan sicher sein vor aufgebrachten Janitscharen, sicher vor rivalisierenden Wesiren und sicher vor hinterhältigen Ulema.« Ich stieß einen Seufzer der Erleichterung aus. Immerhin war an meinem ersten offiziellen heiligen Tag alles gut gegangen.

22

Bumm! Bumm! Bumm! Dreimal feuerten die Kanonen von Topkapi und verbreiteten damit lautstark die Nachricht, dass ein Baby geboren worden war. Freilich hätten wir uns lieber sieben Salven gewünscht, aber das Glück eines männlichen Nachkommens sollte uns erst noch zuteil werden. Bumm! Bumm! Bumm! Fünfmal wurden die Salven an diesem Tag wiederholt. Man kann sich vorstellen, wie groß die Freude war. Schließlich war seit neunzehn Jahren kein Kind eines Sultans mehr geboren worden.

Die Aufregung begann am Dienstag, genau neun Monate, nachdem Fatma zu Mahmud geschickt worden war. Sobald sie ihre ersten Wehen mitteilte und Wasser an ihren Beinen heruntertropfte, rief ich die *ebe*. Und als die Hebamme in Fatmas Gemach eintraf, stellte sie fest, dass es tatsächlich die Wehen waren, und wies uns an, den Gebärstuhl hereinzubringen. Fatma schmiegte ihren fülligen Körper an die hohe Rückenlehne, legte die Arme auf die Lehnen und passte ihren Körper der Aussparung am vorderen Teil des Stuhls an.

Kurz darauf traf die Valide Sultan ein, begleitet von einigen Haremsdamen. Gleich nach ihnen kamen der Palastzwerg, der uns Zerstreuung bot, und die Musiker, die auf ihren Instrumenten spielten. Nakschedil bestand darauf, dass sie neben türkischen Melodien auch Händel und Bach spielten, damit das Neugeborene beide Kulturen zu schätzen lernte.

Zunächst waren Fatmas Wehen kurz und erfolgten in langen Abständen. Und während sie auf dem harten Stuhl saß, versuchten die im Schneidersitz auf dem Boden und auf den Diwanen sitzenden Frauen, sie mit lustigen Geschichten abzulenken. Fatma lachte, als die Frauen die Haremsmädchen nachahmten oder sich gegenseitig neckten. Und wenn sich eine Kontraktion ankündigte, hob sie die Hand, damit sie innehielten. Nach einer Weile kamen die Wehen in immer kürzeren Abständen, und jedes Mal, wenn Fatma Schmerzen litt, sah ich, wie Nakschedil mitfühlend das Gesicht verzog. Als die Kontraktionen immer heftiger wurden und dichter aufeinander folgten, wusch eine der Frauen Fatmas Gesicht mit einem in Rosenwasser getränkten Tuch, und eine andere massierte ihr den Rücken. Dabei drängten sie alle, zu »pressen«, »stärker zu pressen«.

Schließlich blickte die Hebamme hinunter und verkündete, sie könne den Kopf des Kindes sehen. Fatma schrie und presste, so gut sie konnte. Wir sprachen alle: »Allahu akbar!« Gott ist groß! Fatma schrie und presste erneut. »Allahu akbar!«, riefen wir. Noch ein Schrei, noch ein Pressen, und dann, Wunder über Wunder, kam das kostbare Baby heraus. Alle sprachen das Bismallah, die Worte, die jedes Gebet einleiten: »Ich lege Zeugnis ab, dass ich keinen Gott außer Allah anbeten werde und dass Muhammad Sein Sklave und Sein Prophet ist.« Die *ebe* wusch das Kind und durchtrennte die Nabelschnur. »Möge es eine schöne Stimme haben!«, sprach sie und streute Fenchelsamen über das Mädchen.

Während Nakschedil Fatma und einige der Frauen zu den Gemächern der Valide Sultan führte, blieb der Rest von uns bei der Hebamme, um das Baby anzukleiden. So schnell wir konnten, hüllten wir den winzigen Körper in goldenen Brokat und banden dem kleinen Mädchen eine seidene Schärpe um die Taille. Während wir uns an ihren Schreien erfreuten, hoben wir ihren schrumpeligen Kopf und bedeckten ihn mit einem goldenen Mützchen, das mit Goldmünzen, Knoblauchzehen und blauen Glasperlen verziert war. Wir hatten eine diamantene Quaste daran befestigt und, um das Kind vor dem bösen Blick zu schützen, sicherheitshalber noch ein blaues Tuch, auf das einige Koranverse gestickt waren.

Als das Baby vollständig angekleidet und sein Gesicht mit grünem Chiffon verschleiert war, legten wir es der Hebamme in die Arme. In Begleitung der Musiker brachen wir auf. Ich führte die kleine Prozession zu Nakschedils Gemächern an, um Fatma das hübsche Baby zu präsentieren. Die gute Fatma lag ausgestreckt auf ihrem Perlmuttsofa, auf einer roten, mit Smaragden und Perlen besetzten Satindecke. Sie strahlte über das ganze Gesicht. Am meisten jedoch strahlte die Valide Sultan. »Eine Großmutter«, flüsterte sie mir ins Ohr. »Könnt Ihr Euch das vorstellen, ich bin Großmutter! Schaut Euch dieses schöne Baby an.« Sie hielt einen Moment inne, und ich bemerkte, dass sich ihr Gesichtsausdruck veränderte. »Wo ist Mahmud?«, fragte sie. »Es ist sein Kind.«

»Ich bin sicher, er wird morgen zum Empfang kommen«, erwiderte ich.

Nakschedil schüttelte traurig den Kopf. »Wenn es ein Junge wäre, wäre Mahmud heute gekommen.«

»Sie hat Glück, dass sie ein Mädchen ist«, sagte ich. »Sie wird sämtliche Privilegien genießen, die dem Kind eines Sultans zustehen: ein Leben lang hohe Zuwendungen, schöne Paläste, viele Sklaven. Und das alles ohne die Gefahren, denen ein Prinz ausgesetzt ist. Keiner wird versuchen, sie zu töten, um Thronfolger zu werden oder das Leben ihrer Mutter bedrohen.«

»Das stimmt«, pflichtete Nakschedil mir bei. »Eine Sultana genießt völlige Freiheit und braucht sich vor nichts zu fürchten. Sie wählt sogar ihren eigenen Ehegatten aus.«

Am nächsten Tag, als die Kanonen donnerten, traf eine große Schar weiblicher Gäste ein, um Fatma und der Valide Sultan zu gratulieren. Die Menge schlängelte sich durch die Korridore, die Treppe hinunter und über den Hof: Prinzessinnen, Ehefrauen von Wesiren, Ulema und Palastbeamte sowie andere wichtige Frauen kamen, um Fatma und der Valide Sultan ihre Ehrerbietung zu erweisen. Man kann sich vorstellen, wie schockiert ich am späten Nachmittag war, als ich plötzlich Prinzessin Beyhan sowie den Hinterkopf einer ganz bestimmten Frau entdeckte.

»Das kann nicht sein«, flüsterte ich Nakschedil zu.

»Was kann nicht sein?«, fragte sie.

»Es ist unmöglich.«

»Was ist unmöglich? Bitte, Tulpe, drückt Euch klarer aus.«

»Wie viele rothaarige Gattinnen von Würdenträgern kennen wir?«

»Ich kann mich an keine erinnern.«

»Eben.«

»Warum habt Ihr dann gefragt?«

»Weil ganz vorne in der Schlange eine Rothaarige ist.«

»Es muss die Frau eines ausländischen Gesandten sein.«

»Oder die Witwe eines verstorbenen Sultans.«

»Wirklich, Tulpe, Ihr macht mich wahnsinnig. Was wollt Ihr damit sagen?«

»Welche Rothaarige ist uns beiden bekannt?«

Nakschedil schwieg einen Moment. »Ayscha natürlich«, sagte sie plötzlich. Und dann, als wäre sie über ihre eigenen Worte erschrocken, stieß sie einen Schrei aus. »Was macht denn Ayscha hier?«

»Keine Ahnung.«

»Nun ja«, sagte sie und senkte die Stimme. »Ihr solltet es besser herausfinden.«

Ich gab Prinzessin Beyhan ein Zeichen, dass ich sie unter vier Augen sprechen wollte. Nach dem Gespräch berichtete ich Nakschedil sofort, was ich erfahren hatte. »Irgendwie hat diese Ayscha die Große Meisterin des Eski Saray beschwatzt, den Alten Palast verlassen zu dürfen, um die Geburt des Babys zu feiern. Dann hat sie ihre alte Freundin Beyhan Sultan überredet, sie hierher zu bringen.«

»Was hat sie denn so Überzeugendes vorgebracht?«

»Sie hat zu ihnen gesagt: ›Ich bin die Mutter des einzigen osmanischen Prinzen. Bestimmte Dinge gehören sich einfach. Wenn ich mich dort nicht blicken lasse, wird die Welt empört sein. Für das Reich wäre das eine Blamage.‹«

Wir beide konnten nicht viel tun, außer Ayscha freundlich zu begrüßen und ihr Erfrischungen anzubieten. Auf keinen Fall wollten wir das Fest ruinieren, indem wir Ayscha eine Szene machten. Wenigstens war es schon spät am Nachmittag und viele Gäste waren bereits gegangen. »Ich werde Ayscha ein paar Minuten Zeit geben und sie dann hinausgeleiten«, sagte ich zur Valide Sultan. Doch meine Pläne sollten rasch durchkreuzt werden.

Gerade als ich auf Ayscha zuging, betrat die Erste Kammerfrau den Raum, ihren silbernen Rohrstock in der Hand. »Erhebt Euch. Seine Höchste Majestät, Sultan Mahmud«, kündigte Cevri das Erscheinen des Sultans an. Die Frauen richteten sich auf, und wir standen alle aufrecht da, als der Sultan erschien, gefolgt von seiner Schwester Hatice Sultan.

Normalerweise wäre ich an seiner Seite gewesen. Doch er wollte uns überraschen, und das war ihm auch gelungen. Ich traute meinen Augen nicht. Und ich glaube, allen anderen erging es ebenso. Denn kaum hatte er den Saal betreten, ging ein Raunen durch die Menge, ungeachtet des strengen

Gebots, in seiner Anwesenheit zu schweigen. Der Sultan war kaum wiederzuerkennen.

Und dann durchbrach Ayscha die Stille, indem sie laut wisperte: »Wo ist sein Turban? Was hat er denn da auf dem Kopf? Was in aller Welt trägt er da?«

In der Tat sah das Ding auf seinem Kopf reichlich merkwürdig aus. Statt seines normalen Turbans trug Sultan Mahmud, Padischah, Gottes Schatten auf Erden, der Kalif und Führer aller Muslime einen roten Fes!

Lächelnd durchschritt der Sultan den Saal. Er ging zu der sitzenden Fatma und küsste die Hand der frisch gebackenen Mutter. Dann, als sie das Baby in ihren Armen hob, drückte er seine Lippen an die Stirn des Säuglings, und die Quaste des Fes kitzelte seine Wange.

Nakschedil, die neben Fatma stand, lächelte glücklich. »Herzlichen Glückwunsch, mein Löwe«, flötete sie mit honigsüßer Stimme. Sie küsste seine Hand und seinen Ärmel.

Der Sultan dankte ihnen beiden, wandte sich um und ging. Wir alle blieben bestürzt zurück.

Kaum war er fort, stürzte Ayscha zu Nakschedil. »Was soll das Ganze eigentlich?«, fragte sie. »Was für ein Ungläubiger ist Euer Sohn? Kennt Ihr nicht den Spruch: ›Der Turban ist die Grenze, die Glaube und Unglaube trennt?‹«

Die Valide Sultan wandte sich lächelnd ab und überließ es Hatice Sultan, zu antworten. »Es ist nur natürlich, dass unser großartiger Sultan im Zuge der Reformierung der Osmanen auch den Stil seiner Kopfbedeckung ändert«, sagte sie. »Eine neue Kleidung außen, eine neue Denkweise innen.«

»Es ist eine Schande, sich den Kalifen ohne Turban vorzustellen«, schnaubte Ayscha. »Das ist Blasphemie!«

»Es ist großartig, dass er so modern aussieht«, gab ich zurück, obwohl ich mir hinsichtlich des Fes nicht ganz sicher war. Was würden die muslimischen Religionsführer davon halten?

»Wenn er so weitermacht, wird er bald mit den Ungläubigen beten«, spottete Ayscha.

»Wenn Ihr so weitermacht, werdet Ihr bald um Euer Leben beten«, konterte Nakschedil. »Wie könnt Ihr es wagen, so über unseren Sultan zu sprechen!« Sie wies zwei Eunuchen an, Ayscha zurück zum Alten Palast zu geleiten. Und ich gab den Musikern ein Zeichen, uns zu unterhalten.

Später erfuhr ich von Nakschedil, dass sie zuvor mit dem Sultan gesprochen hatte: Der Fes war ein Geschenk des Botschafters von Tunis. »Er sagte, so wie Fatmas Baby neues Leben in den Palast bringe, wolle er uns eine neue Idee bringen.«

»Aber ist das mit dem Islam vereinbar?«, fragte ich. »Ihr wisst doch, was die heiligen Männer sagen: ›Zwei Kniefälle mit dem Turban haben mehr Gewicht als siebzig ohne Turban.‹«

»Ihr überrascht mich, Tulpe«, erwiderte sie. »Der Spruch spiegelt die Vergangenheit wider. Der Botschafter erzählte Mahmud, dass der Fes in Tunis heutzutage von allen Muslimen getragen wird. Die flache Mütze soll uns sogar an den flachen Gebetsteppich erinnern, und die Quaste symbolisiert die Verheißung des Himmelreiches.«

»Und wann hat der Gesandte dem Sultan das Geschenk überreicht?«

»Heute Morgen. Mahmud erzählte mir in den Bädern davon, aber ich hatte keine Ahnung, dass er den Fes beim Empfang tragen würde«, antwortete Nakschedil. »Was für eine Überraschung!«

Ja, was für eine Überraschung. Und es dauerte nicht lange, bis auch die Janitscharen eine Überraschung für uns hatten.

23

In dem Maße, wie ich älter werde, werden die Jahre kürzer. Die alljährlichen Feiertage folgen im Kalender so rasch aufeinander, dass es mir vorkommt, als hätte man die Zeit zusammengepresst. Es schien kaum ein Jahr her, seit wir Ramadan gefeiert und Fatma zum Sultan geschickt hatten. Und doch hatte Fatma seitdem ein Kind zur Welt gebracht, und ehe wir es uns versahen, stand der Ramadan schon wieder vor der Tür. Er war wie ein plötzlicher Wolkenbruch.

Diesmal jedoch vergingen die Fastentage wie im Flug, da wir durch Fatmas Baby abgelenkt waren. Abends organisierte ich wie üblich die Festbankette und die Zerstreuung für die Gäste. Nach Sonnenuntergang, wenn die Frauen kamen, taten wir uns an geräucherten Auberginen, Bonbons und Aniskuchen gütlich, während die Mädchen tanzten, die Zwerge ihre Späße machten und die Geschichtenerzähler ihre Geschichten zum Besten gaben.

In der Mitte des einmonatigen Ramadan stand der Besuch im Pavillon des Heiligen Umhangs an. Mit meinem kegelförmigen Turban und dem pelzverbrämten Mantel bekleidet, führte ich Valide Sultan Nakschedil, Fatma, die mittlerweile Kadin war, die Prinzessinnen sowie die Ehefrauen der Wesire und der Ulema in einer Prozession zum Pavillon des Heiligen Umhangs. Schon als wir die Gärten verließen und aus dem engen Gang in den Dritten Hof hinaustraten, sah ich den Pavillon und spürte, dass etwas nicht stimmte. Wir näherten uns dem kleinen Gebäude, und meine Gefühle bestätigten sich. Nakschedil zog an meinem Ärmel. »Seht, die Segbans halten Wache«, flüsterte sie. »Sie haben die Janitscharen ersetzt.«

»Aha«, murmelte ich. »Da steckt bestimmt Alemdar dahinter. Hoffentlich weiß er, was er da tut.« Ich strich mit der Hand unbewusst über den silbernen Dolch an meiner Seite.

Genau wie im Jahr zuvor führte ich die Valide Sultan in den Raum des Sessels, überließ es den Frauen, ihr in ihrem mit einem Baldachin versehenen Sessel ihre Aufwartung zu machen, und betrat dann den Raum des Heiligen Umhangs. Ich blickte mich um und sah die zur Schau gestellten Heiligen Reliquien und den silbernen Baldachin. Doch der Anblick der beiden Männer vor dem Baldachin irritierte mich: Dort standen der mit seinem Kaftan und seinem hohen Turban bekleidete Großwesir und der Sultan in seinem Festgewand. Doch zum zweiten Mal hatte der Sultan seinen traditionellen Turban durch einen mit einer Quaste versehenen Fes ersetzt. Ich presste die Lippen zusammen, um meine Überraschung zu verbergen, und nahm meinen Platz neben ihm ein.

In dem mittlerweile vertrauten Ritual schloss der Sultan den besonderen goldenen Kasten auf, faltete die vierzig Bochas auseinander und hielt den Umhang des Propheten hoch. Jeder von uns nahm ein symbolisches Leinentuch, küsste es und legte es sich auf den Kopf. Die Würdenträger wurden hereingerufen, und ich sah, dass keiner von ihnen, als sie die Türschwelle erreichten und den Sultan mit seinem Fes erblickten, seine Überraschung verbergen konnte. Nicht einer jedoch wagte es, ein Wort zu sagen. Stattdessen vollzogen sie schweigend das heilige Ritual. Als sie fertig waren, rief man die Frauen herein, und auch ihnen stand die Verblüffung ins Gesicht geschrieben, die sie beim Vollziehen der heiligen Riten natürlich zu unterdrücken versuchten.

Nach dem Ende der Zeremonie packte der Sultan den Umhang wieder in die Bochas und legte diese in den goldenen Kasten. Und als unsere Prozession den Pavillon verließ, warf ich abermals einen langen Blick auf die vor dem Gebäude Wache haltenden Segbans: Ich dachte über die Janitscharen nach und dankte Allah, dass alles gut gegangen war.

Nachdem ich die Valide Sultan in ihr Gemach gebracht hatte, kehrte ich in meine Gemächer zurück und legte meinen Dolch in den Schrank. Es war Zeit für die Nachmittagsgebete, und auf meinem Teppich kniend wiederholte ich Nakschedils Worte: »Möge der Sultan sicher sein vor aufgebrachten Janitscharen, sicher vor rivalisierenden Wesiren und sicher vor hinterhältigen Ulema.« Ich stieß einen Seufzer aus. In diesem Augenblick hörte ich den Lärm.

Ich sah mich um und versuchte, mir einzureden, es käme von Menschen, die vor einem Feuer flüchteten oder vor einer entlaufenen Tierherde. Doch ich wusste, dass das, was ich hörte, keine Schreie der Angst, sondern des Zorns waren. Es war das Gebrüll von Soldaten, und meine schlimmsten Albträume wurden Wirklichkeit. Die Janitscharen stürmten den Topkapi-Palast. Wie oft hatten wir voller Angst von einer solchen Tat gesprochen, und jetzt passierte es tatsächlich!

Ich wusste, dass die Janitscharen es als ihr Recht ansahen, den Pavillon des Heiligen Umhangs zu schützen. Später erfuhr ich, wie sich alles zugetragen hatte: Sobald die Janitscharen hörten, dass Alemdar ihnen ihr Privileg weggenommen und es den Segbans übertragen hatte, gerieten sie in Zorn. Überall in der Stadt verließen sie ihre Wachstuben, gewannen unterwegs Anhänger und marschierten in Scharen in Richtung Topkapi. Vor dem Palast stürmten sie an den Hellebardieren vorbei zum Ersten Hof. Doch die Wachen hatten die Segbans verständigt, und die loyalen Soldaten verließen eilends ihre Posten beim Pavillon des Heiligen Umhangs. Dank sei Allah, die Segbans konnten die Rebellen abwehren.

Doch früh am nächsten Morgen waren die Aufständischen zurück. Wieder hörte ich von meinen Gemächern aus den Tumult, und diesmal stürzten drei meiner Eunuchen herein, um mir Bericht zu erstatten. Wieder hatten sich die Janitscharen an den Wachen des Ersten Hofes vorbeigedrängt. Diesmal aber stürmten sie in den Zweiten Hof, wo das Ratsgebäude stand. Während einige zum Diwan rannten, um Großwesir Alemdar zu suchen, stürmten andere in die Küchen. Dort fanden sie die Suppenkessel. Gemäß der Tradition kippten sie die großen bronzenen Kessel um und schlugen mit ihren Löffeln darauf, um ihren Aufstand anzukündigen. Meine Gemächer befanden sich im Vierten Hof, weit weg vom Ort des Geschehens. Doch der Lärm und das Geschrei waren beängstigend.

»Wo ist der Sultan?«, fragte ich die Eunuchen, die mir Bericht erstattet hatten. Sie versicherten mir rasch, dass Mahmud in seinen kaiserlichen Amtszimmern im Zweiten Hof war, beschützt von seinen Segbans, und dass er von dort aus seine Truppen befehligte. »Und Nakschedil?«

»Sie ist mit ihren Sklavinnen in ihren Gemächern«, antwortete einer von ihnen.

»Dann kommt jetzt mit mir. Wir müssen dafür sorgen, dass sie in Sicherheit ist.« Ich griff in meinen Schrank, schnappte mir meinen Dolch und versteckte ihn unter meinem Gewand.

Ich eilte zu den Gemächern der Valide. Doch gerade, als ich ihren Hof erreichte, hörte ich das Donnern von Kanonen und kurz darauf eine gewaltige Explosion. »Schaut mal zurück!«, brüllte einer meiner Eunuchen.

Ich drehte mich um und sah Rauchschwaden und Flammen aus der Rüstkammer im Ersten Hof kommen, in der Waffen und Schießpulver lagerten. Ein verstört dreinblickender Segban kam auf uns zugerannt.

»Geht rein und versteckt Euch«, rief er. »Die Janitscharen sind überall. Sie rennen von einem Gebäude zum anderen, vom kaiserlichen Schatzhaus zum Hospital, ja sogar zur Wäscherei, und suchen nach hochrangigen Personen.«

Ich bedeutete ihm, mit mir zu kommen. »Wen haben sie gefunden?«, fragte ich.

»Großwesir Alemdar«, sagte er, mit mir Schritt haltend. »Er war mit einigen Segbans in der Rüstkammer. Als die Janitscharen ihn fanden, zerrten sie ihn heraus und attackierten das Gebäude. Seine Männer erwiderten das Feuer. Durch all die Schüsse, die hin und her gingen, explodierte das Schießpulver im Lagerraum, und alle, die sich im Magazin aufhielten, wurden getötet.«

Mittlerweile hatte ich die Gemächer der Valide Sultan erreicht. Ich schlug gegen die Tür, rief, dass ich es sei, und als die verängstigte Sklavin öffnete, sah ich Nakschedil: Sie saß in ihrem Empfangsraum und spielte Karten.

»Mein Gott«, rief ich. »Ihr könnt doch hier nicht einfach so herumsitzen. Ihr müsst Euch verstecken.«

»Ich werde mich nicht verstecken«, entgegnete die Valide.

»Aber Euer Leben ist in Gefahr. Die Janitscharen sind überall.«

»Mein Leben ist ohnehin in Gefahr, egal, wo ich bin. Ich weigere mich, vor diesen Rüpeln zu kuschen.« Sie knallte die Karten auf den Tisch. Noch ein schwarzer Eunuch kam ins Zimmer gerannt.

»Es gibt kein Wasser mehr im Palast«, sagte er. »Wir haben soeben Berichte von außerhalb erhalten, denen zufolge die Janitscharen die Wasserversorgung nach Topkapi unterbrochen haben. Und Tausende von Ulema und ihren Schülern legen überall in der Stadt Feuer. Wenn man hinausblickt, kann man die Flammen sehen.«

Ich ging zum Fenster und öffnete das Gitter. Genau wie es der Eunuch geschildert hatte, quoll in der Ferne dichter schwarzer Rauch aus Gebäuden. Flammen zuckten wie zornige Götter über den sieben Hügeln der Stadt. Ich blickte hinunter und sah auch auf dem Palastgelände Rauch. Und im Dritten Hof hörte ich Kanonenschüsse. Als ich mich wieder umdrehte, bemerkte ich, dass Rauch unter der Tür hervorquoll.

»Holt Handtücher und macht sie nass«, sagte ich und wies die Sklavinnen an, den Wasservorrat in den Bädern zu benutzen. Im Hintergrund krachten Schüsse. Nun wurde der Rauch im Zimmer dichter. Meine Augen begannen zu brennen, und ich sah, wie Nakschedil sich ihre wässrigen Augen wischte. Wir versuchten, unsere Gesichter mit den nassen Tüchern bedeckt zu halten, doch unsere Münder waren trocken, und unsere Hälse brannten.

Ein Mädchen hustete stark. »Ich brauche einen Schluck Wasser«, rief sie. Doch wir hatten kaum genügend Wasser für die Handtücher. Auch Nakschedil und die anderen begannen zu husten. Ich dachte, wir würden alle ersticken. Zwischen ihren Hustenanfällen wies Nakschedil uns an, Fatma und das Baby zu suchen.

Ich beauftragte zwei Eunuchen damit. »Sie sind entweder in Fatmas Gemächern oder im Kinderhort. Wenn ihr sie findet, wickelt das Kind ein und bringt es in mein Gemach«, sagte ich. Ich erklärte ihnen, wie sie es in meinem Drehschrank verstecken sollten. »Einer von euch bleibt in meinem Zimmer und lässt niemanden in die Nähe des Kindes. Der andere sollte bei Fatma in ihrer Wohnung bleiben. Sie wird das Baby nicht allein lassen wollen, aber in meinen Gemächern ist es zu gefährlich für sie. Das Kind werden sie dort niemals vermuten. Wenn sie aber die Kadin finden, werden sie beide töten.«

In diesem Augenblick vernahm ich ein lautes Getöse und ging zu einem anderen Fenster. Mindestens ein Dutzend Janitscharen näherten sich dem Hof der Valide Sultan. Ich öffnete die Tür einen Spalt weit, um zu sehen, ob jemand in der Nähe war. Doch ich wäre um ein Haar von einem anderen Eunuchen niedergetrampelt worden.

»Der Sultan hat mich geschickt«, sagte er. Er war außer Atem und konnte kaum sprechen. »Wir haben die Nachricht erhalten, dass Ayscha hinter der Verschwörung steckt. Die Janitscharen haben sie heute Morgen aus dem Eski Saray befreit, und jetzt ist sie auf dem Weg hierher.«

»Das ist gut«, sagte ich und rieb mir die Hände. »Ich freue mich auf ihre Ankunft.« Ich wurde von dem Lärm losstürmender Männer unterbrochen, und wenige Minuten später glaubte ich, eine Frauenstimme zu hören, die »Nakschedil soll sterben« rief. Ich wusste natürlich, dass es Ayscha war. Am liebsten wäre ich hinausgerannt und hätte sie eigenhändig erwürgt, doch ich hatte genug damit zu tun, die Valide Sultan zu schützen.

»Geht in den Gebetsraum«, bat ich Nakschedil. »Und versteckt Euch hinter dem Teppichstapel.«

»Das werde ich nicht tun«, sagte sie trotzig und nahm das nasse Tuch von ihrem Gesicht. »Ich bleibe hier bei meinen Sklavinnen.«

»Bitte, ich flehe Euch an, geht hinein und versteckt Euch hinter dem Teppichstapel, wenigstens für kurze Zeit.« Ich wollte gerade den Eunuchen befehlen, Nakschedil in den Gebetsraum zu tragen, als einer von ihnen rief: »Schaut mal aus dem Fenster. Marineschiffe haben am Kai des Serails angelegt.«

Ich rannte zum Fenster. Doch bevor ich das Gitter geöffnet hatte, flog die Tür des Gemachs auf und fünf unserer Soldaten stürzten herein.

»Was ist los?«, fragte ich beunruhigt. »Warum seid ihr hier und kämpft nicht draußen gegen die Janitscharen?«

»Ihr braucht keine Angst zu haben«, sagte der Leutnant. »Wir haben alles unter Kontrolle. Die Rebellen wurden überwältigt. Wir nahmen sie in die Zange, die Segbans vor dem Palast und die Marine hinten. Der Aufstand ist vorbei, doch draußen bietet sich ein grauenvoller Anblick. Überall liegen Körperteile und Leichen herum.«

»Und was ist mit Ayscha?«

»Wir haben ein kleines Geschenk für Euch«, antwortete er und gab zwei von seinen Männern ein Zeichen. Ich gebe zu, ich triumphierte innerlich, als sie Ayscha hereinbrachten: Man hatte ihr Hand- und Fußschellen angelegt und ein Tuch in den Mund gestopft. Ihr Gesicht glich dem einer Wahnsinnigen.

Ich nahm das Tuch aus ihrem Mund und sah ihr in die Augen. »Ich glaube, Ihr wisst, was als Nächstes kommt.«

Ayscha spuckte auf den Boden. »Ich bin die Mutter eines Prinzen«, knurrte sie. »Eines Prinzen, der bald Sultan sein wird.«

»Nicht mehr«, sagte der Offizier. Dann wandte er sich mir zu und erklärte: »Mustafa ist aus dem Goldenen Käfig geflohen. Unsere Männer fanden ihn bei den Janitscharen.«

»Wo ist er jetzt?«, fragte ich.

»Er ist an zwei Orten zugleich: Sein Kopf ist vor dem Ratssaal und sein restlicher Körper im Meer.«

»Das sagt Ihr nur, um mich zu quälen«, schnaubte Ayscha. »Das würdet Ihr nicht wagen.«

»Ihr könnt ihn gerne sehen, wenn Ihr wollt«, antwortete der Mann.

»Mein Sohn ist der wahre Sultan«, keifte sie verächtlich. »Ihr habt uns einst rausgeworfen. Aber jetzt ist die Zeit gekommen, dass Mustafa den Thron zurückerlangt. Wir wissen, was am besten für das Volk ist. Mahmud mit seinem Fes ist nichts als ein Heuchler. Und schuld daran ist Nakschedil: Sie hat ihn zu einem Ungläubigen gemacht.«

»Die Heuchlerin seid Ihr«, erwiderte Nakschedil ruhig. »Ihr gebt vor, Euch um das Volk zu sorgen, aber in Wahrheit geht es Euch nur um Eure eigene Macht. Ihr habt Recht. Eure Zeit ist gekommen, aber nicht, um auf den Thron zu gelangen.«

»Ihr könnt mir nichts antun«, sagte Ayscha. »Ich habe die Janitscharen auf meiner Seite.«

In diesem Augenblick kam ein weiterer Eunuch hereingestürzt. »Der Sultan kommt«, sagte er. Ich blickte zur Tür und sah eine Schar von Eunuchen und schließlich Mahmud. Der Sultan hatte gerötete Augen, und seine Kleidung war mit Ruß bedeckt. Er sah müde und erschöpft aus.

»Majestät«, rief ich und küsste seinen Ärmel. »Dank sei Allah, Ihr seid wohlauf.«

»Ich bin wohlauf«, sagte er mit brüchiger Stimme. »Aber ich habe traurige Nachrichten. Alemdar ist tot. Sie haben mir seinen Kopf gebracht.«

»Ha!«, triumphierte Ayscha. »Ihr bringt uns großartige Nachrichten.«

»Ich bringe Euch die Nachricht, dass Euer Sohn Mustafa ebenfalls tot ist.«

»Nein, das kann nicht sein«, rief sie. »Ich werde seinen Tod rächen, solange ich lebe.«

»Das wird nicht lange sein«, sagte Nakschedil und erhob sich von ihrem Platz. Sie trat auf Ayscha zu, kniff die Augen zusammen und zeigte mit dem Finger auf sie. »Seit ich den Harem betrat, habt Ihr gegen mich und meinen Sohn intrigiert. Ich kann all die Grausamkeiten, die Euer Sohn Mahmud zugefügt hat, nicht vergessen, und ebenso wenig Eure bösen Drohungen. Oder Eure Versuche, mich zu vergiften. Oder Euren Streit mit Perestu und Euren Befehl, sie zu töten. Nein, spielt bloß nicht die ehrenwerte Frau. Das seid Ihr nicht. Ihr seid eine abscheuliche Person. Und Ihr werdet Euer verdientes Ende finden.«

Es war mucksmäuschenstill im Raum. Die Valide Sultan hatte sich jahrelang in Geduld geübt und Ayschas Gemeinheiten ignoriert, in der Hoffnung, diese würde ihr Verhalten ändern. Doch jetzt war die Stunde der Strafe. Ich wandte mich dem Marineoffizier zu und führte ihn zur Tür.

»Hier«, sagte ich und griff in meinen Kaftan. »Nehmt diesen Dolch und verwendet ihn für Ayschas Kopf. Dann näht Ihr ihren restlichen Körper in einen Sack und werft ihn ins Meer. Erledigt das heute Nacht, damit wir zusehen können.«

In dieser Nacht stand ich mit Nakschedil im fahlen Licht der Mondsichel am Fenster. Wir sahen, wie die Eunuchen einen mit Gewichten beschwerten Sack in ein kleines Boot hievten. Nachdem sie ein kurzes Stück gerudert waren, hoben sie den schweren Sack hoch und ließen ihn ins Meer fallen. Dann wendeten sie und gaben uns mit einem Leuchtsignal ein Zeichen, so wie ich es verlangt hatte. Ich legte die Hand an meine Lippen und warf Ayscha eine Kusshand zu. »Lebt wohl, Ayscha«, sagte ich, als sich ihr Leichnam zu den vielen Leichen gesellte, die bereits auf dem Grund des Bosporus ruhten.

Nakschedil nahm meinen Arm. »Es ist für jedermann ein grausames Los«, sagte sie. »Aber jetzt kann das ganze Reich erleichtert aufatmen.«

Am nächsten Morgen ging ich nach draußen, um den Schauplatz des Geschehens selbst in Augenschein zu nehmen. Überall lagen Leichen herum, mit abgerissenen Gliedmaßen und verwesender Haut, die mit Fliegen bedeckt war. Zwischen den Leichen hindurch ging ich auf der blutgetränkten Erde zum Dritten Hof. Dort war Ayschas Kopf am Eisentor aufgespießt. Ihr Haupt war fast kahl geschoren, doch es waren immer noch genug rote Strähnen übrig, damit ich mir sicher sein konnte, dass es ihres war. Daneben war Mustafas Kopf aufgespießt.

Bei Sonnenuntergang, als die Kanonen donnerten, sandte der Sultan eine Nachricht, er werde uns einen Besuch abstatten, um gemeinsam mit uns ein wenig zu feiern. Ich stieß einen Seufzer aus, erleichtert, dass der Aufstand niedergeschlagen war. Doch als wir uns auf Mahmuds Besuch vorbereiteten, gestand mir Nakschedil, dass ihre Befürchtungen noch nicht ausgeräumt waren.

»Es ist mir klarer denn je, dass wir einen Erben brauchen«, sagte sie zu mir und schüttelte ein Kissen auf. »Stellt Euch vor, Gott bewahre, Mahmud wäre selbst angegriffen worden: Es gibt niemanden, der an seine Stelle treten könnte. Das Militär würde die Macht an sich reißen, und das Osmanische Reich würde aufhören zu existieren.«

»Er hat uns gezeigt, dass er ein fruchtbarer Mann ist«, erwiderte ich. »Schickt ihm noch mehr Konkubinen, und ich bin mir sicher, er wird einen Erben hervorbringen.«

»Hoffentlich habt Ihr Recht«, sagte sie. Sie legte das Kissen hin, sah sich um und lächelte. Mahmud stand im Türrahmen. Seine breite Gestalt war in einen dunkelblauen Kaftan gehüllt und sein schönes Haupt mit einem Fes geschmückt. Nakschedil stürzte zu ihm und küsste seine Hand. »Herzlichen Glückwunsch, mein Löwe. Du hast gezeigt, dass du ein wahrer Führer bist.«

Der Sultan schüttelte traurig den Kopf und sprach mit bewegter Stimme: »Meine gute Mutter, wir haben den Erfolg teuer bezahlt. Die Höfe sind mit Leichen übersät, und die Blumenbeete haben sich in rote Flüsse verwandelt. Zu viel Blut wurde vergossen, und der Palast ist vom Gestank des Todes durchdrungen.« Mit diesen Worten nahm er auf dem samtenen Diwan Platz.

»Du hast Recht, mein Sohn«, sagte Nakschedil und setzte sich neben ihn. »Hier in Topkapi gab es zu viele Tragödien, zu viele Intrigen, zu viel Hass und zu viel Blutvergießen. Vielleicht sollten wir die Worte des Poeten Rumi beherzigen: ›Die Vergangenheit ist vorbei. All das, was gesagt wurde, gehört dorthin. Jetzt ist es Zeit, von neuen Dingen zu sprechen.‹«

»Amen«, murmelte ich.

Der Sultan legte seine Hand auf Nakschedils. »Lass uns gleich damit anfangen«, sagte er.

24

Im goldenen Kaik der Valide Sultan segelten wir eine Meile nördlich von Topkapi, unweit von Pera, um den neuen Palast zu besichtigen. Beschiktasch, am europäischen Ufer des Bosporus gelegen, war eine prachtvolle Kombination aus westlichem Design und orientalischen Details. Der Palast war reichlich ausgestattet mit gekachelten Springbrunnen und Marmorbädern, offenen Höfen und Säulengängen.

Drei Jahre hatte der Bau des Palastes gedauert. Es war ein radikaler Bruch mit der Vergangenheit, und jede Entscheidung bedurfte der Zustimmung des Sultans. Eine Seite des riesigen quadratischen Gebäudes war dem Meer zugewandt. Die andere ging auf üppige Gärten hinaus, mit symmetrisch angelegten Parks, Blumenlabyrinthen und kunstvollen Formsträuchen.

In wenigen Wochen würde der ganze Haushalt des Sultans – weiße Eunuchen, schwarze Eunuchen, Pagen, Prinzessinnen, Große Meisterinnen, Konkubinen und Kadins – gemeinsam mit der Valide Sultan und dem Sultan selbst von Topkapi nach Beschiktasch umziehen. Nakschedil hatte jedoch an jenem ersten Frühlingstag darum gebeten, ein Picknick auf dem neuen Gelände zu veranstalten. Ich teilte die nötigen Sklavinnen und Eunuchen ein, bestellte das Essen und sorgte sogar dafür, dass die neue Musikkapelle dort war, um uns zu begrüßen. Der Leiter der Kapelle war Donizetti Pasha, der italienische Musiker, der für einen Besuch nach

Istanbul gekommen war und sich auf Wunsch des Sultans bereit erklärt hatte zu bleiben. Als unser mit Satin ausgelegtes Boot am Kai anlegte und die Valide an Land ging, spielten Trompeten, Becken und Trommeln einen Tusch.

Es kam nicht mehr oft vor, dass die Valide Sultan Ausflüge unternahm. Sie war seit einigen Monaten krank, und das Leiden hatte sie sehr geschwächt. In den letzten Tagen jedoch war etwas von ihrer früheren Kraft zurückgekehrt, und sie schlug vor, mit ihrer Enkelin zusammen den Palast zu besuchen.

»Ich habe eine Entscheidung getroffen«, sagte Nakschedil. Wir standen im Streichelzoo, und die kleine Perestu fütterte die Tiere mit Nüssen.

»Ach ja?«, fragte ich, gespannt, was jetzt kommen würde.

»Ich habe über meine Sklavinnen nachgedacht und beschlossen, ihre Situation zu ändern.«

»Und wie wollt Ihr das tun?«

»Einige von ihnen haben jahrelang gedient. Sie waren loyal und fleißig. Jetzt ist es an der Zeit, dass sie ihre Freiheit wiedererlangen.«

»Das ist sehr großzügig von Euch, Majestät, aber wohin sollten sie gehen? Schließlich sind sie nicht viel anders als die wunderbaren Tiere in diesem vergoldeten Käfig.«

»Was wollt Ihr damit sagen?«

»Diese Zebras, Giraffen und Gazellen werden schon so lange gehegt und gepflegt – gut ernährt, umsorgt und trainiert –, dass sie, ließe man sie im Dschungel frei, nur mit Mühe überleben könnten.«

»Aber ich schicke sie ja nicht in den Dschungel. Sie können zu ihren Familien zurückkehren.«

»Das geht nicht.« Ich verdrehte die Augen, und einer der Affen ahmte mich nach. »Sie könnten niemals zu ihren Familien zurückkehren. Diese Mädchen haben ein privilegiertes Leben geführt, umgeben von den größten Reichtümern der Erde. Der Harem ist zu ihrer Heimat geworden. Ihr glaubt doch wohl nicht wirklich, dass sie wieder als Bäuerinnen leben könnten.«

»Wahrscheinlich nicht. Aber stellt Euch vor, wie glücklich sie wären, ihre Familien wiederzusehen.«

»Da bin ich mir nicht so sicher. Die meisten Familien würden sich schämen.«

»Schämen«, plapperte einer der Papageien mir nach.

»Sie würden glauben, die Mädchen seien zurückgeschickt worden, weil sie im Palast versagt haben«, sagte ich, ohne von dem Vogel Notiz zu nehmen.

»Sie könnten hier in Istanbul leben.«

»Ganz allein?«, fragte ich. »Nein, das glaube ich nicht. Wenn Ihr ihnen die Freiheit schenken wollt, müsst Ihr sie verheiraten. Es gibt genug Paschas, die nur allzu gern eine Palastdame zur Frau hätten.«

»Ihr habt Recht, Tulpe. Bitte trefft gleich nach unserer Rückkehr in den Topkapi-Palast die entsprechenden Vorbereitungen. Heute Abend geben wir es bekannt. Zehn Mädchen werden freigelassen.«

»Das ist großartig«, sagte ich. »Freilich wird dies den Neid der übrigen Mädchen wecken.«

»Sie werden sich keine Sorgen machen müssen«, erwiderte Nakschedil traurig und schüttelte den Kopf. »Ich fühle mich heute ein wenig besser. Doch die Krankheit hat mich dazu gebracht, mehr über mein Leben oder vielmehr über das Ende meines Lebens nachzudenken. Wenn ich sterbe, Tulpe – und ich weiß, dieser Tag liegt nicht mehr in allzu weiter Ferne –, möchte ich, dass alle meine Sklavinnen freigelassen werden. Bitte versprecht mir, dafür zu sorgen, dass diejenigen, die den Palast verlassen wollen, gute Männer heiraten werden.«

»Ich verspreche es«, sagte ich und winkte dem freundlichen Affen zu. Er winkte zurück und grinste mich an.

Ich sah, dass Nakschedil müde war, und schlug vor, zu einer Stelle auf dem Rasen zu gehen, wo wir uns hinsetzen konnten. Die Eunuchen hatten einen Teppich und Kissen ausgebreitet. Ich rief das kleine Mädchen herbei und lächelte: Erstaunlicherweise war das Kind fast ein Ebenbild Nakschedils. Sie besaß das Stupsnäschen ihres Vaters und die sinnlichen Lippen ihrer Mutter. Die Kleine sprang auf die Decke ihrer Großmutter und schmiegte sich an sie.

»Ach, Perestu«, sagte Nakschedil und legte den Arm um sie. »Weißt du eigentlich, warum du so heißt?«

Die Dreijährige schaute verwirrt drein.

»Es war der Name meiner guten Freundin, und ich wollte durch dich die Erinnerung an sie bewahren. Freundschaft ist das Allerwichtigste im Leben«, sagte sie und drückte das Kind. »Wenn du groß bist, wirst du feststellen, dass man sich nur auf wenige Menschen wirklich verlassen kann. Denke daran, diese Menschen zu achten und ihnen deine Liebe zu schenken.«

Die Kleine sah mich lächelnd an und nickte. Zwar verstand sie das noch nicht richtig, doch sie wusste, dass sie die Worte ihrer Großmutter beherzigen sollte. Und im nächsten Augenblick sprang sie auf und rannte davon, um mit einem der schwarzen Eunuchen zu spielen.

Nakschedil wandte sich wieder mir zu. »Immer wenn ich an Perestu denke, wird mir klar, wie wichtig es ist, dass unter den Mädchen Frieden herrscht. Versprecht mir, Tulpe, dafür zu sorgen, dass es unter den Konkubinen und Kadins keine neuen Ayschas mehr geben wird.«

Ich versprach ihr, mein Bestes zu tun. Aber wie würden wir die Intrigen im Palast jemals beenden können? Jedes

Mal, wenn ein neues Mädchen den Harem betrat, eine Konkubine zum Sultan gerufen wurde oder ein Kind geboren wurde, kam es zu Eifersüchteleien, und die Intrigen begannen von neuem.

Kurz nach unserem Besuch in Beschiktasch wurde Mahmud ein zweites Mädchen geboren. Freilich hofften wir immer noch auf einen Sohn. Obwohl Nakschedil gesundheitlich nach wie vor angeschlagen war, unternahm sie gelegentlich Spaziergänge in den Gärten oder unterhielt die Frauen, die sie besuchten, während die Palastmusiker Mozart und Bach sowie Kompositionen Selims spielten. Und sie kleidete sich so hübsch wie eh und je, stets in ihrem eigenen Stil: Sie drapierte ihre Umhängetücher auf verschiedenste Art und Weise, wickelte Schärpen zusammen und verwendete Stoffe, Farben und Schmuck wie ein Maler Pinsel und Farbpalette.

Allmählich wurde ihr Herz schwächer, sodass sie sich ins Bett legen musste. Der Palastarzt wandte seine üblichen Kräuterarzneien an, doch nichts half. Sowohl der venezianische als auch der griechische Arzt aus Pera wurden herbeigerufen. Doch auch sie konnten nur wenig tun. So gebrechlich und schwach sie auch war, sie suchte das Gespräch und wollte unbedingt am Leben teilhaben. Und so saß ich im Beschiktasch-Palast an ihrem Bett, während sie begierig zuhörte, was ich zu erzählen hatte. Sie war auch selbst bemüht, Angelegenheiten im Harem zu regeln. Gelegentlich sprachen wir über die Vergangenheit, über die Tage mit Selim, über ihre Cousine Rose, über die Janitscharen und die Ulema.

»Was auch immer Ihr tut, Tulpe, bitte seht zu, dass niemand die Religion als Vorwand benutzt, andere zu beherrschen«, bat sie. Sie sprach in kurzen Sätzen und atmete schwer. »Jeder sollte das Recht haben zu beten, wie es ihm beliebt.« Sie ließ den Kopf auf das Kissen sinken und schloss die Augen. Als sie sie wieder aufmachte, bot ich ihr ein Glas Wasser an. Sie trank es in kleinen Schlucken, und als sie das Glas abstellte, fiel ihr Blick auf den Bücherstapel auf ihrem Tisch.

»Ich lege Geld beiseite, damit Ihr auf dem Großen Basar Bücher kaufen könnt«, sagte sie langsam.« Ich möchte eine Bibliothek mit Büchern aus dem Westen hinterlassen. Und jeder im Harem, der diese Bücher lesen möchte, soll das Recht dazu haben.«

Ich versprach, ihren Wünschen Folge zu leisten. Sie wollte mich an ihrer Seite haben, und zumindest konnte ich ihr etwas Trost spenden. Doch ihr Anblick schmerzte mich. Sie war die Einzige im Harem, die mir gezeigt hatte, was Liebe bedeutet, die Einzige, die mich als vollwertigen Menschen wahrgenommen hatte. Ich hasste es, sie leiden zu sehen: Ich liebte sie von ganzem Herzen.

Es vergingen mehrere Monate, in denen ihre Kräfte zusehends schwanden. Eines Abends, als ihr Sohn sie besuchte, bat sie um einen katholischen Priester. Da der Sultan ein herzensguter Mann war, erfüllte er ihr diesen Wunsch. Und unglücklicherweise, wie Ihr wisst, Vater, starb sie wenige Stunden später. Morgen werde ich die Prozession anführen, um Valide Sultan Nakschedil in ihrer Türbe zu bestatten. Meine Trauer wird groß sein, aber ich weiß, dass nichts sie mir zurückbringen kann.

»Ich hoffe, Ihr versteht, Vater. Sie war eine gute Frau. Der Vorfall mit Ayscha … ich übernehme die volle Verantwortung für das, was geschehen ist.«

Der Priester legte seinen Arm um den Eunuchen. »Seid unbesorgt«, antwortete er. »Ihr seid ein guter Mann, Tulpe. Und Nakschedil wurden alle ihre Sünden vergeben.«

Der schwarze Obereunuch erhob sich und zog seine *ferace* an. »Danke, Vater«, sagte er. »Lebt wohl und wisset, dass ich Euch immer dankbar sein werde, da Ihr mir diese Gelegenheit gegeben habt, meiner lieben Freundin zu gedenken.«

Epilog

Im Frühjahr 1830 feuerten sieben Kanonen vom Palast aus eine Salve ab und verkündeten damit die Geburt eines Prinzen, des zweiten Sohnes von Sultan Mahmud und zweiten Thronfolgers des Osmanischen Reiches. In den Straßen drängten sich Türken, die das Ereignis feierten, und aus den entlegenen Teilen des Reiches waren Tausende von Ehrengästen nach Instanbul gekommen.

Inmitten der Feststimmung packte Vater Chrysostome seine Gewänder, seinen Rosenkranz und sein Kruzifix in einen Koffer und verließ das kleine Zimmer, das dreißig Jahre lang sein Zuhause gewesen war. Der Koffer war schwer und der Gehweg voller Menschen, und als der Priester auf die kopfsteingepflasterte Straße von Pera trat, stieß er mit einem Passanten zusammen.

»Verzeihung, Verzeihung«, sagte er und wollte nachsehen, ob der Mann nicht verletzt worden war. Der Schwarze klopfte seine wollenen Hosen ab, und als er aufsah, um dem Priester zu antworten, trafen sich die Blicke der Männer.

»Vater Chrysostome, wie schön, Euch zu sehen.«

»Na, Tulpe, was für eine Überraschung. Bin ebenfalls sehr erfreut, Euch wiederzusehen.«

Tulpe bemerkte, wie alt und gebrechlich der Priester geworden war, und bot an, ihm den Koffer zu tragen. »Aber wo geht Ihr denn hin?«, fragte er.

»Ich könnte Euch ja bei einer Tasse Kaffee davon erzählen«, schlug der Jesuit vor.

Durch die Menschenmassen hindurch bahnten sie sich einen Weg zu einem Café. Nachdem sie bestellt hatten, ließen sie die zwölf Jahre, die sie sich nicht gesehen hatten, Revue passieren.

Seit damals hatte sich das Reich gewandelt. Griechenland war unabhängig geworden, und Ägypten stand kurz vor der Autonomie. Arabien sowie die Provinzen Walachei und Moldawien jedoch waren wieder in türkischer Hand.

Es hatte Jahre gedauert, da waren sich die beiden Männer einig, doch Mahmud hatte, die Worte seiner Mutter im Hinterkopf, umfassende Reformen durchgeführt: Er hatte die Janitscharen aufgelöst, das neue Militär verwestlicht, Ingenieurschulen und medizinische Fakultäten gegründet, die Ulema geschwächt, in Europa Botschafter eingesetzt und das Steuersystem geändert. Sie stimmten überein, dass Mahmud Fehler, aber auch seine guten Seiten hatte. Die meisten seiner Kritiker hatten ihn den »ungläubigen Sultan« genannt, doch für die meisten Menschen des Osmanischen Reiches hatten sich die Lebensbedingungen durch die Reformen verbessert.

»Ohne Zweifel wird Mahmud als einer der großen osmanischen Herrscher in die Geschichte eingehen«, sagte Vater Chrysostome.

»Sie nennen ihn den großen Reformer«, meinte Tulpe. Er ließ den Blick durch das Café schweifen und nickte den lesenden Männern zu. »Dank Sultan Mahmud haben wir jetzt unsere eigenen türkischen Zeitungen. Und ich muss sagen«, fügte er hinzu, während er ein paar Krümel von seiner Jacke wischte, »der Kleidungsstil, den er eingeführt hat, gefällt mir«.

»Ja, Ihr seht sehr elegant aus«, pflichtete ihm der Priester bei und warf einen Blick auf den Gehrock seines Gegenübers, dessen Hosen und den Fes mit der Quaste. »Aber sagt, wie ist es Euch ergangen, seit wir uns das letzte Mal sahen?«

»Zuerst müsst Ihr mir von Euch erzählen«, erwiderte der Eunuch. »Warum tragt Ihr diesen Koffer? Wohin reist Ihr?«

»Wie Ihr bereits sagtet, es hat sich vieles verändert. Ihr habt die Erfolge des Sultans erwähnt. Zweifellos ist seine Politik der Gleichheit ein Erfolg für uns alle. Ich werde seine Worte nie vergessen:

›Muslime gehen in die Moschee, Christen in die Kirche und Juden in die Synagoge, aber ansonsten gibt es keinen Unterschied zwischen ihnen. Meine Sympathie und mein Sinn für Gerechtigkeit gelten allen in gleichem Maße, und sie alle sind meine Kinder.‹«

»Sehr mutige Worte für einen Sultan.«

»In der Tat. Ihr habt auch von seinen Misserfolgen gesprochen. Mein Freund, was für den einen ein Misserfolg ist, ist für den anderen manchmal ein Erfolg. Mein Volk kommt aus Morea, und dieses Jahr, als Griechenland seine Unabhängigkeit von den Osmanen erklärte, entschloss ich mich, dorthin zurückzugehen. Ich reise zum Peloponnes, um meinen Lebensabend zu Hause zu verbringen. Und Ihr? Wie ist das Leben im Palast?«

Der Eunuch erklärte, dass er nicht mehr im Palast lebte. Nach dem Tod der Valide Sultan wurde ihm die Freiheit geschenkt.

»Und seid Ihr zufrieden?«, fragte der Priester.

»Ach, Vater«, antwortete der Eunuch lächelnd. »Ich muss zugeben, zuerst hatte ich Angst, da ich nie allein gelebt hatte. Aber jetzt bin ich ganz zufrieden.«

»Und wie kam es zu dieser Veränderung?«

»Ich erwähnte vor langer Zeit, dass wir nicht immer das sind, was wir scheinen. Ich hatte Glück. Ich konnte mich stets an den Blumen erfreuen, auch wenn ich nicht in der Lage war, eine Frucht hervorzubringen.« Er hielt einen Augenblicke inne. »Meine Besuche auf dem Basar dienten nicht nur dazu, Bücher zu kaufen«, sagte er lächelnd.

»Und jetzt?«

»Jetzt bin ich ein glücklich verheirateter Mann.«

»Und wer ist die Glückliche?«, fragte der erstaunte Priester.

»Ihr erinnert Euch, dass Nakschedil darauf bestand, ihren Sklavinnen die Freiheit zu schenken. Ich bin mit einem der Haremsmädchen verheiratet.«

»Ich wünsche Euch alles Gute, Tulpe.«

»Das wünsche ich Euch auch, Vater.«

Dann umarmten sich die beiden. Vater Chrysostome schickte sich zum Gehen an, und Tulpe half ihm aus dem Café hinaus auf die Straße und in eine vorbeikommende Kutsche. Er tippte an seinen roten Fes und winkte zum Abschied. Dann ging er zum Palast. Während er die kopfsteingepflasterten Straßen entlanglief, seufzte er laut. Wie schön wäre es, wenn Nakschedil jetzt bei ihm sein könnte, um die Geburt ihres zweiten Enkels, Prinz Abd ül-Asis, zu feiern.

Danksagung

Den folgenden Autoren bin ich zu Dank verpflichtet: Aksit, Atasoy, Blanche, Bruce, Chase, Coco, Croutier, Davey, Davis, Du Theil, Erickson, Freely, Goodwin, Hanum, Hobhouse, Kinzer, Kinross, Krody, Levy, Lewis, Mansel, McCarthy, Melling, Montagu, Morton, Mossiker, Pardoe, Penzer, Pierce, Schama, Shaw, Thackeray, Ulucay, Wheatcroft und White.

Mein Dank geht auch an Talman Halmat, Ertogrul Osman und Zenob Osman, alle drei Inbegriff türkischen Charmes. Sie machten mich mit einigen der wunderbarsten Wissenschaftler, Autoren und Historiker der Türkei bekannt. Dilek Pamir ließ mir ihre liebenswürdige Gastfreundschaft zuteil werden und beantwortete Dutzende von Fragen über Nakschedil.

Die Professorin Nurhan Atasoy steckte mich mit ihrer Begeisterung an. Gungor Dilmen beschrieb mir den Topkapi-Harem, wie es kein anderer vermochte. Murat Bardakci erweckte Selim III. wieder zum Leben, bereitete die feinsten türkischen Gerichte zu und stellte mich den Professoren Yildiz Gultekin und Fikret Sarkaoglu vor, die für mich die Topkapi-Archive nach Dokumenten durchforsteten. Die Professoren Hakan Erdem und Edhem Eldem ermutigten mich, weiterzumachen, auch wenn die Aussichten einmal wenig Erfolg versprechend waren. Harry Ojalvo führte mich in die Welt der Kira ein.

Ein besonderer Dank gebührt Lenny Golay, der mich zu diesem Buch inspirierte und später das Manuskript aufmerksam las. Besondere Wertschätzung gilt meiner Agentin Linda Chester für ihre unermüdliche Unterstützung, Großzügigkeit und Freundschaft. Lorna Owen las das Manuskript sorgfältig und stand mir stets hilfsbereit zur Seite. Helen Armstrong ließ mich an ihrem Wissen über Musik teilhaben. Patricia Friedman lehrte mich türkische Tänze. Elizabeth Atkins machte mich mit dem Frankreich des achtzehnten Jahrhunderts vertraut. Liza Nelligan gab mir wertvolle Ratschläge. Bernard Kalbs Überschwänglichkeit spornte mich bei meinen türkischen Studien an.

Nan Talese, eine Lektorin, wie sie sich wohl jeder Schriftsteller wünscht, wartete geduldig auf eine Biografie und ermutigte mich dann, dieses Buch als Roman zu schreiben, wobei sie mich auf ihre bestimmte und doch sanfte Weise anleitete.

Und wie immer war mein Mann John Wallach mein Reisegefährte und Lebenspartner, der sich nie beschwerte und für alles Verständnis zeigte.